西崑研究論集

周益忠著

臺灣學生書局印行

自序

昔鄭因百先生〈論詩絕句〉有云：

精嚴組織開山谷，深婉風神近玉谿。莫道楊劉無影響。西崑一脈到江西。

余幾年前偶得《清晝堂詩集》讀此詩時，未識其旨趣，然而因喜義山詩故，也及於西崑集，但覺其美，惜未能窺其堂奧。其後曾棗莊之《論西崑體》問世，體大思精、堪稱崑體詩的功臣，然於詩人之主體情志及崑體詩精嚴深婉之處，則此書尚留有餘地，可供吾人馳騁，因不揣淺陋，於近年先後撰寫六篇有關西崑體的論文。

第一篇爲〈詩家總愛西崑好——重新解讀西崑體〉發表於一九九五年淡江大學「文學與美學學術研討會」並收入《文學與美學論集》第五集（台北：文史哲出版社出版），此次會議以「唯美文學」爲主題，因就西崑之詩體加以探討，乃發現酬唱集中詩人的作品絕非所謂唯美而已，實包蘊密緻有詩人托怨的深意。此篇亦足爲本論集之序章。

其次〈再論西崑體衰落之因緣，並說所謂崑體工夫〉則發表於〈一九九七東亞漢學論文集〉（台北：台灣學生書局出版），探討西崑詩作繼義山之風格，領袖宋初詩壇四十餘年，何以終究未能擺脫沒落的命運。於是就當年遭受攻擊，以致式微之故，作內因外緣的考察，並及於所謂崑體功夫，在宋代詩家是如何地變化及發展。

再者詠史一體，西崑之繼承義山成就處，則鮮人論及，因而對義山與西崑寫作背景加以探討。並由同類題材分別探討義山與西崑之異同，再而論及西崑以七律詠史之成就當於詠史詩之發展史上有一席之地。因而拈出〈由詠史詩看西崑體與義山體的異同——兼論二者在詠史詩發展史上的意義〉爲題發表於〈宋代文學研究叢刊〉第三期（一九九七，高雄：麗文文化事業公司出版）。

至於西崑詩人於唱和詩中相濡以沫之情，及其以詠物寄託情志的寫作方式亦有可道者，因以〈從唱和詩的角度解讀西崑酬唱集中的詠物詩〉爲題，由〈梨〉詩至〈赤日〉詩分別解讀詩人在詠物詩中的情懷所寄，及詩人相互唱和的旨趣。並探討其作品的成就合乎詠物詩的積極標準者，知其可繼承香草美人比興喻托的傳統而無愧。

再者雖是和意不和韻，《西崑酬唱集》中不少作品，和者皆甚少，乃至於僅一唱一和的現象。如丁謂於〈梨〉詩之後，即不再有和作，其中緣由委實値得探討。而祥符詔書更與崑體興衰關係密切。且詩人之沈博絕麗風格的形成亦有其歷史淵源及時代背景，因以〈祥符詔書與崑體詩和意不和韻的關係——並探討沈博絕麗風格形成的文學史淵源〉爲題，發表於「八十七學年度彰化師大國文系學術研討會」。

又者，西崑體沈博絕麗風格，更與其用典有關，所謂「引古稱辨雄」者。因以〈論西崑體的用典與其展現的意義〉爲題，言詩家用典功夫之高下關係醞釀功夫，且說及崑體用典與四六文之淵源，再則論述詩人身處館閣中用典的條件及其必要所在。並以近人所言用典的作用，探討其成就處。

後三篇乃近一年所撰，此時於崑體詩作之體會稍有所得，因借用布爾迪厄「文學場域」的概念，嘗試來分析崑體詩和意不和韻的唱和方式，沈博絕麗風格及其用典功夫等所展現的意義。

篇末〈宋人詩中的屈騷情懷〉原爲舊作〈宋人論詩詩中的屈騷情懷〉，發表於成功大學「第一屆宋代文學學術研討會」（一九九五），今稍作修正，附錄於此，以見「湘蘭自古傳幽怨」、「楚雨含情俱有托」等屈騷情懷，實在是古今皆然。然在下學殖淺疏，於此固猶未能盡窺其究竟，且截稿日在即，匆促之餘，對崑體詩之解讀恐不免有所偏謬，如蒙　博雅君子，不吝指正，惠賜教言，匡所未逮，固其幸也。

周益忠謹序於白沙山莊

一九九九年三月三日

西崑研究論集　目次

附錄

詩家總愛西崑好——重新解讀西崑體

一、前言

元遺山有爲人傳誦不已的名詩：「望帝春心托杜鵑，佳人錦瑟怨華年，詩家總愛西崑好，獨恨無人作鄭箋①。」這裡實牽涉到至少兩個問題。一是西崑爲何？二是爲何用「好」字，而不用「美」或者其他字眼，來說西崑。亦即爲何不說詩家總愛西崑美，或者結合第一個問題而直接說：詩家總愛義山（或玉谿）美，卻偏要說西崑好，而讓此句成爲他人鄭箋的對象，這實在是很有趣的。

首先對於西崑的解釋，歷來總認爲宋代楊劉諸公的西崑體因「歌功頌德、流連光景」、「堆砌典故玩弄詞章②」……之故，似乎不可能好在此輩，因而就推本溯源直接找上李商隱，尤其「望帝春心」、「佳人錦瑟」等又出自義山詩，所以詩家所愛的西崑應非宋代西崑酬唱集諸公，似乎也成了探討此一問題者的通論。另有考出西崑一名唐代未見，首見於楊劉諸公於秘閣編修《歷代君臣事跡》（即《册府元龜》）以秘閣爲帝王藏書所，如西方崑崙群玉之山之爲藏書之府，是以名其時所唱和之詩爲《西崑酬唱集》③，西崑之名固義山所未見也，因而也有人據此而指稱元遺山誤用了。但元遺山何以如此誤用呢？

非但元詩如此，當時嚴羽《滄浪詩話》論及詩體亦云：「西崑體即李商隱體，然兼溫庭筠及本朝楊劉諸公而名之也④。」把西崑體的定義作了較寬廣的解釋，兼及唐宋，滄浪爲論詩名家，時代又與元遺山近，一南一北都有如此的看法，似乎應該前有所承，於此，釋惠洪的《冷齋夜話》似乎是始作俑者。夜話卷四有：「詩到李義山，謂之文章一厄，以其用事僻澀，時稱西崑體。」但遍查唐人著述並未有此說法者，釋惠洪這一「時」字，用得當然有疑義。但是他應也只是把李義山和西崑相混的現像載之於文字而已，所謂冰山一角，冷齋夜話也好，胡仔、元遺山、嚴滄浪也好⑤，甚至金人李純甫《西崑集序》也說道：「李義山喜用僻字，下奇字晚唐人多效之，號西崑體」，這毋寧是很有趣的現象。

當然解決的辦法，不是去糾正他們⑥，而是要探討何以西崑好，好到讓人以爲西崑好而不說是義山好，且是詩家本身的認爲，而不是詩家之外的人認爲西崑好。這西崑本身，亦即西崑酬唱 集中的詩人詩作就實在有必要重新探索了。

二、由〈漢武〉一詩看西崑的托怨

經過近世箋注研究者的努力，如海峽對岸之王仲犖《西崑酬唱集注》及鄭再時

①元遺山〈論詩絕句〉第十二首。（《四部叢刊遺山先生文集》卷十九）
②歷來文學史書中貶西崑者甚多，比如署名游國恩等主編之《中國文學史》（台北：五南）即說道：「他們自認是學習李商隱，實際只是片面發展了李商隱創作追求形式美的傾向，他們缺乏眞正的生活感受，寫出來的詩大都內容單薄、感情虛假，寫來寫去，無非爲了搬弄幾個陳腐的典故，如〈淚〉……正好爲那些生活空虛的官僚士大夫提供一種以文字爲消遣的玩意。」章目正是第五篇第一章：「北宋詩文革新運動。」爲了突顯革新有理，自要言西崑陳腐，此種觀念，遍見於今之各種文學史內容中。
③見楊億《西崑酬唱集·序》：「取玉山策府之名，命之曰西崑酬唱集」云爾。郭璞注《穆天子傳》「群玉之山」有云：「即山海經云群玉山，西王母所居者，言往古帝王以爲藏書册之府，所謂藏之名山者也。」
④見《滄浪詩話·詩體》，「以人而論」下。
⑤胡仔《苕溪漁隱叢話·前集》，於唐彥謙之後，王建之前列西崑體，其中亦多論李義山詩。可知胡仔與時人皆有將義山與西崑相混的現像。
⑥如馮班《鈍吟雜錄》卷五中有〈嚴氏糾謬〉論及滄浪言西崑之謬，又吳喬之《西崑發微》所論實皆玉谿生詩，見《西崑發微》台北：廣文書局，一九七三。

《西崑酬唱集箋注》⑦，另有曾棗莊《論西崑體》等煌煌巨著，及其他單篇論文的探討⑧，西崑的面目已較能如實的展現，不再受石介怪說以來的誤解偏見所誤，西崑諸公的託怨之旨趣，已不再是一些號稱治詩者所能輕易抹殺的。

西崑酬唱集的主要人物爲楊億、劉筠，再加上錢惟演，李宗諤等共十七人⑨，他們在秘閣偏修《歷代君臣事跡》時相與酬唱，其後編成《西崑酬唱集》，酬唱的作品形式既用事博奧、對仗工妙，且所用的文字濃麗奇艷，一反當時白體的平淺宣露，再加以濃麗奇艷的形式上，更包蘊密緻別有寄託。正足以道出士子之所欲道而不敢道或不能道者，流風所煽因而一時爭相倣效，詩文之體也因而爲之一變，甚至「五代以來蕪鄙之氣，由茲盡矣」⑩其影響不可謂不大。除了集序，我們可先由〈漢武〉一詩來看出西崑諸人於詩作中的企圖及方法。楊億首唱道：

蓬萊銀闕浪漫漫，弱水回風欲到難。光照竹宮勞夜拜，露漙金掌費朝餐。力通青海求龍種，死諱文成食馬肝。待詔先生齒編貝，那教索米向長安。

句句說的是漢武時，但句句也在說著當時的事跡。如首聯蓬萊及弱水，即指蓬萊仙山既不可至，求仙之舉，委實虛誕，次聯言夜拜竹宮之勞，朝餐金掌（甘露）

之枉費，亦皆可見這一偉大帝王的枉費心機，五句則以力通言其用兵之不當，貳師將軍遠征之十餘萬大軍，竟只爲龍種之名馬，荒謬畢見，而六句死諱文成食馬肝則突顯武帝欲掩飾求仙之失敗，因而嫁禍於少翁，殺文成將軍以洩憤，暗示帝王之好惡無常。所以《後村詩話》稱此「尤老健」，而末聯言東方朔齒若編貝，且可以爲天子之臣，卻俸祿微薄、飢至欲死，以至索米長安。此言人才之可憐，正足以烘托

⑦王仲犖注本（中華書局）鄭再時箋注本（齊魯書社），另國內有不撰注者《西崑酬唱集》，其實爲中華書局王仲犖注本（台北：漢京文化事業出版）。

⑧國內有黃啓方：〈宋初詩壇與西崑體〉（民五十八年國科會研究報告）、王延傑〈西崑體之盛衰〉（師大月刊二六期）、簡錦松之〈西崑體小史〉載《不會飛的蒼蠅》（聯亞）大陸則有肖瑞峰〈重評《西崑酬唱集》中的楊億詩〉（文學遺產一九八四、一）、金啓華〈西崑體評價〉（齊魯學刊一九八五）及吳小如〈西崑體平議〉（文學評論一九九〇，第六期）等論文多篇，皆在某些方面對西崑體有較客觀持平的見解。

⑨序中楊億有云：「其屬而和者，計十有五人。」這應是楊億自謙，以錢劉二人爲首，自居於十五人之列。見漢京本西崑集序注，並詳見曾棗莊《論西崑體》，高雄：麗文文化，一九九三。第二章、四、西崑集的作者數和作品數。

⑩田況《儒林公議》（四庫全書本）。

武帝雖有〈賢良詔〉⑪之詔告天下，卻難掩其但欲求仙的荒謬行止，致使眞正之人才處境困厄。方回以江西後勁，律髓則云此詩：「譏武帝求仙，徒費心力，用兵不勝其驕，而于人才之地不加意也。」然而楊億所言畢竟不在指責漢武而已，借古諷今之意，依稀可見，眞宗在王欽若等佞人的推就下，旣僞造天書，且歷來箋注者每以此言眞宗求仙之如漢武亦不無道理⑫。尤其末句之以東方朔自況，詞意更明。證諸景德初所作〈再乞解職表〉之言：「漢臣之餓且欲死，難免侏儒之嗤；孔徒之病不能興，敢懷子路之慍？」一文，可見楊億之托，在托漢武以諷今上，楊氏之怨，在怨其身爲學士而家貧飢餒，而西崑托怨之旨實可由此展開⑬。

楊億於秘閣中幸有劉錢二人爲其知音，又有他人之相和，詩人酬唱，自唐已來，元、白、皮、陸，早已屢見，唱和實可觀詩人間之心神相感、知音相契⑭。如劉筠爲楊億所識而拔擢者，集中之和詩以他爲最多，和〈漢武〉之末聯即云：「相如作賦徒能諷，卻助飄飄逸氣多」言司馬相如大人賦之諷諫，卻令漢武大喜而「飄飄有凌雲之氣」，暗示文士之苦心孤詣，他人未必能解，終究化爲烏有，以此而可呼應楊億並點出何以文士需索米長安之由，在於帝王之未能眞正好文。然而好文正是宋初以來的政策，「重文輕武」世所恆言，眞宗更以「書中自有千鍾粟」等名句勸世而著⑮。

錢惟演的和詩首聯為「一曲橫汾鼓吹回，侍臣高會柏梁臺。」先言武帝橫渡汾河所作秋風辭，再言其命群臣柏梁臺賦詩，表示他能文又好文，獎勵文士，然而中二聯「金芝燁煌」、「青雀軒翔」、「東邀鶴駕」、「西待龍媒」等又可見其迷於神仙事，且龍媒又可發明楊億「力通青海求龍種」之旨，天馬也好，龍媒也好，窮兵西極原只是為登仙作準備，帝王之心只在此，而末聯更將此事之幻滅道出——

⑪《昭明文選》卷三十五詔令下選有武帝兩篇「詔」文，一即〈賢良詔〉。

⑫東封泰山時為大中祥符元年十月，而此詩作在景德年間，《續資治通鑑長編》言：「真宗景德二年九月丁卯令……楊億修《歷代君臣事蹟》景德年號自一〇〇四—一〇〇七不過四年，一〇〇八，即大中祥符元年。時代甚為接近。景德間偽造天書以諂真宗之事即已常見。於此曾棗莊亦有述及。見《論西崑體》三十頁以下。

⑬於此沈括《夢溪筆談》卷一即云：「舊翰林學士地勢清切，皆不兼他務。」楊大年身為學士，家貧請外，再加上文集所載，可見楊億之言有其本事可考。

⑭詳見拙撰〈知音相契與宋代論詩詩〉，淡江大學：《文學與美學研討會論文集》，一九八九。

⑮宋眞宗：〈勸學文〉有：「富家不用買良田，書中自有千鍾粟，安居不用架高堂，書中自有黃金屋。」云云，可見在上者之欲化成天下的用心。

「甘泉祭罷神光滅，更遣人間識玉杯」，神光出現，終歸寂滅，武帝一死，陪葬的玉杯，竟不免為人所盜。以此而突顯出求仙之事有何可信？

至於李宗諤等人之和詩亦多能在此，李之和詩有言：「西母不來東朔去，茂陵松柏風蕭蕭」，點出武帝好仙而西王母不來，輕視文臣而東方朔乃去，而武帝本身則不免死葬茂陵而已。寓諷之旨皆可與楊億之首唱相印證，諸人酬唱之旨也借此而顯，而且他詩亦皆若有實指，指出眞宗好文之偽飾，求仙之荒誕，而文士之因阨無寧俱在其中。西崑風潮於焉聳動一時，自然不免招來那以佞諂而當權者所忌，然而好文既是當時招牌，且宋祖又有不殺文士之庭訓，⑯於是指責西崑諸人為「淫辭」、「浮艷」形成打壓有理的氣氛，以降低其影響力，其後再借一些不明究理的好勇之輩如石介等人的大肆吶喊，搬出所謂「聖人之道」⑰將重道擺在重文之上，西崑諸公的命運自可想而知，只不過西崑還是能興盛一時，可見他們在當時的魅力。

然而今日若我們從「興觀群怨」的詩旨來看，仔細檢視西崑集，則可發現前人對於西崑的誤解雖積重難返，但也並非不能釐清，只不過功夫要透過所謂「包蘊密緻」來看在層層精美深奧的文字下，作者所隱含事君進思盡忠、退思補闕，且言當隱諱的苦心孤詣，才能了解西崑的美與好。

三、別具一隻眼——看〈宣曲二十二韻〉的意旨

一般認爲西崑的得罪當道，首在〈宣曲二十二韻〉，此詩但有楊億首唱，及劉錢二人之和作，餘者不與焉。正可見三人之功力相侔，氣味相投。爲其他諸人所未逮，此詩既名二十二韻，文有四十四句二百二十字，三人既各有作，篇幅稍長，但摘其關鍵字句說明。「宣曲更衣寵」爲首句，亦篇章得名之由。曾棗莊沿襲前人以爲「詠宮內的得寵和失寵」基本上是對的⑱。首句即出自《漢書孝武衛皇后傳》：「武帝過乎陽主家，主爲進歌者衛子夫，帝起更衣，子夫侍，得幸」，次句「高堂

⑯王夫之《宋論》卷一云：「太祖勒石，鎖置殿中，使嗣君即位，入而跪讀，其戒有三：一、保全柴氏子孫；二、不殺士大夫；三、不加農田之賦。嗚呼！若此三者，不謂之盛德也不能」。又云：「終宋之世，文臣無歐刀之辟。……」

⑰石介〈怪說〉中。石介與王欽若，陳彭年等不同時，出生較晚，然好勇過頭，作〈慶曆聖德頌〉（見徂徠集）孫復以爲石介禍自此始，《魏公別錄》亦載，范仲淹讀此頌，對韓琦道：「爲此怪鬼輩害事也。」等可見石介之樹敵甚多，不免與其矯枉過正有關，而石介攻擊楊億之作，曾棗莊前揭書第八章有詳論。

⑱曾棗莊《論西崑體》高雄：麗文文化，一九九三，四十六頁以下。

薦枕榮」，用宋玉高唐賦，言楚王夢巫山神女願薦枕席事，述帝王之有人爭邀寵而得遂其志。所以「十洲銀闕峻，三閣玉梯橫」至「射臍薰翠被，鹿爪試銀箏」等十四句即說及得寵者於後宮與君主極其游衍奢靡之狀。

然而寵倖有時而盡，「秦鳳來何晚，燕蘭夢未成」句，即用穆公嫁女予蕭史，及鄭文公妾燕姞夢蘭而生穆公事，反用其事以言愛寵者之以細故而失寵。「絲囊晨露失，椒壁夜寒輕」以下極寫望君而不得，因而身居冷宮之可憐，中夾「綺緞餘霞散」四句，點出君王車過而不前來，更將失寵者的一絲希望擊破。因而詩之末段「洛媛沫芝館，星妃滯斗城」即暗喻失寵者之抑鬱既久終而香銷玉殞，並言其致死之由在「虛廊偏響屧，近署鎮嚴更」，咫尺長門閉阿嬌，且新歡之聲響於耳畔，此種煎熬實更加倍，因而「心長苦」、「夢亦驚」，且又無良媒以托意，空有含情之久，再以海闊，天高言君王之心已遠，不得近，而「天高桂漸生」，更反用杜甫月詩：「斫卻月中桂，清輝應更多」之意，言君王之輝光已為他人所蔽，終憂恨而至黯然而逝——以「銷魂璧台路，千古樂池平」為結可見。此章言失寵者之由得寵而終歸失寵而死，其實反映的應不只是嬪妃而已，更不能只說「這幾乎是封建社會宮女的共同命運」等一語帶過。其實若光就劉楊二妃或丁香考證之無確證，而不能取信，應可藉此始亂終棄之事，「宣曲更衣寵」之發端，知其意在諫向來王朝空有制度，君王每以一己之好惡而隨意爲之。是以得寵者之由更衣薦枕而來，未有一套標準，失寵亦然，得寵而倖乃至失寵而死，俱在此種「趙孟之所貴，趙孟能賤之」的情況下，反覆上演始亂終棄的故事，嬪妃如此，固屬可悲；士大夫枉讀聖賢書亦招來此命運，豈不更可嘆息！這種非理性的方式，固已破壞制度打破典章，劉筠和詩因道：「八月收民算，三千異典章，天機從此淺，國艷或非良。」一語雙關，異典章即不合典章所定的成規，國艷非良，言其非良肇因君王以嗜欲而來，所收者其心不良，自有可能，絕非「劉筠蓋站在地主階級立場，以諷丁香⑲」云云，實另有所指，因君王之嗜欲既深，天機已淺，所進用者每心存不正，如齊桓之寵易牙般，孌女自有絕漢嗣者。劉詩之用意亦然，將人臣之無柰與宮女之歡寵綰結爲一。因而逼出末四句：「背枕多幽怨，登樓更遠傷，下陳無自愧，人彘劇豺狼。」「幽怨」、「遠傷」本亦無可奈何而來，若能思及得寵如戚姬之不免爲呂后殘爲人彘，則失寵又有何妨？何必怨傷若此，以之爲失寵者寬慰，其實也以此自寬。此劉氏之不愧爲

⑲漢京本（即王仲犖注本，中華書局，一九八〇）頁八六。

大年之知音也。

楊氏原本在此有所寄託，更有所暗諷，因說君王好寵之天機淺，更重要的在指責君王之壞典章，任好惡之不足爲訓，此微言大義也，特包裝精美，深意難窺，連陸游都不免在以爲「頗指宮掖」⑳，更緣此而以爲犯忌之由，其實當〈宣曲二十二韻〉一詩出時，言之者無罪，聞之者足以戒之三代已不復見，反而觸痛其他以佞諂進者的忌諱，所以他們必欲羅織罪名以禁西崑之曲。這恐怕才是另一主要原因，的確西崑的微言大義若有鄭箋，固可膾炙人口，聳動天下，然詩人之心本又往往可相應相感，此詩之能播騰士子間當有其故，縱然或者所識僅嬪妃之寵，或而知此爲士大夫之相同命運，這些酬唱之詩俱能深淺由人，探而有得者，實有其擅場處。準此，別具一隻眼，來看西崑其他篇章，當更能體會何以「詩家總愛西崑好」，詩人之拍案叫好，當有其深意！

四、和意不和韻——由和詩看西崑的君子之交

〈宣曲二十二韻〉和者二人，比諸漢武一詩和者多達六人，自有距離，然而若再看〈受詔修書述懷感事三十韻〉，僅劉筠一人相和而已，實可見陽春白雪之其曲

彌高，其和彌寡，楊劉之相濡以沫蓋既深且久，非他人所能及。準此來看集中若題意只是泛泛的應酬之作，則和者必多。如〈休沐端居有懷希聖少卿學士〉，和者三人，〈燈夕寄內翰虢略公〉和者亦三人。另有和者較多是看似簡單的詠物之作，如〈館中新蟬〉和者五人，〈鶴〉詩和者四人，〈荷花〉和者三人，且再賦一首亦同。〈梨〉詩亦有三同和，〈霜月〉亦然，〈清風十韻〉則多達六人。

他如即目所命之題如〈苦熱〉，〈屬疾〉各有三人和詩，而前有所承倣義山之作和者亦多，如〈代意〉有六人相和，〈漢武〉亦然，另外〈舊將〉也有三人來和。

諸人所和功力本有高下，輕易者和詩自多，集中或五律或七律或徘律，正如稍後梅聖俞之詩功力高，歐公亦自嘆不如而有「稍低筆力容我和」之嘆㉑。此種律詩既求用典精奧，又要對仗工巧，以此而蘊含寄託，他人縱敢爲然亦未能至。諸如

---

⑳陸游〈跋西崑酬唱集〉云：「祥符中，嘗下詔禁文體浮艷，議者謂是時館中，作宣曲詩，……而劉（妃）楊（妃）方幸，或謂頗指宮掖。」（《放翁題跋》卷六）於此李燾《續資治通鑑長編》卷七十一也有討論，參見註⑱，曾棗莊，前揭書頁六以下。

㉑歐陽修〈梅聖俞病中代書奉寄聖俞二十五兄〉，又如〈再和聖俞見答〉等詩亦皆有此意。

〈無題〉、〈淚〉詩等，但有錢劉二人相和而已。至於集中唯一標題〈五絕〉之作，爲〈戊申年七夕五絕〉七言絕句連作五首，除錢劉楊三人外，僅薛映和張秉二人有作，皆可見此等作品之非比尋常，是以西崑作家雖號稱十七人，然實多充數之輩。

諸人之所以不能與及多篇，但有零星之和，並非酬唱集本身對於和韻要求嚴格的關係，諸如逐步次韻等重視形式整齊等，相反的，集中所見幾乎都是和意不和韻，詩意上相互發明，而不重視形式上的步韻嚴謹，曾書即分析如下：㈠和意而不和韻的有四十一篇；㈡部分同韻、部分不同韻的有二十一篇；㈢同題而不同體，韻亦不盡同的有三篇；㈣同韻，即韻同而順序不同的有四篇；㈤步韻即依原詩用韻順序的有一篇；㈥僅有原唱而無人和韻的五篇。（作者又言，〈夜意〉實爲和楊億〈赤日〉，而且另有舒雅的三篇，分別酬答楊劉錢三人，因而實際上未有和作者但〈因人話建溪舊居〉一詩㉒。）

錢惟演一詩或題〈赤日〉或題〈夜意〉然觀其詩意，亦可見夏夜在漫漫長日之後亦酷熱難當，此亦赤日可畏也，不分晝夜的現像相當明顯。至於第一類的四十一篇當然沒問題。第二類中所謂部分同韻，部分不同韻，嚴格來說部分同韻之現像亦屬偶然而已，如〈南朝〉一詩，楊錢雖同韻，而用韻之字並不相同，唯一共用之字「稀」楊詩用在首句，而錢詩則在次句，可見諸人用此但偶合而已。至於〈代意〉二首和者雖多，亦各不相同，曾氏言：「僅丁謂與劉騭同韻為情、沉㉓」則顯然有誤。情、沉本不同韻。他如〈樞密王左丞宰新菊〉，首句韻同，但次聯後所用之韻腳，即明顯不同，他詩亦多類此，亦可見諸人但重各自發揮，所謂君子和而不同，和詩而不求同韻同字，或為避免黨同伐異為小人之行逕。至於同題而不同體，如同樣〈夜宴〉，分別有五律，和五排之不同，〈無題〉則多為七律，劉筠則將第三首〈無題〉寫成五排等俱可見諸人連詩體皆可相異了，遑論韻腳。也因而若同詠〈赤日〉不寫白日之苦熱，而寫夜暑之難耐，實亦可說是和意而不和韻，若拘於詩題，誤以為酬唱之作，當如何如何，則恐不識詩人之用意所在。他若有同韻字、韻腳同而順序不同，其實非但順序不同，實亦各自發揮，不加拘束。

詩集中眞正步韻的，但有〈屬疾〉三首，晁迥、崔遵處各和楊億一首，且逐步

㉒同注⑱，第四章第一節和意不和韻。

㉓《論西崑體》頁一三七。

和韻，有趣的是與楊億最相知的劉筠根本不同韻，崔晃之詩，集中罕見，除了晁迥另有〈清風十韻〉一首外，崔遵度則但有此〈屬疾〉一詩，孤證不足爲訓，因而可以說西崑諸人的相酬唱，幾乎都在君子之交和而不同的範圍。

所謂「和而不同」或者說「和意而不同（和）韻」，正可見諸人但以此詩作綰結同心，相濡以沫，身居秘閣，進思盡忠，退思補闕，此爲其寄託者，然環顧處境，君心之非難格，蔽日之雲恆多。諸人因而不免有不如歸去之怨，此等托怨之旨，每見於諸人詩篇中，且藉由和作而彼此情志宛然可見。所謂「善歌者，使人繼其聲；善教者使人繼其志」《禮記・學記》，劉筠爲楊億所識而拔者，誼同師生。因而集中所載楊劉二人和詩最多，集中楊億首唱者，劉筠幾每篇必和，劉筠首唱者十九篇，楊億亦無篇不與。二百五十首中，楊億有七十六篇，劉筠亦有七十篇，錢惟演就少一些了，但也有五十五篇，其餘諸人只在「其屬而和者計十有五人」之列而已，其中李宗諤稍有精彩之作。楊億有作，而劉筠未和者但有〈無題〉、〈譯經光梵大師〉、〈秋夕池上〉及〈因人話建溪舊居〉寥寥數篇，其中前三首但有錢惟演之和作，〈因人話建溪舊居〉更是未有和者，可說楊、劉二人於西崑集中最爲相得，楊氏之詩旨，得劉筠而發明，而劉詩之孤詣亦可於楊詩中印證，二人相濡以沫，既爲西崑體之砥柱且創出西崑之光不可掩的成績來。

五、重讀西崑體的重要篇章

㈠詠史詩

諸人以修史故，詠史詩之作自然爲詩中之主要題材，而義山詠史之作所發展出來的史論型的詠史詩㉔，以議論運古事，「但攻其一，不及其餘。」的作風，自也成爲諸人倣效的對象，而楊劉二人在此的表現較諸前輩實不遑多讓。

如〈南朝〉一詩，楊億於頸聯有「步試金蓮波濺襪，歌翻玉樹涕沾衣。」雖詞句濃麗已極，而亡國之慨見乎其中，劉筠則於尾聯道：「千古風流佳麗地，盡供哀思與蘭成。」南朝王氣但給庾信〈哀江南賦〉作詩材，寧非國家不幸詩家幸之例，此亦可爲有國者戒，於此李宗諤之表現更奇，其尾聯云：「惆悵雷塘都幾日，吟魂

㉔義山詠史詩，歷來評價皆甚高，如沈德潛《說詩晬語》卷上言其「不媿讀書人持論。」今人黃盛雄〈李義山的詠史詩〉也謂：「義山在詠懷型之外，發展了史論型的詠史詩。」《古典文學論文集》第九集（台北：台灣學生書局），看西崑的詠史詩，實應由此出發。

醉魄已相尋。」用韓偓《海山記》言隋煬帝滅陳無多久即蹈陳後主的腳步，以暗諷眞宗皇帝亦每步其後蜀孟昶、及蜀南唐後主的行徑，有人說此「規撫義山，得其一體」，也頗有道理。

〈明皇〉一詩，楊億之頸聯有云：「河溯叛臣驚舞馬，渭橋遺老識眞龍。」用《明皇雜錄》之典，田承嗣不識舞馬而殺之，亂世文章不値，舞馬亦喪於匹夫，世亂之慘由此可想。縱渭橋遺老能識眞龍，又能如何？一切悔之已遲，先寫淪落，而次句之悔畢見。劉筠之次聯則云：「梨園法部兼胡部，玉輦長亭復短亭。」方回《律髓》所謂「荒唐沈緬有如此，流離顚沛忽如彼，皆可爲後世人主之戒。」正道出西崑之旨趣。

〈舊將〉一詩，則應有感於宋代杯酒釋兵權之後中，重文輕武的政策，老將們由當年「平生苦戰憶山西，撫劍臨風氣吐霓。」的意氣風發，到如今只但成爲早朝中行禮如儀，而不聞邊疆風霜的朝廷冗員——「髀肉漸生衣帶緩，早朝空聽汝南雉」較諸王維〈老將行〉——「路旁時賣故侯瓜；門前學種先生柳」亦各有千秋㉕。劉筠之和詩亦可見，由首聯——「丈八蛇矛戰血乾，子孫今已列材官」始，而以「秋來從獵長楊榭，矍鑠猶能一據鞍」終，結處用馬援之事：「臣尙能被甲上馬」（《漢書·馬援傳》），以老將之但能於從獵時一展身手之可悲。若再看王維〈老將行〉之結語「莫嫌舊日雲中守，猶堪一戰立功勳」猶有老驥伏櫪的氣概，用武之地自有唐宋之異，而宋室之危機亦隱然見於其中。

㈡詠物詩

詠史之外，詠物亦可寄託個人之懷抱。如朝生夕隕的槿花可喻生命的短暫，而劉筠〈槿花〉首唱頷聯竟以「吳宮何薄命，楚夢不終朝」爲喻。以花開花謝喻人生之短暫，世所常見，以吳宮之薄命形容槿花，再以楚夢之不終朝來加強，正可見何止花開之時短，家國亦然。楊億之頸聯則云：「塵暗神妃襪，衣殘侍史香」言此槿花如塵之暗，如衣之殘，則豈只生命短暫爲悲，澗戶無人之開落爲人所忽，實更可悲！

至於「煩君最相警，我亦舉家清」爲義山所詠的蟬，有劉筠首唱的〈館中新蟬〉其頸聯「風來玉宇烏先轉，露下金莖鶴未知」暗喩讒臣之工諂爲君子所難防，

㉕王維〈老將行〉《樂府詩集》卷九十，「新樂府辭樂府雜題」有錄。

難怪歷來評家要大加贊賞─「雖用故事，何害爲佳句」，六一翁許之如此，正見西崑諸公自有其不可掩。楊億之尾聯則道「雲鬢翠綏徒自許，先秋楚客已回腸。」言及雖空以才氣自許，卻不免憂讒畏譏，秋涼未到已先回腸百結。

以詠物來寄託，又有〈鶴〉詩，也是劉筠首唱，首聯爲「碧樹陰濃釦砌平，華亭歸夢曉頻驚。」鶴之屢驚可見讒臣之足畏。楊億的和作以頸聯的議論最警切─「瑞世鸞皇徒自許，繞枝烏鵲未成棲。」上句言其枉自期許，卻於朝中如烏鵲之可憐未有可棲附攀援者，如李密所言「朝中無人，不如歸田。」以鶴喻一己之材命相妨，二人皆有其用意而發爲妙警之語。

詠物之作，義山以〈淚〉詩爲著，西崑諸人但三家有作，且人各二首，歷來多以爲模倣玉谿生者，而不甚許可，甚者又以堆砌典故爲譏㉖，其實藉由典故濃縮醞釀深到，正可反映出詩人內心之投影，如楊億第一首以「錦字梭停掩夜機，白頭吟苦怨新知」始，而知其爲美人失寵之悲，是以三四句「誰聞隴水回腸後，更聽巴猿拭袂時。」斷腸人聽斷腸聲，自是淚流不已。五六兩句「漢宮微涼金屋閉，魏宮清曉玉壺欹」更可見一但如阿嬌被金屋佇藏後，或者如魏文帝之薛靈芸被聘至深宮了，愁閉悲思，淚凝如血，蓋侯門一入深如海，且入門見忌心，此種幽怨在於如籠中鳥之不得自在飛，而入朝遭忌者，寧非如此，此所以壯士本秋涼而悲，然而楊億卻已如美人之傷春了。「多情不待悲秋氣，祇是傷春鬢已絲」先秋而悲，傷春而成白髮，這實士大夫之最大無奈也。是以次首頷聯又道：「枉是荊王疑美璞，更令楊子怨多歧」更將君王之不識美玉，使得書生空有歧路之嘆的千古悲情說出。因而逼出結語之「未抵索居愁翠被，圓荷清曉露淋漓。」言清晨荷葉上淋漓之露珠，也比不上離群索居，不得展懷者，被中淚水之多也。雖用「未抵青袍送玉珂」之筆，然一在七句，一在末句，且詞意警切，亦各有千秋。

此二首錢惟演也和了，錢氏以吳越王之後，寫來不免有黍離麥秀之感。如次首頷聯之「江南滿目新亭宴，旗鼓傷心故國春」實爲古往今來，令人傷心落淚之事數不勝數，因而各以所懷抒之。然而最難過的還是才華不爲在上者所識，而不得逞

㉖於此，曾棗莊亦然，他說：「李詩以青袍與玉珂作對比，具有眞切的身世之感，因而有強烈的感人力量；楊詩純粹出于模仿，確有無病呻吟的味道。錢劉和詩亦有同病。」今人龔鵬程較能同其情而道：「楊劉諸人，處危疑之地，爲亡國之餘，……義山詩包蘊密致，炙而愈出，又可假獺祭爲其煙霧，諷諭時事，其體最宜，故有取焉耳。」（《江西詩社宗派研究》台北：文史哲出版社，頁一五一），頗能道出西崑之苦心，用以說淚之堆砌典故，亦爲允當。

其才，因而錢詩亦以「荆王未辨連城價，腸斷南州抱璧人」作法呼應楊詩。蓋亡國之事已矣，我今如楚之和氏，雖握有荆山之玉，但時君不能識察，未能盡其所長，此爲最傷心者，亦用前人與一己之悲相對比的手法。

劉筠〈淚〉詩第一首末句則翻用李白〈遠別離〉：「蒼梧山崩湘水絕，竹上之淚乃可滅。」而言「湘水未乾終未盡，豈徒萬點寄疏篁。」言二妃之悲無窮無盡，淚水所寄非徒湘妃竹而已，言此種亡國且亡夫君而失去寄託之悲爲最。

次首「含酸如歎幾傷神」，先則言淚未必流，而悲實更甚，既引恨賦之「含酸如歎，銷落煙沉」又用〈晉陽秋〉：「荀粲婦亡，粲不哭而神傷。」三四句：「建業江山非故國，灞陵風雨又殘春」則一指喪失故國之淚，再指失去戰場者虎落平陽亡悲。五六句「虞歌訣別知亡楚，燕酒初酣待報秦」則言霸王將敗，面對美人之悲，和易水將訣別悲，而末句「欲訴青天銷積恨，月娥霜獨更愁人」亦且逼出欲向青天訴此悲愁，然而天上明月正有一孤獨之月娥，是以更加令人憂愁，此仁人志士之懷也，先則爲自己而滿腹悲愁，欲訴諸於上，卻又見在上者的孤獨無依，不免又爲他耽心。所以其後東坡有「又恐瓊樓玉宇，高處不勝寒。」而神宗以爲蘇軾終是愛君[27]，惜此時之眞宗猶未能會此。

(三)情詩

義山有〈無題〉等膾炙人口的愛情之作，西崑諸公既學李商隱，因而不禁令人好奇，是否集中也有愛情詩。因而若見西崑集中有〈無題〉、〈代意〉，當必以爲此亦言情也。或而以爲義山有此情史，發爲情詩，是至情至性之作，西崑諸公既未有此韻事，恐怕是東施效顰無足多道。是又不然，是不知西崑借此〈無題〉言君臣之相得相失，一承騷人香草美人的傳統所致。諸人身居館閣，職責所在當諫過補闕或君寵已失，不得相見，又有不得言明者，托此情愛之事以寄其心意，實乃勢所必然，義山的情詩適足以供其詩思，借其詩材，以達此數公心意。

楊億之〈無題〉三首，由錢惟演和詩之發端「誤語成疑意已傷，春山低斂翠眉長。」點出楊億失去君王信任的無奈，所以有「纔斷歌雲成夢雨，斗回笑電作嗔霆」句，言君王之轉喜爲怒，若叩緊澶淵之盟後，寇準和楊億的下場更可以知「誤

㉗東坡樂府〈水調歌頭·丙辰中秋，歡飲達旦，作此篇，兼懷子由〉，〈歲時廣記〉引《古今詞話》載楊湜云：「神宗讀至『瓊樓玉宇，高處不勝寒』乃歎曰：『蘇軾終是愛君』，即量移汝州。」可見君臣之相知相遇，原可透過此文字之媒而達成。

語成疑」當肇端於此。曾棗莊《論西崑體》第三章「祇托微辭蕩主心」於此所論，大體不差，卻又說「因為自己說話不檢點，以致讒臣生謗。」，實則此詩應非指說話所誤，而是如〈宣曲二十二韻〉等詩作為人有意誤讀而引起，應該較為合理。而劉筠和詩：「簾聲竹影浪多疑，仙轂何能為解迷」更可說明這種詩作，詩意既豐富，隨人解讀，人云云殊，自然多疑，當有仙轂為之解迷，以去其惑，三句以下「蛛壞網」、「燕爭泥」則以小人爭利壞朝綱為悲─因而有「紅蘭終夕露珠啼」的結語。正可見此輩所憂者不在愛情，而是「望美人兮天一方」的思慕。〈無題〉之旨如此。

至於〈代意〉二首王注以為「此是楊億追憶姬人之作」亦屬想當然耳之解。此詩云：「夢蘭前事悔成占，卻羨歸飛拂畫檐，錦瑟驚弦愁別鶴，星機促杼怨新縑，舞腰試罷收紈袖，博齒慵開委玉奩。幾夕離魂自無寐，楚天雲斷見涼蟾。」詩意當以鄭注所言為佳：「言少蒙君恩，寵遇優渥，中途詎遭新進之讒，恩遇日衰，雖有文章辭彩，亦懶于再試矣。」鄭注所言可謂道出楊億之深哀，而曾氏則以紀批義山之詩為言，以為「這類詩衹可『以意會之，必求其事以實之，則刻舟之見矣。中亦有實是艷情者，又不得概論。』對於西崑集的同類詩，也應作如是觀。」云云，此種論點以說義山詩固然不錯，但以說西崑體則未免扞格。

因爲義山生平浪遊天下，又捲入牛李黨爭，雖亦有抱負但未曾入京爲顯宦，得過皇上之恩寵，是以必以香草美人用在義山詩則恐有疑問㉘，但西崑諸公，位處要津，既曾恩寵優渥，卻又因讒見疏，對於屈原，宋玉之遭遇之作品感觸自然特別深刻，發諸於詩篇香草美人，楚雨含情，也就皆有所寄。而且義山之〈無題〉及愛情諸作既未和他人，那時溫段等也未有相和者，不像楊、劉、錢三人，彼此相和，一篇又一篇，未曾聞有人將此愛情心事如此公開的，況且又是「艷情」，宋代士風非有唐可比，且士大夫既潔身自好，自許皆甚高，發諸詩篇，每欲以三百篇之清廟，七月爲準則，那有如此大肆渲揚一己之情欲而公諸同好者，是以若言其中有艷情

㉘世之注義山詩，恆言比興，寄託，清初錢龍惕曾箋義山詩，他的《大衮集》言：「義山無題諸什，掇宮體、玉臺之菁英，加以聲勢律切，令讀者咀吟不倦，誠千古之絕調，然楊眉庵（楊基）以爲雖極其穠艷，皆託於臣不忘君之意，而深惜乎才之不遇，則其詞有難於顯言者。……。」可見一斑，而清人箋釋義山詩每將「知人論世」與「以意逆志」的方法普遍採用，前者如程夢星，其後馮浩《玉谿生詩詳注》更將此一套箋釋方法發揮極致。而沈德潛《說詩晬語》，李慈銘《越漫堂日記》等則皆反對此法，以其有「穿鑿附會」之虞。詳見顏崑陽《李商隱詩箋釋方法論》台北：台灣學生書局，一九九一。第一章。

者，則恐怕大有問題㉙！

　　此種詩意他人和作可以參見，曾氏也有言及，如引丁謂詩之「臨邛已誤通琴意」即是，刁衎之和詩亦有「微波還擬托陳王。」曾氏即云：「如果僅僅是『追憶姬人之作』，刁衎何以用劉楨、潘岳、曹植比楊億？」則看出其端倪，然而諸作中劉筠實亦最足爲楊億之知音者，惜曾氏但引前首之前半，而棄其餘，其實自「乳鶯啼曉銷蘭炷，媚蝶傷春失蕙叢。」下，前句王注言「楊億通宵失眠」，亦可通，後句則言以失去蕙蘭之叢而傷春難禁。至於結語兩句「縱使多才如子建，祇能援筆賦驚鴻。」〈洛神賦〉曹植寫洛神之「翩若驚鴻，婉若遊龍。」實寓其對皇上的思慕，詩意在楊氏既不得君心，除了賦詩表達思慕，又能如何？沉痛之情在此。而二首之末聯「萱花若有重開曰，得見萱花亦自羞」見萱花者當富貴，既以富貴爲言，應不是只說姬人而已。此實指他日若有機會再見到萱花開，當亦以之爲羞。亦即不再思爲宦之事，這是「亦懶于再試矣」之旨。楊氏有劉爲其知己，當亦可見諸人之知音相契者在此。若說西崑有情，那這情是在友朋之互通聲氣，相與慰藉，或者相互發明，相輔以文，蓋諸人俱欲將一己的情懷訴之於君上，恐君心之不明，故一人言之不足，他人繼之又起，這是朋友之義相知之心。

至於詩作每出諸濃艷之筆者，應在言之無文，行之不遠，實亦「美則愛，愛則傳焉」之意，唯恐其不得君心之喜，故不覺如美人之濃妝艷抹盼得一垂青。只不過「媚蝶傷春」似乎道出他們恐怕還是徒勞無功，因爲在此美艷的外表下，包含的是他們對君王嚴正的期許和指責，諸如封禪、嬖寵無節等，皇上之遠去不顧亦無可挽回，因而只能悵然留下「懊惱鴛鴦未白頭」的遺憾，這也是西崑的最大悲哀。

紀昀以爲〈無題〉詩，義山已佳，因而「此體正不必擬，轉擬轉落塵劫」，然而義山詩就難之隱而言情，往往在男女之事而已，而西崑之人，以之期待君王，卻又寫得迷離恍惚眞若言情者，此亦更高一著者，其後江西詩人，要以「崑體功夫造老杜渾成境界」，工夫實在這言在此而意在彼中。而曲折往復，沈鬱頓挫的功夫，

㉙顏崑陽有謂：「這類寫男女艷情的作品，敘述觀點往往爲判斷是否『比體詩』的關鍵，大致而言，有二種敘述觀點比較有可能是比體作品：㈠第一人身的女性觀點，詩人爲男性，卻直接以女性自稱，……㈡全知性觀點，其觀點人物是超越作品經驗現象之上先在的意念性自我，而其描寫對象多通常爲「女性」的行爲或情操，……。」（《李商隱詩箋釋方法論》頁一四九－一五〇）以此檢驗西崑體看似「艷情」的詩，頗能合乎此兩點，尤其他們並非寫「經驗性自我」而是一種全知性觀點，所以可以用來唱和，因而作爲比體詩是可以確立的。

亦依稀可見。惜此意江西者雖知之甚詳，然亦有人以爲不然，以爲崑體功夫必不能造老杜之境界，是眞所謂痴人前不得說夢㉚。

若我們再看〈前檻十二韻〉和〈洞戶〉二首當更可知，此二篇皆只是楊劉二人唱和而已。而曾棗莊以爲「也是艷情詩，也無什麼寓意。」則實不能稱知音者，未能探討出劉柳於此的寓意之深。比如〈前檻〉一詩，前檻二字即出自義山詩：「後門前檻思無窮」，既爲思無窮，則實不能不發揮作者以此命題的用心。其中一段言「驚禽時格磔，戲蝶自翩翾，度繡金針澀，迷釣畫蠟煎。怨眉顰翠羽，危涕迸朱絃」由危葉畏風，驚禽易落，再加上《本草》：「鈎輈格磔，皆鷓鴣聲也。」鷓鴣之聲正是不如歸去，可見楊億此時之歸心，對照於戲蝶之翩翾，都可見才高者招忌，而庸才每據高位的可嘆，而「度繡」句，可說他想要度人（感君王）之金針已艱澀難度，因而孤臣危涕乃隨其「朱絃而清越，壹唱而三歎，有遺音矣」的朱絃而迸出。若言此爲艷情，則用典即非允當。末四句「寶鑑腸空斷，銀潢眼欲穿，曾波自東注，微意若爲傳。」眼欲穿銀河，應也是望美人於天上的旨趣，只是無人能通此寸心微意。

自然，劉筠和詩可以發明此意，「籠禽思隴樹」二句用禰衡〈鸚鵡賦〉事，以言爲宦者之不自由，因而有避秦桃源之意。且末句「長安足輕薄，愼勿走瓊輪」，長安一語叩緊京城，或者是「西北望長安，可憐無數山。」的心意，戒其無爲長安年少的輕薄者所惑，應該也是以君王爲美人，亦可說一飯未嘗忘君的深意。

〈洞戶〉一詩，因楊億首句「洞戶飛甍接綺寮」得名，即言京城宮室之氣派雄偉，次句說「一春幽恨寄蘭苕」，大有杜詩「廣文先生官獨冷」之意，而「水國風霜凋社橘，仙山雲霧隔江潮。」，社橘者，恐意在社稷，而仙山雲霧云云，正見通天之路難尋，且爲雲霧所隔，所謂蔽日浮雲也，鄭注以此詩爲「傷身世，感遇合」之作，實有其道理。因而劉筠和作以：「愁眉豈待歌成慘，咫尺河陽信未傳。」爲結，「天威不違顏咫尺」，實道出楊億雖近在秘閣卻已不爲君王所信任的難受。

正因如此，楊億的作品，若有言情者，實應如此解讀，謂予不信，請看這〈無題〉一詩：

㉚王若虛《滹南詩話》卷三云：「予謂用崑體功夫必不能造老杜之渾成而至老杜之地者亦無事乎崑體功夫。」而曾氏竟也附合道：「這是對的。」則實未盡窺西崑宮室之美、百宮之富所致。元遺山恐應質疑王若虛的說法，而提出鄭箋無人之恨以爲緩頰。

巫陽歸夢隔千峰，辟惡香銷翠被濃。桂魄漸虧愁曉月，蕉心不展怨春風。遙山黯黯眉長斂，一水盈盈語未通，漫託鯤絃傳恨意，雲鬟日夕似飛蓬。

此一詩似亦言情而已，然錢惟演之和作頸聯即云：「紈扇寄情雖自潔，玉壺盛淚祇凝紅。」用漢成帝時班婕妤及魏文帝之魏靈芸事，足見此皆與帝王有關，而愛情詩的用典每與京城或帝王相關，正可見這實非泛泛的情詩而已，尤其又因用筆濃艷，若又以之爲「艷情」那就眞所謂唐突佳人了。

至於集中其他即目抒懷，或感時述懷的作品，前者如《即目》、《偶懷》、《偶作》，後者如《受詔修 書述懷感事三十韻》等每有「撫己慚鳴玉、歸田憶荷鋤」（受詔……）或「一廛今已廢，猶戀漢庭恩」（即目）等「懷古思鄉共白頭」的無奈，於此，曾棗莊之《論西崑體》第三章述之已詳，茲不贅附。

六、何以崑體詩恨無鄭箋

透過了對於西崑集中一些關鍵作品的解讀，應可知西崑作家的苦心孤詣。如此再重新看西崑集前楊億序中的一些文字，當更可會得：

因以歷覽遺編，研味前作，挹其芳潤，發於希慕，更迭唱和，互相切劘。

可知集中所詠之詩，實研味前作有得而來，而「挹其芳潤」，如陸機文賦「漱六藝之芳潤」或可指詩文的雕章麗句，而擷古人之精奧，實有其用意，所謂「發於希慕」，應不只是「希慕古人」而已。或而可指欲如三百篇作者的用心，「邇之事父，遠之事君」，亦可指希慕君王之如堯舜，如老杜「效君堯舜上」的心意，亦可以說是孟子「人少則慕父母，長則慕少艾」之意的衍伸，爲宦則希慕君王成爲聖明天子，這也是詩中每以男女之情言之深意。西崑之作其深怨如此，且寄託如此，詩人之心聲也在此，無怪乎元遺山要說「詩家總愛西崑好」，且箋注者有待鄭玄之輩，正可見元氏之以六經許之，鄭玄遍注群經，群經賴鄭箋而發明。西崑之作可以比擬如經，此詩人之許之爲「好」而不言其「美」者，南宋戴復古認爲「本朝詩出於經」正可見宋詩之一脈相傳者。然而其中微言大義，若無人如鄭玄者箋出，則每被曲解、誤讀，枉費詩人之一番苦心，這恐怕是元遺山的用意所在吧！

其實西崑之好，並非到元遺山才彰明，西崑之好，在歐陽修之時已將之指出，歐公主盟慶曆詩壇，他的古文運動雖不免以西崑爲對象，但是對於西崑的詩，他卻贊譽有加，如晚年所著《六一詩話》就說：

楊大年與錢劉數公唱和，自西崑集出，時人爭效之，詩體一變。而先生老輩患其多用故事，至於語僻難曉，殊不知自是學者之弊。

歐公所之先生老輩，正是宋初只知淺易而不讀書的附會風雅者，也可見歐公晚年頗有爲西崑體平反的心意。因而歐公又舉例以明之如：

子儀（劉）新蟬云：「風來玉宇烏先轉，露下金黃鶴未知。」雖用故事，何害爲佳句也。又如「峭帆橫渡官橋柳，疊鼓驚飛海岸鷗。」其不用故事，又豈不佳乎？蓋其雄文博學，筆力有餘，故無施而不可，非如前世號詩人者，區區風雲草木之類，爲許洞所困者也。

蘇軾亦有云：「近世士大夫文章，華靡者莫如楊億，使楊億尙在，忠清鯁亮之士也，豈得以華靡少之。」（議學校貢舉狀）則更稱許其人，的確楊億的人品絕非其他人可望其項背者。

至於黃庭堅也許之如霜鶻，並以之與王黃州相提並論，言「王楊立本朝，與世作郛郭。」可見他也以之爲世之長城。當然也要用其崑體功夫，而田況之〈儒林公議〉許其「盡掃五代以來蕪鄙之氣。」就連其時眞宗皇帝雖然以楊億「不通商量眞有氣性」，卻也說道「億之詞筆，冠映當世，後學皆慕之。」

凡此皆可見楊億的人品與文章皆爲世所看重，不管當時或稍後的蘇黃等人。雖然有石介的〈怪說〉，大肆批評，但是楊劉的詩篇實在不容抹殺，尤其載諸西崑集中的作品，正是香草美人，詩騷的遺緒，豈得以不識其底蘊，而妄加批評！

尤其楊億本身對於詩文的論點，也以專務詞華爲非。他曾說道：「笑窮經白首之徒，專篆刻雕蟲之巧。婉媚綺錯，既事于詞華；敦樸遜讓，罔求于行實。流蕩忘返，浸染成風。」（試賢良方正策）可見他對只求詞采藻麗，不求明經行實的非議，在爲詩的目的上，他非常講求宣教化，且以流連景物之作爲非。〈送人知宣州詩序〉（卷七）即云：

所宜宣布王澤，激揚頌聲，採謠俗于下民，輔明良于治世。當使〈中和〉、〈樂職〉之什，登薦郊丘；豈但〈亭皋〉、〈隴首〉之篇，留連景物而已！

可見作詩的目的，宣布王澤，下採謠俗，上輔明良，都是爲了生民，爲了「登薦郊丘」而非只是流連景物，因而若說楊億流連景物，寧非怪說？但楊億所作，正爲言之不文，行之不遠的緣故，也因而重視「藻繡紛錯，金石鏗鏘」、「奇彩彪炳，清詞藻縟」、「藻繡紛敷，琳琅焜耀」，這也就是歐陽修何以又要說：「楊文公嘗戒其門人，爲文宜避俗語」（歸田錄卷一）之故，而藻繡紛敷的外表，目的即在於西崑集序的「雕章麗句，膾炙人口。」使得作品精彩處能廣爲流傳，達到「登于樂府，何愧〈中和〉、〈樂職〉之詩；布于郢中，足掩陽春白雪之唱」的地步，因而他的詩文是要求內外兼顧的。正如他在〈答并州王太保書〉中所云：

文彩煥發，五色以相宣；理道貫通，有條而不紊。

理道貫通，原本與文彩煥發要相爲表裡，乃能成爲至文，這也是他在《西崑酬唱集》中，所戮力爲之的，因而若說他是「窮妍極態，綴風月，弄花草，淫巧侈麗，浮華纂組」，如此而已，而不能進窺楊億之用心，還要大肆批評，那麼這才眞是「其爲怪大矣。」（石介語）

抑有進者，說其「窮極妍態，浮華纂組」，實與楊文公之飽讀詩書，發於所作，因而引證博洽，而不免難倒他人有關，歐公不也說道「雖用故事，何害爲佳句」為此辯護，其實楊億之好用故實一掃蕪鄙之氣，恐應與其出於格君心之非，救天下之溺的眞誠更切。蓋宋初立國雖以好文為標尙，而未能達到「觀乎人文以化成天下」的地步，以解決五代以來道喪人溺的問題。而重文恐只是在文飾，粉刷太平而已，尤以眞宗即位後，天書屢降，祥瑞叢生，而不求務本。且王欽若陳彭年等更佞諂迎合君上，不顧楊億致君堯舜的苦心，這也難怪他要像莊子一標「以天下為沈濁，不可為莊語」，因而也「以卮言為曼衍，以重言為眞，以寓言為廣」了。所以他的文辭綴風月，弄花草，原本是如楚雨含情俱有托的，只不過左右逢源，無施而不可，不像一些空言聖人之大道者，但以語錄教條，大言欺人，使人望而生厭，所以他也要「以卮言為曼衍」，以此變化無定之詞語，達到傳播其意，推衍無窮的目的，如義山詩：「後門前檻思無窮」，然而此種言詞，在好古之心使然下，自然以借重古人的話較有說服力，所以他也要「以重言為眞」如義山之「好積故實」而形成豐富藻麗的特色，自然也是其用意，只不過他雖亦有寄託，但言近指遠，或借古諷今，皆如史家不載諸空言有實事可證，所寄寓者在此，不復莊子之「以寓言為廣」，以彼虛構之事以諷世，在「詩出於經」的要求下，作起詩來就有所不為了。

七、結語

楊億另一爲人談論的是對偶精工的問題，集中所作，除七夕五絕爲絕句外，儘皆律詩，或五律或七律，或排律，就是不做古詩，律詩在聲律講究及用典的追求外，更重要的就是在對仗。所以梅聖俞都說他「經營唯切偶」似有不滿之意，其實這是可以理解的，對偶之發展自與漢字的特性相關，然實更可說源自易傳一陰一陽之謂道，而且對仗所隱含的意義，實不僅在文字的美感而已，更有男女相配，君臣相對的意義，如此而形成對應的關係，一陰一陽，相輔相成，此所以詩中每以男女爲喻，正是有此對應關係，求其琴瑟和鳴，進而君臣相遇，如此皇上雖有其天命之德，正如美女有其天生的姿質，然猶待有才學卓識的宰臣相匹配，才能生出好的政績，如儒家以天地之道造端乎夫婦一樣，又如道生一，一生二，二生三，三生萬物，一切由此一陰一陽中展開。

所以特重對偶這種天造地設的關係，正可見隱含在其內心的對於擁有文字才學㉛的自信和自許，所以他要表示其運用文字的能力而雕琢纂組、經營切偶不能不說與此相關，如此一有政權，一有治權，二者相配合下，而天下乃大有可爲，只可惜他的企圖心，既足以瓦解君權之崇高性，不免爲人側目，在宋代那以重文尊道爲名，卻借神道設教行中央集權之實的政策下㉜，楊億的欲抬高士權以對君權的用心，無寧是不被容許的。

尤其在豐富藻麗的文字下，要包含與君權匹敵抗衡的士大夫的用心，雖亦爲孟子「說大人則藐之」的遺緒。如眞宗所言「楊億不通商量，眞有氣性！」表現在文字上雖委婉曲折，煙霧迷濛，然其旨亦宛然可見，如此不招忌，進而不被打壓也難，其後梅歐蘇黃等人所形成宋詩的風氣，乃形成較爲瘦硬的風尚而與唐詩不同，除了一般人所熟悉的唐宋不同的比較外，應有其他，因爲崑體每被人以爲是唐賢風尚下的作品，蓋一般人恆分唐宋之畛域而有言：㉝

㉛龔鵬程有云：「知識階層以道自任，以師相期，尊知識在官爵之上，則將如孟子所云：「彼以其爵，我以吾義，吾何慊乎哉」矣！知識系統（道統）與政治系統（政統）非特平行對峙而已，更有道尊於勢之想……。」（《江西詩社宗派研究》頁八十九，台北：文史哲）有關對句的象徵性問題，另可參考古田敬一《中國文學的對句藝術》，吉林文史出版社，一九八九。

㉜《續資治通鑑長編》卷六十七載王欽若言於眞宗：「陛下謂河圖洛書果有此乎？聖人以神道設教耳。」一語可見。

㉝繆鉞《詩詞散論論宋詩》（台灣：開明書店，一九七四，頁十七）。

唐詩以韻勝，故渾雅，而貴蘊藉空靈，宋詩以意勝，故精能，而貴深折透闢，唐詩之美在情辭，故豐腴；宋詩之美在氣骨，故瘦勁，唐詩如芍藥海棠，穠華繁彩，宋詩如寒梅秋菊，幽韻冷香。

然而西崑集雖如唐詩之韻勝而重情辭豐腴，實則寄託甚深，因而亦可說包蘊密緻下自有其重意之氣骨。

但是這種詩作，若非筆力識見皆過人者，何人能爲？一般人不偏於唐，自然要流於宋，尤其在宋代重平淡的風尚下，既有廣大教化主白傅的影響，詩作「皆有白詩的底子㉞」，自然人人樂而爲之，其後山谷欲追求此平淡而山高水深的地步，如半山老人所說的「看似尋常最奇崛，成如容易卻艱辛」，因而乃以奪胎換骨，點鐵成金的手法，運用崑體工夫，以造老杜渾成之境，不能不說是對於崑體的加以承襲而變化，承襲者在其包蘊密緻，用事深刻，變化者在去其藻繡紛敷，琳琅焜耀，經營切偶之外貌，蓋經營切偶，既有隱含敵對之意，紛敷琳琅，又燦爛奪目，如此既敵對又奪目，既富且貴自然威脅到朝廷當道的威權了。江西諸人出之以瘦硬形成宋詩的主流，固有與其文化型態相關，但西崑體之不合時宜（不合當道之味口）而慘遭圍勦的下場，毋寧使得後人不得不引以爲鑑，進而加以改變，以瘦硬代豐腴，但他的文字魅力實在太吸引人了，所以崑體工夫，乃又爲江西者所不能忘懷。

了解西崑體的佳處，或而更可說西崑雖學義山，然而義山之旨趣實待西崑而發，甚至有過於其實，而非義山之本意者，這實乃後人就西崑之事與其詩讀之，以爲西崑諸公用意如此之深，因而先河後海，溯其源頭，也就對義山詩崇拜有加了。雖形成了義山詩箋釋上的種種問題㉟，但這不能不說是崑體詩人的功勞，西崑眞是將義山詩發揚光大的大功臣，而使得世人能重視詩家之微言大義「以意逆志」，乃至於要「知人論世」溯及孟子讀詩的心法。使得宋詩能如六經，形成宋人詩風的用意所在，成爲宋詩人特殊的詩人意識。而影響到江西諸子，那就更不容我們忽視了。於此鄭因百先生《論詩絕句》說得好：

精嚴組織開山谷，深婉風神近玉谿。莫道楊劉無影響，西崑一脈到江西㊱。

㉞徐復觀〈宋詩特徵試論〉（《中國文學論集續集》）。（台北：學生書局）

㉟詳見注㉘所引顏著。

㊱鄭騫《清晝堂詩集》論詩絕句其五十二。（台北：大安出版社，一九八八）

可知要了解義山的「好」，要知宋詩的發展，實不能不重視這「精嚴」、「深婉」的西崑體。

——本文曾獲國科會八十五年甲種研究獎助

再論西崑體衰落之因緣——並說所謂「崑體工夫」

一、緣起

歷來對於西崑體，總囿於相沿已久的成見，以爲西崑體就是「淫巧侈麗，浮華纂組」（石介：〈怪說〉中），要不就是「言之無物，專尚形式①」，甚或「內容單薄，感情虛假②」，要之，無甚可觀，但又不得不提，因爲他正好爲北宋詩文革新運動提供了一打擊的對象。不過大家卻每忽略他在宋詩中的地位，以及對於宋詩發展的正面影響。

即如歐陽修爲宋代所謂詩文革新運動的領袖，都要稱讚楊劉之詩「雄文博學，筆力有餘故無施而不可③。」進而嘆道：「先朝楊劉風采，聳動天下，至今使人傾想④。」歐陽修於西崑之詩文態度原是有所分別的。其後領袖宋代詩壇的黃庭堅（魯直），也都要「獨用崑體工夫，而造老杜渾成之境。」（朱弁．風月堂詩話），不敢輕廢西崑。至於南宋之人，時移事變，不明其因革，遂混義山詩與西崑體爲一。如嚴滄浪、元好問等⑤。元好問《論詩絕句》亦因而云：「詩家總愛西崑好，獨恨無人作鄭箋。」，其中雖有待辨明者，但可見楊劉風采之西崑體有其與義山詩不可分者，才造成後世的不分。

近世治宋詩者，若鄭再時、曾棗莊、許總等於西崑之精微處多有發明⑥。曾棗莊氏且有《論西崑體》一書問世，然而不免拘於傳統，於西崑托怨之旨，似有未盡，而楊劉苦心孤詣或仍未能點明。因不揣疏淺，撰〈詩家總愛西崑好——重新解讀西崑體〉一文⑦，盼能解釋此一現象，然猶未能解決何以西崑以其包蘊密緻的工夫，為歷來詩家所樂道，卻未能擺脫其沒落的命運，更且為後人妄加疵議相沿至今。因而實有必要對西崑當年何以遭忌、備受攻擊，以至於式微的原因，加以考察，盼能就外在的文學環境，及內在文學發展的走向，分別加以探究，以解決此一問題。

二、西崑作品的包蘊密緻

首先當然要從《西崑酬唱集》一書的刊出來探討。真宗大中祥符元年，楊億編成《西崑酬唱集》⑧，隔年正月而有文禁之詔，這在右文的趙宋朝可說是頭一遭，此篇文章很明顯的是針對《西崑酬唱集》而發：

近代以來，屬辭之弊，侈靡滋甚，浮艷相高，忘祖述之大猷，競雕刻之小技，爰從物議，俾正源流，咨爾服儒之文，示乃為學之道。……今後屬文之士，辭涉浮華，玷于名教者，必加朝典，庶復素風。

西崑之所以驚動皇上而有此禁令，「爰從物議」一語，可知正因有人密奏和上

---

①諸如《宋元文學史稿》，第一章頁九，北京大學，一九八九，吳組緗等著，即如此說西崑。

②如北京社科院《中國文學史》，及台灣五南，游國恩之《中國文學史》皆有類似的話。

③〈六一詩話〉見《歷代詩話》，台北：木鐸出版社點校本。

④《後村詩話》劉克莊即引歐陽修〈與蔡君謨帖〉而有言，詳後文。

⑤《滄浪詩話》〈詩體〉四，有云：「西崑體，即李商隱體，然兼溫庭筠及本朝楊劉諸公而名之也。」

⑥曾棗莊《論西崑體》，鄭再時《西崑酬唱集箋注》，一九八六，齊魯書社。許總《宋詩史》，一九九二，重慶出版社。等於西崑皆有精闢之論。

⑦台灣淡江大學，《第五屆文學與美學研討會論文集》，一九九五。

⑧據曾棗莊《論西崑體》，頁一二～頁一四之考證，當以王仲犖所言為是。

言⑨。而其關鍵則或以爲是〈宣曲二十二韻〉暗指眞宗宮掖事而來，然而〈宣曲二十二韻〉或指丁香，或指二妃，其事究難詳指，且孤證難立，但若就此而言，則宋代文網未免過密，有違右文的庭訓，且忽視了宋代朋黨相爭乃至於惡鬥的一面。西崑的遭忌，必然有其他篇章亦相關聯，而爲小人所斷章取義、加以曲解附會的，而彼輩之所以急於告發，疾之若此，又可能和西崑集諸篇，觸痛其癢處，使之不能不起而反擊者相關，我們試觀集中前面幾篇，就可知其梗概。

首先是〈受詔修書述懷感事三十韻〉，此篇可爲楊劉之自白，作成時間頗有爭論。也許從它也被收在《武夷新集》來看，應作於景德四年十月之前⑩。此詩爲表明其厭倦官宦生活而有「一麾終遂志，阮籍去騎驢。」等途窮之嘆作結。其中用事如「池籠養魚鳥，章服裹猿狙」、「秦痔疏杯酒，顏瓢賴斗儲」，前者言其受詔修書之不能自由自在，後者且有譏刺他人所治愈下，得車愈多，《莊子・列禦冠》爲秦王痔，並非癖典，他人焉有不知之理，因而此集之受矚目亦可說由篇首即然。

至於劉筠和詩，則有「當仁如退讓，末跡定淪胥」之以弟子自居，言相隨之心。唱和之作，知音相契，亦不免引起他人側目。

不獨如此，除序篇外，西崑集中所作第一首竟然是〈南朝〉⑪，則更不免必遭物議。要之，趙宋雖兼江南，號稱一統。然北方之契丹，其國力有過於我。澶淵之盟，但得苟安而已。南北本爲相對之詞。金陵之宋齊梁陳於北魏、北齊、北周等固爲南朝，汴京的趙宋對於大遼來說，恐亦不能倖免。此篇爲唱和之首，或予人以暗諷君王若沉溺於苟安，則不免將如南朝之感。於修《歷代君臣事跡》而先有此作，或可見其警省之深，然其偏安之譏，不敬之論，較之〈宣曲二十二韻〉恐有過之而無不及。

若從〈南朝〉之作來看，楊億首唱，已用「五鼓端門漏滴稀」等言及南朝諸帝荒淫之典，末則更以其招致亡國相警「龍盤王氣終三百，猶得澄瀾對敞扉。」於詩作來說，深得義山詠史之妙，然於大宋君臣來說，卻不免覺得引喻失義。且他人所

---

⑨李燾《續資治通鑑長編》卷七十一，即引王嗣宗的上言云楊億等「述前代掖庭事，詞涉浮靡。」可參考。

⑩此詩鄭再時繫于景德二年，固然有誤，曾棗莊認爲「極有可能作于景德四年八月以後」基本上是對的，但他卻又繫年於祥符元年（一〇〇八），無視於景德四年十月《武夷新集》己刊出的事實，《武夷新集》既收有此篇詩自不當晚於此時（四年十月）才是。

⑪〈南朝詩〉，引自漢京本《西崑酬唱集》（王仲犖注本）頁一四，一九八四，台北。以下引詩同，不再注明。

和則更有甚者。如身爲吳越王子的錢惟演和道：「自從飲馬秦淮水，蜀柳無因對殿幃。」云云，則更點明由南朝到五代時南方諸國之亡，亦有對眞宗規誡之意。錢作於此詩題中最勝，然而「抱難言之隱痛。」（馮班語）則他人未必能明白，而錢氏以其出身而有此言，則不可不謂其感慨之深。而劉筠的「千古風流佳麗地，盡供哀思與蘭成。」庾信之哀江南賦誠可哀，其於大宋則當如何說？王欽若等人要加以曲解並不難⑫。

至於李宗諤的和詩更爲露骨，第三句「于今瓊樹有遺音」，即有杜牧「商女不知亡國恨」之意在，末聯以「惆悵雷塘都幾日，吟魂醉魄已相尋」作結，更以隋煬帝之繼陳後主相警。暗指眞宗皇帝荒淫之行徑，恐亦將步此，言南朝而及於一統的隋帝，正如言五代而及於大宋。方回「尾句妙絕」之語，正可以想到當時必有能知其意者，則可見諸人因編《歷代君臣事跡》而效義山之「以議論運古事」，雖是「發於希慕」（序言），有所寄託，然而有宋君臣之不自安當亦可得知。

接下來的〈禁中庭樹〉，楊億更以樹自比其孤高。末聯「歲寒徒自許，蜀柳笑孤貞。」則於自許外，嘲彼佞幸輩之如蜀柳。〈槿花〉一詩，詠物之旨，當亦相同。楊億之和作（此題劉筠首唱）「深情傳寶瑟，終古怨清湘」，則豈非自比屈原。而有宋詩人屈騷之情懷也隱然見於其中⑬。

起首數篇，述事、詠史、詠物之有寄託若此，既有寄託，則其微言大義之遭曲解當必然。鄭再時之序言：

以鯁直之故，屢犯主顏，又遭王欽若、陳彭年等讒訴得行，鬱鬱不得申其志。然志終不可閟，發而爲詩，即此集是，非「情動于中而形于言」耶？集中若〈受詔修書〉之顯然，固無論。他如〈代意〉、〈禁中鶴〉、前後〈無題〉、〈直夜〉、〈懷舊居〉、〈因人話建溪舊居〉、〈屬疾〉等題，隨處可見其感慨寄托。而晁迥〈清風〉之慰勉有加，劉筠（宋玉）詩〈曾傷積毀〉一聯，尤不啻爲全集注腳。非「言之不足而嗟嘆之詠歌之」耶？至〈漢武〉、〈明皇〉，深刺封祀之謬，非「主文而譎諫」耶⑭。

⑫王欽若的毀謗，「在大中祥符元年以後，這類讒毀更加嚴重。」詳見《論西崑體》頁三一。

⑬屈騷情懷，詳拙著〈宋人論詩詩中的屈騷情懷〉載《第一屆宋代文學學術研討會論文集》，台南：成功大學，一九九五。

鄭再時可說是西崑體的功臣。楊劉的孤詣當亦在此，其言漢武、明皇等詠史之詩主文而譎諫，可說出於詩經：言之者無罪，聞之者足以戒。宋人每言「本朝詩出于經」，楊劉可謂無愧。然而我們更可由鄭氏之言其遭王、陳等人之讒訴而有其感慨寄託，得知王、陳等輩必於西崑之集多所穿鑿，乃至於上書密奏者。

亦有甚者，諸人唱酬之作，非僅於修書之餘，且更繼之以休沐日的相思與懷念，而詩作不斷，則崑體之作，非僅一般的應酬，更有諸人相濡以沫的知音在焉。〈休沐端居有懷希聖少卿學士〉的一作再作，且有五人參預，楊億之思錢惟演「謫仙冰骨照人清」，劉筠的和詩：「思君祇欲傾家釀」等，皆可見此輩之情非泛泛可比。

非獨如此，西崑之學義山，亦有似愛情之豔體如〈代意〉詩，王氏以為追憶姬人之作，認為是情愛之詩，卻不知此亦楚辭體香草美人的寄託。於此鄭注說得好，第一首言：「少蒙君恩，寵遇優渥，中途詎遭新進讒，恩遇日衰，雖有文章辭彩，亦懶于再試矣。」而次章亦然：「這恩遇雖衰，臣節不渝，雖回天乏術，而實無頃刻忘君也。」們細觀此詩之次章：

短夢殘妝慘別魂，白頭詞苦怨文園。誰容五馬傳心曲，衹許雙鸞見淚痕。易變肯隨南地橘？忘憂虛對北堂萱，回文信斷衣香歇，猶憶章臺走畫轅。

忠愛纏綿，眞有如鄭注所言者，否則「白頭詞苦」云云，豈非言一己之負心？自暴其無情。且由他人之和作亦可參證。刁衎和詩之後半有云：「病餘公幹情多詠，秋晚安仁鬢足霜。休道鮫人落珠淚，微波還擬託陳王。」以潘岳、曹植來自比，正見其不得於君王⑮。楊億有此身世之感，當與此時心境有關，因跟他甚為相得的寇準，此時已遭讒罷去相位，楊億不免受到牽累，且編修《歷代君臣事跡》的

⑭謝佩芬曾引此段文字而言：「依據時間先後順序，應是《西崑酬唱集》刊行之後，王欽若、陳彭年才尋得口實擊楊億；並非如鄭先生所說，是楊億受讒訴，鬱鬱不得志發而為詩，結集成《西崑酬唱集》，這是因果倒置的誤解。」（《北宋詩學中「寫意」課題研究》頁五五，註⑫，台灣大學文史叢刊）然而楊億與王欽若等的衝突矛盾於景德三、四年時已經如此，在大中祥符元年後王欽若對楊億的讒毀「更加嚴重」參見《論西崑體》頁三一～三三，當然這也是集中讒畏譏的作品不少的緣故。

⑮曾棗莊更以劉筠之和詩為言：「華池在崑崙山上，阿閣，軒轅黃帝之閣，首句顯然指不為朝廷所容。」（《論西崑體》頁一〇五）亦可為證。

過程橫遭王欽若的掣肘，自有恩寵日衰的慨嘆⑯。因而〈代意〉的自比失寵，實有所指。之所以有人說「追憶姬人之作」，當是此詩早已爲其政敵模糊焦點，故意貶爲艷詞所致，所謂「浮艷」云云即是，若不看出楊劉托怨之深衷，自然會認爲這些是堆砌典故的無聊之作，甚或以爲其人是多情轉薄情的輕薄兒，而忘了詩人的用意⑰。

至於〈漢武〉一章，結以「待詔先生齒編貝，那教索米向長安。」可見楊億自比東方朔之饑，而諷刺漢武求仙之費心力，而忽視人才之困境，自言遭遇甚爲明顯。劉筠和詩云：「相如作賦徒能諷，卻助飄飄逸氣多。」言才士進言之無用。而錢惟演和以：「甘泉祭罷神光滅，更遺人間識玉杯。」作結。可說更高一層著眼，言縱以武帝之尊，死後陵墓不免被盜，而殉葬之器亦流落人間。亦運古事以議論。若不就當時君臣之事來說，則何以知其妙？

另外還有〈始皇〉、〈明皇〉、〈成都〉、〈舊將〉等詠史之篇，應皆修書有得，而借事發抒，「規撫義山，得其一體」宜其爲時人所艷稱，至於〈宣曲二十二韻〉，既爲史事，又有情愛之事可指當代宮掖者，「宣曲更衣寵，高堂薦枕榮」以下即皆甚爲可觀，而劉筠之和詩更言：「天機從此淺，國艷或非良。」此詩亦唯劉、錢二人有和，正見其曲彌高，其和彌寡。既爲眞宗皇帝之隱私，小人亦焉有不急于告發者，然禁詔甫下，卻反而收推波助瀾之勢，越禁越發，是又當事者所未逆料者。但是反西崑者之必欲除之而後快，當亦可以想見，石介於後來又以此爲言者，正見其流傳之廣，影響之深⑱。

詠物之作〈禁中庭樹〉、〈槿花〉外，〈館中新蟬〉、〈鶴〉等亦爲有寄託之作，他如〈淚〉詩等雖模仿義山之跡可見，卻不能但以義山可以有作爲言，因義山有其身世之感，而楊億翠被索居的憂讒畏譏，實亦不遑多讓，此正如棄婦可以哭訴，而深居冷宮者亦可以有怨一樣，只要有身世之痛者自可爲言，皆可以各成其是，不必遽以其後出爲劣。西崑集中詠物除純屬應酬之作如〈樞密王左丞宅新菊〉外，均有其寄託，詠物之作如此，自成其佳篇，然身處危疑之地，則詩篇之啓人疑

⑯《續資治通鑑長編》卷六十七，所載可知，王欽若與楊億的矛盾日深，且此時寇準已被逐，楊億孤掌難鳴。詳見曾書頁三二及頁一〇五。

⑰參見〈詩家總愛西崑好〉注二九。

⑱〈怪說〉中言：「今天下有楊億之道四十年」（《徂徠集》卷五）可知西崑風行之久。石介另有〈祥符詔書記〉分析西崑體盛行之故。（《徂徠集》卷十九）

竇而遭致羅織，則當又不可免了。

至於友朋往來的宴飲、贈答，既相濡以沫，足見諸人的情誼，卻也不免引人側目。諸如〈寄靈仙觀舒職方學士〉、〈與客啓明〉等。錢惟演之〈與客啓明〉首唱：「干時不爲侏儒米，樂聖猶銜叔夜杯。帝右豈無楊得意，漢宮須薦長卿才。」則以東方朔、司馬相如相比，此等本可爲泛泛之比，然既用東方朔之饑，及帝右無人等似又不能不正視此等作品的殺傷力及反彈。

他如詠古才士中但有宋玉，然亦足矣。劉筠之和作：「曾傷積毀亡師道，祇託微辭蕩主心。」鄭注已多有發明，以之爲「全集注腳」，此詩實可與義山〈宋玉〉一詩相參，亦惟三人有作。正見此輩自許所在。

綜上所述，西崑集中不論情愛、詠史、詠物、述事、懷人諸作皆有其托怨之旨趣。司馬遷之修史而《太史公書》竟被視爲「謗書」，則西崑集中諸人唱和之作，可說是相互較勁，彼此發明，若不被視爲結黨營私，公然訕上者，可說是不可能了。但不殺文士既爲宋室祖訓，則對於此輩的言論自由似又有所保障。因而不得不迂迴側擊，借題發揮，假「侈靡滋甚，浮艷相高」以抹黑此輩，達到打擊其聲勢的目的，則成爲唯一可用之方，也因而對手可說是無所不用其極的毀謗，然而在當時卻更為世所重，使得西崑竟能歷時四十年而不衰。只不過這些毀西崑的論調，卻影響到後世對西崑的評價，積重難返，使得崑體蒙冤至今，則寧非怪事？然其中亦不無可探究者。

首先是歐陽修《六一詩話》所云：「蓋自楊劉唱和，西崑集行，後進學者爭效之，風雅一變，謂之崑體。」可見在楊劉之後，西崑仍然主盟風雅。因而直到至仁宗朝時，一時俊彥如晏殊、宋庠、宋祁兄弟，文彥博、趙抃、胡宿等皆為西崑，此即王漁洋所謂「不知其後更有文忠烈、趙抃清獻、胡文恭宿三家，其工麗妍妙，不減前人者。」王漁洋之所言，或有過譽，然可見西崑之後勁猶強，這也就是石介要擒賊先擒王的以楊億為攻擊對象，雖其時楊億已久不在世。然而〈怪說〉一出，卻也導致了西崑影響力的逐漸沒落。石介云：

今天下有楊億之道四十年矣，今人欲反盲天下目，聾天下人耳。使天下人目盲，不見有楊億之道，使天下人耳聾，不聞有楊億之道。……今楊億窮妍極態，綴風月，弄花草，淫巧侈麗，浮華纂組，刓鎪聖人之經，破碎聖人之言，離析聖人之意，蠹傷聖人之道。……

石介於慶曆年間，更有〈慶曆聖德頌〉攻擊當時政要，使慶曆新政遭致反彈而失敗。范仲淹且言「爲此怪鬼輩害事也。」（魏公別錄）可見石介其人，且其所論本就四六文而來，歷來亦以之爲北宋詩文革新運動之宣言，屢屢披載，在當時雖爲西崑文士「疾之如仇」，然而在石介的鼓吹下，卻也間接促成了歐陽修等人的成功⑲，而西崑也告別了他在文壇宗主的地位⑳。

三、西崑體繼起者的困境

宋初承五代之後，詩壇以白體爲主，當時作者如李昉「詩務淺切，效白樂天體。」（《青箱雜記》卷一），徐鉉「有白樂天之風。」（《瀛奎律髓》卷十六），王禹偁更有詩云：「本與樂天爲後進，敢期子美是前身。」以樂天後進自許㉑。皆可見學白之爲時尚。至於學姚合、賈島等晚唐體，則魏野、林逋、寇準而外，九僧爲最，俗亦樂爲之，因其不假才學，淺俗粗疏者多可致。《六一詩話》爲此有云：「非如前輩號詩人者，區區如風雲草木之類，爲許洞所困者也。」可見空疏不學之作，已漸不能滿足詩壇，宋代既獎佑文風，因而《西崑集》之包蘊密緻一出，自能風行草偃，領袖一世，此或可說爲「祥符中，民風豫而泰，操筆之士，率以藻麗爲勝。」所致㉒。西崑眞亦可謂應運而生。

---

⑲石介任國子監直講於慶曆二年，有〈尊韓〉之論，推崇柳開，攻擊楊億，於上庠中形成「太學體」爲衆所疾，張方平〈貢院請戒勵天下舉人文章奏〉即黜此體，時爲慶曆六年，張氏方知貢舉，其後嘉祐二年歐陽修亦黜此體，可參考蘇軾〈謝歐陽內翰啓〉一文，北宋文革新運動即在此基礎下成功。

⑳西崑由興而衰，由被認同，而被攻擊，與宋人處世態度決絕，經常是「愛之欲其生，惡之欲其死」有關（謝佩芬前揭書頁五七註108引鄭因百先生語）。或而在對文體的態度，也牽涉到政治立場或私人恩怨，但是文體之由興起至衰退，費施（Fish）之詮釋團體（interpretiveco-mmunity）的觀念：「一群使用相同詮釋策略的個體，經由協商而獲得對語言、語意的共識。」（廖美玲〈西方閱讀理論對詮釋文學作品的影響〉《傳統文學的現代詮釋》頁一七八，東海大學，八七．四）有助於我們對西崑興衰現像的解釋。根據費施原文之意，詮釋團體的穩定是短暫的，「這也說明了爲什麼會有不同的觀點，且爲何它們能以一種規則被討論，不是因爲內容上的穩定(stability)，而是因爲詮釋團體組成上的穩定，以及他們儘可能在相反立場上的穩定，當然，這種穩定通常是短暫的，詮釋團體變得愈來愈大，且衰退。」（費施：《IS THERE A TEXT IN THIS CLASS?》〈interpretivecommunities〉頁一七一，台北書林，一九八二）或而這也是歐陽修要慨而說道：「三十年後，更無人道著我也。」（《曲洧舊聞》）的道理，江山才子，各領風騷，後浪前浪如此相續，末流因而不免被淘汰。

㉑王禹偁〈前賦春居雜興詩……予喜而作詩，聊以自賀〉詩。（四部叢刊本《小畜集》卷九）

㉒蘇舜欽〈石曼卿詩集序〉言。（四部叢刊本《蘇學士文集》卷二）

然而楊億若僅領袖詩壇也就罷了，既爲文章宗主，其才學爲人所仰，不免詩文俱爲士子所孺慕。而他的文章又以四六爲主，自然影響一代的文風。邵博《邵氏聞見後錄》卷十六云：「本朝四六以劉筠、楊大年爲體，必謹四字六字律令。」可見他的駢文亦是宗主，雖然楊億之「用典貼切，行文暢達，富有氣勢和感染力。」然而後進效之，不免雕縟有餘，而內容不逮。於是在石介的極力抨擊下，因而先爲怪僻的太學體所取代，其後歐陽修的平易暢達的古文一出，既宗法韓愈，復儒家之道，與時代精神相應，四六之文自亦式微，而這時西崑體詩，受到波及而成爲被革新的對象，也就不可避免了。然而歐陽修對於崑體詩人畢竟是還頗敬重的。南宋劉克莊《後村詩話》即引〈歐陽修與蔡君謨帖〉之語：「楊劉風采，聳動天下，至今使人傾想」，而對於歐陽修的態度有所解說：

> 世謂公尤惡楊劉之作，而其言如此，豈公特惡其碑版奏疏，礫裂古文爲偶麗者，其詩之精工律切者自不可廢歟？

於此可見宋人對於歐陽修的去取態度，還是能了解的。因此《六一詩話》等等於崑體多所辨解的資料，是吾人不能忽視的。

但在那時，不可諱言的，崑體詩不免爲四六文所牽累，蘇軾〈謝歐陽內翰啓〉所云：「罷去浮巧輕媚，叢錯彩秀之文，將以追兩漢之餘，而漸復三代之故。」固亦就四六文爲言，讚揚歐陽修改革之功。然而歐陽修的盟友梅聖俞就不管這些了。他既是純粹的詩人，對於詩壇的現象自然特別在意。〈答韓三子華、韓五持國、韓六玉汝見贈述詩〉所云：

> 邇來道頗喪，有作皆言空。煙雲寫形象，葩卉詠青紅。人事極諛諂，引古稱辨雄。經營唯切偶，榮利因被蒙，遂使世上人，只曰一藝充。（四部叢刊本宛陵先生集卷二七）

這番話，正給詩壇上西崑的末流一重擊。而梅聖俞的這篇之所以具有宣示的作用，正因其旨能與時代的精神相呼應。雖然「西崑體出現，代表了第一次的反省運動，以李商隱的富縟，取代晚唐的枯淡㉓。」而主盟文壇數十年，但是時代的腳步不停，既至仁宗朝，歐陽修等人不免想於開國氣象有所發揚，而「悲哀的揚棄」、

㉓龔鵬程《知性的反省，宋詩的基本風貌》，載《中國文化新論》，台北，聯經，頁二七一。

「知性的反省」㉔當更逐漸成共識。因而西崑的托怨到了此時不免只成「歌功頌德，流連光景」、或者空洞無物、無病呻吟而已，但成其不合時宜，因而難逃被批判改革的命運。

只不過仍要辨明的是，大家一提到崑體，就想到楊億。卻不知楊億卒於一〇二一年，距其大中祥符元年（一〇〇八）西崑集刊行不過十三年而已。慶曆年間主盟文壇的實爲西崑的後起之輩，諸人學西崑，已不能再有楊億時的環境，諸如眞宗之求仙，王欽若之奸諂等，因而學西崑已難再得其精髓，但能引古稱雄，經營切偶而已。如此自然爲梅聖俞等所不滿，而走上式微之路。

當然，彼崑體詩人亦多有所改變，流傳至今所見已少有飣餖可厭者，唯以宋祁之才，其〈臘後晚望〉詩不免猶有「凍崖初辨馬，昏谷自量牛」之句以牛馬爲對。宜其「年至六十，始悔少作。」（《直齋書錄解題》）宋祁另有〈落花〉詩爲時人賞識，然紀昀不過說其結語：「可能無意傳雙蝶，盡付芳心與蜜房。」爲「神似玉谿，餘皆貌似也。」（紀批：《瀛奎律髓》）正可見此等崑體之難爲，詩家若非才力富健、格調雄整，且又有遭時不偶、身世之感，實難以企及，頂多貌似而已，既難能而又易遭譏，則其衰落當成不可避免者。

以宋祁之悔可見，崑體之佳，乃在其托怨之旨，諷諫之篇。而眞宗皇帝的求仙邀福，惑於佞幸，徒有好文之名，此時詩人自能有所發揮，而至仁宗朝，皇路正當清夷，諸人備受重用，雖偶有浮沈，自亦不能以此爲言，文士若猶株守於托怨，自易有撏撦、獺祭之譏。因而《珊瑚鉤詩話》所云，實道出其路徑之愈來愈狹：「西崑體非不佳也。而弄斧操斤太甚，所謂七日而渾沌死也。」而《風月堂詩話》也道：「西崑體句律太嚴，無自然態度。」時代已非眞宗朝，慶曆天子既爲文士所期待，欲放言高論，有所建樹，自不願再束縛於句律。因而此時西崑的弊端就浮現了。梁昆所謂：「一、太雕琢、不自然；二、太堆砌，無意味」者實在此㉕。

抑有進者，崑體之行，所待爲天下文風之盛，文選爛、秀才半之時，然而時日一久，不免流於俗套，日漸陳腐。陸游《老學庵筆記》所云正道出其關鍵：

國初尚文選，當時文士專尚此書，故草必稱王孫，梅必稱驛使，月必稱望

㉔前者爲日本吉川幸次郎言。見《宋詩概說》序章第七節頁三二，(台北：聯經，一九七九，鄭清茂譯本。)，「知性的反省」一詞出自龔鵬程，引書同註㉓。

㉕於此梁昆《宋詩派別論》有敘述，頁二九～頁三〇，台北：東昇，一九八〇。

舒，山水必稱清暉，至慶曆以後，惡其陳腐，諸作者始一洗之。

可知崑體詩也已經掉入浸染既久，不能自出新意，使得作者不得不另謀出路的文體變遷中，才高者另尋他路，而空疏不學者更樂於此，東坡所謂「後生科舉之士皆束書不觀遊談無根」（〈李氏山房藏書記〉《東坡前集》卷三十二）云云皆可看出這種時代的趨勢，遂使得西崑更加乏人問津。而西崑若說衰落，這個因素是不可輕忽的。

四、結語——兼說崑體工夫的影響

然而「落紅非是無情物，化作春泥更護花。」西崑看似沒落了，卻並未消失，卻仍深深地影響王安石、黃山谷以後的宋代詩壇。

欲去陳腐、深奧，追求清新平淡，固爲慶曆詩壇的趨向。梅聖俞所謂「作詩無古今，惟造平淡難。」（讀邵不疑學士詩卷）正可見追求平淡爲當時所趨，梅聖俞乃後世所謂開宋詩之風者，既有此言，當亦影響宋詩的走向。而「平淡」的追求正是徐復觀懷疑北宋詩人：「都有白詩的底子」的要因㉖。然而宋詩如何擺脫初宋白體者淺俗之弊？則平淡的追求眞是一大難題，也是詩作能否成功的關卡。於此《六一詩話》即引梅氏之言道：

詩家雖率意而造語亦難。……必能狀難寫之景如在目前，含不盡之意，見於言外，斯爲至矣。

平淡之中如何有深遠的意味，如何寫景親切，正是一大挑戰。這也是當時詩家的體悟。如王安石即說道：「看似尋常最奇崛，成如容易卻艱辛。」〈題張司業集〉如何於尋常中蘊有最奇崛呢？工夫眞是艱辛之至。黃庭堅也有言：「句法簡易而大巧出焉，平淡而山高水深。」〈與王觀復書〉簡易中有大巧，平淡而高深，與荆公之言大致無異，可見這是宋代詩家的共同感受。至於如何到達呢？山谷於此文即道：「但熟觀杜子美到夔州後古律詩便得。」然而又如何可得杜詩的藩籬呢？

於此，荆公之言點出了門徑：「唐人知學老杜而得藩籬者，唯義山一人而已。」（蔡寬夫詩話）則義山詩可說欲到老杜門下者所應走的路，如此崑體工夫也就呼之

㉖徐復觀《中國文學論集續編》〈宋詩特徵試論〉有詳述，台北：學生書局。

欲出了。朱弁《風月堂詩話》可說點出了山谷的獨到的眼光：

黃魯直深悟此理，乃獨用崑體工夫，而造老杜渾成之境，今之詩人少有及者，此禪家所謂更高一著也。

至於崑體工夫云云，《石林詩話》有說：「以其用事精巧，對偶親切，黃魯直詩體雖不類，然亦不以楊劉為過。」用事精巧等等於奪胎換骨及點鐵成金，實有其不可忽者，平淡而山高水深的工夫，正在此等包蘊密緻，對偶親切中而能不死於句下，當然這又牽涉到了宋詩之所以重視句法、詩法之學而成為詩學者。論者所述已多㉗這裏不再詳論。

要注意的是崑體詩何以為王黃諸人所看重？吳調公所云：「脈絡細緻，律法謹嚴，黃庭堅講究章法，首先固然得力於詩律細方面的學杜，但也未嘗不是由於受了李商隱的影響㉘。」固然只是推崇義山，然而義山的影響山谷，西崑諸公當亦為媒介。山谷自己即說：「元之如砥柱，大年若霜鶚，王楊立本朝，與世作郛郭。」（次韻楊明叔見贈之七，山谷詩內集卷七）雖然這不免有重視人格的一面，但宋詩出於經，在講求人格與詩風一致下，則人品學養與詩品往往不可分㉙，且此詩一則提到王禹偁，一則為楊億，前者以平淡著，後者寧非崑體山高水深的包蘊密緻？正好是山谷所追求的目標，只不過在崑體沒落後，言詩者少有人公然道及而已。

更且到了王安石、黃山谷的時代，外在的環境的改變，實又不可忽視。經過了仁宗、英宗二朝，宋代積弱不振的沉痾已一一浮現。王安石於政治上銳意改革，哀國憂時，人世的關懷，政治的論議皆不得不發而為詩㉚。此時崑體的諷諭、寄託，

㉗參見註㉓所引書。而這已形成治宋詩者的共識，論者頗多，徐復觀、龔鵬程之外，如錢鍾書《談藝錄》，繆鉞〈論宋詩〉，曾克耑〈唐詩與宋詩〉等等皆有道及，高雄：復文《宋詩論文選集》，一九八八，已有收錄，可參看。

㉘吳調公〈李商隱對北宋詩壇的影響〉，原載《李商隱研究》，上海古籍出版社，一九八二，引自《宋詩綜論叢編》，一九九三・高雄：麗文。

㉙論者頗多，其著者如徐復觀前揭書〈宋詩特徵試論〉「黃山谷的詩論」一節討論平淡而山高水深即說：「這是由意境之高深，而出之以精約的語句，才可以達到的，於是山谷不能不重視人格，不能不重視學問，不能不重視句法與用字。」正可加以說明。

㉚《宋詩鈔》〈臨川小集序〉（台北：世界書局）有云：「安石遺情世外，其悲壯即寓閑淡之中。獨是議論過多，亦是一病矣。」直至晚年猶不免如此，又可見議論入詩為荊公一生的堅持，當亦影響後學者。

又爲詞章家所賴。宋詩的「以文字爲詩，以學問爲詩㉛」等實不可不正視此等時代的因素。於此《石林詩話》所載王荆公之言：「學詩者未可遽學老杜，當先學李商隱，未有不能爲商隱而能爲老杜者。」應也更可看出他頗能正視西崑得此義山托意深婉的精妙㉜。

宋初學義山詩自以西崑爲最。其後荆公既有其體認，因而「其思深妙，更過於歐。」（《昭昧詹言》卷十二）可見王安石之有得於崑體工夫者。此時已非慶曆之時「滿心而發，肆口而成」的風氣，運用崑體的包蘊密緻，揚棄其陳腐及雕縟，自可糾正慶曆以還以議論爲詩的流弊，及「白詩的底子」所形成的膚廓疏淺的毛病，進而臻於平淡而山高水深的境界㉝。此即世人所艷稱的荆公詩律：「王荆公晚年詩律尤精嚴，造語用字，間不容髮。然意與言會，言隨意遣，渾然天成，殆不見有牽率排比處，如『含風鴨綠鱗鱗起，弄日鵝黃裊裊垂』讀之初不覺有對偶。……其用意亦深矣。」（《石林詩話》卷上引）初不覺有對偶云云，乃自詩律尤精嚴而來，實可見此等對偶親切的崑體工夫。

至於山谷的詩律亦不遑多讓。其〈酴醿〉一詩：「露濕何郎試湯餅，日烘荀令炷爐香」即脫胎自李義山「謝郎衣袖初翻雪，荀令熏爐更換香。」皆「以美丈夫比花，魯直爲工。」（朱翌《猗覺寮雜記》引自《宋人詩話外編》）而山谷之有得於義山者尚多㉞，亦可證崑體工夫爲讓他成爲一祖三宗之一的要因。

所以，西崑雖在慶曆之後，漸不爲詩家宗主，然而欲窺宋代平淡而高深的詩境，則又拾崑體工夫不爲功。這就是紀昀所道：「然其組織工緻，鍛鍊新警之處，終不可磨滅，故至今猶有傳本焉㉟」的理由，西崑的不絕如縷，剝極而復者實又在此。這也是宋詩之爲詩學，於言意之辨特別重視所致。既然「語思其工，意思其深。㊱」自然於歐陽修的慶曆詩風亦不以爲足。歐公誡其子「三十年後，更無人道

㉛嚴羽《滄浪詩話》：「近代諸公乃作奇特解會，遂以文字爲詩，以才學爲詩，以議論爲詩。」近代諸公云云可知此等宋詩大家的共同趨向。

㉜今人秦寰明亦言：「楊劉諸人不僅傾心于李商隱詩的麗辭壯采，更爲其意深味永而嘆服。」〈西崑體的盛衰與宋初詩風的演進〉（南京師大學報，一九八九）。

㉝「平淡而山高水深」的論述另可參看徐復觀之〈宋詩特徵試論〉等，及韓經太〈論宋人平淡詩觀的特殊指向與內蘊〉（《宋詩綜論叢編》，一九九三）。

㉞參見註㉘所引文。

㉟清《四庫全書簡明目錄》集類〈西崑酬唱集〉提要。引見漢京本《西崑酬唱集》書末。

㊱有關宋人言意之辨的課題，另可參考龔鵬程「語言形式的覺知」等同注㉓引書，頁二九七以下，與《江西詩社宗派研究》，及黃景進：〈從宋人論意與語看宋詩特色的形成〉載第一屆《宋代文學研討會論文集》頁六十三以下。

著我也。」(《曲洧舊聞》)可見這種演進的不可避免,眞的是既領風騷數十年,即不得不讓予後人,西崑如此,歐梅亦然。

既重視言意之辨,自然要求如《藝苑雌黃》所云:「語意中的,親切過於本詩,不謂之奪胎可乎?不然,徒用前人語,殊不足貴。㊲」親切過於本詩,或可與崑體的對偶親切參看,皆欲其不造作,自然而妙,這也許是王黃等人過於西崑之處,亦可見江西諸公有得於西崑者。鄭騫之論詩論及西崑體云:「精嚴組織開山谷,深婉風神近玉谿。莫道楊劉無影響,西崑一脈到江西㊳。」正道出西崑不死,其精神借山谷等人的工夫而復活。或而也可說表面上西崑雖衰落了,卻仍以其包蘊密緻的工夫,化作春泥,而開出有宋一代詩壇中寒梅的孤傲。

㊲有關奪胎與親切等問題,另可參考黃景進:〈略論黃山谷所謂「無一字無來處」——兼論點鐵成金與奪胎換骨〉載《中華學苑》第三十八期。

㊳鄭騫《清晝堂詩集》卷十一,一九八八,台北,大安出版社。詩後且又自注道:「山谷七言律詩,琢辭屬對,安排纂組,實自義山楊劉一派而來,此意前人似未曾道,楊劉在宋初聲譽甚隆,並非倖致,後代論者譏貶西崑每嫌過甚,總緣未能識其精嚴深婉。」最能說出西崑詩人的精妙處。此種觀點另詳:王鎮遠〈西崑體與江西派〉載《西南師範學院學報》一九八四,三期。

由詠史詩看西崑體與義山體的異同

——兼論二者在詠史詩發展史上的意義

一、前言

「詩家總愛西崑好，獨恨無人作鄭箋①。」此元遺山有感而發的論詩之語。這其中也透露了宋金以來論詩者有以爲西崑即義山的。比如嚴羽《滄浪詩話》就說：「西崑體即李商隱體，然兼溫庭筠及本朝楊劉諸公而名之也②。」而在這之前惠洪的《冷齋夜話》也說了：「詩到李義山，謂之文章一厄，以其用事僻澀，時稱西崑體。」將李義山與西崑體混而爲一，也許是就詩體風格上而言，諸如用事僻澀，用僻字，奇字，獺祭，撏撦等等，前人每於此斷斷不休，而不覺將唐人與宋人混而爲一。又如金李純甫〈西崑集序〉所云：「李義山喜用僻字、下奇字，晚唐人多效尤，號西崑體。」皆逕以義山即西崑，而不知西崑一詞，實宋代楊劉等始用此名，與義山無干，然而諸人猶不能辨此，喜愛西崑者尚且不免。馮武曾重刻《西崑酬唱集》，於西崑體可謂有功矣。竟然稱李義山、溫庭筠、段成式——「格韻清拔，才藻優裕爲西崑三十六，以三人俱行十六也。」雖然馮武也知西崑者取「玉山策府」之意，然猶有是言，除了對年代有些考究不清外，二者風格的相近恐怕才是要因。緣此，前因而撰有〈詩家總愛西崑好——重新解讀西崑體〉③，試圖釐清此種誤解。然而此篇文字，但就西崑作家作品而泛論，涉及義山者尚少，尤其詠史一體，義山成就頗高，今人多有論及，然西崑之繼承且發揚此體者，實猶有待進一步窺探，因而本篇乃就西崑與義山詠史之異同處加以探討

二、義山與西崑寫作背景的異同

李義山其人以一介書生，依違於牛李黨間，因仕途坎坷，淪落不偶，而奔走外地，潦倒一生。但將其抑鬱不平之氣，發諸筆端，因而借詠史而發議論，其「成由勤儉破由奢」、「莫恃金湯忽太平」等觀點④，頗爲人津津樂道，且爲詠史詩開創了一新典型，而有「不愧讀書人持論⑤」的稱道。然而就因其不在位，因而「偏狹」、「浮議」等議評⑥，亦隨之而來。或因其旁觀者清，才學淹溥，發爲議論，自可浩浩蕩蕩，橫無際涯，是以見微知著等論點，自爲識者所賞。然而亦有以爲處士橫議，而稱：「非定論也」的評語。⑦

準此來看西崑的詠史，則背景可謂有異，諸人在題材上顯然有些模仿義山的味道，諸如宋玉、漢武、南朝等等——在題材，甚至題目上皆可見及，但是細看其形式的表現卻有不同，且立論的角度更有區別。

①元好問〈論詩絕句〉第十二首。（《四部叢刊遺山先生文集》卷十九）

②《滄浪詩話・詩體》以人而論節（《滄浪詩話校釋》郭紹虞校釋，河洛出版社）

③文見《文學與美學》第五集（淡江大學中研所）

④黃盛雄〈李義山的詠史詩〉三、歷史的智慧——歷史解釋即特別就義山此二詩句提出，前詩出自〈詠史〉，後詩見於〈覽古〉。（《古典文學第九集》台灣學生書局，一九八七）

⑤沈德潛《說詩晬語》有言：「義山……詠史十數章，得杜陵一體。……不媿讀書人持論。」

⑥同注四所引文：「義山的歷史智慧及其限制」有云：「偏狹與浮議是其限制。」

⑦屈復《玉溪生詩意》（引見《李商隱詩歌集解》）〈四皓廟〉箋評（洪葉本頁五七三），原文作：「留侯能薦四皓以安劉，其功雖大，豈能勝創業之勳乎？作者意有所指，非定論也。」實針對「蕭何只解追韓信，豈得虛當第一功」而來，而義山之所以如此，乃當時（中晚唐）詠史詩家的風氣，為了「在作史者不到處生耳目」（《唐音癸籤》卷三）因而「在立意上出新，力求表達對歷史人事的獨特見解，甚至作翻案文章，避免與正史論贊及傳統看法雷同。」（劉學鍇——〈李商隱詠史詩的主要特徵及其對古代詠史詩的發展〉）。即以〈四皓廟〉為例，杜牧亦作〈題商山四皓廟〉，而〈馬嵬〉詩李益亦有〈過馬嵬〉，章碣則有〈焚書坑〉更為楊錢〈始皇〉之本等等，諸人皆在翻案上各逞巧思，義山亦不免如此。

何者？此實因二者之身分不同，西崑之名，來自秘閣之喻，乃楊億等人參預編修《歷代君臣事跡》時⑧，諸人唱和之作，由原序：

因以歷覽遺編，研味前作。挹其芳潤，發於希慕；更迭唱和，互相切靡⑨。

諸人既以修書之便，歷覽古籍，因而有意擇其足以爲人所效者「芳潤」「希慕」之意在此，然後諸人此唱彼和，互相切靡而引以爲同志。而所謂希慕者，以當時既在兩禁，位爲臺臣，自有匡君補闕之職責在焉。且以諸人之言行文章，動見觀瞻，自然於下筆之際，不得不謹愼行之。以他們皆渥蒙君恩，高居要津，自不能不思有以報君國蒼生者，而適時眞宗在王欽若的鼓惑下，封禪求仙，服食訪道，不一而足，其行徑之荒誕有若秦皇漢武⑩，而北宋之處於危殆之地亦令人想起南朝及隋末之時，諸人既耿直而處危疑之地，又不能逢君之惡，其欲有所諫言乃爲必然，欲聞之者足以戒，則又捨詩教不爲功，因而他們想在詩中表達其對國事的憂心，自然不可避免的在編修〈歷代君臣事跡〉時要特地借題發揮，期能完成其致君堯舜之心志。

於此，鄭再時箋注《西崑酬唱集》時，深得西崑諸人之旨而有言稱楊億道：

以鯁直之故，屢犯主顏，又遭王欽若，陳彭年等讒訴得行，鬱鬱不得申其志。然志終不可閟，發而爲詩，則此集是，非「情動於中而形于言耶⑪」？

將西崑體詩寫詩之旨趣，作深度的探討，蓋諸人之詩非無謂而作也。至於其詠史詩之意義，鄭文則引劉筠〈宋玉〉詩之一聯：「曾傷積毀亡師道，只托微詞蕩主心」，加以說明：

劉筠〈宋玉〉詩，曾傷積毀一聯，尤不只爲全集注腳，非「言之不足而嗟嘆之，永歌之耶？至〈漢武〉、〈明皇〉深刺封（東封泰山）祀（西祀汾陰）

⑧《歷代君臣事跡》，編成即改名爲《册府元龜》，計一千卷。諸人編修時間自景德二年（西元一〇〇五）至大中祥符元年（一〇〇八）。西崑酬唱集即完成於祥符元年。
⑨見《西崑酬唱集·序》，上海古籍出版社一九八五版。（周楨·王圖煒注本）
⑩《宋史·眞宗本紀》卷三於此有言：「及澶淵旣盟，封禪事作，祥瑞沓臻，天書屢降，導迎奠安，一國君臣，如病狂熱。」《續資治通鑑長編》卷六十七亦載有王欽若蠱或眞宗「聖人以神道設教」之言。
⑪《西崑酬唱集箋注》鄭再時自序。（齊魯書社一九八五年）

之謬，非「主文而譎諫耶⑫」？

以詩大序所言作詩之旨，言崑體詩，尤其此處所引者在其詠史詩，詠史詩之作品雖不多，但有七題，三十首不到而已，與李商隱之個人即有七十餘首，固然顯得少了很多，與西崑集中其他作品相較亦算少數，然而這類作品雖少，卻關係全篇宏旨，諸人欲「托微詞以蕩滌眞宗之心⑬」，則想了解西崑，實不能不由此入手，更何況集中最早完成的作品〈南朝〉正是詠史之作呢⑭！

三、由同類題材的詠史旨趣看二者的異同

㈠以南朝爲題

西崑體的詠史詩，依集中編目的次序，計有〈南朝〉、〈漢武〉、〈舊將〉、〈明皇〉、〈成都〉、〈始皇〉、〈宋玉〉等，數量不多，楊億首唱，諸人有和⑮，大抵如此。可注意者首首俱爲七律，與義山之詠史以七絕爲要，則有不同⑯。集中最引人注意的，乃是一開始即以〈南朝〉發端。南朝詩，義山有逕以南朝爲題

者兩首，一爲七絕，一爲七律，七絕者爲：

地險悠悠天險長，金陵王氣應瑤光。休誇此地分天下，只得徐妃半面妝。

詩中有「此地」一語，當係親遊其地。而「徐妃半面妝」，據張爾田《李義山詩辨正》所言「借香倩語點化，是玉溪慣法，不得以纖佻目之。遊江東時詠古之

---

⑫同注⑪引文。

⑬曾棗莊《論西崑體》第三章即以「祇托微詞蕩主心」爲篇目。而曾氏另有專文《西崑酬唱集的思想傾向》（《中國典籍與文化論叢》，北京中華書局，一九九五年）即以「托微詞以蕩滌眞宗之心，才是此集主旨」作全篇的結語。

⑭此詩鄭譜未繫年，曾氏《論西崑體》繫於景德二年，以各本皆置於〈受詔修書述懷感事三十韻〉之後可知，而〈受詔〉一首爲全集完成後所作。

⑮《西崑酬唱集》中由楊億首唱者有四十三篇、劉筠有十九篇、錢惟演有八篇。而詠史七首全部爲楊億首唱。

⑯施補華《峴傭說詩》（《清詩話》三）曾言「義山七絕，以議論驅駕書卷……此體於詠史最宜。」方瑜即統計義山詠史七絕有四十八首，爲其詠史詩特色之一。（〈李商隱的詠史詩〉，《中外文學》五卷十一、十二期）

作，別無寄託⑰。」其實未必就無寄託，雖爲個人遊歷，但頗有議論之意。姚培謙即以爲「以巾幗比偏安也。」屈復亦言「借一事而統論南朝，非耑指徐妃⑱。」若據朱鶴齡《李義山詩集箋注》引南史，所云「（梁元）帝三年一入房，妃以帝眇一目，每知帝將至，必爲半面妝以俟，帝見則大怒而出。」可知半面妝襯分天下之不足誇，義山詠史之妙在此。朱彝尊言：「高絕⑲」者正見其識見之高，他人難以學步也。至於七律的南朝詩，諸家多以爲陳後主之荒淫而作⑳，蓋三四句云：誰云瓊樹朝朝見，不及金蓮步步來。」似乎不無道理，然而關鍵句實應在尾聯：「滿宮學士皆顏色，江令當年只費才。」則可從江總之才被人浪費掉爲可惜，見出義山詩旨。於此劉盼遂所云：「結句是說，像江總這樣高的才華，都用在詠女學士們的姿容上，未免用非其才。其意義在於借江總以自傷㉑。……」則詠史而兼詠懷，然而評者或以爲「義山獨創之格，西崑視之，遂成堆金砌玉，繁碎不堪。」然而果眞如此嗎？何義門《讀書記》也說：「此篇亦非楊劉所及㉒。」其實諸家愛義山之心固可敬，然而卻忽略掉西崑之用心，亦未免有待斟酌。

比如楊億的〈南朝〉：

五鼓端門漏滴稀，夜籤聲斷翠華飛。繁星曉棣聞雞度，細雨春場射雉歸。步試金蓮波濺襪，歌翻玉樹涕沾衣。龍盤王氣終三百，猶得澄瀾對敞扉。

前五句皆用南齊之典，而北埭雞鳴、金蓮玉步，亦義山〈南朝〉詩所用過者。

---

⑰《李商隱詩歌集解》頁一三七一引文。（劉學鍇、余恕誠集解，洪葉文化公司，一九九二年）

⑱姚培謙《李義山詩集箋注》，屈復《玉谿生詩意》此處同引自注⑰所引書。

⑲同注⑰所引書，頁一三七一。

⑳諸如沈德潛、胡以梅、趙臣瑗、陸崑曾、姚培謙、屈復、紀昀、方東樹等皆然。文見注⑰所引書頁一三七五—一三七七。

㉑同注⑰所引書頁一三七七—一三七八。

㉒亦見注⑰所引書頁一三七四。方瑜前揭文〈四、南北朝及隋的末代君主〉更認爲「綜觀這類詩篇，盛衰興亡之感極爲強烈，這原是詠史詩的當行本色」，並言其〈夢澤〉〈茂陵〉七律都已流露詩人在權勢榮華，管絃歌舞中所體會的虛無感，這種淒涼的基層感情，再摻以鮮明濃烈的諷喻，構成義山這一類詠史作品的特色。」且於三、曹植與甄妃後云：「義山在詠史篇中眞正不能原諒寬宥的是那些因酒色之耽溺迷失而導致國家衰亡的末代君王！」這段話其實也可說明西崑這類詩體的用心。

尤其五六兩句，更與義山〈南朝〉「玄武湖中」一首之三四兩句誰言——不及句，用典相似。然此楊億之妙，實在其尾聯之「猶得澄瀾」，於此王仲犖言：「澄瀾謂江水也。言金陵王氣已消。而湛湛江水，仍光浮敞扉，終古不改也㉓。」此等超越王朝更迭的宇宙意識㉔，何等高妙，亙古江山，原非某一王朝所可擁有，若但淫靡相誇，亦將敗亂相尋。然而江河依然不改其萬古長流，豈只三百年而已，則又非前人之但就龍盤虎踞言金陵之勝者可比。詠史之妙，前人每言義山妙在能「以議論運古事」，由此篇楊億之議論，固已可見。唯鄭再時言：「借齊東昏陳後主事，以弔南唐南漢，詩之作當亦在唱酬之始。……大年之祖仕南唐爲玉山令，大年及見南唐之亡，黍離麥秀，頗寓廢興之感，非若義山南朝詩，無所寄託，僅組織齊陳故事成篇之比也㉕。」則又以爲此篇遠過於義山。不過鄭氏亦恐但知其一，未及其他，楊億非錢惟演之必以亡國爲悲者。此篇之旨當不在此而已，猶待唱和之他人相互發明。諸如錢惟演之和詩即以「自從飲馬秦淮水，蜀柳無因對殿帷」作結，錢詩前半，自「結綺臨春映夕霏」下至「江令花牋」亦皆極言其奢靡，五、六則兆衰敗，而結尾則頗受人矚目，馮班說「南朝四首，大略思公勝。」則實錢惟演以吳越王之子，家國恨深，而能出之以淡筆。曾棗莊說得好「末聯不僅是對宋齊梁陳歷史的總結，是對後蜀、南漢、南唐、吳越敗亡的隱喻，而且更是對眞宗的規誡㉖。」其實何止錢氏有規誡之心，他人亦莫不然。劉筠之〈南朝〉以「華林酒滿勸長星」發端，實亦「自古何時有萬歲天子」之意，典出《世說新語》㉗，亦人所熟知者，用意甚爲明顯，而五六句之「鐘聲但恐嚴妝晚，衣帶那知敵國輕」，則言其恃長江之一衣帶水，而作通宵之宴樂，卻不知敵國之輕視此，以明天險之不可恃，終而言「千古風流佳麗地，盡供哀思與蘭成。」則又以庾信之〈哀江南賦〉之得名，言及文人之幸，實乃江南之不幸也。雖有自宇宙意識落實爲文化意識處，實亦庾信之「不無危苦之辭，唯以悲哀爲主。」（〈哀江南賦序〉），而且確可與楊億之首唱

㉓《西崑酬唱集》（王仲犖注本頁一五）（台北漢京本一九八四年）

㉔「宇宙意識」借用聞一多《唐詩雜論·宮體詩的自贖》語，乃稱許〈代悲白頭翁〉和〈春江花月夜〉的用詞。

㉕鄭再時《西崑酬唱集箋注》（頁三二〇，齊魯書社，一九八五年）

㉖曾棗莊〈西崑酬唱集的思想傾向〉（《中國典籍與文化論叢》第二輯，北京中華書局，一九九五年）。

㉗文亦見《晉書·武帝紀》。

相呼應。鄭再時言「末聯結到元唱，子儀和詩，往往爲大年詩作注腳㉘。」凡此，亦可見諸人之互相發明，而李宗諤之和作，則以「仙華玉壽夜沈沈」發端，以見當年繁華之終歸沈寂。而次聯「平昔金鋪空廢苑，于今瓊樹有遺音」則一昔一今，今昔之感宛然可聞，五六句「珠簾映寢方成夢，麝壁飄香未稱心。」以見其奢靡及人心之不能饜足。結尾最爲人稱：「惆悵雷塘都幾日，吟魂醉魄已相尋。」以韓偓《海山紀》陳後主與隋帝之相蹈覆轍作結，而此結尾之諷眞宗更爲明顯。王仲犖已詳言之㉙。可見〈南朝〉詩之寄託皆深，諸家各擅勝場，相互發明，終而能與義山相頡頏也。

㈡以漢武爲題

若〈南朝〉詩之以史事爲戒，以勸眞宗；則〈漢武〉九詩楊億則於勸誡之外，實亦有身世之感。漢武誠有文治武功，然惑於方士之說，則有可與眞宗戒者。此諸家之所以「但攻其一，不及其餘㉚」者。楊億之詩爲：

蓬萊銀闕浪漫漫，弱水回風欲到難。光照竹宮勞夜拜，露漙金掌費朝餐。力通青海求龍種，死諱文成食馬肝。待詔先生齒編貝，那教索米向長安。

首句先引《史記・封禪書》之典，言武帝求仙藥之終莫能至，「浪漫漫」可見，自古至今此事之終不可信，而弱水回風句欲到難句，更言蓬萊之難以到達。三句及四句之詩眼一「勞」、一「費」，以見其徒勞與浪費而已。頸聯自劉克莊以來㉛，人每稱道之。言其好大喜功，及求仙之無成。而結尾一聯，言及東方朔之索米長安，正見人才之不為武帝所重視。此實亦有告誡以重文相標榜的真宗，鄭《注》即云：「言小人用事，而己之忠貞，反遭擯斥。蓋以曼倩自喻也。而大年之家貧，

㉘同注㉕所引書頁三二七。

㉙同注㉓引書頁一一九，王氏曰：「宋於開寶八年，太宗命曹彬提兵滅南唐，至景德二載，已三十載。而宋真宗崇尚虛華，耽淫女寵，後宮並寵者甚衆，殆蹈南唐後主之覆轍，故宗謂特引世所傳陳後主譏隋煬帝事以為戒也。」

㉚見王仲犖〈漢武〉詩注前序文，同注㉓引書頁四一。王氏認為「實非篤論」，其實此為詠史詩家，借古喻今之筆，本不必如史家之全面考量。

㉛劉克莊《後村詩話》，劉後村引此詩聯而言「比之錢劉尤為老健」。而方回《瀛奎律髓》，與紀昀《律髓刊誤評》，亦皆言此，紀昀且說道此「便欲直逼義山。」

已屢見年譜。索米之喻，乃其實爾㉜。」

劉筠之和詩，亦頗能發明此意。頸聯之「夏鼎幾遷空象物，秦橋未就已沉波」，則言夏鼎無用，秦橋亦然，以秦皇比漢武，實亦以漢武喻宋眞宗也。末句尤道出才士之空有文藻而不被重視。「相如作賦徒能諷，卻助飄飄逸氣多」，頗能說出楊劉等人處境之如同相如，正又可與楊億曼倩之比相呼應。而武帝求仙之舉動正又可與當時之事相聯想。

此詩和者最多，在詠史詩上可說是一例外，楊劉錢之外，刁衎、任隨、劉騭、李宗諤皆有作，然而除錢氏外，餘則未足稱道，思公之尾聯：「甘泉祭罷神光滅，更遣人間識玉杯。」則言武帝之死後之可憐，陪葬之玉杯不能保，警戒之意亦深。至於其他和者，如刁衎之以「高宴柏梁詞可仰」以柏梁台詩爲可仰，不免是泛泛之詞，難怪紀昀評爲「拙稚」。任隨之尾聯「若信憑虛王母說，東方三度竊蟠桃。」，則亦不能有深意㉝。

以詩詠漢武，義山有一類似者〈茂陵〉：

漢家天馬出蒲梢，苜蓿榴花遍近郊。內苑只知含鳳觜，屬車無復插雞翹。玉桃偷得憐方朔，金屋妝成貯阿嬌。誰料蘇卿老歸國，茂陵松柏雨蕭蕭。

此詩，人多半以唐之「武宗」爲言，方東樹且引其先君之言：「此詩全與武宗對簿。一二言窮兵略遠。……末收尤妙」又曰：「藏鋒斂鍔於宏音壯采之中，七律無此法門。不善學者，便入癡肥一派㉞」其實觀看三人之結尾，亦可與義山之筆法相侔。楊劉尤能言及文士之境遇，正可知西崑之有其獨到者。

(三)以舊將爲題

另有〈舊將〉一題，李義山亦有〈舊將軍〉之七絕，而西崑之不以〈老將〉爲

㉜同注㉕引書，頁三五七。所言「屢見年譜」，於鄭譜景德元年引沈括《夢溪筆談》及魏泰《東軒筆錄》有載。見前揭書頁一六〇—一六一。

㉝紀昀批刁衎之詩後有云：「此亦是裝砌漢事，而神采姿澤都減，由不及楊劉諸公醞釀之深耳。」又說「大抵西崑唱酬集中，以大年子儀思公爲冠，其餘雖附名其間，皆逐浪隨波，非開壇建幟者也。」或許因詠史詩難作，所以〈漢武〉之後，他人即不再和詠史之作。（唯〈舊將〉有劉騭之和，其餘則未見）

㉞方東樹《昭昧詹言》語。

題，㉟正見其用意之有別。

由《宋史・石守信傳》，趙匡胤杯酒釋兵權，而無以應付契丹之入侵。此諸人之所以有作也。而義山則但爲當時「棄功不錄」而發，可說用意不同。義山之〈舊將軍〉云：

雲臺高議正紛紛，誰定當時蕩寇勳？日暮霸陵原上獵，李將軍是舊將軍。

借李廣之不得志，暗喻當時「會昌有功將相」之不得與於淩煙閣。但爲諸人之不偶而發㊱。而反觀楊億等人之用意，可說更進一層。楊億之〈舊將〉爲：

平生苦戰憶山西，撫劍臨風氣吐霓，戟户當衢容駟馬，髯奴繞帳列生犀，新豐酒滿清商咽，武庫兵銷太白低。髀肉漸生衣帶緩，早朝空聽汝南雞。

舊將們昔日戰功何其顯赫，前四句；可以想見五句言其意志銷沉，六句則言朝廷之重文輕武，而不敢戰。致有「太白低」之語。尾聯則言諸將們但早朝之行禮如儀，久未騎馬，髀裡肉生而已，以喻朝廷之閒置老將，終至無可用之將以應外敵。

劉筠之和詩頗能呼應，由首聯之「丈八蛇矛戰血乾，子孫今已列材官」足見舊將們受到的待遇可謂「恩寵有加」與義山詩中的李將軍大大不同，五句之「勞薄可甘」，正見朝廷待之甚厚，而「爵高」一詞更富深意，王仲犖本作「功高」恐非。蓋諸人但爵位高而已，何嘗有高功可記。正見其閒置而無緣立汗馬之功。尾聯似翻楊億髀肉生之語，而言其猶能從獵長楊，而老驥伏櫪之可悲亦盡在此。劉騭之和詩，亦頗能就此生發，如其頸聯之「分茅錫土傳家牒，鍾鼎還須爲勒銘㊲。」或亦可見舊將們已與世人無異，當年之功誠可銘記封賞，然於今之世又能如何？此亦諸人之所同慨者。

㉟鄭再時即云：「舊將與老將不同」。同注㉕引書頁三九四。

㊱馮浩《玉谿生詩集箋注》（台北：里仁書局，一九八〇年）以爲李衛公而發。並引《舊唐書》之贊以證，何義門指爲石雄，劉學鍇《集解》則以爲「泛指會昌有功將相」。馮浩所言方瑜前揭文〈二、漢武故事〉以爲「似將此詩歸入時事詩的範疇，不過單就詩意玩味，句句皆寫李廣，如不刻意深求，單以詠史視之，並無不可。」

㊲見《西崑酬唱集》〈舊將〉，蔡邕〈銘論〉有云：「鐘鼎，禮樂之器，昭德紀功，以示子孫。」子孫云云，可呼應劉筠首聯之語。正見此輩之但爲子孫謀而已。以之視「求田問舍，怕應羞見劉郎才氣」等建安諸人之氣勢固不可同日而語。

㈣以明皇爲題

至於〈明皇〉一題，王仲犖所言甚是，其言曰：

大抵詠唐玄宗弘農得寶，東封泰山，末節以天下久晏安，遂極聲色之娛，寵惑楊太眞，馴致安史之亂，馬嵬兵諫，西狩劍南數事。蓋館臣欲借鑑玄宗之事以諷切時事也。詩當作於景德三年，時劉楊二妃已有盛寵，迨後祥符改元，眞宗且東封泰山，其行固絶有類似唐玄宗處也㊳。

可謂一語道出諸人之用心。此詩義山未有以明皇爲題者，唯〈馬嵬〉二首，甚受矚目：

冀馬燕犀動地來，自埋紅粉自成灰。君王若道能傾國，玉輦何由過馬嵬。

海外徒聞更九州，他生未卜此生休。空聞虎旅傳宵柝，無復雞人報曉籌。此日六軍同駐馬，當時七夕笑牽牛。如何四紀爲天子，不及盧家有莫愁。

紀昀有云：「馬嵬詩總不能佳，此二詩前一首後二句直率，次一首亦多病痛也。」方東樹亦云：「五六及收亦是傷於輕利，流便近巧，不可不辨。」皆有不以爲然之意，而後張爾田之辨正㊴，黃侃之偶評則有辨駁。黃氏之言曰：「（次章）首句言神仙茫昧，次句言輪轉荒唐，以此思哀哀可知矣。中二聯皆以馬嵬與長安對舉，六句筆力尤矯健，不僅屬對工巧也。由此振出末二句……㊵。」

蓋義山對明皇之諷刺深矣，「生亦惑，死亦惑」——「皆寓辛棘冷雋之嘲諷。㊶」義山又有〈驪山有感〉：「平明每幸長生殿，不從金輿惟壽王。」諷刺君王之縱欲無極，而〈龍池〉亦云：「夜半宴歸宮漏永，薛王沈醉壽王醒。」屢屢以壽王爲言，正見玄宗亂倫之不當。義山著墨如此，可謂不假辭色，至於西崑諸公旣身處館閣，天威不違顏咫尺，則不能如此肆無忌憚，但又不能不勸誡眞宗。因而用筆可

㊳王仲犖《西崑酬唱集》頁一〇一（漢京本一九八四年）

㊴張爾田云：「紀氏祗見後人詩法，唐人格律，烏足以知之」，而義山此詩之爭議，在於是否「擬非其倫」爲關鍵。紀昀、方東樹之言俱見注⑰所引書頁三一四。

㊵黃侃《李義山詩偶評》（台北：學海書局，一九七四，頁二〇）劉若愚也以此詩這道：「在馬嵬二首中，唐玄宗是所有著迷的統治者的象徵，而楊貴妃則代表所有宿命的女人，……在這種情況下，特定的人和事，被賦予普遍性含義，這是一種簡潔有力的表達方法。」應是這種托意深妙的手法讓西崑體詩人深有體會而得其包蘊密緻的神髓。

㊶劉學鍇按語，同注⑰引書頁三一五。

謂婉約有致，意在言外，楊億爲：

玉牒開觀檢未封，鬥雞三百遠相從。紫雲度曲傳浮世，白石標年鑿半峰。河朔叛臣驚舞馬，渭橋遺老識眞龍，蓬山鈿合愁通信，回首風濤一萬重。

言明皇而以東封泰山之事，實已暗諷今上之行。而鬥雞三百遠相從，見其猶未能忘人間之愛欲。而三四皆與神仙寶符攸關，正見明皇之似眞宗，後四寫亂後，舞馬之不爲人識而以爲妖，而渭橋遺老縱識眞龍，亦毋乃太遲乎？至於尾聯先引長恨歌「惟將舊物表深情，鈿合金釵寄將去。」然末句之迴首風濤，正見其不堪回首。較之義山之「不及盧家」語，蘊籍深矣。錢惟演之「匆匆一曲梁州罷，萬里橋邊見夕陽」，劉筠之「西歸重按臨波舞，故老相看但涕零」皆以亂後之凋零映襯當時，而劉筠所言有「唐王朝雖轉危爲安，但從此一蹶不振㊷」之意。凡此，皆可見其諷喻君王：「莫恃金湯忽太平」之意頗深。

㈤以成都爲題

至於〈成都〉，以地名而詠史，亦非一般懷古之作。蓋詠史詩人之以地名詠史者，皆因至其地而詠其事㊸，如若前所引之〈馬嵬〉、〈驪山有感〉亦然。非若諸人之在兩禁，未能親臨其地，但作天台之詠而已。因而與義山此類作品亦有異。義山詠蜀之詩若〈井絡〉，若〈籌筆驛〉，等實皆至蜀而詠史事。若〈井絡〉詩因而能以「井絡天彭一掌中，漫誇天設劍爲峰」發端，極言其高峻，非親臨其地莫辦，義山因赴東川節度使柳仲郢幕，途經劍閣，感受蜀地之山川形勝，且有感於當時藩鎮割據之烈，因而六句又言諸人不能與劉備相比，且結以「將來爲報姦雄輩，莫向金牛訪舊蹤」。若非親至其地，當不會如此收尾。

至於〈籌筆驛〉之以「猿鳥猶疑畏簡書，風雲長爲護儲胥」發端者，亦同。其意在「首言武侯曾駐師於此，其軍法嚴明，至今魚鳥猶敬畏之。且忠感天地，故風雲長護其壁壘而不毀也。」㊹非熟知孔明之事，與親歷其地者不可，繼而又大開大闔言諸葛之智謀，終而不免扶不起阿斗，有管樂之才，但關張無命，亦終究無可奈

㊷《論西崑體》頁七二。此處有史家勸懲、資鑑之意味，可與章學誠所謂「史家論贊本於詩教」者相參。見《文史通義》外篇三，頁三五二。

㊸義山之以地詠史者皆然，方回《瀛奎律髓》，即將此類詠史詩，逕納爲〈懷古類〉，使得親至其地之作，與西崑在館閣所作合一，不加分別。

㊹《唐詩鼓吹評注》，同注⑰所引書頁一三二二。

何。此等議論則結以「他年錦里經祠廟，〈梁父吟〉成恨有餘」。於惆悵無窮之餘，可注意者是義山提起曾親臨成都錦里的武侯祠，由籌筆驛的猿鳥，風雲即目之景，想到武侯祠，〈梁父吟〉的餘音繞梁，而英雄之淚滿襟亦可想見。此乃義山詠史最神似老杜者，前人已多論之。以此來看諸家之〈成都〉詩，實也可作一比較。

首先是楊億的：

五丁力盡蜀川通，千古成都綠酎濃。白帝倉空蛙在井，青天路險劍爲峰。漫傳西漢祠神馬，已見南陽起臥龍。張載勒銘堪作戒，莫矜函谷一丸封。

此詩前人不明其背景，因而雖肯定「各有工處」（方回），但紀昀則以爲「雜湊蜀事，不相連貫」，其實單就楊億此詩來看：首句言通蜀乃靠五丁之力盡，次句言千古成都之繁華，不以其他，而言綠酎醲者，因〈禮記·月令〉有云：「孟夏天子飲酎」，依鄭注「酎之言醇也，謂重釀之酒也。」在蜀者旣飲此酒，或而起異志亦未可知，頷聯因而言據蜀者或如井蛙，依恃劍閣之峰，而妄自尊大。五六句則鄭再時以爲：「五言宋太祖之謀伐，六謂王昭遠之拒戰。」然而西漢祀神馬，與太祖之謀伐典故無涉。以其用宣帝時之典㊺，時漢家已一統，不可謂謀伐，當重在「方士言益州有金馬碧雞之寶，可祭祀致也。」譏方士所言之荒誕，蠱惑帝王欲以神道設教之爲不當，是以曰「漫傳」也。而「已見南陽起臥龍」者，更可見若朝廷但欲如此，則焉知蜀地之不有孔明其人繼起也。頸聯之警戒朝中用事者深矣。如此則王仲犖注云公孫述及王小波等之不同：「而館臣同一視之，混淆兩類不同矛盾㊻」云云，則可以無論。尾聯以張載勒銘，警告恃此天險者，其實非但指責割據者，以張載之銘「興實在德，險亦難恃」，來對應首句之「力盡」，則或有治蜀亦應以德服人之意，否則但以力通，則他人亦將憑險而立，如此議論實不可不謂包蘊密緻。

至於劉筠之和詩精彩者在後半：「杜鵑積恨花如血，諸葛遺靈柏半燒。才似文園何足道，一生琴意只成痟。」此詩若不與楊億之作合看，當如紀昀所云：「亦雜湊蜀事，不相連貫，四句尤粗而無味。㊼」杜鵑積恨云云雖是常用之典，然可見杜

㊺據《漢書・王褒傳》：「宣帝擢褒爲諫大夫。後方士言益州有金馬碧雞之寶，可祭祀致也。宣帝使褒往祀焉。褒於道病死。」以王褒之才學，竟爲帝王之迷信而死，無怪乎用「漫傳」字，以示其不解。鄭再時之言同注㉕引書頁五〇三。

㊻同注㊳引書頁一四八。

㊼紀昀《律髓刊誤》評（黃山書社《瀛奎律髓》一九九四）。

宇之淫而失德，而諸葛遺靈則又扣緊「昔在有德，罔不遺靈」上著眼，言有德者又如何？然無德者更不堪也㊽。尾聯由德轉才，言縱有司馬相如之才何足道？雖能琴挑文君卻不免消渴之疾。而司馬相如有〈喻巴蜀檄〉等以其文才安撫巴蜀，然今日巴蜀有亂，縱有才比相如者在，卻不被重用。如此看來劉筠果眞能發揮楊億之意。

至於錢惟演之詩亦有足取處，以其呼應前者言「武侯千載有遺靈」，言蜀人仍有感於孔明之靈，而次句之「盤石刀痕尚未平」，正見鄧艾入蜀，但攻克之耳，刀痕未平，因教化之尙未施。三四句之「巴婦自饒丹穴富，漢庭還責碧砮征」則言巴蜀之富饒，使得漢庭還責碧砮之征，碧砮之征，即是武力征伐，而還字，正見其層出不窮，如此非刺割據，實乃言朝廷之不能以德服人，而五句引葛洪《神仙傳》欒巴以酒滅蜀火，及六句引司馬相如，二者於蜀皆有功者，因蜀亂而思賢者，結語則作自寬之語，以含蓄出之，言：「知有忠臣能叱馭，不論雲棧更崢嶸」，期待著忠臣出現，則蜀地之雲棧縈紆不足論矣。此亦以議論運史事之妙筆也，當不可純就割據之譏來立論，若能從以德服人著眼，方見其妙。何焯之李商隱〈井絡〉詩評「觀西崑成都三篇，何其瑣屑補綴。」其實何氏知有義山之議論縱橫，卻忽視西崑諸人身處危疑之地，欲發議論不得不曲折迴環，此實「祇託微詞蕩主心」不得不作此微詞而有曲筆也㊾。

㈥以始皇爲題

再來是〈始皇〉，此詩亦三人人各一篇。同樣的義山亦未直接以始皇爲題，只用〈五松驛〉、〈咸陽〉而已。蓋五松驛乃大中元年三月赴桂途中所經。所以前首爲「獨下長亭念過秦，五松不見見輿薪。只應既斬斯高後，尋被樵人用斧斤」，首句即標明道路所經，此詩「曰念過秦，其意則固在唐也。『尋被』二字頗見作者用意。」（劉學鍇語），亦「憑弔古蹟而託諷現實之作」㊿。至於〈咸陽〉一詩則：

㊽出夏侯湛〈東方朔畫贊〉。鄭再時又引田況《古柏記》之說，亦可爲證。同注二五引書頁五〇五。

㊾〈成都〉三篇與義山〈井絡〉不同，一因義山親臨其地，即興而發且有唐割據事態嚴重，義山以沒落王孫（論者有謂其人有王孫意識），因就割據而發，議論直鋪而下；而諸人身在館閣，聞蜀亂，思對策，自而能就以德服人上立論，且翻檢史册方便，因而臚列蜀事爲證，然皆有其歸趨所在。

㊿同注⑰引書頁五九二。此類詠史題材，方回《瀛奎律髓》即置之於卷三「懷古類」中可見。

咸陽宮闕鬱嵯峨，六國樓台艷綺羅。自是當時天帝醉，不關秦地有山河。

劉永濟批評此詩云：「與詠史詩（水湖南埭）同意。首二句極寫秦之強盛，三四句故為抑揚之詞以見作詩本意在不可恃山河之險。謂為戒諸鎮可，謂為警凡有國者亦可。」義山之詩意在此，而「自是」之語，則又可見其議論風發，不將天帝放在眼中之概。劉學鍇因而言「意殊憤憤，頗不似通常詠史論史，而有天道憒憒之概。暴者自得天祐，憤世之情深矣51。」由一醉字得知，作者頗有恨蒼天憒憒之意。果眞是「讀書人持論」，然亦足以為刺「始皇」之代表作。

至於西崑諸人所作如楊億首唱：

衡石量書夜漏深，咸陽宮闕杳沈沈，倉波沃日虛鞭石，白刃凝霜枉鑄金。萬里長城穿地脈，八方馳道聽車音。儒坑未冷驪山火，三月青煙繞翠岑。

詩中雖亦句句用典，然多見於《史記·秦始皇本紀》中，亦無冷僻難知者。首聯先言嬴政之剛愎自用，以致「不中呈，不得休息」，所以言「夜漏深」。再而言秦宮之深邃。可說承義山〈咸陽〉詩首句「咸陽宮闕鬱嵯峨」，而沉沉之意味深矣。三四句一虛一枉，正見暴政而至鞭石以及銷毀天下兵器之不切實際及枉費工夫。頸聯則以築長城穿地脈言暴政之自毀根基，縱使馳道遍及各方欲「使其後也，曾不得邪徑而託足焉。」（《漢書・賈山傳》）亦無用，依漢書此段文字，築馳道於天下，乃欲皇威遍及八方。此兩句一對外，一對內。亦皆枉費心機，是以末聯即用章碣之詩「坑灰未冷山東亂」（〈焚書坑〉），然著一火字，正見火坑儒生，卻不免天下起義之怒火亦焚之也。此詩方回認為「第七句最佳，作詩之法也。坑灰未冷，驪山已火，以一火字貫上意[52]。」以作詩之法許之，因此跳躍之蒙太奇手法，確實形象鮮明。而末句之青煙三月亦餘韻無窮。劉筠之和詩以「利觜由來得擅長」發端，正見秦皇之以凶狠而得天下。其次則極言咸陽宮殿通道之繁複，令人不辨，及秦法之苛於虎狼。五六句「前殿建旗凌紫極，東門立石見扶桑」，一雲霄，一日出，正見其疆域之不可一世，然而從臣歌頌讚美之詞不過虛幻而已。盧生早識亡秦者何在，縱能擊胡，卻不修德，終不能弭此不祥。方回之言「尾句絕妙，……雖勒

---

[51] 劉永濟所言，與劉學鍇之按語，同注⑰引書頁一五三八。
[52] 同注㊼引書，頁七一，紀昀亦謂「得此一字，遂不能謂之蹈襲章碣。」

碑頌美，亦自愚而已[53]」，即由此來說。

至於錢惟演之〈始皇〉詩亦頗受稱道：

天極周環百二都，六王鐘鐻接流蘇。金椎漫築甘泉道，匕首還獻督亢圖。已覺副車驚博浪，更攜連弩望蓬壺。不將寸土封諸子，劉項由來是匹夫。

首句言其地之險，次句亦詩語之妙，言六國已滅，兵器改鑄爲鐘鐻，且接以流蘇之飾，極言天下已定，然而始皇猶野心不已，繼續大興土木築甘泉宮之馳道，而此道未成其人已亡，因而曰「漫」，而匕首「還」獻之還字尤妙，蓋荊軻刺秦乃秦王政未一統天下前。而一統之後，天下人更欲刺之，所以著一「還」字。因而帶出第五句張良與滄海君於博浪沙之事。此亦紀昀所謂「四句、五句意複」[54]之故，然亦足見暴君，欲殺者不斷也。而六句之「更攜」則極言其不務修德而但欲求仙之妄。王仲犖言「館臣亦借始皇以諷宋眞宗也」若就此句來看，可眞不虛。末兩句則刺始皇不務修德而矯枉過正之無用。或亦可思宋代重文輕武，而釋舊將兵權，且神道設教欲以欺天下等等，焉知不會蹈此覆轍。

㈦以宋玉爲題

詠史詩多就政事而論，然有其寄託焉。至於〈宋玉〉一詩則純就個人懷抱而發。亦道出才士千古共同之遭逢。此由義山之詠〈宋玉〉，而結語兼言庾信，已可見其脈絡相承者。義山之詩，前人固已說：「此作者自謂」（何義門）；姚培謙則謂：「此歎遇合之不如前人也。」（《李義山詩集箋注》），而屈復《玉谿生詩意》則言「前半宋玉才華，乃楚一人。後半言渚宮雲夢，餘風猶在，故庾信一尋荒徑，永託後車。意言己之才華可追庾信，渚宮之夢亦堪託宋玉之後車，而流落終老，其視庾也遠矣。」觀義山之詩意則頗認爲宋玉，庾信之遭遇非己可至，而頗有羨慕之意。則與老杜之詠懷古跡言「庾信平生最蕭瑟，暮年詩賦動江關」；與「搖

53同注47引書頁七一。而紀昀則不以爲然，唯方回以爲「尾句絕妙」，乃就其和楊億詩而彰明其意來說。紀昀則就詠史詩家立論每出奇制勝，而作翻案妙絕之語來看，是以說「此亦常意常語，有何好處？此篇亦不精彩。」其實楊劉之意，旨在「借始皇以諷宋眞宗」（王仲犖注楊億詩題語），若由和詩又和意而說則妙，就純就論始皇來說自然只是「常意常語」。

54同注47引書頁七二，有紀昀之語。

落深知宋玉悲，風流儒雅亦吾師」之以蕭瑟，搖落言之者不同，或亦翻案之故，而觀點有異。西崑諸人亦就義山之觀點而進一層。楊億詩為：

蘭臺清吹拂冠緌，薙草新居對渺瀰。麗賦朝雲無處所，羈懷秋氣動齋咨。三年送目愁鄰媛，七澤迷魂怨楚辭。獨有江南哀句在，更傳遺恨到黃旗。

首句引宋玉〈風賦〉言宋玉之陪侍楚王，次句則言宋玉之宅後為庾信所居。三句引〈高唐賦〉「無處所」，實暗寓才士縱能賦出佳篇亦恐居無處所，且將如宋玉〈九辯〉之悲秋而嗟嘆不已。頸聯鄰媛送目之愁，《楚辭》迷魂之怨，實以宋玉，屈原之典用以自喻，前者言有此美色之惑是否能堅心不移？而著一愁字，正為其事之憂愁，筆鋒一轉實憂愁君王之惑於小人。如此亦可上應「齋咨」一詞，且可下接對句。「七澤迷魂」說屈原之自沈汨羅，猶待宋玉之招魂，一怨字，正見屈宋二人所為楚辭之精神所在。義山〈楚宮〉詩「湘波如淚色漻漻，楚厲迷魂逐恨遙」之意在此，亦可見其師徒心意之相感。尾聯則以《楚辭・招魂》有「魂兮歸來哀江南」之語，而帶到庾信之〈哀江南賦〉，則文章之尚友古人，千年可以相接。而末句之更傳餘恨，實亦不必拘泥於黃旗而以為「憑弔南唐」（鄭再時說），其實由哀江南賦之「昔之虎踞龍盤，加以黃旗紫氣，莫不隨狐兔而窟穴。與風塵而殄瘁」云云來看，以之言哀江南，弔南唐固可，然而以之嘆才士不遇而興不如歸去之念頭亦無不可。曾棗莊云：「全詩主旨與〈受詔修書〉的『晨趨嘆勞止，夕惕念歸歟』相近」，應該更接近詩意。且其頸聯詩眼之一愁一怨，才士之無奈在此。楊億此詩實亦可與義山另一首借屈宋興懷之詩〈過鄭廣文舊居〉相參：

宋玉平生恨有餘，遠循三楚弔三閭。可憐留著臨江宅，異代應教庾信居㊻。

㊺黃侃《李義山詩偶評》亦言「此首自傷無宋玉之遇。」（台北：學海書局，一九七四年本）方瑜前揭文認爲「由楚襄專向宋玉詩人主觀意識有很大改變，似乎全出之以稱美憐惜之情。」並引其〈有感〉一詩，言「一、二兩句，句首又別冠以非關，自是等含有主觀批判意識的副詞，顯然頗有爲宋玉辯解之義。」（一、楚襄王與宋玉），另劉學鍇有〈李商隱與宋玉—兼論中國文學史上的感傷主義傳統〉即提到「微詞託諷」是李商隱與宋玉「另一個重要的共同創作特徵」等可供參考。《文學遺產》一九八七，第一期。

㊻屈復《玉谿生詩意》即言：「宋玉之弔三閭，猶己之弔廣文，廣文之宅，應爲己今日之居，廣文一生不達，異代同心之悲也。」程夢星等亦有此言，所以紀昀云：「通首以宋玉爲比，又自一格。」通首爲比之比體詩，沈秋雄氏有〈李商隱之比體詩〉論及義山詠史之藉古喻今，可參考《詩學十論》，文史哲出版社，一九九三年）

至於劉筠之詩，則更道出諸人之苦心及無奈：

楚國驕荒日已深，山川朝暮劇登臨。曾傷積毀亡師道，祇託微詞蕩主心。江草東西多恨色，峽雲高下結層陰。潘郎千載聞遺韻，又說經秋思不任。

首句亦借宋玉託言楚國，言楚王之驕侈，淫荒無度，次句則詳言其朝暮登臨之頻繁。三句則宋玉〈九辯〉之王逸注云可知：「屈原懷忠貞而被讒，傷君暗蔽，乃作〈九歌〉以諷楚懷王；宋玉，屈原弟子，惜其師忠而被逐，乃作〈九辯〉以述其志。」如此則師道指屈原之志而言，四句之「祇託微詞蕩主心」，用以自比。鄭注且以爲「其實乃此集注腳㉗。」實有見於西崑諸人皆欲托之微詞以勸諫，然而卻不免使君上之心爲之動蕩，亦「卻助飄飄逸氣多」而已，然而諸人卻不改其志。五句之江草，實自〈離騷〉而出，指的就是香草，多恨色，正見諸人之感受。而六句之雲結層陰，亦從義山詩「雲從城上結層陰」出，有抑鬱不得展之意。兩句更可遙承第二句之山川朝暮，在彼爲遊，在此徒增其悲恨。且其悲恨無窮，是以尾聯即云潘岳之〈秋興賦〉已先繼承，他也以秋日爲可哀，是以「臨川感流以歎逝兮，登山懷遠而悼近。」則舉目山川無非可悲者，正見諸人天地之大無可容身，則又可呼應前三句，其悲乃自君王之驕荒而來。

至於錢惟演之〈宋玉〉一詩，則著眼於說楊劉：

章華清宴重游陪，已有微詞更有才。神女夢靈因賦感，屈平魂怨待招迴。悲秋終古情難盡，彰袂何時望可來，祇用大言君自許，景差何計上蘭臺。

首句言楚王之宴章華，而重宋玉之陪。則可說爲劉筠之首聯進一解，言君王之樂亦有待於才如宋玉者，次句則言諸人之有才。三句之神女夢靈，若據宋玉〈神女賦序〉：「使玉賦高唐之事，其夜王寢果夢與神女遇。」則可見才士之賦可感君王，錢氏以此而勉楊劉。四句之魂怨待招迴，正見「欲以復其精神，延其壽也。」〈招魂序〉，並借此而請諸人放寬胸懷，重拾信心。頸聯因而再言悲秋之情終古難盡，暗寓亦無用悲秋，六句之意言揚袂障日而望所思，然所思何時可待？尾聯則以宋玉之故事爲解，指出宋玉能賦大言而受賞，若景差等輩何足道哉！鄭注云：「結

57同注25引書，頁一六，鄭再時自序。

聯用詼諧之語勵大年。若云子但放膽爲之，自能得君之心，邀君之寵㊽。」頗有期待楊億看到宋玉能賦受賞成功之處，不要逕在悲秋上著眼。就此看來，同樣以宋玉爲題，楊劉二人但就怨悲上著眼，頗近杜甫〈詠懷古跡〉之言搖落、蕭瑟者，而錢惟演則較能就旁觀的角度來看這屈、宋師徒，尤其是宋玉成功之處，可說是就義山〈宋玉〉詩之發端：「何事荊台百萬家，惟教宋玉擅才華」上入手，言楊劉等既有才華，自不必憂讒畏譏。錢氏之和詩，詼諧中遇有勉勵的深意，眞不愧知音者之相和。所謂和意而不和韻者也㊾。

四、從內容到形式的講究看義山詠史詩的意義

以西崑之詠史詩與義山所作相較，義山詠史的題材確是多樣，自可成其一家之言，且其取材遍及先秦之楚、吳，而秦漢、三國晉南北朝乃至隋唐，前後涵蓋一千三百多年，而其所詠者亦不只是帝王等政治人物而已，以其有身世之寄託，因而與才士相關者，自屢屢言及。若楚襄王之與屈宋；漢武帝與司馬相如、東方朔。（前此之始皇與儒生），而後陳隋之主之與江總等，乃至於蜀漢之孔明、曹魏之子建等皆爲其著墨處，義山之詠史可謂體大而思精，雖不無放言高論若〈驪山有感〉、

〈龍池〉等敘明皇與壽王，〈北齊〉二首敘北齊後主與馮淑妃，〈南朝〉敘梁帝與徐妃等，此固有其讀書人持論在，亦不免遭人譏貶，然而義山畢竟知音者多，其寄託之處，已屢被道及，說是積卷盈帙亦不爲過，唯諸家每於揄揚義山之餘，不忘數落西崑，抑揚之際，未免有失公允。因而就西崑之詠史逐一列出，以與義山同題或相類之作品相比較，以見二者之異同，更欲以此見西崑之繼承且發揚者。

由上述之分析，可見義山所涉及的題材意旨較廣，議論亦頗能縱橫，較能放得開，蓋天高帝遠，處士橫議，縱尖酸刻薄，固無施而不可，以其可饜足人心，而矯枉過正，亦足以爲戒，非若楊劉諸人，身處館閣，王陳等人早欲羅織其不敬之言行，然而眼見眞宗之惑於姦佞，東封、西祀，沈溺日深，是又不能不言，因而借修史之便，發諸篇詠自有規諫之志，然又欲說還休，曲折往復，可說冀君心之一悟，

㊽同注㉕引書，頁五五一。

㊾「和韻不和韻」，言諸家之和詩，非爲步韻逞才而作，有其心意相通相感者，曾棗莊《論西崑體》（前揭書）第四章第一節即云：「古人酬唱，和意不和韻，自元稹自居易起纔開始依原韻酬唱，叫和韻。」另詳拙著〈詩家總愛西崑好——重新解讀西崑體〉，〈四、和意不和韻——由和詩看西崑的君子之交〉一文。

而重重典故，包蘊密緻，皆足以見諸人用心之苦，與用力之深。說者往往未細思其深意，而不能作公允之論辭，竟使西崑之好，少人發明⑩，甚爲可惜。因先就詠史諸篇加以說解，以期了解諸人詠史之作，在詠史詩的發展上亦應給予一定之位置㉑。

詠史詩自班固、左思以來，李義山所處的中晚唐時期，已有蓬勃的發展，而義山的貢獻，尤其不可忽視。他在左思形成的詠懷型的詠史詩外，「發展了更精粹的史論型詠史詩㉒。」諸如前所引的〈五松驛〉、〈南朝〉、〈驪山有感〉、〈咸陽〉等借古諷今的作品，皆可看到他的政治見解，以及詮釋歷史的銳敏力等。

義山詠史在內容上固有諸多可道者，然而在形式上的講究更得注意，固然他的詠史詩以七絕爲大宗，四十八首佔他全部詠史的三分之二，亦有其特色，但是他在七律上的一些篇幅，典故的運用，屬對的巧妙，今昔之對比，盛衰的浩歎自在其

⑩說西崑者，每囿於成見，雖能道其好，又不忘指責一番。以《律髓》爲例，偶有論西崑之佳處時，紀昀每數落一番。若〈成都〉、〈始皇〉等詩，對照兩人之語可知。唯錢詩後方回所言，紀批才說「此評平允」爲例外。方回評道：「此崑體詩一變亦足以革當時風花雪月小巧

呻吟之病，非才高學博未易到此。久而雕篆太甚，則又有能言之士，變爲別體，以平淡勝深刻，時勢相因，亦不可一律立論也。」紀批之首肯，可見方回此論之有其文學史觀，並未指責楊劉等。唯今人則往往忽略此，以曾先生爲例，著《論西崑體》於西崑之探討已詳，亦極有貢獻，然言及方回此論，於「久而雕篆太甚」下，卻逕云：「既包括楊劉諸人，但主要指崑體末流」，則用語可能即有待斟酌。蓋西崑既領袖數十年，末流生弊，追步者雕琢太甚乃爲不免者，然楊劉在館閣爲此西崑體詩，前後不過四年，何「久」之有？方回之意乃在西崑末流，而曾氏稍一疏忽，亦並楊劉一道指責，則不得不辨明。

⑥①近年大陸學者研究詠史詩，多偏在李義山所處的中晚唐時代，少涉及宋元以後。若董乃斌之〈漫話詠史詩〉（《古典文學知識》，一九八七，第一期）、陳文華的〈論中晚唐詠史詩的三大體式〉（《文學遺產》，一九八九，第五期）、張自新的〈詠史詩發展初探〉（《唐山教育學院學報》，一九九〇年，第二期）、王定璋的〈論中晚唐詠史詩的憂患意識與落寞心態〉（《江海學刊》，一九九〇年，第六期），劉學鍇的〈李商隱詠史詩的主要特徵及其對古代詠史詩的發展〉（《文學遺產》，一九九三年，第一期）等等，其中談到宋元以後的但有張自新的〈詠史詩發展初探〉，但也只略略談到王安石以後數家，於西崑竟未置一詞。

⑥②《峴傭說詩》說義山「以議論驅駕書卷，卓然有以自立。」方瑜即認爲「如將詠史詩分爲史傳型、詠懷型、史論型與覽跡懷古型四類，則李義山詠史作品中，似乎只缺少第一類的史傳型。」又據《峴傭說詩》所言道「可見他喜好在詠史詩中表現個人主觀的意見與史傳型『據事宜書』的特點大相逕庭。」方瑜前揭書。

中，不用議論而論議已在其中，形成一種特殊的感染力，實在有必要加以敘說。於此《隨園詩話》卷十四即就詠史詩的發展提出義山此類的不同。袁枚云：

詠史有三體：一借古人往事，抒自己之懷抱，左太沖之〈詠史〉是也，一爲隱括其事，而以詠嘆出之，張景陽之〈詠二疏〉、盧子諒之〈詠藺生〉是也，一取對仗之巧，義山之牽牛對駐馬，韋莊之舞忌對莫愁是也。

袁枚的詠史三體，前二者乃就文選之詠史分類而來。所謂詠史事和抒己情。亦即何義門所云：「詠史者，不過美其事而詠歎之，隱括本傳，不加藻飾，此正體也。太沖多攄胸臆，乃又其變。」此二類固然就內容的取向而分，而袁枚所提的對仗之巧，乍看之下，很可能會以爲只是寫作技巧，並非詩歌體式，因而這第三種往往被忽略了。其實袁枚所提出的對仗之巧，不只是對仗而已，而是在形式上技巧的突破，即劉學鍇所謂的講究具有較高的概括性與典型性㊸。因爲詠史詩自左思一直到中晚唐之前不管五古或七古，篇幅並無限制，不管純敘事議論，或者抒一己之懷抱，皆可任意發揮，只要內容表達出來即可，形式上的要求包括鍊字鍊意，乃至於聲調的鏗鏘上就不在意，而義山以律詩和七絕的體式來表達詠史，以其篇幅較短，欲表達議論與抒情而又要兼顧近體詩詩的形式美，難度自然高出許多。於此劉學鍇有謂：

由于篇幅短小，難以展衍敘寫，淋漓抒慨。但詠史詩因事興感，撫事寄概的特點又使它不能離開必要的敘事描寫和抒情議論。爲克服這一矛盾，集中概括和典型化便成詠史短章藝術上成敗的關鍵⑭。

既爲詠史詩，自不能脫離史的確實可信，卻又不能沒有詩的想像的美感空間，因而在歷史眞實與藝術眞實間，確實要做一妥善的處理，諸如「一是根據詩的主旨剪裁史實，安排敘述的主次詳略，避免雷同本傳；二是加強文采，避免班固詠史詩式的質木無文。三是在立意上出新，力求表達對歷史人事的獨特見解，甚至作翻案文章。」（劉學鍇語）這些當然都不能忽視，但文采的加強毋寧更爲重要。詠史詩

⑬劉學鍇〈李商隱詠史詩的主要特徵及其對古代詠史詩的發展〉（《文學遺產》一九九三，第九期，頁四六—一五五）

⑭同注⑬所引文。

要從史誇進詩中，借助於文采恐怕是最得意的，唯有如此——「變對歷史人事單純的邏輯思考爲藝術思維，爲審美的感受與表現。」（劉學鍇語）等要求才有可能，而這也才是詩。

如此說來，形式的講究乃是必然的，在律詩中屬對的技巧，當然不可避免的要受到特別注意了。袁枚所說的即義山〈馬嵬〉：「此日六軍同駐馬，當時七夕笑牽牛。」其工巧，實不只在馬與牛之對而已，駐字與牽字亦皆寓有馬、牛字形。而是形式上的對比工巧外，其實更包含藝術上的今昔對比、盛衰悲歡的無奈。而詠史詩，正在此今昔對比，人事滄桑中，欲以此藝術的渲染，傳達作者內心幽微的憂患意識，以警當道，或而藉機表現一己的落寞心態以抒胸懷[65]。如此說來對比，實不可只就形式來看，比如〈馬嵬〉詩之前聯即云：「空聞虎旅傳宵柝，無復雞人報曉籌。」虎與雞對亦爲人與馬牛對並提，實則其妙不在此而已。黃侃即云：「中二聯皆以馬嵬與長安對舉，六句筆力尤矯健，不僅屬對工巧。由此振出末二句[66]」實可見屬對親切，筆力矯健的工夫，他如隋宮的「玉爾不緣歸日角，錦帆應是到天涯，於今腐草無螢火，終古垂楊有暮鴉」爲「一氣流走，無復排偶之跡」（紀昀語）也是義山詠史成功處，此亦荊公所賞之名對如「雪嶺未歸天外使，松州猶駐殿前軍」

者。義山這類詩聯實多，除前所引外，諸如「內苑只知含鳳觜，屬車無復插雞翹。」（〈茂陵〉），又如「徒令上將揮神筆，終見降王走傳車」；「幾時拓土成王道，從古窮兵是禍胎」（〈漢南書事〉）；「誰言瓊樹朝朝見，不及金蓮步步來」（〈南朝〉），「空糊赬壤眞何益，欲舉黃旗竟不成。」（〈覽古〉）等等，信手拈來，不一而足，皆足膾炙人口，播騰於世。

義山詠史既就屬對之親切而包蘊密緻，形成「更精粹的史論型的詠史詩」，較諸原始的史論型詠史詩如班固等所作，義山的更精粹即可以說在此包含屬對親切的形式結構上達成的，且藉著此種形式達到吳調公所謂的「詠史與詠懷古跡融成一氣⑰」，也難怪袁枚要將此獨立成詠史的第三類。這也是義山獨到之處，也給中晚唐

---

⑮王定璋〈論中晚唐詠史詩的憂患意識與落寞心態〉（《江海學刊》一九九〇年，第六期，頁一六八以下）

⑯黃侃〈李義山詩偶評〉（頁二〇）黃氏更言：「諷意至深，用筆至細，胡仔以爲淺近，紀昀以爲多病痛，豈知言者乎？」按：用筆至細，在此實指屬對工夫而言，故曰筆力矯健。

⑰吳調公〈論李商隱詩的風格特色〉《李商隱詩研究論文集》，台北：天工書局，一九八四年）

以後詠史詩的發展開了一新方向。

五、說西崑以七律詠史，講究屬對工夫的包蘊密緻

因而在此發展上，形式美的要求，即在詠史詩的表現上，變成西崑詩人在用典之外，所更重視的，而屬對親切在七律上的地位更可想而見。此即梅聖喩要批評的：「經營惟切偶，引古稱辨雄⑱。」的確西崑在此下的工夫確是非比尋常。《詩話總龜·警句門》，即列舉錢惟演、劉筠的名聯數十則，其中所包括的雖往往在詠史之外，但我們仔細檢視諸家的詠史，實不難發現，西崑作者在此對於義山是有所繼承的，且義山詠史七律只佔九小部分，而西崑所作竟然全部出之以七律，且西崑之流麗對偶，更往往可見其「組織故事有絕佳者」（方回《瀛奎律髓》語）的工夫。

劉攽《中山詩話》即引楊億〈漢武〉詩「力通青海求龍種，死諱文成食馬肝。待詔先生齒編貝，忍教索米向長安」。稱道爲義山不能過也⑲，前兩句即漢武詩頸聯。其實劉錢之和作皆有精工之警語，劉詩爲：「桑田欲看他年變，瓠子先成此日歌。夏鼎幾遷空象物，秦橋未就已成波」，且引出結語之「相如作賦徒能諷」等，

中二聯之矯健何嘗遜色？而錢詩爲「立侯東溟邀鶴駕，窮兵西極待龍媒」，若能知：〈漢武帝內傳〉及《史記》則亦可識作者諷刺之妙。

至於楊億在〈南朝〉的點染工夫，亦可於其聯對上見出：「步試金蓮波濺襪，歌翻玉樹涕沾衣。」波濺襪、涕沾衣而樂極生悲的情境依稀，至於劉筠的「鐘聲但恐嚴妝晚，衣帶那知敵國輕」、李宗諤的「平昔金鋪空廢苑，于今瓊樹有遺音」，作者借此屬對所表達的譴責及浩歎皆宛然可見。而〈舊將〉詩欲指責杯酒釋兵權之後遺症，楊億頸聯的「新豐酒滿清商咽，武庫兵銷太白低」不正表達在歌舞酒色之餘，兵氣不振的可悲嗎？劉筠的「勞薄可甘先藺舌，爵高還許戴劉冠」一聯，亦描繪出舊將們坐享其成，微勞而高封的寵遇。

《明皇》一題，王注云「刺眞宗」，亦可於對聯精巧中，見出作者的微言大意。楊億所作爲「河朔叛臣驚舞馬，渭橋遺老識眞龍」警戒之意深矣，說不納諫而

---

⑱梅聖俞《答韓三子華，韓五持國，韓六玉汝兄贈述詩》《梅堯臣集編年校注》，台北：源流書局，一九八三年）。

⑲劉攽《中山詩話》，（清何文煥編，《歷代詩話》上，頁二八七—二八八，台北：木鐸出版社）。

國破的悲哀，縱有人能識眞龍又奈何？劉筠的和詩「梨園法部兼胡部，玉輦長亭復短亭。」也可由此當句對的技巧中，見出昔歡今悲的可歎。另外〈始皇〉一題何獨不然？也是要「諷宋眞宗」的，一樣以議論運古事，而表現於此對仗的工巧中。楊億的中間二聯爲「滄波沃日虛鞭石，白刃凝霜枉鑄金。萬里長城穿地脈，八方馳道聽車音」，於一虛一枉中，可見暴力、集權及諸多防範，諸多設施，然不施仁義則一切將成自掘墳墓而化爲烏有。而尾聯之「儒坑未冷驪山火」，可說當句對之妙者，以儒坑之火未冷，對驪山之火已起，可說巧甚。無怪乎方回要許之爲「作詩之法也。」於此可見作詩與寫史工夫的不同，這也是西崑詠史在繼承義山上的可道之處。而劉筠所言「屬車夜出迷雲雨，峻令朝行劇虎狼」、「前殿建旗凌紫煙，東門立石見扶桑」等始皇的殘暴及不可一世亦見於其中，錢詩之警語更爲可觀「金椎漫築甘泉道，匕首還獻督亢圖。已覺副車驚博浪，更攜連弩望蓬壺。」一漫字與一還字，足見其暴政已天怒人怨，欲殺之者衆，而猶不悟，更欲求仙海邊。如此刻劃而暴君之昏昧亦足以警當時也。

〈成都〉之詩，所言固不在割據而已，實在遠人不服則當修文德以來之。諸人的用意深矣，然於偶對之中，包蘊密緻，層層剝出，始可一悟。楊文公的「漫傳西漢祠神馬，已見南陽起臥龍」，劉子儀的「杜鵑積恨花如血，諸葛遺靈柏半燒」；錢思公的「雨經蜀市應半酒，琴到臨邛別寄情」，皆有其用兵於蜀，不如以德服人的想法。可與前文相看。

至於〈宋玉〉一題，可說是詠史詩中最能表現作者的落寞心靈的，楊億的「麗賦朝雲無處所，羈懷秋氣動齎咨。三年送目愁鄰媛，七澤迷魂怨楚辭。」才士的流離失所，動則嗟歎，愁怨不已等於此爲彰。而劉筠的「曾傷積毀亡師道，祇託微詞蕩主心」更不啻全集注腳，可以想見諸人的酬唱西崑非爲無聊，其用心全在此。然而一傷一託可見諸人悲怨實深。因而錢詩即有「神女夢靈因賦感，屈平魂怨待招迴」的抒解，言賦可感君心，詞可招亡魂，以此勸楊劉既有文才自不必多慮，如此而帶出尾聯「祇用大言君自許」，而西崑酬唱集諸人於革君心之非外相濡以沫、知音相契之情亦俱見於此屬對親切中了。

六、結語——兼說崑體詠史應有其一席之地

當然西崑詠史詩作的成就固不只如上所言，且其屬對的用意，亦非僅如此⑺，然而就上文來看，詠史詩發展史中，義山的成就所在，西崑實亦多所繼承。至於屬對的工夫上，義山每能借用虛字，使其詩一氣流轉。如前所引的：「徒令——終見」（〈籌筆驛〉）、「空聞——不復」（〈馬嵬〉）、「不緣——應是」、「於今——終古」（〈隋宮〉）等等於此虛字所形成的流暢語氣中，其議論之生動醒目，自在其中。而西崑諸人則多以實字爲對，除前所引劉筠之宋玉詩有「曾傷——祇託」，爲寫其寄託，不覺用此流暢之語調外，諸人所作較少如此，而多用實字，形成其矯健之工夫⑻，輔之以典故之驅遣，而形成其西崑體的詠史⑼。

因而可說，詠史詩的發展上，西崑諸公，以其特殊的身分，位於館臣，編修史冊，其所以寫詩之心，原乎三百篇諷諫及離騷寄託的遺緒⑽，而其所以運詩之筆在義山的成就下，自不能不兼顧此近體用典及屬對的工夫，且有其「一掃蕪鄙之氣⑾」等發展之必要，因而領袖風騷達四十年，此歐公所謂「雄文博學，筆力有餘」外，更說「先朝楊劉風采，聳動天下，至今使人傾想」（〈與蔡君謨帖〉）者。前

者固論其學養，而後者之風采云云，則應指其詩筆之妙，獨領風騷，至今使人追慕吧！由此來看，西崑於詠史詩之發展，確實應佔有其一席之地，且不可磨滅也。

---

(70) 西崑對偶精工的問題，拙作〈詩家總愛西崑好——重新解讀西崑體〉及〈談西崑體的用典與其展現的意義〉二文，另有探討，可作參考。

(71) 近體詩之用虛字與實字等工夫，可參考張夢機《近體詩發凡》（中華書局）。

(72) 梅聖俞所謂「引古稱辯雄，經營唯切偶」等確實是崑體詩人用力之處，曾棗莊《論西崑體》第四章，即以此標目，然此亦其基本工夫耳。若夫諸人之史才史識，學養乃至於風采，自歐陽修、黃山谷等已多所論及。至於西崑用典，其承繼義山者，可參考梁佛根〈義山詩的用典心理動因與中國傳統詩歌用典的文化內因淺說〉（《河池師專學報》一九九四年，第七期）限於篇幅，茲不再論。

(73) 東坡有云：「春秋古史乃家法，詩筆離騷亦時用。」（詩集卷四十二〈過於海舶，得邁季書酒，作詩遠和之……〉）也是將春秋史筆與離騷合用者。張高評氏即以「會通化成」爲言，說「史家與文學之會通化成，尤其顯著有功」、「而且指陳時事、借古諷今、針砭世風、臧否人物，亦多見『以史筆爲詩』之史法。」（〈史家筆法與宋代詩學〉、《宋代文學研究叢刊》第四期頁一三三）亦可借來說明史家爲詩的用心所在。

(74) 田況《儒林公議》語，（《四庫全書本》）。田況又說：「楊億在兩禁，變文章之體……，時號楊劉。三公以新詩更相屬和，極一時之麗，億復編敘之，題曰《西崑酬唱集》，當時佻薄者謂之『西崑體』。」可知楊劉詩之佳妙，當指收在《西崑酬唱集》中者，本文因以集中詩爲範圍，云西崑體者聊從衆耳。

從唱和詩的角度解讀西崑酬唱集中的詠物詩

一、緣起

(一)宋玉有情終未識

詩人緣景生情，發爲吟詠，景物有異，適足以寄託情懷之變化，景物依舊卻又興今昔盛衰之慨。景物乃與創作產生密切的關聯。情動於中而形於言，初則直賦其事，繼則借物生情，因景寓意，乃至於通篇詠物，實在是如同劉勰所說的：

歲有其物，物有其容，情以物遷，辭以情發。一葉且或迎意，蟲聲有足引心，況清風與明月同夜，白日與春林共朝哉！是以詩人感物聯類不窮，流連萬象之際，沈吟視聽之區。寫物圖貌，既隨物以宛轉，屬采附聲，亦與心而徘徊。(《文心雕龍・物色》)

於此，劉氏將文思與景物關聯起來，吾人進而可知大自然景物不同，詩人的情懷也因而改變，而詩文的創作也由此觸發而形諸筆端了。這也是〈明詩篇〉說的：「人秉七情，應物斯感，感物吟志，莫非自然。」所以說：「詩能體物，每以物而興懷，物可引詩，亦因詩而覩態」①大自然和詩作的關係密切，遂演進爲詠物詩的產生。

若是追本溯源，詩經已有「桃之夭夭，灼灼其華」，「昔我往矣，楊柳依依」等等部份詠物詩篇及屈原所作〈橘頌〉等亦詠物，但畢竟是體制未全。漢人所作如見於《史記》高祖所詠的鴻鵠歌②，以及《西京雜記》所載僅昭帝劉弗陵所作的〈黃鵠歌〉③，皆可看到詠物詩發展的軌跡。然畢竟作品有限，而《昭明文選》所載班婕妤的〈怨歌行〉④也是漢代五言詩中所僅見的作品，其後曹植有〈吁嗟篇〉假轉蓬以自況⑤，都跟詠物有關

到了晉朝以後，阮籍〈詠懷詩〉的「林中有奇鳥」借鳳凰說自己，陶潛的〈歸鳥〉更借詠鳥來發抒那「雲無心以出岫、鳥倦飛而知還」的心情。都還保有言志的傳統。但在之後出現大量「品題物名而吟詠之」的詠物詩，專以刻劃爲工，所以張戒要認爲：

①《詳註分類歷代詠物詩選》，清錢鑾原序。（台北：廣文書局一九六八影本）

②《史記·留侯世家》第二十五：「鴻鵠高飛，一舉千里，羽翼已就，横絕四海，横絕四海，又可奈何。雖有矰繳，尙安所施。」以詠物寓意，已具詠物詩之雛型。

③「黃鵠飛」，《初學記》作「黃鶴飛」，今收錄於逯欽立輯校之《先秦漢魏晉南北朝詩·漢詩》卷二：「黃鵠飛兮下建章，羽肅肅兮行蹌蹌，金爲衣兮菊爲裳。唼喋荷荇，出入蒹葭，自顧菲薄，愧爾嘉祥。」其詩先極力描寫鳥之姿態羽毛，再與自己相比，亦爲詠物詩。

④〈怨歌行〉收錄於《昭明文選》及《玉台新詠》並題爲班婕好所作。一作〈怨詩〉：「新裂齊紈素，皎潔如霜雪裁爲合歡扇，團團似明月。出入君懷袖，動搖微風發。常恐秋節至，涼飆奪炎熱。棄捐篋笥中，恩情中道絕。」可說以詠物自比，當爲最早的詠物詩的名篇。或有以爲古辭非班婕好作，姑存疑。

⑤《樂府解題》曰：「曹植擬苦寒行爲吁嗟。」苦寒行爲曹操所作，吁嗟篇乃感徙都而作，通篇以轉蓬自況，不像其〈浮萍篇〉只有發首兩句：「浮萍寄清水，隨風東西流。」詠物，然三句以下即言：「結髮辭嚴親，來爲君子愁。」直賦其心跡，以此而可看詠物詩與非詠物詩之別，固不可僅由詩題來判斷。

建安陶阮以前詩，專以言志；潘陸以後詩，專以詠物⑥。

如此畫分，雖然不無牽強，但以此說明六朝時巧構形似之言的詩壇現象，也是鑾貼切的。後來俞琰也說道：

至六朝而始以一物命題。（《詳註分類詠物詩選序》）

從六朝以後，詠物的風氣一直盛行到唐朝而不衰。明人胡應麟就說：「詠物詩起於六朝，唐人沿襲⑦。」？俞琰更明說道：

唐人繼之，著作益工，兩宋元明承之，篇什益廣，故詠物一體，三百導其源、六朝備其製、唐人擅其美、兩宋元明沿其傳。（《詳註分類詠物詩選序》）

由上所言，可以看出詠物詩發展的軌跡，而「唐人擅其美」一詞最有意思，可見唐人在詩歌技巧的表現下，已能合於體物得神、因小見大、有所寄託等標準，不愧擅其美的美名。這當中，所論及技巧之工、數量之多，當推李義山爲首。義山的

詠物詩論者頗多，評價也很高，無庸贅述⑧，但是令人不解的是何以西崑的詠物

⑥張戒《歲寒堂詩話》，張戒此言不免有崇古的傾向，但是若以比興觀念中比體詩角度看詠物詩，建安陶阮時的魏晉時代正是比體詩喻志與喻事（包括物）兩大類的分野。依顏崑陽《李商隱詩箋釋方法論》的說法：所謂「喻志」即是以物象比喻主體內在之情志，未必有事物可以實指。故王夫之云：「初非有所指斥一人一事。」這是全詩做整體「隱喻」設計的表達方式，〈小雅・鶴鳴〉是其範例。魏晉以前的比體詩多為喻志之作，但數量不多，：至於「喻事」，則整首詩以此一事物類比另一事物，而其喻意也可以確定，乃切實之事意，非只抽象之情意，這類比體詩，魏晉以後才出現。（顏崑陽前揭書，頁一四七及頁二〇四）並言喻事之比體詩為（一）題意確定。（二）作品內容描寫具有時空連續性而整體關聯之事實或物象。（三）就是題目與內文事異意同呈現異體同質的辨證關係。（四）將一首詩整體設計為明喻的表達方式。（同上頁二〇五－頁二〇六）

⑦胡應麟《詩藪》內篇卷四下，又云：「雖風華競爽，而獨造未聞，唯杜諸作自開堂奧，盡削前規。」極力稱許老杜為「前無古人，後無來者。」但仍以六朝為發端。

⑧其探討整體詠物詩的大陸學者有陳貽焮《談李商隱的詠史詩和詠物詩》（文學評論一九六二・六期）。黃世中有《論李義山的詠物詩－兼論先唐詠物詩的發展》（溫州師專學報一九八五・三）。劉學鍇有《李商隱的托物寓懷及其對古代詠物詩的發展》（安徽大學學報一九九一・一），又見《唐代文學研究（三）》（廣西師大學報一九九二・八）。韋愛萍《試論李商隱的詠物詩》（渭南師專學報一九九五・一）張學松《詠物詩的悲劇美》（中國人民大學學報一九九六・二）。國內學者較著的則有沈秋雄《論李義山之詠物詩》（載《詩學十論》文史哲出版社一九九三・三）。

詩，後來的評價就顯得褒貶不一，而且褒少貶多。實値得加以探究，因爲貶西崑的評家每病其堆砌典故、專事詞藻，而好之者則又稱許道：「全是作者身世的敘述⑨。」作爲宋初詩壇的領袖之一，西崑體自有其成功處，然而後人卻每囿於成見，對於西崑頗多責難。

比如大陸學者吳小如的《西崑體評議》。就曾比較義山的〈牡丹〉詩與劉筠的〈梨〉詩，且談到義山用了八個典故，劉詩「也用了八個典故，但前四句是梨的典故，後四句則以櫻桃熟、梅實酸和蔗漿甜來比喻梨味，未免堆砌。這樣摹擬李商隱，就屬于貌合神離了。」且更認爲「西崑體並不能同李商隱的全部詩作畫等號。」云云，認爲西崑不善學義山⑩。

其實，若將兩家詠物詩來作比較，西崑在數量以及被接受的程度雖遠不及義山，但我們不能不了解崑體是唱和之作而形成的，詩人唱和中「和意不和韻」的現

⑨見《中華藝林叢論·文學類（一）》頁四二二以下〈西崑發隱〉（台北文馨出版社一九七六）。所謂作者身世，當然牽涉到「知人論世」、「以意逆志」等問題，尤其是所謂「作者本意」產生的箋釋的負面效應等等，於此顏崑陽有云：「由於詩意義是主體情志所構成，因

此對詩意義之箋釋具有效能的『作者』，並不是那個行爲事實性的作者，而是那個精神經驗性的『作者』，這個『作者』，因爲他對詩意義之淺釋，具有供給參考性經驗材料與相對價值意義的效能，故可稱之爲『箋釋效能性作者』。」並說「這一部分的箋釋效能性作者，往往就是作者的氣質性格與文化性格的特徵，以及其常態性或特殊性的經驗和觀念。」（顏崑陽前揭書，頁一七一）以此來看，西崑作者之氣質性格與文化性格可由許多北宋眞宗朝的史料諸如《宋史》、《續資治通鑑長編》等得知，於此，鄭再時的〈西崑唱和詩人年譜〉徵引史料也詳實可爲依據，因爲西崑詩體的創作時間正好詩人在館閣編寫《册府元龜》的同時（景德二年至大中祥符元年）（一〇〇五—一〇〇八），諸人尤其楊、劉在「文章者經國之大業」上的情志，是可確定的。（所謂作者本意必須修正爲作者情志。顏崑陽，前揭書頁二一六）楊億的人品自歐陽修以下包括黃庭堅等人都甚爲肯定，不像李義山之人品每有爭議，而楊劉等人在館閣唱和時間，與眞宗皇帝和王欽若等人的關係，史蹟已斑斑可考，在「常態性或特殊性的經驗和觀念」上，都可以經得起檢驗。而且進一步來說更可以依藉其「行爲表達式，從而去解悟其精神經驗以及價值意義。」來詮釋作爲「歷史文本」的西崑體，雖未必牽涉到作者本文，但這種主體性的解悟，應該是可以進行的，因爲詩人在唱和時，即已「進行『互爲主體』的通感」，（借用顏崑陽語，前揭書頁二一四）相互對對方的作品進行「本文的詮釋」，而詩人也都在此基礎上做回應，因而唱和間也形成的詮釋關係，所形成的當時的閱讀經驗，或者甚至詮釋資料都有助於我們來解讀西崑體的詩作。

⑩吳小如〈西崑體評議〉（《文學評論》一九九〇・六）

象（見注㉑）所用的典故以及相互的關係。若是從另一方面來看，比如從政治的觸及面、或是文化理想的堅持上來探究，西崑體詩人，或者也有比義山更廣或更深之處。

㈡試由義山〈牡丹〉詩看西崑體的〈梨〉詩

就我們對上面所提到的〈牡丹〉和〈梨〉來說，前詩爲：

錦幃初卷衛夫人，繡被猶堆越鄂君。垂手亂翻雕玉佩；折腰爭舞鬱金裙。石家蠟燭何曾剪？荀令香爐可待熏。我是夢中傳彩筆，欲書花葉寄朝雲。

義山此詩，八句而已，居然用了八個典故，但後人每讚譽有加⑪，諸如「他要把這都寫出來，這就需要各種典故。……他要寫盛放牡丹，自然想到錦帷初卷的衛夫人；寫含苞初放的牡丹，自然想到用繡被裹著的越女了。因此用典多而顯得靈活⑫。」這類的觀點多從肯定義山出發，義山詩的成就，大家有目共睹，因此，如今較少爭議，但是西崑的詩就沒那麼幸運了，因此實在有必要加以仔細研讀，以挖掘這些館閣之臣的用心所在，我們試看劉筠的《梨》詩：

玄光仙樹阻丹梯，御宿嘉名近可齊。眞定早寒霜葉薄，樊川初曉露枝低。先時櫻熟煩羊酪，遠信梅酸損瓠犀。宋玉有情終未識，蔗漿無奈楚魂迷。

誠如吳小如所言，此詩「前四句是梨的典故」，不過，若仔細來看，這些故實的運用是有其作用的。如首句「玄光」云云，出自《漢武帝內傳》所載：「太上之果有玄光梨。」而阻丹梯一語，實可想到仙果的不得嚐，也暗示著成仙的不可能，因之，退而求其次，人間極品，宮苑所出的寒消梨，可得一嚐。次聯的眞定、樊川二句，引用何晏《九州論》：「眞定好梨」以及《辛氏三秦記》所載：「武帝園曰樊川，有大梨如五升瓶，名寒消梨⑬。」以言其出身非凡，此外，霜葉薄、露枝低

⑪如紀昀即言：「八句八事，卻一氣鼓蕩，不見用事之迹，絕大神力！」（玉谿生詩說）而陳貽焮的〈談李商隱的詠史詩和詠物詩〉亦言：「這首詩的好處卻在於發展了用事的技巧，把死典用活了，豐富了構思和表現力。」（《文學評論》一九六二・六）

⑫周振甫《李商隱選集・前言》引自吳小如〈西崑體評議〉（同注⑩引書）

⑬以上引用典故出處，參考《西崑酬唱集注》（王仲犖注，以下簡稱王注本，中華書局一九八二），及《西崑酬唱集箋注》（鄭再時箋，以下簡稱鄭注本，齊魯書社一九八六）

也可說明好梨需經早寒霜冷的考驗，和初曉露水的滋潤，更爲難得。後半筆鋒一轉，談到他物來作比較：櫻桃雖然先熟卻得煩羊酪來相配，更且，若據《太平御覽》、〈果部六〉所引：「其櫻桃盛以琉璃，和以香酪」云云，要吃櫻桃相較起來還眞麻煩，而南人對於羊酪又不感興趣⑭。經此相比，何者爲佳就很明顯了，以物喻人的手法也隱約可見。

至於遠信句言及梅實之酸損及牙齒，也爲人所知，凡此皆可知其不如梨，這是借他物以襯托的手法，末聯亦然，論到宋玉有情然終究不識此梨，所以只知用蔗漿來招魂，因而楚魂依然執迷不悟。按宋玉有〈招魂〉之作言：「胹鱉炮羔，有柘漿些。」可知欲招魂，用蔗漿不如用梨，否則，終將如宋玉的徒勞無功。此說正好突顯此果的非凡，了解典故方知詩人用意之深刻如此。而且此詩招魂一語，或指招楚王，或指招屈原，在此隱藏令人想像的空間，皆有寄託之意⑮。比起義山詩只在正面描述牡丹之美，劉詩這種又有陪襯，而且尾聯議論振起，用典的手法變化多樣，應該也是值得讚美的。

若是進一步來考察，此詩實爲劉氏和錢惟演及楊億之作而來，錢氏首唱之詩爲：

紫花青帶壓枝繁，秋實離離出上蘭。東海圓珪無柰碧，嵰州甜雪不勝寒。已憂仙佩懸珠重，更恐金刀切玉難。自與相如解消渴，何須瓊蕊作朝餐。

這首詩也用了不少典故：首句引張鷟《耳目記》「紫花梨」的故事言其可解人之心頭熱，次句秋實離離，也說明宮苑中此果不少。「東海」一聯說明梨的色澤勝過東海的玉珪，而且冰涼可口，也比西域甜雪更勝一籌。這兩句分別用《文選・江淹・別賦》秋月如珪句李善注引《遯甲開山圖》；及以《太平御覽》卷十二引《拾遺記》「西王母來進嵰州甜雪」的典故。五六兩句則說此果的貴重；且憂其果如玉一般，想切開恐有困難，極力形容其爲世間珍品。

仙佩句用《韓詩外傳》：「鄭交甫適南楚……乃遇二女，佩兩珠，大如荆雞卵。」金刀切玉用《博物志》：「昆吾切玉刀，刀切玉如臘。」事亦見《列子・湯問》等，皆非僻典，所要形容的是要吃這梨的機會難得。末二句意爲得食此果即如

⑭楊億〈櫻桃詩〉即云：「楚客便羊酪，歸期負紫蓴。」以食櫻桃需羊酪等爲不便，因而想家，即可爲證。（參見下章〈櫻桃〉詩部分）

相如一解消渴疾，不須另尋仙草瓊蕊來作早餐了。錢氏此詩目的在狀梨之罕有，及它的神奇，意為既有此物，何須求仙？正因這樣，所以也用了不少故實，但這都是為了表現此果的難得，才如此誇張的；而誇張中也暗示求仙之舉不如禮遇人才來得重要。

至於楊億的詩則為：

繁花如雪早傷春，千樹封侯未是貧。漢苑漫傳盧橘賦，驪山誰識荔枝塵？九秋青女霜添味，五夜方諸月溜津。楚客狂酲朝已解，水風猶自獵汀蘋。

首聯借梨樹的繁雪，令人傷春，傷春一詞，楊詩中屢見，似也可借而見其情志⑯。在此也呼應錢詩首聯的壓枝繁等而來，次句言但有此樹千棵，也就如同封侯了。用《史記貨殖列傳》事。次聯則言《上林賦》中漢苑的盧橘，及《太眞外傳》中驪山道上兼程趕來的荔枝，二者都不如此梨。

頸聯則極言此物非凡，既經九秋青女的降雪增添其味，更有《淮南子·天文訓》裡五夜方諸（即取水之鏡）⑰見月則津而為水」的故事，來說它滋味的特別高貴。紀昀言其「警切」，應該有見於此，這也是典故所製造出來的效果。末聯翻用錢詩的結語而來，言自己縱使病酒已解，然而卻又看到水風猶在獵殺香草，不免令人難過。既呼應九秋的季節，也知作者慨嘆於這滿目蕭條的景象。因而如宋玉《風賦》的：「故其風中人，狀直憯悽惏慄，清涼增欷，清清泠泠，愈病析酲。」宋玉

⑮〈招魂〉一篇，《楚辭章句》以爲宋玉所作，言招屈原之魂。林雲銘之《楚辭燈》則以爲：「原被放之後，愁苦無可宣洩，借題寄意，亦不嫌其爲自招也。」以爲屈原自招其魂。近人劉大杰《中國文學發展史》則以〈招魂〉爲：「應當是屈原爲招懷王之魂而作。司馬遷的話是可信的。」（頁一一五，台北：華正書局，一九九七）

⑯若〈淚〉二首之一：「多情不待悲秋氣，只是傷春鬢已絲。」〈洞戶〉：「一春幽恨寄蘭苕。」〈偶懷〉：「春恨寄雲袍。」而〈館中新蟬〉：「先秋楚客已斷腸。」亦應指此傷春而言。此皆自《招魂》：「目極千里兮傷春心。」義山〈曲江詩〉更言：「天荒地變心雖折，若比傷春意未多。」或以爲春恨作者多是「男子作閨音」者，《詞話叢編》〈西圃詞說〉（田同之）頗能道出其與悲秋主題之異。參見王立〈中國古代文學中的春恨主題〉《中國古代文學十大主題》（頁一七三以下，台北：文史哲一九九四）

⑰鄭玄箋《周禮・秋官・司烜氏》：「以鑑取明水於月」云：「鑑，鏡屬，取水者，世謂之方諸。」唯鄭再時注〈梨〉詩則引各家之說道：「高誘以爲大蛤，許慎以爲石珠，萬術注以爲五金合冶，形若杯。四說不同，莫明其制。」（鄭注本頁四八三）但是仔細考察，各家所說只是所用的材質不同而已，卻都是在月夜取水的器具。

大王雄風的一番話，乃意有所指，因而解酒後的清醒反而更難受，也可與劉詩的「楚魂迷」相參。

經過一番分析之後，可見這三人，更迭唱和，自有其心意相通處，而其心意每蘊含在那些典故裏，所以解讀典故，就如同解讀他們主體情志⑱。此詩作於景德三年（一○○六）眞宗已有封禪之心與楊億意見不合⑲。諸人處危疑之地，王欽若等奸佞在側，旣不能直言之，然而又基於士大夫的職責所在，不得不言，所以才運用「言在此而意在彼」的詠物詩配合包蘊密緻的典故來寄託心事。比如在此三詩中錢詩先暗示若解相如之渴，則不須瓊蕊朝餐以求仙，對於當時文士的遭遇，尤其是館閣之臣的窘境，頗能觸及到一些，接著楊詩就借題發揮，言食梨解酒，卻又看到肅殺之氣，實有獨醒的無奈。所以劉詩因言這無奈的關鍵，「楚魂迷」一詞實也是意有所寄託，又能呼應錢楊之詩，在和意不和韻中有其相濡以沫、知音相契的情懷在，最爲可貴。

至於丁謂雖然也有和詩，但終究不能同諸人相契合，縱使他寫出像「玄圃雲腴滋紺質，上林風馭獵清香。」的詩句，似乎頗能迴應楊詩，然而尾聯卻說：「多少好枝誰最見？冒霜丹頰倚鄰牆。」以〈登徒子好色賦〉之窺牆爲喻，或可見其人品之一般。也正因他的心終究不能契合楊劉，所以自此以後，即不再有丁謂的和詩⑳。

⑱劉勰《文心雕龍·事類篇》已討論典故，其後劉若愚《中國詩學》第三章，高友工《唐詩的語意研究》，及徐復觀的《中國文學論集》等，皆有論及，又顏崑陽前揭書第三章於「典故詞義訓解的原則」且有專節討論，他說用典的表述型有三，而且「不管為客觀描述，或主觀意義判斷及想像的再創造，其目的都是為了表現詩歌繫乎主體情志的意義，而不是客觀事實的指涉。」（前揭書，頁一九〇）關於西崑典故展現的意義，另有專篇討論。詳本書：陸、頁三〇五以下。

⑲《宋史·眞宗本紀》贊曰：「及澶淵既盟，封禪事作，祥瑞沓臻，天書屢降導迎奠安，一國君臣如病狂然。」自景德元年訂澶淵之盟後，以王欽若等人故，眞宗更加迷信天書祥瑞之事，欲以誇敵國，曾棗莊《論西崑體》（頁三〇—三一），劉靜貞《皇帝和他們的權力》（頁一二六以下）皆有論及。

⑳《宋史·王旦傳》曰：「旦嘗與楊億評品人物，億曰：『丁謂久遠當何如？』旦曰：『才則才矣。語道則未，他日在上位，使有德者助之，庶幾得終吉。若獨當權，必為身累爾。』後謂果如言。」（台北：鼎文書局《宋史》卷二八二，頁九五四九）楊億和詩主要在景德三、四年間，大中祥符初以後即與楊、劉等人漸行漸遠。如祥符初，議封禪，未決，帝問以經費，謂對：『大計有餘。』議乃決。因詔謂為計度泰山路糧草使。」等等，足見丁謂先與諸人不相契合，自〈梨〉詩後乃不再和詩。

正所謂道不同不相爲謀，唱和之道實不可小看，於此詠物之作，若不就此細心爬梳，對於詩中典故不能會得其言外之意，乃至於詩人和意不和韻處㉑，未加相互參照，逕以義山勝處來責難西崑諸公，非但不是持平之論，恐不免自曝其短，正如歐陽脩所言：「非如前世號詩人者，區區於風雲草木之類，爲許洞所困者㉒。」

二、西崑詠物詩的再探索

西崑詠物詩雖然以模仿李義山著稱，但在受到後世的重視程度上，卻不可同日而語，義山詩自有其值得肯定處，且論者已多，在此不擬多言，所遺憾的是：崑體詠物詩無論對當時或後世，都有或顯或隱的影響，但迄今而言，一窺其究竟者猶寥寥無幾，這其中、當代學者曾棗莊氏的《論西崑體》一文有專篇論及，且以「湘蘭自古傳幽怨」爲題，足見作者頗有一窺西崑底蘊的企圖，而且他的成就的確可觀，比如對於楊億的〈禁中庭樹〉、劉筠的〈槿花〉、〈館中新蟬〉等皆能發其旨趣，在論及錢氏等人的詠〈鶴〉詩時，更說道：「劉筠諸人的鶴詩是西崑集中較成功的詠物詩。」曾氏進一步說明其成功處在於：「既不離鶴又不膠於于鶴的典故。」以此說詠物詩也許還有可再加以討論的，因爲所謂不離又不膠只是好詩的要件之一，單說這還不夠，在這方面，黃永武先生的〈詠物詩的評價標準〉已有論及㉓，吾人可借此來檢視並解讀西崑的底蘊，既將其包蘊密緻的特點，層層剝開，讀出他們的寄託所在，探討「作者生命的投入」以及其他㉔，諸如文化理想的觸及等等。這也是今天吾人探索西崑時所該努力做到的。

今試檢視西崑的詠物詩，從〈禁中庭樹〉起，〈槿花〉、〈館中新蟬〉、〈鶴〉（一作禁中鶴）、〈赤日〉（包括〈夜意〉）、〈荷花〉、再賦、再賦七言、又贈一絕、〈梨〉、〈淚〉、〈樞密王佐丞宅新菊〉、〈柳絮〉、〈霜月〉、〈櫻桃〉、〈螢〉等共一十六篇、五十四首詩。

㉑「和意不和韻」為崑體詩人和詩的特徵之一（參見曾棗莊《論西崑體》頁一三四以下），又見拙作〈詩家總愛西崑好〉四、詩意不和韻—由和詩看西崑的君子之交。（文學與美學第五集頁二六二以下）參見本文注㉛。

㉒見歐陽修《六一詩話》，《歷代詩話》上。

㉓不即不離為劉熙載語，見《藝概》卷四。黃氏文見《古典文學》第一集，頁一五九以下（台灣學生書局一九七九）。

㉔比如〈西崑發隱〉一文，已言：「西崑集中有詠鶴和館中新蟬等詩，我認為全是作者身世的敘述。」引書同注⑨。

這些詩篇所詠的不過一十三物而已，不像義山同類詩的繁複多樣㉕。應可由「禁中庭樹」、「館中新蟬」等詩知其所詠皆在館閣之故。題材雖不若義山之多樣，但是焦點集中，以之言比興寄託，皆可尋其本事，不至於有故弄玄虛、強作解人或大而無當之嫌。這當中也有一些不在館閣內的作品，比如：〈樞密王左丞宅新菊〉一般皆以為「純是應酬之作」，由題目知：此乃諸人為王左丞即王旦祝壽時所作㉖，因而與其他在館閣所唱和的有別。另外〈淚詩〉已於《詩家總愛西崑好》一文中分析過，茲不再述，（見《文學與美學》第五集）赤日，夜意皆詠暑熱，實為一物（見下節）。於此，但從第一首〈禁中庭樹〉起，依次探索，標出主題，點明詩作的情志所在，並以其典故之寄託、以及諸人唱和詩之「和意不和韻」等，試著對諸人的寫作背景及其互為主體的寫作企圖，加以分析論述，以詳究西崑詩人於此包蘊密緻的工夫下所彰顯的意義。

㈠蜀柳笑孤貞—歲寒以「禁中庭樹」自許的詩人

〈禁中庭樹〉一詩，楊億首唱，錢劉二人皆有和作，楊詩為：

直幹依金闥，繁陰覆綺楹。累珠晨露重，嘒館夜蟬輕。霜桂丹丘路，星榆北斗城。歲寒徒自許，蜀柳笑孤貞。

由首聯之以直發端，即可看出作者詠物的焦點所在，及他的自許，「依金闥」一語也蘊含著作者自身的處境，二者都有其共同的特徵，接著就言此樹的功用，繁陰覆蓋著這秘閣楹柱，給人帶來陰涼。次聯「累珠」句，言其承受晨露之多，「嘒管」句乃就夜晚蟬鳴之清而言，二句有既受雨露之恩，當如蟬鳴之清的心意，然若從義山詩詠蟬的「我亦舉家清」說起，則「清」字亦蘊含此刻清寒難以維生的委屈，我們可由〈漢武〉：「待詔先生齒編貝，那教索米向長安。」知道他此時的飢寒，於此《夢溪筆談》卷一所載，也可印證：舊翰林學士地勢清切，皆不兼他務，文館職任，自校理以上皆有職錢，唯內外制不給。楊大年身爲學士，家貧請外，表

㉕義山詠物詩數量在一百首以上，比例超過其詩之六分之一以上，且其題材「涵蓋至廣，上至天文，下至麟介，靡所不有。」詳見〈論李義山之詠物詩〉（沈秋雄《詩學十論》頁一一二）。

㉖曾棗莊語，見《論西崑體》頁一一三。

辭千餘言，其間兩聯曰：「虛忝甘泉之從臣，終作莫敖之餒鬼，從者之病莫興，方朔之饑欲死。」言樹而說及蟬，應可看出他有意要說自己的處境及懷抱。

頸聯霜桂句，則進而言本性高潔，如成仙路上凌霜之桂，又如天上種植榆樹的北斗星，北斗爲衆星所圍繞，而長於其間的榆樹，應也有作者以孤貞自比的情懷㉗。所以尾聯歲寒句就話鋒一轉，自嘲這種自許的徒然，因借蜀柳笑其孤貞，來說明他行事的不合時宜。用《南史》張緒傳的典故，隱喻他不隨蜀柳來媚人，這都是有言外之意的。

是以錢惟演的和詩即道：

紫闥分陰地，丹條擢秀時。高枝接溫樹，密葉覆辛夷。夜影瑤光接，晨英玉露滋。乘春好封殖，爲賦角弓詩。

錢氏則在勸楊億自寬的角度上爲詩。首聯紫闥、丹條二句，言此時他已在此京城（紫闥）有一隅（分陰地）得以表現其才華（擢秀）。頷聯之高枝句，用《漢書·孔光傳》之典：「或問溫室省中樹，光默不應」，溫室殿（武帝所建宮殿）中有樹，頗合此樹之身分，因而言其高枝相接，「密葉覆辛夷」，若據王逸注「辛夷，香草」，也可知此樹覆蓋香草㉘，可爲君子之依託。頸聯之「夜影」句，言其高又可接北斗星爲衆人之則，「晨英」句，則言其雨露可沾溉花草，即可惠及君子，亦有勸楊寬心的隱喻。尾聯之「乘春好封殖」一句引用《左傳・昭公二年》：「韓宣子既享宴於季氏，有嘉樹焉，宣子譽之。武子曰：『宿敢不封殖此樹，以無忘角弓。』遂賦甘棠。」事。季武子用角弓詩見於《詩經・小雅，魚藻之什・角弓》：「兄弟昏姻，無胥遠矣。」又云：「爾之教矣，民胥傚矣。」詩中無忘角弓，頗有以季武子和韓宣子互勉之意。因樹起興，言其人亦猶此樹，易爲人所傚仿，不可不自勉。

㉗霜桂句出自《楚辭・遠遊》：「仍羽人於丹丘兮，留不死之舊鄉。」王逸注：「丹丘，晝夜常明也。」星榆句出自古樂府：「天上何所有，歷歷種白榆。」又據《三輔黃圖》：「至今人呼漢京城爲斗城。」北斗星本在天上，斗城即又可指京城，其象徵館閣所在的意味甚濃。

㉘辛夷，出屈原《九歌》：「辛夷兮藥房。」王逸注：「辛夷，香草。」雖洪興祖《補注》引《本草》言辛夷樹大，而以王逸注云香草爲非。但洪興祖其人在南宋，錢詩此典當以王逸注爲依據。

正緣於此，所以底下劉筠之和作，亦以此樹相期許也：

羽葉籠盤石，虬枝拂畫堂。夜聲含素瑟，曉影逼扶桑。好借鸞爲瑞，無容麝損香。寧知千載後，祇美召公棠。

起句之籠磐石，可呼應其師楊億，言其耿介的人格，堅貞之如磐石，次句以畫堂爲言，若以《漢官儀》所言：「黃門有畫堂之署」則仍有身處要津之意。頷聯「夜聲」句以素瑟爲言，夜晚之時聽其聲有如素女之瑟，其聲悲。四句，「逼扶桑」，則又以《山海經》：「扶桑爲十日所浴」之典，言此樹高直可逼近於扶桑。夜聲則含悲，曉影則又自許若此，詩人矛盾的情志俱現。頸聯「好借」、「無容」二句，分別以鸞瑞、麝香爲言，前者化用《山海經·西山經》：「女牀之山，有鳥焉，其狀翟而五采文，名曰鸞鳥，見則天下安寧。」及《漢書·宣帝紀》之：「鸞鳳又集長樂宮東闕中樹上」二典，言可供鳳鳥來集而兆瑞。後者用嵇康〈養生論〉之典：「麝食柏而香」，言此樹足供麝之食，而於己無損。也頗自負，因而帶出尾聯「召公棠」之言，後人當「懷棠樹不敢伐，歌詠之，作甘棠之詩。」於此而互相標榜㉙。既呼應錢氏所作，更慰其師楊億孤貞之憤，劉筠此作可以說是深得和詩相濡以沫的旨趣了。

(二)楚夢不終朝──由「槿花」說君臣遇合

至於〈槿花〉一詩，亦足見西崑諸公之言：「男女之情以喻君臣遇合」，曾棗莊氏，分析〈槿花〉一詩頗有見地㉚，惜其但析劉筠之首唱，而未及他二人之和作，另析〈禁中庭樹〉，亦僅釋楊億之首唱，而不談劉錢之和作一樣，未免美中不足，今曾氏於劉筠之首唱既已道其要蘊，因不再論，但言楊、錢之作，楊億之和詩云：

㉙召公棠事，出自《詩・召南・甘棠》：「蔽芾甘棠，勿翦勿伐，召伯所茇。」序言：「甘棠，美召伯也。」又《史記・燕世家》亦云：「召公卒，而民思召公之故，懷棠樹不敢伐歌詠之，作甘棠之詩。」劉詩用此典以相比美。

㉚曾棗莊《論西崑體》（頁一一六─頁一一七）引李商隱〈槿花詩〉言：「李詩就是從槿花易凋詠及紅顏易老，君安難恃。」且言「借槿花，男女之情以喻君臣遇合。」按此手法，義山之〈回中牡丹爲雨所敗〉之「玉盤迸淚傷心數」句，亦然，即用典與意象和象徵結合在一起（詳見劉若愚《中國詩學》頁二二二以下）。此詩用吳宮楚夢之典，表現槿花早謝之意象，且將愛情之比，提昇到君臣遇合難以持久的象徵。

宿霧初披縠，晨霞暫照梁。千金輕換笑，七駕未成章。塵暗神妃襪，衣殘侍史香。深情傳寶瑟，終古怨清湘。

首聯亦似劉筠之「紫霧函燈檠，彤霞逼綺寮。」皆以霧、霞為爲言，唯劉筠以槿花似燈檠來形容，楊億則以初披縠爲喻，似略勝一籌，如宋玉《神女賦》之「動霧縠以徐步」，觸覺更如道蘊之詠雪。晨霞暫照梁，則亦言花美如朝霞照於屋樑。頷聯則以「千金輕換笑」先言相知一顧值千金。用李白詩：「相知兩相得，一顧輕千金。」似有翻劉筠：「吳宮何薄命，楚夢不終朝」意。言縱一笑雖千金亦不惜。較之劉筠但「嘆槿花易凋」（曾棗莊語），更能道出槿花薄命的積極意義㉛，然而「七駕未成章」則用《詩經．小雅．大東》：「跂彼織女，終日七襄。雖則七襄，不成報章。」言其工作雖勤，卻不能有成。再則塵暗、衣殘二句，一則借《洛神賦》之「凌波微步，羅襪生塵」言其姿態雖美卻不爲人知，而以「侍史香」句借：「女侍史執香爐燒燻，從入臺給使護衣服也㉜。」，而言其香氣亦足夠爲侍史護衣而使之留香。尾聯則言其深情但能借寶瑟而傳，所傳者清湘楚臣終古之怨也。言其不爲人知，而只能托怨於此，結語用「寶瑟」一語—其實亦劉筠禁中庭樹：「夜聲含素瑟」之用意，皆以瑟音寄託其怨之不得不發㉝。則又呼應劉筠「槿花」詩之「莫移風雨怨，更屬鵲爲橋」且托怨更深。

正緣初楊億之怨頗深，錢惟演則頗有加以安慰之意，錢氏之詩曰：

㉛這種所謂翻案的功夫，在西崑體唱和詩中常見及，和詩者爲推陳出新，每在別人的詩意上，更上一層，詩人唱和「和意不和韻者」尤著力於此，形成所謂的「詩戰」（王禹偁語）現象，也是楊載《詩法家數》云：「以其意和之，則更新奇」者，參見注㊽，另王水照先生提到唱和現象也說：「在互相角逐爭勝，雕心刻腎中刺激詩人們運思的活躍、增添文人生活的雅化情趣，並在困難見巧中鍛鍊和提高創作的基本技巧，獲得別種藝術效果。」〈嘉祐二年貢舉事件的文學意義〉（一九九四國際宋代文學研討會，香港浸會大學），這也可以討論崑體唱和。

㉜王注引《漢宮儀》言，然不用留香，而言「殘」字，頗有反用原典之意，同上句之「暗」字，頗有雖香而不被重用之無奈。

㉝按寶瑟出自《周禮・樂器圖》：「雅瑟二十三絃，絲瑟二十五絃，飾以寶玉者曰寶瑟，繪文如錦者曰錦瑟。」王、鄭注俱未引。素瑟則因素女所鼓而名，《漢書・郊祀志》：「泰帝使素女鼓五十絃，悲，帝禁不止，故破其瑟爲二十五絃。」若按義山〈錦瑟詩〉程注所引〈世本〉：「伏羲作瑟。瑟者，潔也。使人精潔於心，淳一於行。」則瑟之本義精潔，惜其調太高，未免使人難禁，所以素女之瑟爲帝所破，而欲深情傳寶瑟者也不免要慨嘆曲高和寡，更難有和鳴之琴瑟，終而要爲千古清湘之怨了。

綺霞初結處，珠露未晞時，寶樹寧三尺，華燈更九枝。亭亭方自喜，黯黯卻成悲。欲作飛煙散，猶憐反照遲。

首聯亦點出霞、露二字，如同楊詩首聯，不同的是此處先言霞，再言露，言其花開如紅霞，且霑有雨露，而露珠未乾（蒙受君恩）之時，則其身價應可超過三尺之寶樹㉞，且其燦爛如燈光煌煌的九華之燈。（用《漢武內傳》事），頷聯所言乃指其花盛開時之壯觀，然而頸聯之亭亭方自喜，言方以亭亭玉立而自喜之際，卻不意已因日暮至黯然失色的悲涼了㉟。言其花之易謝爲可惜，亦呼應楊億之「終古怨」句，然尾聯卻振起，先則言欲作飛煙之散去，亦「無可奈何花落去」之意，頗有時不我予的悲哀，然而終究以「猶憐返照遲」作結，以言其猶望君心之一悟也，是以不忍離去之速。返照猶返影，翻前句之意，起伏有致㊱。錢氏用意猶較楊詩爲和緩，猶想給皇帝一次機會，不似楊億之失望，觀點雖異，仍不失「泉涸，魚相濡以沫」之知音相契的情懷。

三人之外，劉騭亦有和作：「虢國妝初罷，高唐夢始迴。霓裳猶未解，繡被已成堆。赤帝宮簾卷，華陽洞戶開。神仙有良會，清唱在瑤臺。」先則以虢國夫人及高唐神女，喻其美及生命短暫如夢幻，頷聯則言其容顏雖猶在，然已花落滿地—繡被成堆。頸聯則言炎夏已過，唯仙境亦門戶大開，衆神仙將聚會於瑤臺，清唱一番。頗能道出館閣之臣聚會唱和的盛事。然劉氏此作終究不能契合三人之心。此首較具有臺閣體的意味㊲。

㉞《世說新語·汰侈》言：「石崇乃命左右悉取珊瑚樹，有三尺四尺條幹絕世，光彩溢目者六七枚。」（《晉書·石崇傳》亦載）錢詩仍借此言槿樹之高貴勝過這寶樹，是以用「寧」字。若以槿花之薄命跟君臣有關，此句或可象徵人才之足珍，遠過於寵玩之珊瑚寶樹。

㉟若用王注引梁元帝詩：「日黯黯而將暮。」之典，則所悲乃在日暮，較鄭注但引江淹〈別賦〉李善注，言失色將敗爲黯，更能道出此君臣遇合之意。

㊱杜詩〈返照〉詩有：「返照入江翻石壁。」之句，錢詩用此頗有縱日已將沈，槿花猶憐於此，終不忍散去。暗喻有孔子去魯遲遲其行之意，更且翻前句「黯黯成悲」及「飛煙散」之意，深得義山律詩尾聯翻前意的作法。義山此法多見於七律，此處則在五律出現，詳陳文華〈比較與翻案—論義山七律末聯的深一層法〉《中華文化復興月刊》十一卷二期。

㊲神仙良會、清唱瑤臺，劉騭以此仙典爲喻，足見他以爲身在「玉山策府」乃用意於神仙之事以自比，此乃臺閣之體。劉騭詩乃臺閣體之正，與楊劉等人大異其趣，正如遊仙體中郭璞之「坎壈詠懷，非列仙之趣。」（《詩品》卷中），然楊、劉在臺閣體中猶如郭璞，乃其變體，所以「詞多慷慨、乖遠玄宗」可借以喻其詩風不同於劉騭之沿襲臺閣體者。欲分辨西崑體當可由此。

㈢八斗陳思饒賦詠—由「館中新蟬」蟬看詩人自身

〈館中新蟬〉一詩，亦劉筠首唱，此詩和者頗多，除楊億、錢惟演外，尚有張詠、李宗諤、劉騭等人，劉筠首唱的「憂蟬畏譏」，曾氏已有議論，且頸聯之名句：「風來玉宇烏先轉，露下金莖鶴未知。」經歐陽修《六一詩話》之讚許「雖用故事，何害為佳句也。」每為人所津津樂道，亦可見其成功處。然他人之和作也頗有可觀者㊳，茲分述於下：

首先是楊億的和作：

碧城青閣好追涼，高柳新聲逐吹長。貴伴金貂尊漢相，清含珠露怨齊王。蘭臺密侍初成賦，河朔歡遊正舉觴。雲鬢翠緌徒自許，先秋楚客已回腸。

首聯點出蟬之所在，碧城青閣，言所在高貴又可追涼，不似外面之炎熱，亦可於高柳上盡情鳴叫，如同吹管之長聲，可呼應劉詩之「日永聲長兼夜思」，頷聯則先言其與金貂為伴：「附蟬為文，貂尾為飾。」（《續漢書・輿服志》）有此裝飾，可彰顯漢相之尊貴。再言縱含珠露，思及前身卻不免怨及齊王無情。於此用崔豹《古今經問答釋》：「世名蟬曰齊女」之典，亦可見其寓意。頸聯先引宋玉〈風賦序〉言宋玉景差侍楚王遊蘭台而成賦作，再則引典略言：「河朔有避暑飲。」以言此時之爲盛暑，而他人正舉觴以避暑。尾聯則先以雲鬢呼應劉筠所作「翠簾乍舒宮女鬢」之句，言宮女莫瓊樹之製蟬鬢縹緲如蟬，而爲魏文帝所喜愛。借蟬鬢之爲人所貴者言蟬，亦且以此自許㊴，然而對照今之境遇已知盛時不再，秋日雖未到，卻已令人迴腸傷氣了。

鄭注於此詩末且云：「末聯有寄託」，應已看出楊億借蟬歌詠一己之遭遇。亦可呼應劉筠結語：「肯容潘岳到秋悲」的心情。

至於錢惟演之和詩則爲：

冉冉光風泛紫蘭，新聲含怨日將殘。自憐伴雀成團扇，誰許迎秋集武冠。委

㊳曾棗莊則以爲和此詩者甚多，「但似乎都不及劉筠原作。」唯又稱許李宗諤所作爲：「不作說亦可讀懂，可見《西崑集》中也有一些清新暢達之作。」（前揭書頁一一八）

㊴見崔豹《古今注雜注》：「魏文帝宮人絕所愛者有莫瓊樹，……製蟬鬢縹渺如蟬，故曰蟬鬢。」又《禮記・檀弓》蟬有緌。孔疏：「緌謂蟬喙，長在口下，似冠之緌也。」先以蟬鬢、冠緌爲世所貴者言蟬，再以此喻其才華所在亦如「雲鬢、翠緌」可用於世。

蛻亭臯隨木葉，飛緌雲表拂仙盤。青葱玉樹連金爵，不覺醯雞競羽翰。

首句引用《楚辭・招魂》之典：「光風轉蕙，氾叢蘭些。」已可見其美好光景，而冠以冉冉二字，更烘托其變化之不可避免，因而次句即言：「新聲含怨日將殘」，既言時日無多，亦有怨日之不可憑藉。頷聯自憐、誰許二句道出將如秋扇之見捐，不敢奢望可與諸貴人迎秋。武冠一詞反用《晉書・輿服志》：「武冠，即古之惠文冠，……其冠文輕細如蟬翼，故名惠文。左右侍臣及諸將軍武官通服之。」之典⑳。頸聯委蛻句，言其雖不免於秋天時隨木葉之凋零而委蛻於大地，但翠緌則將於天上雲表拂仙盤。此句不但呼應楊億「雲鬢翠緌徒自許」一句，更有其終究不可磨滅之意。尾聯先極言其高可比青葱玉樹上的鳳鳥，因而不覺彼小人如醯雞者之能與我相爭㊶。王注醯雞言：「甕中酒上之蠛蠓，不知甕外天地之大。」暗喻彼不知天地之大的小人不足為意，也是勸楊億寬心。

其次則有張詠之作：

脫塵還與比仙遊，露腹何妨近品流。嫩殼半遺紅藥地，細聲偏傍綠楊樓。詩家取象吟難盡，畫格偷眞意不休。正好儒林擬綏紼，憑欄無苦預悲秋。

張詠此詩亦有讚許楊劉二人之意，首聯「脫塵」句借蟬言其可與群仙同遊，「露腹」句言其有坦腹東床的品味，旣說蟬亦說自己。次聯「嫩殼」句直賦其脫殼後多半可作藥用，「細聲」句言其聲細卻能傍著綠楊樓的人家，甚而引起思婦之愁。頸聯之「詩家」句言詩人之題詠不盡，「畫格」句則言畫家之描摹寫眞亦不斷

㊵《晉書・輿服志》又云：「侍中常侍則加金璫，附蟬爲飾。……應劭《漢官》云：『說者以爲金取剛強，百鍊不耗。蟬居高飲清，口在掖下，貂內勁悍而外柔縟。』又以蟬取清高，飲露而不食。……於義亦有所取。」足見蟬乃一充滿象徵性之物，所以諸人不免於此有所取義。

㊶班固《西都賦》：「上觚稜而棲金爵。」《文選・李善注》引《三輔故事》曰：「『建章宮闕上有銅鳳台。』然金爵則銅鳳也。」又五臣注：「金爵，鳳也。」則此句以鳳相比，下句乃用醯雞相較，《莊子・田子方》郭象注：「醯雞，甕中之蠛蠓。」蠛蠓極其小而賤，言如何與此蟬高潔相比，另互見注㊿。

㊷，尾聯則以此蟬足供儒林冠纓飾物之用，因而無須再憑欄苦悲秋。寫蟬而轉至寫人，以蟬而可供儒者裝飾之用，轉而言館閣之臣所撰史書亦然，因而結語云憑欄不要先訴愁苦先悲秋，呼應楊億尾句，而直接相勸。

嗚蟬有悲秋之意，所以諸人皆就此著墨，李宗諤即言道：「八斗陳思饒富詠，二毛潘岳易悲涼。感時偏動騷人思，不問天涯與帝鄉。」以陳思王之多才，及潘安仁之感於宋玉之悲而有〈秋聲賦〉，因而叩緊蟬聲言騷人之感時而動情，乃勢之必然，是不必問在天涯或在京師也。李詩也站在劉楊之立場爲言，其中「八斗陳思」一聯，正道出諸人作詩的原由㊸。

至於劉騭則也是以宋玉發端：「搖落何須宋玉悲」而次句「齊庭遺恨莫沾衣」，則用齊王后忿而死的典故，進而以香滅、葉飛言其悲：「池中菡萏香全滅，井上梧桐葉乍飛」，再而言其聲之若斷若續及其光芒之不爲人知：「風促箏聲隨斷續，日移瓢影自光輝」其聲其色皆不能唱與知音聽實爲可悲，因而結尾則嘆已夠可悲了，不能再爲人送別：「宜秋門外饒芳樹，結駟那堪送客歸。」言門外芳樹正熱鬧繁華，不忍見他人之歡樂而歸，「那堪」一語，實有義山「未抵青袍送玉珂」意，同爲寒士之無奈也。

㈣曾陪鴛鷺浴華池─人與「鶴」的相知相許

至於鶴詩《一作禁中鶴》，劉筠、楊億、錢惟演所作，曾棗莊論之已詳，也給

㊷「畫格偸眞意不休」句，王、鄭皆未有注。畫格，乃指繪畫之風格。《夢溪筆談》言：「自此畫格日進。」此詩意爲畫家之風格不同，表現在寫眞取景用意之變化上。偸眞，即取象。《詩經・唐風・山有樞》：「他人是偸。」鄭箋：「偸，取也。」此言取材自大自然，與取象意同，言蟬之爲人取則者多。恐非曾先生所說的：「謂歷代詠蟬、畫蟬者很多，現今楊劉諸儒又詠蟬，自己也祇好『爲賦新詞強說』蟬了。這四句很値得玩味，他對這種無休止的「取象」「偸眞」似乎未必贊同」（曾棗莊前揭書頁二八〇）。曾氏或許較同情張詠之不同於西崑的立場，但我們試由他的《鶴》詩：「曾陪鴛鷺浴華池。」之以能同楊劉和詩爲榮作結，可知用心與楊劉並無不同，只是寫作方式深淺有異，且詩家之於蟬「吟不盡」，另可參考注㊴及㊵。

㊸李宗諤詩之頷聯：「短亭疏柳臨官道，平野西風更夕陽。」既已臨官道，卻又面臨西風夕陽。因而騷人之賦詠不免易起，正不必問在天涯或在帝鄉所居的京城。諸人身居帝鄉，所以才有此句。

予很高的評價㊹。暫不再贅論，但是在曾書第六章〈張詠及其乖崖集〉中，則對〈禁中鶴〉一詩頗有不同看法，認爲張詠是反西崑的。張詠的詩作如下：

共憐潔白本天眞，縱在泥塵性不卑。況是稻粱厭足日，好看煙月卻歸時。跡參詩雅何年盡，名系仙經四海知。應到崑丘數來歷，曾陪鴛鷺浴華池。

此詩，先言鶴「色雪白，泥水不能污」再則言於飽食之餘，可尋煙月而歸，頸聯則言其縱跡寫在詩雅中，不知何年盡了，名聲又在仙經—相鶴經中四海皆知，表示其縱跡及聲名之無遠弗屆。末則言將來到崑丘之仙境時，當會數道，曾在當年陪鴛鷺，於華池上共浴。此亦自抒懷抱。鄭再時於此注道：「鵷鷺指楊劉諸人」，亦以仙鶴自比之推展。

至於任隨之詩，則亦與張詠之意略近，言其乃仙境之物，並無禁中鶴之意，皆就其與仙跡攸關而論。首聯「何年玉羽別崑丘，飛舞長親十二樓。」即言其自崑丘出，因而對於崑丘的「玉樓十二所」都特別留意。頷聯「警露夜窺瑤圃月，翔雲高憶海天秋。」警露一語，則可與禁中相呼應，亦遙和劉筠館中新蟬：「露下金莖鶴未知」，然猶夜窺仙境瑤圃之月，可見其不忘自己原出自仙鄉，且高飛翔雲之時亦會思及人間海天之秋涼。後半「肯教渠略知遐壽，會向神區更遠遊。正是溶溪煙水碧，好隨青鳳飲澄流。」既言其長壽，又言將向仙境遠遊。然結語當趁此溪水碧的時節，陪青鳳飲於澄江也。則於自比鶴之外，更以青鳳比楊劉等人㊺，亦追步張詠「曾陪鴛鷺浴華池」之詩意，只是與楊劉寫禁中鶴的用心不同。

(五)青骨香銷亦見尋—對「荷花」的鍾情

荷花詩，這是諸人作得最多的詠物詩，共有〈荷花〉、〈再賦〉、〈再賦七言〉、〈又贈一絕〉等四組，劉筠都是首唱者，楊億、錢惟演都有和作，另外丁謂除了再賦七言外，其他三首也都和了。這四組詩四個人共作了十五首。作品的品質當然也有高下之分，尤其丁謂的人品、詩品在此應也可以看出。我們先看集中第一

㊹曾棗莊言：「劉筠諸人的鶴詩是西崑集中較成功的詠物詩，其長處就在于既不離鶴，而又能不太膠著于鶴的典故，善于由禁中鶴生發開去，直抒胸臆。」（曾棗莊前揭書頁一二二）。

㊺《初學記》卷三十引《拾遺記》：「周昭王時，塗脩國獻青鳳丹鶴各一雄一雌。以潭皋之粟飼之，以溶溪之水飲之。」丹鶴與青鳳相陪之典適足以表現任隨與諸人之相處。

首〈荷花〉劉筠首唱：

水國開良宴，霞天湛晚暉。淩波宓妃至，盪槳莫愁歸。妝淺休啼臉，香清願襲衣。即時聞鼓瑟，他日問支機。繡騎翩翩過，珍禽兩兩飛。牢收交甫佩，莫遣此心違。

此詩借著歌詠荷花來寄懷。先以水國有佳會的盛事，言荷花的盛開，露天句乃以景色陪襯。次聯即就此水國中荷之美者，喻爲宓妃。再喻采蓮女爲莫愁，人物雙寫，然重點仍在詠荷花，五句妝淺承宓妃，言荷葉上掛滿水珠以說其啼，六句「香清」言其香，化用梁元帝〈採蓮曲〉：「蓮花亂臉色，荷葉雜衣香。」看似寫採蓮女，其實是寄託於荷葉所形成的女子形象。七八句以鼓瑟言湘靈，以支機說織女皆化用自有名的故事，以強化此仙女的意象，而「繡騎」、「珍禽」兩句則借岸上出雙入對的景物，想到男女的感情，更想到鄭交甫不能牢收玉佩，致失去仙緣的故事㊻。來隱喻要珍惜既有的男女或者說君臣的感情，而「莫遣此心違」似乎是呼喚此荷葉形成的仙女，不要辜負自己的一番期待，應也是離騷「求女」之意㊼。馬茂元即云：「關於求女，舊說以爲隱喻思君，大體是符合屈原當時的心理狀態的，但理解應當寬泛一些，女，並不僅僅是象徵君，張惠言認爲這裡是以道誘掖楚之君臣卒不能悟，最爲切合原文文意。」（《楚辭注釋》，頁七〇，文津出版社，一九九三）可供參考。

我們再看楊億的和詩：

絶岸疏煙合，回塘夕照和。水仙猶度曲，川后自收波。銀漢橋橫鵲，蘅皋襪

㊻「交甫珮」一詞出自《韓詩內傳》：「二女與交甫，交甫受（珮）而懷之，超然而去。十步循探之，即亡矣。迴顧二女，亦即亡矣。」曹植〈洛神賦〉亦引此而言：「願誠素之先達兮，解玉佩以要之。……感交甫之棄言兮，悵猶豫而狐疑。」鄭交甫漢濱遺佩之事已成一象徵典型，於此乃借以比荷花，荷葉之盛放亦如玉佩，因有此言。

㊼日人池澤滋子以劉筠之荷花詩爲詠採蓮女，並說楊、錢的荷花也看似詠物，實際詠人，詠採蓮女，寫對採蓮女愛慕之意，很難實現。（《丁謂研究》頁一六二—頁一六三）只說對了一半，愛慕之意難以實現，正因他是以離騷求女的眼光來詠荷的。因爲楊劉等人乃將荷花看成美女的典型，所以用最優美女子的形象來描寫，這離騷求女的寫作傳統，由來已久，另可參考廖棟樑《古代楚辭學史論》七章三節〈美人論〉。（台北：輔大博士論文，一九九七）

濺羅。玉杯承露重，鈿扇起風多。翠羽芳洲近，青絲快騎過。石城秋信斷，
搔首奈愁何？

所作即呼應劉詩，除首句絕岸疏煙爲背景，烘托在此情況所見之荷葉，宛如仙境之美女，次句回塘夕照即劉詩：「霞天晚暉」意。而次聯的水仙度曲，也是劉詩「聞鼓瑟」的餘波，再則由川后收波而想到「天河」，更且聯想到織女所待的鵲橋，因有第五句，由「銀漢」句呼應其「問支機」，更且由「蘅皋」句，呼應「凌波宓妃」，二句亦皆隱含以男女關係喻君臣之道的用意，尤其「蘅皋」句與三句之「川后收波」及九句「翠羽芳洲」俱出自〈洛神賦〉，實可以聯想到曹植以其委屈，因而寄寓於洛神以表達身世之感及思君的情懷㊽。

只不過楊詩所歌詠的應非「採蓮女」，可再由下句「玉杯承露重，鈿扇起風多」看出，這兩句都是形容荷葉的，荷葉上有水珠，故曰「玉杯承露」，荷葉如扇迎風，故又說「起風多」。然起風多，則不免又有風波不斷的用意。「青絲」句用劉孝綽詩：「未見青絲騎，徒勞紅粉妝」之意，且呼應劉詩「繡騎翩翩過」，或者是反用〈洛神賦〉之「爾乃稅駕乎蘅皋，秣駟乎芝田，……仰以殊觀，睹一麗人，

於澤之畔。」言快騎之過，不能細睹此麗人之美，頗有其芬芳無人知之意，而尾聯也反引〈石城樂〉之典故，言秋信已斷，所愛人竟亦不至，只有搔首踟躕，無奈愁何了。楊詩亦將荷花想像成一美女，只不過這裏應是以荷花寄寓自己的情志，所以才有「承露重」、「起風多」言自己深受君恩，卻又橫遭小人誹言之風波，因而末了更用「快騎過」暗寫已不再爲人仔細詳睹，「秋信斷」即隱喻言君恩之不再。

楊詩既有此感慨，所以錢惟演也加以回應：

水闊雨蕭蕭，風微影自搖。徐娘羞半面，楚女妒纖腰。別恨拋深浦，遺香逐

㊽「川后收波」引〈洛神賦〉：「屏翳收風，川后靜波。」蘅皋一語亦出自〈洛神賦〉：「稅駕乎蘅皋，秣駟乎芝田。」襪濺則由「羅襪生塵」而來，與「翠羽芳洲」之引「或拾翠羽」同出自〈洛神賦〉。承襲義山善用〈洛神賦〉之手法，義山〈代魏宮私贈〉、〈東阿王〉、〈涉洛川〉等詩皆引〈洛神賦〉。〈東阿王〉云：「國事分明屬灌均，西陵魂斷夜來人。君王不得爲天子，半爲當時賦洛神。」灌均進讒言使曹植被治罪，因有此賦，所以《李商隱詩歌集解》有云：「蓋洛神一賦，實借人神相遇慕悅而不能交接，寄寓作者政治上有所追求而不能遂願之感慨，其性質最近於義山託艷語以寄寓身世之感之無題詩。」（劉學鍇，台北：洪葉，一九九二，頁一八二七）

畫橈。華燈連霧夕，鈿合映霞朝。淚有鮫人見，魂須宋玉招。凌波終未渡，疑待鵲爲橋。

相對於楊劉寫夕照之荷，錢氏此詩則寫風雨夜中的荷花，先言風雨蕭蕭，而此荷猶自飄搖，呼應楊詩之「玉杯承露重，鈿扇起風多。」再者借其姿態，言其如徐妃半面妝，及楚女細腰身之嬌羞而爲人所妒。接著筆鋒一轉，由遭妒而來的是離別之恨。而「別恨」「遺香」二句則更言別恨雖已抛於深浦，遺香猶追逐畫舫之旁不去，以言其情之貞定不移，下兩句「華燈」「鈿合」暗用《招魂》的典故，「連霧夕」，「映霞朝」，以言其通宵達旦的期待，花苞在霧夕如同華燈，荷葉在晨曦下又如同定情之物鈿盒㊾。因而帶出「淚」、「魂」二句，淚如鮫人之現，由葉上水珠聯想，魂須宋玉來招，亦由花苞如華燈想到《招魂》：「蘭膏明燭，華燈錯些。」也可呼應楊詩結語「搔首奈愁何」的失魂落魄，因而須招魂。尾聯再以此花之並未凌波而去，想像爲因等待鵲橋之故。將〈洛神賦〉與織女的故事合而爲一，既呼應楊億的詩意，也爲以男女喻君臣關係的屈騷傳統作最明顯的告白。

至於丁謂與諸人雖一起賦詩，他有詩才，然心術不爲時人所認同㊿，因而每可於詩篇見出：

相倚秋風立，蘭言似有無。未饒霜女俊，不愛月娥孤。力弱煙被素，心危露泣珠。翦裁隨楚思，幽怨寄吳歈。半圻香囊解，微傾醉弁扶。涉江如可採，百琲答輕軀。

此詩亦承續楊、劉、錢三人所作，以女子來形容荷花。「全詩對荷花的描繪

㊾鈿合爲定情物，〈長恨歌〉：「唯將舊物表深情，鈿合金釵寄將去，釵留一股合一扇，釵擘黃金合分鈿。」陳鴻〈長恨歌傳〉：「定情之夕，持金釵鈿合以固之。」皆足以見鈿合的象徵意義。

㊿歐陽修《歸田錄》有載：「眞宗……臨池久之，而御釣不食，時丁晉公謂應制詩云：『鶯驚鳳輦穿花去，魚畏龍顏上釣遲。』眞宗稱賞，群臣皆自以爲不及也。」又《東軒筆錄》也記載：「丁晉公每遇醮祭，即奏有仙鶴盤舞於殿廡之上。……及陞中展事，而仙鶴迎舞前導者，塞望不知其數。又天書每降，必奏有仙鶴前導。是時寇萊公判陝府，一日坐山亭中，有烏鴉數十飛鳴而過，萊公笑顧屬僚曰：『使丁謂見之，當目爲玄鶴矣。』」俱可知其善逢迎，且得「鶴相」之稱號。是以諸人寫「鶴」詩，以爲寄託，因而不見丁謂的和作，也可印證。此事池澤滋子《丁謂年譜》即繫於景德三年（《宋代文化研究》第六輯頁二七六）可證。

中，句句浮現出窈窕淑女的形象，好像荷花化身的神女站在你的眼前一樣㊿。」此詩首聯實亦借荷說人，只不過如錢詩「風微影自搖，」皆突顯荷花中某一女子的形象，而丁謂用「相倚」句發端，若一群女子，頗眞有側身其中，不想自外的意義。「蘭言」句，出自「同心之言，其臭如蘭」似有無，言其花香之若斷若續，是以未必能爲他人所嗅聞，再又言欲和霜女比美，呼應「秋風」一語，而「不愛月娥孤」句，即顯露其不欲孤芳自賞，猶待有人憐之意，「力弱」「心危」借煙霧、水珠言其體弱難勝，至此都可呼應楊劉的詩意。

只不過下句「剪裁隨楚思」，對照其下首之「楚天何處不無憀」句，一「隨」字見其只爲迎合楚王，曲承逢迎的個性，因而雖有幽怨的歌詠似吳歌，道其不如意時，然而依舊要故作姿態，「半坼、微傾」句既用《詩經·小雅·宮之初筵》：「側弁之俄」的語詞言花傾斜之嬌姿，而著一「醉」字之醉態可掬也很傳神。然而尾聯終究用《拾遺記》中所引石崇之典：「故閨中相戲曰：『爾非細骨輕軀，安得百琲眞珠。』」對照其〈代意〉詩：「明珠百琲將何當，悵望輕軀病欲成。」的結語，俱可見其欲以細腰媚主的念頭，不同於他人雖也以男女之事言君臣之道，究竟還能持曹植〈洛神賦〉：「收和顏而靜志兮，申禮防以自持」的態度，如劉筠的

「牢收交甫佩」、楊億的「搔首奈愁何」，甚至錢惟演的「凌波終未渡」等等，雖不免有宋玉之怨，但也不敢像丁謂有枉道以事人的心態。這是他人用意不同於丁謂處。

〈再賦〉荷花，也是劉筠首唱：

暮雨過湘渚，微涼滿楚宮。濺裙無限水，障袂幾多風。浪跡嫌萍實，塵勞笑菊叢。氣清防麝損，信密待魚通。游女歌爭發，騷人思未窮。休傳江北意，月冷魏池空。

由首聯知劉筠此詩，也寫黃昏雨後的荷花。次聯即點出在風雨中荷花的形象。三聯「浪跡」「塵勞」句則以萍實和菊叢相較。言荷花不似萍實的浪跡，也不像菊

㉛日本人池澤滋子《丁謂研究》第四章，丁謂與西崑酬唱集研究、頁一六四（巴蜀書社一九九八），唯以女子甚至女神狀荷花，在前三年的詩中均已有之，只不過她卻說是「採蓮女」。

花叢的不免塵勞，二者分別引《說苑·辨物》和《續晉陽秋》㊾，以證實萍之狀似荷，卻不如荷之堅貞；菊雖爲花之隱逸，卻猶不免勞於塵世，以言眞正堅貞又能脫俗的只有荷花。

繼則以「氣清」句，言其氣清，然仍應防他人來干擾，翻用其〈禁中庭樹〉：「無容霹損香」之意。「信密」句言心事待魚來傳達，可回應前唱楊億的「石城秋信斷」。然接著又說此刻吾人但爭發爲歌聲，如求游女而不得㊿，更且如騷人之情思無窮，又能奈何，結尾因言不免一切落空，但見月色已冷冷照在魏都芙蓉池了㊹。也答覆丁謂前唱的「涉江如可採」，言君臣之道，終究難通，劉筠似乎態度較爲持重。

此詩楊億的和作也能就此呼應：

舒女清泉滿，黃姑別渚通。巴天迷峽雨，楚澤映江楓。思逐鮫絲亂，香愁翠被空。灑從瓊蕊露，吹任石尤風。怨淚連疏竹，私書託遇鴻。雙魚應共戲，休問葉西東。

首句借《宣城記》舒姑泉事，言此池水之非凡㊺。再以杜甫詩：「星落黃姑

渚。」以黃姑爲天河，暗喻此池水可通天，次聯乃借此而言，雖可通天，卻不免迷

52《說苑·辨物》：「楚昭王渡江，有物大如斗，直觸王舟，止於舟中，……孔子曰：『此名萍實，令剖而食之，惟霸者能獲之，此吉祥也。』」，《續晉陽秋》：「陶潛嘗九月九日無酒，坐宅邊菊叢中，摘菊盈把，坐其側久。望見白衣人至，乃王弘送酒也。」反用二事用以襯托萍，菊之不如荷。

53游女句，出自《詩·周南·漢廣》：「漢有游女，不可求思。」乃是求女的立場而來，並非採蓮女之歌，所以才有「騷人思未窮」句來相應，對照前數句之寫女子以形容荷花，此二句應站在作者的立場來說。

54魏池空，曹植有〈遊芙蓉池〉詩：「逍遙芙蓉池，翩翩戲輕舟。」此處反用此意，言芙蓉池已今非昔比，亦暗指曹植失寵事來比喻今人的處境。「江北意」出自曹植〈雜詩〉：「朝遊江北岸。」江南正是楊、錢等人的鄉國，然楊、錢則未明言，劉筠似有爲其叫屈之意。尤其錢惟演以王子之身，亡國之後至北方京城的宦途一直甚爲艱辛，此可參考柳立言〈北宋吳越錢家婚宦論述〉載《中研院史語所集刊》第六十五本第四分頁九〇三以下。

55《文選》劉孝標〈答劉秣陵沼書〉李善注引《宣城記》載有舒姑泉事：「臨城縣南四十里蓋山，高百餘丈，有舒姑泉，昔有舒氏女，與其父析薪，於泉處坐，牽挽不動。乃還告家，比還，唯有清泉湛然。女母曰：『吾女本好音樂。』乃弦歌，泉涌迴流，有朱鯉一雙。令作樂嬉戲，泉故涌出也。」音樂之力量，竟可使泉水涌流，使朱鯉魚現，或者這典故有期待知音的象徵。

於巫峽之雲雨。水澤中只映出江楓，令人「目極千里兮傷春心」亦暗用《招魂》的典故，喻期待通天，卻終究不免落空的傷心。繼而言因思緒亂，香氣亦因愁而空。所以再訴其怨其淚之無可奈何，但將私信託飛鴻，且以「灑從瓊蕊露，吹任石尤風」來烘托，頗有無計可施，但隨他去之意。因而再回到眼前景，說此刻的心意而有尾聯：「雙魚應共戲，休問葉西東」。借著荷葉中雙魚的嬉戲而言：但能如魚相忘於江湖，相濡以沫即可，也就不必問荷葉之方向了，反用劉詩「信密待魚通」之意。此詩但以荷葉池之可與別渚之黃姑（天河）相通而起興，並不直接賦荷者。於此亦可見《離騷》香草美人之情意。

職是之故，錢惟演和詩也就此而發：

玉甃引清泉，風高白露天。盈盈臨一水，冪冪隔長煙，已分蘭芝溺，仍憂趙后仙。鮫絲衣更密，珠串淚長圓。琴怨來湘浦，鴻驚近洛川。金塘正斜照，誰倚木蘭船。

這首和詩，也是從楊億而來，尤其首聯更明顯，清泉一語之「清」與白露之「白」，主觀的象喻性很強，加上風高，有因清而寒之意，而下句長煙之隔也因之而來。次聯則呼應楊詩之雖通而迷之意，「盈盈臨一水」言近在咫尺，「冪冪隔長煙」則迷而不知所在。三聯「已分」「仍憂」句，言已料想自己終如劉蘭芝被焦母所棄，但卻仍憂其君之爲趙飛燕所蠱惑，喻其不忍離去，再則又呼應劉詩「鮫絲亂」，而言縱使衣更密，卻只得淚長圓而已。結尾四句更言湘浦之琴聲有怨，洛川之鴻雁亦驚，皆引曹植〈洛神賦〉的典故。與楊億同，而「金塘」、「誰倚」句，言在落月金光閃耀的池中，誰會倚著木蘭船來採摘此芬芳呢？昔人倚船採蓮，今卻無人，似以此暗喻才華如今不被眷顧的詩人自身。此外金塘極其壯麗與木蘭船的寂寥又形成強烈的對比。

這三首「再賦」都借荷花池、及荷花本身來起興，與前一組詩之以荷狀人，甚且被說成詠「採蓮女」56，寫作手法已大有不同。而丁謂在這組詩中詩意也較能契合三人所作：

彼美秋江上，塵埃恥託根。笑傾行雨國，香返夢蘭魂。蛺蝶無媒妁，鴛鴦見子孫。遍窺思兩槳，深鎖憶重門。怯徇風波性，慚留月露痕。枉將金試步，

56見池澤滋子前揭書，頁一六七。

千古怨東昏。

首聯先言其高潔。次聯則言其笑可傾國，亦如丁謂前詩「微傾醉弁扶」之意，皆形容荷花斜倚的姿態。再則以借用《左傳宣公三年》，鄭文公妾夢蘭生子的典故，言其香令人遐思，再者以五六兩句言蝴蝶不爲媒，又見鴛鴦之相親而多子多孫，因而下聯即說望採蓮船帶來訊息，「遍窺」句狀其期盼之切，「思兩槳」呼應錢詩「誰倚木蘭船」一語。然而卻落空了，「深鎖」句，重點在重門深鎖，重門指宮門，應是以男女之情，寓君臣關係意，暗指如今此道不通，令人空憶從前。並非「衹不過是以華麗的詞藻形容採蓮女還在家中，並未出來劃（划？）船採蓮。」（池澤滋子一九九八，頁一七一）

末四句，「風波」「月露」二語出自義山《無題》：「風波不信菱枝弱，月露誰教月桂香⑰。」然「怯」、「慚」加於風波、月露之上，亦言荷花自愛，不隨意許人，然而末聯之「枉」「怨」二字，卻又看出，遇上所愛者，縱枉費心機，委屈求全如潘妃的金蓮試步，（用《南齊書．東昏侯》事）卻也不能贏得東昏侯的歡心，只不過雖用此典故以言自己之不得君心，然用意卻與楊劉有別⑱。

這一組〈再賦〉詩，多以荷花起興，所用典故，醞釀較深，人荷合一，荷花池即是詩人們所寄託的情境，較諸前一組詩已有些許不同。

除了五言詩的唱和，詩人也以七言作了兩組詩，不同的是五言兩組都爲排律體的六韻詩，而七言先是律詩再爲絕句，但是比興寄託的寫法並無不同。〈再賦七言〉也是劉筠首唱：

紉蘭爲佩桂爲舟，北渚雲飛發櫂謳。已有萬絲能結怨，不須千蓋強障羞。金隄勃窣誰同上，翠帟繽紛客自留。欲選浣紗傾敵國，越王更起近江樓。

首聯即以《楚辭》發端—先用《離騷》的「紉秋蘭以爲佩」再用《九歌・湘

---

57 風波、月露，原見義山〈無題〉詩，然「所指亦費猜詳。」唯劉學鍇認爲「從比興寄託著眼，則易於理解。」且言：「其爲託寓身世遭逢之感則同。何焯謂此首『直露本意』，可稱知言。要之，作直賦其事解則意晦，作比興託寓解意反顯。」（《李商隱詩歌集解》頁一四六〇）

58 楊億〈南朝詩〉言：「步試金蓮波濺襪，歌翻玉樹涕沾衣。」直賦其事用以批評南朝。與丁謂以之自比而曰「枉」，自然有異。

君》之「美要眇兮宜脩，沛吾乘兮桂舟」言其要眇宜脩如此，以之起興，似又有申禮防以自持之意，與丁謂之「百琲答輕軀」、「枉將金試步」托意自是不同。次聯則直接就荷姿態來表示其萬絲之相連似怨結已深，糾纏不已，荷上之擎雨蓋，蓋蓋相接，似又遮其羞慚之心，然用「不須」字，亦見其認爲不須再「欲說還休」了！腹聯之「金隄」「翠帟」句亦直接就荷花池及荷花的姿態說去，明言誰與之匍匐而上？隱喻誰能相扶持，暗用《文選・子虛賦》：「媻姍勃窣，上乎金隄」事。金隄正見荷花池四周的石堤雕砌精美。六句因言其花葉繽紛，自然引起他人的駐留觀看，隱喻不必攀援，以其才貌自能引人注目。尾聯乃借用越王當年欲報吳國之愁，因而建近江樓，且選西施、鄭旦等浣紗之美女，終而能救亡圖存。這裏用《史記・越王句踐世家》㊾之事以言若眞有才華，在上位者爲社稷之故必定會善加選取，可呼應在前之「金隄」「翠帟」二句。其用意甚深，有期許友人之意味。

準此，楊億亦因而有詩和道：

翠幄飄香映綺襦，鈿盤清曉露成珠。休啼爲近鮫人室，欲笑誰投玉女壺。雲氣乍迴巫峽夢，水嬉猶託曲池圖。金花卻薦何人步，枉遣凌波襪縷濡。

呼應劉筠之「欲選浣紗」，楊億首聯即先言此花之美好，勝似美女，蓋亦用以自比。唯次句則由清曉露珠而思及其想望之落空。再而有三句之「休啼」語，意爲恐見鮫人而與之同樣淚成珠，四句則點出縱而如玉女與天公投壺，卻不見天公之來臨，更不得聞其大笑之聲。反用《神異經》之典故，休啼仍依舊，欲笑卻不得笑，也點出何以荷葉終究「露成珠」的原因。

三聯因再言宋玉高唐賦之典，所言過去與君王同處之事，「乍迴」似又回來，然著一「夢」字，可知其幻。下句因言一切非夢幻，當年君臣同樂之事，記憶猶新，故而用「水嬉猶託」句。尾聯乃結以君王今日已有新歡──「金花卻薦何人步」，只是不知新歡爲何人？但令此凌波微步的仙子，羅襪濺濕，仍不加注視，「枉遺」二字有爲此荷花被冷落而叫冤之意，其實亦爲自己不能再受重視而發。楊億在此暗指君王恐已變心，若猶不能認清，一切將終歸枉然。

而錢惟演之和作，則就楊億此意更進一層來說：

---

⑲此兩句化用《吳越春秋》及《史記・越王句踐世家》的典故，強調西施等美女自然會被選中，如此美女又可指有才華的文士的意象。

欲網珊瑚碧浪深，橫塘斜日帶秋陰。漢宮此地留金餅，洛浦何人遺錦衾。舞學西城迴雅態，歌傳南國有餘音，韓憑恨魄如長在，青骨香銷亦見尋。

起筆呼應前人之作，言爲網住珊瑚，需於碧浪深處，然而此處卻是橫塘而已，非有碧浪，且日已斜又是秋陰時刻，有小池塘難以發揮理想，且時日無多之感慨。次聯「漢宮」一句，用韓偓〈詠浴詩〉：「豈知侍女簾帷外，賸取君王幾餅金。」以言君王猶自荒唐如漢成帝之迷於飛燕。再引古詩十九首：「錦衾遺洛浦，同袍與我違。」言君王與我不能同心。

三聯則就荷花翩翩起舞於風中而想到此美人之亦擅歌舞，用陸雲詩：「西城擅雅舞」意，言其能舞，且終歸雅正，又說其能歌，且餘音繞樑。化用曹植雜詩：「南國有佳人，容華若桃李。」及列子湯問：「昔韓娥東之齊，匱糧，過雍門鬻歌假食，既去，而餘音繞梁欐，三日不絕」之典故。此餘音隱喻「窮」如韓娥者的心聲。尾聯因又引干寶《搜神記》之韓憑妻爲宋康王所奪，因而殉情，雙雙化爲蝴蝶事，恨魄即蝴蝶。言若所愛爲人所奪，化爲魂魄歸來，縱荷香已銷，亦將再尋此荷葉之青骨也。以韓憑恨魄自比，以青骨之荷花比所愛，喻所愛縱已爲人所奪，已之堅貞終將不移，似乎比楊億之終是怨君，更勝一籌。然而此調或而過高，丁謂並未有和作，四首詠荷中，丁謂唯此詩未有和，亦見諸人皆有暗諷君王之意，宜丁謂之束手於此。

唯錢詩所詠如此，他人自不能不有所回應，劉筠因而再書一首絕句〈又贈一絕〉云：

粉白朱紅翡翠翹，漢宮等級不相饒。風波若未乖前約，一死何辭更抱橋。

首聯即由荷花之顏色不同，引《古今注》言：「芙蓉花之最秀異者。色有赤白紅紫青黃，紅白二色差多。」荷花雖最秀異，然有等級之別。頗有言文士俊秀，然亦有高下之分，且若所敬愛的知己未曾背信的話，這些士亦能為知己而死，此二句亦從「荷欹更抱橋」（義山〈碧瓦詩〉）而來，言縱使風波可畏，然只要能信守前盟，依約而來，則此荷葉縱以死相殉亦不辭⑥⓪。將秋風至，荷葉凋的自然之景賦予

⑥⓪此句借用李商隱〈碧瓦詩〉：「柳暗將翻巷，荷欹正抱橋。」以言荷花亦有堅貞不移者，用以自比，故曰「何辭」，王注本作「何曾」較難說通。

士爲知己者死的意涵，亦足以呼應錢詩之「韓憑恨魄」一語。

楊億的和作則說：

瑤水霓旌綺宴開，漢宮渠怨露華新。誰然百炬金花燭，渡襪歌梁落暗塵。

楊億此詩由衆花之爭艷說起，言漢宮中唯此荷花不與衆同—花之最秀異者，然而雖在漢宮中，葉上露華日新卻只如同見其怨色而已61。更言此時宮中不知誰正燃起金花之燭，歡樂無比，卻留此花之暗自悲歌。有衆荷喧嘩，此花獨泣的孤寂，用義山〈荷花〉詩：「迴衾燈照綺，渡襪水沾羅。」事，也呼應劉詩「漢宮等級」句，亦不改其前詩「枉遣凌波襪縷濡」之心意。足見楊億此時心頭之恨猶未解，錢惟演因而和道：

唾露金銷月似霜，雲屏玉簟剩清光。不知誰有高唐夢，翠被華燈徹曙香。

先化用義山〈碧瓦〉詩：「霧唾香難盡，珠啼冷易銷」，亦從演詩：「歌傳南國有餘音」而來，以義山〈碧瓦〉又有「歌從雍門學」之語，程夢星以爲「霧唾一聯，謂其淪落失所也。」（《李義山詩集箋注》）此詩也要表現淪落之感，因而用唾露金鎖的字眼，再加上明月如霜，更見淒涼之氣氛，也可見西崑在用語絕麗、用意深刻上也不輸義山㊷。且下聯接以「雲母清光」句，化用「雲母屏風燭影深」詞意，亦甚貼切，讓人想到諸人亦如嫦娥有「碧海青天夜夜心」之寂寥。因而尾聯再用及宋玉〈高唐賦〉的典故，言君王不知與誰夢高唐，空留此荷，葉如翠被，花苞似華燈之紅，然而香至天明亦無人來賞，言不爲君王所重視，亦慨嘆君恩不再，以應楊億之詩。唯丁謂的和詩卻是如此：

夢散高唐夜正遙，楚天無處不無憀。秋風似會荆王意，露渚煙汀養細腰。

首句「高唐」似呼應錢詩「高唐夢」一語，然而錢詩意在喟嘆，而丁謂在寫夢

㊶漢宮深怨句，當呼應劉筠「漢宮等級不相饒」，皆用荷花比才學之士卻不能在朝中有所發揮，是以有怨，亦皆有寄託。太白詩〈清平調〉：「春風拂檻露華濃。」源出自〈飛燕外傳〉之典，此則反用其意，以言其怨，如同葉上露華之與日俱新。

㊷張爾田：「碧瓦諸詩雖爲西崑所祖，然玉谿詩體，全係託寓，西崑不過獵其辭藻耳。」（《玉谿生年譜會箋》）然觀西崑〈荷花詩〉，與義山〈碧瓦〉相較，用詞雖不少源自義山者，唯多能加以變化，而且託寓之深刻實不下其詩。

散之後，漫漫長夜，人正無聊，秋風爲迎合楚王心意，以露渚漥汀養此細腰之美女—幾欲餓死之美人—以媚楚王。有人以爲「丁謂卻更風趣、幽默，特別是後二句。」（池澤滋子前揭書，頁一七二）或而也道出三人以沈重的態度憐取荷花，且以之自艾自憐，而丁謂則只是自得其樂，也可說是其心與楊劉終究不能相應，因而漸行漸遠之後，乃止於〈梨〉詩，即不再有作。亦足見和詩除可以觀詩人之學養外，更可以觀其人品之相契。

㈥枉逐東流箭浪翻—說「柳絮」的漂蕩

楊、劉、錢三人都有〈柳絮詩〉以楊億爲首唱：

瓊蕊飄英逐吹繁，建章飛舞入千門。羌人自怨殘梅曲，莊叟還迷夢蝶魂。漢苑風光隨獵騎，洛城花雪撲離樽。錦帆蔽日隨堤遠，枉逐東流箭浪翻。

楊億此詩，先從柳絮於京城紛飛說起，爲紀實之作，頷聯借羌笛說怨，再用莊蝶說夢，言如夢如幻中，自有其哀怨，而哀怨又終歸夢幻。頸聯借「隨獵騎」、「撲離樽」來說當下的感受，柳絮如此，人何以堪。尾聯「錦帆」、「枉逐」二句，頗有象徵君王之日為錦帆所蔽，而臣下如柳絮之枉逐東流水的意味63。

劉筠之和詩則指出一「空」字來呼應楊億之「枉」：

半城依依隨轉蓬，斑騅無奈恣西東。平沙千里經春雲，廣陌千條盡日風。北斗城高連蠛蠓，甘泉樹密蔽青葱。漢家舊苑眠應足，豈覺黃金萬縷空。

先以轉蓬形容柳絮之飄蕩來發端。再則以斑騅之各自西東象徵繁花消散。次聯以「盡日風」形容柳絮終日飄蕩之景，如平沙千里亦如經春之雪，頸聯再言京城高

63王仲犖注云：「追逐箭浪之翻騰，以喻柳絮飄飛之迅疾。」然而上著一「枉」字，意即如此迅疾終歸枉然。以對照上句之錦帆蔽日句，更知其意在言柳絮有心欲逐東流之水，而東流水迅如箭浪，暗指一切終將徒然無功。又王鎮遠以此詩為「如果我們不明白詩中那些典故、成語就無法理解詩意。」雖然用以說末句恐怕就不見得，因這純然是就當下之景所得的感觸。但是他接著又說黃山谷「喜用南北史中的冷典僻語」以此而舉山谷詩之〈答錢穆父詠猩猩毛筆〉且言「這一點正是江西、西崑相同的地方。」則頗能切中要害。（〈西崑體與江西派〉、《西南師範學院學報》一九八四第三期，頁一一五）。

可接天上之遊氣㊹，甘泉官樹密如青蔥一片，以言柳樹之高聳耳蔽天，尾聯則以我自如人柳之三眠三起，但求睡足，不去管那燦爛如黃金耀眼，卻轉眼已成空之物。暗指不去隨他人之枉追逐一般，且又有翻楊億首唱結語之意㊺。

錢惟演則言從柳絮之多情來下筆：

三月江南花漸稀，春陰漠漠雪霏霏。章台街裏翩輕吹，灞水橋邊送落暉。陸凱傳情梅暗落，韓憑遺恨蝶爭飛。詔書漫道吹綸薄，誰見紛紛上客衣。

亦先從落花時節，柳絮如紛紛之雪說起，次聯則以章台柳及灞水橋邊折柳，這兩個離別常用的意象，來表現此物之多情，頸聯再言柳絮飄飛如陸凱之寄梅及韓憑之化蝶，用情者來形容柳絮。尾聯則引《後漢書・孝章帝紀》言及漢家詔書隨意說道柳絮如綸之薄，吹噓可成，但知其薄，然而誰能了解他紛紛上客衣的多情呢？言柳絮形體雖薄卻不薄情。相對於楊劉等人的言柳絮之枉與空，錢氏則就其體薄卻非薄情，而不為人知處著眼，也可說頗能翻案㊻。

㈦星津誰待報──「霜月」如鉤下的心事

至於霜月一首，則錢惟演首唱，楊劉二人外，李維亦有和作，錢惟演首唱爲：

霜月正如鉤，臨池更上樓。沈侯新覺瘦，宋玉舊多愁。獺髓分膏密，鵝毛寫恨稠。長懷寄歸雁，歸雁自悠悠。

以霜月如鉤的寫起，再以沈約之瘦，宋玉之愁言此下之遭遇，頸聯言此刻一則

㊹此聯與〈館中新蟬〉錢詩之：「青蔥玉樹連金爵，不覺醯雞競羽翰。」用事出處同，然意義有別，錢詩詠蟬以醯雞爲蠛蠓，用賦體，王注云：「甕中酒上之蠛蠓，不知甕外天地之大也。」用以顯現蟬之居高聲遠，參見注㊶，此則以蠛蠓爲浮遊之氣，用以喻其高。揚雄〈甘泉賦〉有「浮蠛蠓而撇天」之句，另張衡〈思玄賦〉亦有蠛蠓之句，五臣注云：「蠛蠓，遊氣也。」

㊺於此尾聯可見，他以舊苑之人柳三眠三起爲足，而不隨一般花樹，縱黃金萬縷，燦爛一時，卻終究成空。如此則前聯之北斗城高，甘泉樹密，則帶諷喻之意。姚鼐《今詩選評》言「用以狀絮之高，大是迂晦」者，未能讀出劉詩微言，而且劉詩用律詩尾聯更進一層的手法，因有此誤會。

㊻「詔書」句，出《後漢書・章帝紀建初二年》：「詔齊相省冰紈，方空縠，吹綸絮。」李賢注云：「綸似絮而細，吹者言吹噓更成，亦紗也。」此句言其體雖細而薄，然卻並不薄情，亦可呼應楊億之「枉逐東流」句。

療傷，一則抒懷寫恨㊲，然欲將此懷寄與歸雁卻不可得。表現但能於此相濡以沫，寫詩洩恨的無奈。

楊億亦頗能就此情境抒發：

月夕露爲霜，心知厭獨（燭）房㊳。吟殘猶擁鼻，望極自回腸。鬢減前秋綠，衣消外國香。星津誰待報，織素未成章。

以霜月之夜，想到《月賦》中陳思王之厭倦燭火的房間，欲求月下抒發心事，因而吟詠不斷而至鼻疾，極目遠望而至迴腸。鬢毛已斑白，衣服之異香亦漸消去，言年老色衰，尾聯因以銀河天上之無音信，自己則如織女終日織不成布爲言，隱喻君臣之道不通㊴。

劉筠則就〈霜月〉之殘爲言：

霜曉月仍殘，桐疏鳳更單。已傷春寂寂，還踏夜漫漫。凍合仙槎路，薰餘侍史蘭。那知荀奉倩，體薄不勝寒。

以月已殘、鳳孤單發端，「霜曉」更隱喻一夜未成眠之意，次聯即言傷春後，猶得經歷長夜之漫漫，而仙路已不通，但留蘭香而已。再則尾聯言己雖如荀粲之一往情深，然體質單薄，不能奈得住如此寒冷的霜月(70)。

---

(67)此聯用「獺髓」、與「鵝毛」事，分別有用意。《拾遺記》所言：「醫曰：『得白獺髓雜玉與琥珀屑，當滅此痕。』」。」以獺髓療傷之事出此，鵝毛即筆。元稹詩：「對秉鵝毛筆。」李賀〈惱公〉詩：「鵝毛滲墨濃。」以上寫恨，而「密」「稠」二字即次數頻繁，因而可知獺髓句乃用比體以寫恨，言詩人寫詩之頻繁，乃為療傷，為寫恨而來。崑體作詩他人稱為「獺祭」，卻不知此「分膏密」於詩人實有泉涸，魚相濡以沫的效用。

(68)按：謝莊〈月賦〉：「君王乃厭晨歡、樂宵宴、收妙舞、弛清懸、去燭房、即月殿。」言離開燭火之房間，到可以賞月的樓臺，楊詩乃引〈月賦〉之成辭，與錢惟演〈秋夜對月〉：「鳴琴厭獨房」同，各本皆作「獨」字，鄭注本則以為「今疑燭字之譌」，甚是，應據以改正。

(69)尾聯「星津」「織素」二語，以喻己如古詩：「故人工織素」之棄婦，與心上人不得通音訊，如此可呼應錢詩「宋玉舊多愁」句，以及詩人何以要「分膏」、「寫恨」及「吟殘」、「望極」之故。按義山亦有〈霜月詩〉，馮浩以為「艷情」，然而應該是說：「著重抒寫由景物所引起之感受與想像，善從虛處傳神。」（劉學鍇前揭書，頁一六三〇），錢劉等人亦皆從虛處寫，但以艷情喻君臣之道。

(70)劉筠詩仍呼應錢楊二人，「凍合仙槎路」，伸楊億「星津誰待報」之意。「薰餘侍史香」，則翻其「衣銷外國香」而來，言尚有餘香，然而又能奈何，而尾聯用荀奉倩事，則可呼應錢詩之「沈侯」、「宋玉」一聯，言其不堪此境遇。

此詩三人之外，唯一有和作的是李維：

銀床葉暗飄，霜月夜迢迢。寒極金難辟，憂多酒漫銷。荀爐殘更換，湘瑟罷仍調。誰道河流淺，盈盈萬里遙。

首聯亦點出霜月，次聯言寒極難以辟寒金消寒⑪，憂多聊以酒消愁，頸聯再說香爐雖殘可更換，湘瑟已止猶可再奏，言其猶欲為知音聽，故心仍不死，然而天上銀河實非清淺，盈盈一水，有萬里之遠，縱有心於此，恐亦難以到達。李維此聯正將史館雖位在宮禁中，然離皇上實有如萬里之遠，遙不可及，以言諸人望君不至，於霜月中無奈之情，可以綰結諸人之情，亦可稱得上壓軸之作⑫。

(八)歸期負紫蕚——品嚐「櫻桃」的滋味

楊劉另有〈櫻桃〉詩，不過其他人並未有和作。此詩一般皆以為和「梨」、「螢」一樣是「典故堆積，很難引起讀者的興趣。」(曾棗莊前揭書，頁一一五)其實和其他詩一樣，雖排列典故，然一直要到最後才能看出作者之心意，也是層層剝出，包蘊密緻的手法。

試看楊億首唱道：

離宮時薦罷，樂府艷歌新。石髓凝秦洞，珠胎剖漢津。三桃聊並列，百果獨先春。清蘌來君賜，雕盤助席珍。甘餘應受和，圓極豈能神。楚客便羊酪，歸期負紫蓴。

詩作即由「櫻桃獻宗廟」起，引用《史記》的典故㊸。卻又強調離宮二字，次句則借〈李頎樂府鄭櫻桃歌〉所言石虎寵妾亦名櫻桃的故事，以言其如美妓之為人

㊶此用王嘉《拾遺記》辟寒金之故事。（《鄭注本》頁五九四）又義山〈碧城〉詩之一：「犀辟塵埃玉辟寒」。

㊷鄭再時以為：「統觀三和詩，似惟演原唱，因有寵婢被遣而作霜月，特拈詩之首二字為題耳。」（前揭書頁五九四）然而錢詩用「宋玉」之事，楊詩用「星津」之語，劉詩言「仙槎」，皆有關於君臣之道者，只不過用男女之事為喻，故鄭氏有此解讀。但李維之和詩尾聯：「誰道河流淺，盈盈萬里遙。」河流淺，喻距離之近，而史館正在禁中，萬里遙比難以通達，除了托寓俱在京城的君臣關係外，實難以再作其他解釋。

㊸事出《史記・叔孫通傳》：「孝惠帝曾春出遊離宮，叔孫生曰：『古者有春嘗果，方今櫻桃熟，可獻，願陛下出，因取櫻桃獻宗廟。』」詩以此典為發端，卻又強調「離宮」，亦有托寓君臣之道的可能。

偏寵，及可入樂府歌曲傳唱似又有爲之可惜之意，次聯「石髓」、「珠胎」句，言其味美汁多應是桃源及天上仙境才可得到，三聯則言其出現在百果之先，四聯以後言此物爲君所賜，在供盤之上可助席上珍饈，五聯再言其味甘和，但又質疑其德是否能圓神。尾聯因而就南人至北，不得已學北人食櫻桃佐以羊酪，而辜負了家鄉蓴羹的美味來說。不如歸去的無奈，在此可見⑭。

至於劉筠的和作，亦可由其首句「赤水分珠樹」及「廟薦清和侯，恩頒侍從流」等看出，對於此物本來也是頗爲讚賞，不過尾聯的「玉盤光宛轉，全擬付歌喉」筆鋒一轉，則又在此呼應楊億的詩意，頗爲此櫻桃惋惜，言其終究只是供人賞玩不能更上一層。

㈨偏照淚涔涔——「螢」火的照人與自照

《西崑酬唱集》以〈螢詩〉壓卷，卻只有兩篇，劉筠首唱，楊億和作。劉筠首唱爲：

荒郊多腐草，故苑近清秋。棘密何勝數，囊輕莫盡收。月高疑熸息，天遠認星流。紫桂風微急，紅蘭露偏浮。已能穿永巷，更欲拂高樓。滅燭方無寐，鳴蛩相薦愁。

此詩詩意，解讀向有不同。鄭再時以爲「螢火比小人也。」從傳統對「螢」的讀法出發，然而王仲犖則認爲：「《西崑酬唱》集以螢詩終篇，意言猶日月出天而爝火不息。……惓惓於思君之思，思所以補益國事也。」應較能說出詩意，因若就劉筠此詩來看，首聯荒郊、故苑二句點出螢蟲出現的時空環境，再則言其多不勝數且無法盡收，三聯則狀其在月高之下出現如同燭火，又如同遠天的流星。四聯則以風急、露浮言其時風波未靜，已能、更欲二句則言其能力，且心志亦大，尾聯則暗言其操勞於天下事，滅燭後猶不寐，但有鳴蛩愁相伴而已。以此來看似乎同情螢火

⑭尾聯反用《世說新語・言語篇》，陸機詣王武子之典。言南人至北爲官之無奈，所以鄭再時以爲「結亦有歸與之思。」一負字，代表辜負，亦言縱己欲如「雕盤助席珍」之櫻桃，然而北人終究以羊酪爲美，頗有不得志之感。所以說辜負了自己的宿願，因而有不如歸去的念頭。

蟲成分多些，未必如杜甫或他人以螢比小人⑮。若再看楊億的和詩更可以得證：

爽籟生遙圃，斜暉落半岑。微芒浮草際，零亂起牆陰。武子窗塵積，隋家苑樹深。燈光透疏隙，珠彩射清潯。野燐宵爭出，星榆曉共沈。長門秋漏永，偏照淚涔涔。

前四句亦言其出現的地點，以寫實的手法爲之，至「武子」、「隋家」二句，用典言其，一則可助學子夜讀（用《晉書·車胤傳》事），一則又可照耀皇家宮殿（用《貞觀政要》事），皆能應人世之需，四聯「燈光」、「珠彩」再說其光芒無所不在，呼應劉詩之「已能」一聯，五聯「野燐」、「星榆」句則言其在夜晚爭相出來，然而天亮後則同星光一樣消失。對照楊億〈禁中庭樹〉之「星榆北斗城」句，星榆一詞，頗指其如同天上之星光，欲憑藉其微芒，照亮黑暗的大地，其志實可嘉，其情復可憫，是以末聯因借《長門賦》陳皇后困處長門宮「愁悶悲思」而長夜漫漫—「秋漏永」之故事，而言此螢偏能照見失寵者的淚沈沈而已，實亦指己不能有所作爲，而困於冷宮實爲可憐，因而王注所言：「惓惓於忠君之思」，實較能道出楊劉二人之心。鄭注所云比小人，不免泥於傳統，不知楊劉於此實有新意且用以寄託所致，否則西崑詩人緣何以此爲全集的壓軸之作？

㈩長風萬里憶星槎─「夜意」以繼「赤日」的煎熬

三人的詠物詩，較奇特的另有一詩赤日，楊、劉皆以赤日爲名，錢惟演雖也寫赤日，然據明《嘉靖玩珠堂本》，則題作「夜意」，次序於劉筠詩後，若從詩句之「漏殘風微夜未勝」等來看，似乎「夜意」之名較佳。若從三人寫作時間來看，楊億作於赤日炎炎的白天，其後劉筠也和了，錢惟演要和此詩時，應當已是夜晚，因而寫夜晚之情景，用夜意之名似乎較可取。這三首詩，楊億首唱爲：

赤日亭亭晝正晱，長風萬里憶星槎。銅盤瓊蕊三危露，素綆寒漿五色瓜。蘭

---

⑮杜詩〈螢火〉：「幸因腐草出，敢近太陽飛。」一般都解爲斥小人。（見《杜詩鏡詮》卷六頁四五八及《讀杜心解》頁三九六等）至於唐彥謙則不然，其〈螢〉詩云：「日下蕪城莽蒼中，溼螢撩亂起衰叢，寒煙陳后長門閉，夜雨隋家舊苑空。星散欲陵前檻月，影低如試北窗風，羈人此夕方愁緒，心似寒灰首似蓬。」（全唐詩卷六七二）則其「清峭感愴」之意俱現，唐詩言羈人睹螢而起興，而愁緒滿懷者，似乎爲楊詩「偏照淚涔涔」及劉詩「鳴蛩相薦愁」之所本。也可見諸人有學唐彥謙清峭感愴之一體。

室冷光浮玉簟，柳營清吹逐金笳。翠微泉石終南路，千古離宮倚曙霞。

此詩應在詠景德四年六月盛暑，爲記實之作，然觀其用辭，也是話中有話的，如首聯先說白晝長無可逃避，因而借著王嘉《拾遺記》所云挂星查之典故，期能「漱日月之光」[76]，星槎可減日光之盛，雖出自於神話，然用於此，正可見作者之意。次聯則就酷熱難當下如何解渴說，因而用了《呂覽》的「三危露」，阮籍的「五色瓜」，也是記實中帶有比興[77]。三聯「蘭室」、「柳營」句，先提玉簟冷光期能消暑，再而想到聽金笳的樂聲。此二句化用劉禹錫詩而來：「玉簟微涼宜白晝，金笳日暮應清商[78]。」頗有期待晚上能聽音樂以消暑之意。尾聯運用義山遠隔心態的手法[79]，不但在白晝想到了晚上清吹，更想到離宮的清涼曙霞、翠微的泉石、終南的山路，俱可解脫此刻的炎熱，而千古離宮，正可見其想像從古以來離宮之可避暑，不似此刻深處城中盛夏難捱。

至於劉筠的和詩亦與呼應：

芒熛盛德正渾儀，休問探湯向小兒。盡日羽陵開蠹簡，幾人河朔引芳巵。堯

(76)王嘉《拾遺記》所載挂星查之故事，爲：「堯登位三十年，有臣查浮於西海，查上有光夜明晝滅，海人望其光乍大乍小，若星月之如入矣。……名曰貫月查，亦謂槎星查。（查、楂，即槎，水上浮木）」鄭注引此且曰：「群仙含露以漱日月之光則如暝矣。」一曰堯時，一曰漱日月之光，因赤日而想起堯時的盛世，應該是「致君堯舜」的心意。另參見注(80)，亦有比興寄託之意。

(77)《呂氏春秋・孝行覽・本味》：「水之美者，三危之露。」三危，在敦煌東南三十里。（據《史記・五帝紀》張守節正義）東陵五色瓜出阮籍〈詠懷〉：「昔聞東陵瓜，……五色曜朝日。」

(78)劉禹錫〈竇朗州見示與灃州元郎中早秋贈作命同答詩〉，此首亦應答之作。楊詩將「玉簟微涼」化爲「冷光浮玉簟」，再將「金笳清商」化爲「清吹逐金笳」。

(79)於此借用黃永武先生〈李商隱的遠隔心態〉（《中國詩學》頁八一）的論點來說，黃氏云：「時間的晚與空間的遠是義山詩中常見的模式。」又說：「遠隔心態是懷才不遇者自憐自賞的反應。」西崑諸人之自憐自賞於他篇若「沈侯新覺瘦，宋玉舊多愁。」等皆可見及，此詩雖未如此，但卻用上「長風萬里憶星槎」及「三危露」、「千古離宮」等極其「遠」之字眼，可謂空間的遠隔，而身處白日卻又言「柳營清吹」之「金笳入暮」（劉禹錫詩）及「曙霞」（朝霞）俱可見時間的遠隔，然其遠隔，並非「閉鎖」而已，或可謂爲避暑而設想者，然既關於時局亦應有「發憤自絕」之積極義。（吳喬〈西崑發微序〉廣文書局《西崑發微》頁五二四）

廚蓮莆頻搖處，漢殿相風未轉時，爭得琴高借雙鯉，暫游姑射對冰姿。

首聯，芒標句點出正是暑熱之時，次句引《列子・湯問》孔子受困於小兒之事，言不必問日於他人，固已酷熱難當，或有弦外之音。頷聯「盡日」句「羽陵」、「蠹簡」為記當下編書之景，幾人句則言誰在作避暑之飲。頸聯因而又用到堯時有蓮莆瑞草可扇暑而涼⑧⓪，呼應前楊億首唱憶星槎的典故，引堯時故事，不無期待及警戒當時意。六句漢殿相風未轉，亦記實言當下無風的難耐。尾聯因用《列仙傳》琴高乘赤鯉之典，言想乘魚入水乘涼，又用《莊子・逍遙遊》藐姑射山神人肌膚若冰雪的典故，想像冰雪之姿以消暑，而串聯兩個仙典⑧①，可見赤日不只是溫度而已，是否也是眞宗當時逐漸極權的隱喩？這都有可能，而劉筠之後錢惟演的「夜意」，夜以繼日，正可見詩人和意不和韻的精神，詩題都可改了，更何況是韻腳。其意爲連夜晚亦酷熱難耐，最足以說明詩人或有「時日曷喪，予與汝皆亡」的感觸，因而有避世的想法：

漏殘風微夜未勝，雨雲無跡火雲凝。簟鋪寒水頻移枕，帳卷輕煙更背燈，沃頂幾思金掌露，滌煩誰借玉壺冰。蘭台知有披襟處，宋玉多才獨自登。

首句點出深夜，次句火雲凝，更明示熱氣猶在。次聯簟鋪、帳卷皆記實，寒水移枕，輕煙背燈皆可見夜晚消暑的法子。背燈一詞用義山〈正月崇讓宅〉詩：「背燈獨共餘香語，不覺猶歌起夜來。」化轉其意爲解除酷熱之方，用意頗新，頸聯「沃頂」、「滌煩」句用到「金掌露」、「玉壺冰」，想像冰露之清涼也爲解暑，然末尾「蘭臺」、「宋玉」句，用宋玉蘭臺故事，言宋玉多才獨自登，則不無諷刺

⑳ 堯廚萐莆出《宋書·符瑞志上》：「帝堯在位七十年，……廚中自生肉，其薄如箑，搖動則風生，食物寒而不臭名曰箑脯。」箑脯又作萐莆。班固《白虎通德論·封禪》亦有論及，《說文解字》則言：「萐莆，瑞草也，堯時生於庖廚，扇暑而涼。」前此二說，一指爲肉，一爲瑞草，今就其部首而言應以瑞草爲是。

㉑ 琴高出《列仙傳》，遊姑射出《莊子·逍遙遊》，俱用仙典。義山詩常使用仙典，但「他是把它當作一種比興的手法來運用，並不是眞正意味對神仙世界的追求。」（〈論李義山詩之用典〉，沈秋雄《詩學十論》，頁九〇）義山如此，西崑詩人也可如此解讀。

君王驕奢之意，且宋玉有此消暑之妙方，亦提供楊劉參考㉜，更以此呼應楊劉以堯時典故說赤日的用心。

三、論西崑體詠物詩的成就

看過三人詠赤日，從日—赤日—詠到夜—夜意，連詩題都可不拘，實如錢詠《履園譚詩》上所說的：「詠物最難工，太切題，則黏皮帶骨，不切題則捕風捉影，須在不即不離之間。」赤日、夜意等詩之作，可說暗合於此，而且更能因小見大，有所寄託，使筆有遠情，則更合於黃永武先生所言「詠物詩積極的評價標準」㉝。其實不只是赤日，若總結以上各詩，則題材雖異，作者體會亦有不同，然大體楊、劉、錢三人實都能符合於積極標準四點中的其中各項，赤日、夜意都是如此，其他各詩亦然，今試以黃氏之四項積極標準來檢驗西崑諸公詠物詩的成就。

㈠體物得神

詠物詩的基本條件是體物得神，參化工之妙，使神態全出。「體物得神」一語黃氏引王夫之《夕堂永日緒論》中所云：「體物而得神，則自有靈通之句，參化工之妙。」而說解道：「能將化工的天巧表現出來，是詠物詩的基本條件⑭。」西崑諸人的詩整個看來，實多能合乎此。於詠物詩中既別有寄託，更因而能參此化工之妙──「對於自然萬物的創造，每一物必有每一物的特性。詩人要把握住甲的特性，這特性不能移用到乙上去⑮。」而且西崑體詠物詩中詩人每在首聯即如此，如第一首詠物詩〈禁中庭樹〉，楊億首唱「直幹依金闥」即能知其爲禁中樹，而非郊外、荒野、深山或行道的樹，而次句「繁陰覆綺盈」，亦將此樹之神態俱現，錢氏和詩

⑫披襟蘭台乃宋玉陪楚王登台的典故，出自《文選・風賦》。如今不能陪君王，只能「獨自登」，應可讀爲反用典故，即不能逢堯舜之君，則爲避暑故，只有獨自登台了。且《文選・風賦》五臣注：「宋玉爲楚大夫，時襄王驕奢，故宋玉作此賦以諷之。」則應亦可爲詩人作此三首詩的注腳。

⑬見〈詠物詩的評價標準〉（《古典文學》第一集頁一七〇）。

⑭同注⑬所引書頁一六九。

⑮楊文公〈談苑〉中，楊億即曾錄「錢惟演劉筠警句」，其中詠物之作亦多，如錢惟演〈槿花〉：「欲作飛煙散，猶憐反照遲」，寫槿花之落，如其〈荷花〉：「淚有鮫人見，魂須宋玉招。」寫荷葉之水珠，及其風中搖擺，失魂落魄之模樣，等皆可看其體物得神處，而這些名句，當然也有作者寄託及生命投入處，也因此楊億要說：「學者爭慕之，得其標格者，蔚爲佳詠。」（《宋人詩話外編》，北京：國際文化，頁五二）

「紫闥分陰地，丹條擢秀時。」亦可見此樹之異於其他，而樹人兼寫，亦可爲以下詩意的張本。至於劉筠的「羽葉籠盤石，虬枝拂畫堂。」盤石之堅固，畫堂的華麗，固已扣緊「禁中」一詞，而籠、拂二字更將其枝葉之婆娑寫得維妙維肖，諸人在此眞可謂不負「體物得神，參化工之妙」的要求。

又如〈槿花〉的「朝生夕殞」特性，及「日光所爍，疑若焰生。」的艷麗，諸人以之寫文士自身更是神龍活現。所以劉筠即在首聯道：「紫霧函燈繠，彤霞逼綺寮。」極言其麗色逼人，又以「吳宮何薄命，楚夢不終朝。」言其生命之短，實都是傳神之筆，此外楊億亦有「宿霧初被縠，晨霞暫照梁。」句，劉騭有「霓裳猶未解，繡被已成堆。」分別言其花色之艷及花落猶能動人。而錢惟演爲此而言：「亭亭方自喜，黯黯卻成悲，欲作飛煙散，猶憐返照遲。」更將此物寫得如有深情，旣可呼應他人之作，又能叩緊槿花的神態，亦可說是參化工之妙了。

又至於寫蟬的佳作甚多，諸人能就〈館中新蟬〉來寫，是以也都有他們高妙之處，如劉筠的「風來玉宇烏先轉，露下金莖鶴未知。」早爲歐陽修所稱道：「雖用故事，何害爲佳句也。」正可以證明，然此聯實更可說明詠物詩的第二項標準，於此暫不論，所可論者，「翼薄乍舒宮女鬢，蛻輕全解羽人尸。」眞能說出蟬的特性，作者借《古今注》魏宮人莫瓊樹製蟬鬢，縹緲如蟬翼的美麗故事，倒過來說明蟬翼雖薄，然美如宮女之鬢，而用「舒」字，最能將縹緲的感覺表達出。而蛻輕句則更令人聯想到牠不久即消逝的短暫生命，然用羽化成仙，仙人尸解的典故，更可以得知只有蟬的脫殼，方切合如此的意象語言，脫去臭皮囊，才能成仙的比喻，用來喻蟬，這眞是體物得神，維妙維肖。以此而說〈館中之蟬〉，若用以比館臣，亦可說人蟬雙寫，相得益彰。此外楊億的「碧城青閣好追涼，高柳新聲逐吹長。」將蟬於館中所在地「碧城青閣」點出，而「高柳新聲」一語也將新蟬之鳴逐吹而長，爲諸人所注意，寫得不負「體物得神」的要求，其實這種手法在西崑諸人的作品來找，可說俯拾皆是。

檢索《西崑集》中，如〈館中新蟬〉尚有錢惟演的「新聲含怨日將殘」，呼應楊億的高柳新聲，且扣緊題意來發揮。張詠的「露腹何妨近品流」，以坦腹東床狀蟬腹，也是巧妙。〈鶴〉詩中楊億的「露濃漢苑宵猶警」，張詠的「縱在泥塵性不卑」，任隨的「警露夜窺瑤圃月」，錢惟演的「自許一鳴聞迥漢」等等，皆能體物得神且參化工之妙。至於他詩中亦所在皆有。

如詩人們寫最多的〈荷花〉詩，以凌波微步，狀荷之貼於水面的姿態最爲貼切，所以在此詩中劉筠即云：「凌波宓妃至」，楊億亦云：「蘅皋襪濺羅」，錢惟演更云：「凌波終未渡，疑待鵲爲橋。」楊億在「再賦七言」中且言：「金花卻薦何人步，枉遣凌波襪縷濡」，而荷葉之枝挺立亦有可觀者，所以錢詩〈荷花〉云：「楚女妒纖腰」，丁詩〈荷花〉則云：「百琲答輕軀」，〈再賦七言〉中劉詩美其立姿：「金隄勃窣誰同上」用匍匐而上的古辭來表現，錢氏更言：「舞學西城迴雅態」，以舞姿來形容其翩翩於風中的模樣，〈又贈一絕〉中，丁謂則以「露渚煙汀養細腰」來形容其亭亭玉立的美姿。

至於荷花上的水珠，似露珠，更如臉上的淚水，詩人亦且大加著墨。如劉筠〈荷花〉的「妝淺休啼臉」，錢惟演〈荷花〉的「淚有鮫人見」，丁謂〈荷花〉的「心危露泣珠」，錢惟演〈再賦〉的「珠串淚長圓」，楊億〈再賦七言〉的「休啼爲近鮫人室」，皆以淚水言之。至於以露珠爲言的，如楊億〈荷花〉的「玉杯承露重」，〈再賦〉的「灑從瓊蕊露」，以及〈再賦七言〉的「鈿盤清曉露成珠」，以及丁謂〈再賦〉的「慚留月露痕」，都能巧妙的體現荷花的姿態，達到詠物詩「體物得神」的積極標準。

(二)筆有遠情

至於黃氏所云的第二項標準：

詠物詩必須因小見大，有所寄託，才能使筆有遠情㉟。

這一點，更是見出西崑包蘊密緻的看家本領處。講西崑體不能不說其寄託，此實攸關於唱和體所致，因首唱者已在參化工之妙上著力甚深，則詩人之和作，往往在別處著墨，所謂「或說意，或議論或說人事，或用事或將外物體證㊱」，楊載的這番話也可轉而說明詩人的用心原本互相呼應，是以或直接說物之用，而不再重覆於說物之體，這是讀西崑詠物詩諸人的詩作得將諸人作品合參，每每不可孤立地來

㉟前揭書頁一六九。

㊱《詩法家數》見《歷代詩話》台北：木鐸，頁七三四。楊載云：「詠物之然，要託物以伸義，要二句詠狀寫生，忘極雕巧。……第三聯合說物之用，或說意，或議論，或說人事，或用事，或將外物體證。」黃永武借此而言「推其意，無非是想打破有限的物，進入無限的意。」此亦可見詠物詩因小見大的工夫。

閱讀，才能有所得的原因。而這也說明諸人詠物何以有時不繼續於此「體物得神」上用功，正在他們原已在首唱者或他人的基礎上來和詩，自然不能隨他人腳下走，當有所超越⑱，所以每每就「向上一路」上直寫其寄託。

其實西崑體的寄託，並非是關乎個人，而是關乎整個宋初的天下的，正如張溍於《讀書堂杜工部詩集》注解中所讚道：「杜詩詠一物，必及時事，感慨淋漓，今人不過就事塡寫，宜其興致索然耳。」（卷十一）此所以杜甫詠馬、詠畫鷹等等每及於時事，今崑體詩人也往往如此，正如前所引〈赤日〉，楊億即道及堯時的星槎，劉筠也提及堯時的蓂莢，引用帝堯的故實，不只避暑而已，實亦對政治有所暗示，借赤日隱喻朝政，所以楊億才有「柳營清吹」等言及漢時周亞夫爲將時柳營清吹之清涼，以對照今日館臣處於禁中赤日煎熬之無奈，劉筠因有「爭得琴高借雙鯉，暫游姑射對冰姿」句，也可看出其言求仙乃在求清涼，應非只是單純的避暑，更有意要尋找一理想的清明的世界的意味！也正因如此錢惟演才有〈夜意〉來呼應，表達這到了晚上也並不涼快，來引伸酷熱難奈的意義，而且說到──「蘭台知有披襟處，宋玉多才獨自登。」的感慨，楚王已是驕奢、昏庸，然猶知宋玉，今日似不如當年楚國，也顯示諸人感受到皇權積極擴張的威力⑲。

⑧⑧楊載《詩法家數》有云：「賡和之詩，當觀元詩之意如何。以其意和之，則更新奇。要造一兩句雄健壯麗之語，方能壓倒元白，若又隨元詩腳下走，則無光彩，不足觀。」其所謂欲「壓倒元白」，即想超越前人之作。

⑧⑨見劉靜貞《北宋前朝皇帝和他們的權力》第二章「君主獨裁體制的確立」，道及太宗朝的日趨獨裁，而眞宗欲以天書降瑞，強大宋皇帝的權威形象，肯定他獨一無二的眞命天子地位，而且對於文士亦然，劉書頁一三五即言其欲以「御筆」說服反對力量，並於頁一三五引用歐陽修《歸田錄》所載，眞宗召楊億言：「卿識朕書蹟乎？皆朕自起草，未嘗命臣下代作也。」其後眞宗之恩禮日衰，也可知眞宗之欲展現其文筆以壓抑文臣的氣燄，鞏固自己的地位，因而劉靜貞又說：「這種訴諸筆墨的精神式領導，原與藉天命加強皇帝權威形象的手段有其相通之處，它們都是藉某種象徵意義來表現皇帝至高無上的地位。」（前揭書，頁一三六）皆足以見及眞宗為鞏固其權位，所給予文士們的感受，且由上所引《歸田錄》，眞宗皇帝告知楊億者，乃是對手的反撲，而他們正借用皇權來壓制楊億等人，因楊億的唱和詩所形成的文學集團，用布爾迪厄的「場域」理論來說，雖非「霸權理論」之文化霸權，但卻是一種「象徵系統成為結構的宰制工具」（邱天助《布爾迪厄文化再製理論》台北：桂冠，一九九八，頁一六四）。而且象徵暴力，是「一種文化獨斷」，（邱天助前揭書，頁一六八）這其中的文學場域雖有其重要性，然而以文學場域而言，其在權力場域中係受宰制的地位（邱天助前揭書，頁九六），更可以說明，諸人原欲借助重文輕武的政策，提高文人的地位以影響國家的未來走向，但在權力場域中，他人的反撲，結合眞正擁有權力的皇帝，文人們似乎注定要步入失敗的命運，所以諸人感受到皇權的威力，以之為赤日的隱喩對象，應該是內心眞實的感受，其後西崑體之被批為「浮艷」而下文禁之

又如〈鶴〉詩劉筠首唱在第二句的「華亭歸夢曉頻驚」，引用陸機華亭鶴唳，草木皆兵的故事，可以見到縱然只是在景德三年時諸人已感受到風聲鶴唳的形勢，因爲「讒臣勢力已相當囂張」⑽，而「琴操因何寄恨聲」一語更指出鶴之「離別江海，鎖於禁中，發出哀怨之聲。」（曾棗莊前揭書，頁二九）與《相鶴經》標出其奇相有關⑾，在此又可看出此詩，頗有禰衡〈鸚鵡賦〉的用意，因而若題爲〈禁中鶴〉當更吻合。借著禰衡的〈鸚鵡賦〉，我們可以看到二篇雖篇幅長短有別，然而比興的旨趣要寄託文士的懷抱卻並無差異。

楊億的〈鶴〉詩即能就此點來呼應。〈鶴〉詩，楊億所作的頷聯：「露濃漢苑宵猶警，雪滿梁園晝乍迷。」點出於此漢苑中，縱然夜晚仍得警戒，呼應劉詩「華亭歸夢」，而宵警、晝迷，都可看出鶴的警戒與迷惘，皆有寄託。因而頸聯即說「瑞世鸞皇徒自許，繞枝烏鵲未成棲。」以效太平的鳳鳥自許，卻又嘆於如烏鵲般的無枝可棲，可眞是文士無奈的表現。所以，尾聯「終年已結雲羅恨」即要表現此被網羅的恨悔，但不直接說明，而是用上鮑照〈舞鶴賦〉的典故：「掩雲羅而見羈」及「星翻漢回，曉月將落。」加以點染，寄託其終年被網羅的才士之恨，及至「忍送西樓曉月低」的結語，頗有自顧不

暇，焉能及於他人之意，鶴未必有此情，詩人卻將其心事寄託於此，借物以澆其塊

詔，應該也是此權力場域宰制文學場域所致。只不過在朝廷中，楊億等人雖不得志，然在期待文化重建的士子心目中，西崑體的包蘊密緻卻有其魅力，以致他們仍能領風騷四十年，這種文學場域的力量也有可觀之處。重點即在於當時「重文輕武」既是政策，讀書人對於文化理想的期待與西崑詩人相同，所以連丁謂張詠等也都有和作，證明西崑體的文學場域，在當時也有其一定的宰制力量，因而不是代表權力場域的政府所能一時壓制，或而這也與當時知識階層興起有關，因而知識階層之結合：「以道自任，以師相期，尊知識在官爵上，則將如孟子所云：『彼以其爵，我以吾義，吾何慊乎哉矣。』（公孫丑）知識系統與政治系統，非特平行對峙而已，更有道尊於勢之想。」（龔鵬程《江西詩社宗派研究》，頁八九）。

(90) 見曾棗莊《論西崑體》頁一一九，按在澶淵之盟上楊億與寇準的立場一致，均主張御駕親征。（見《宋史·寇準傳》：「億獨與寇公同，其說數千言。」王欽若嫉視寇準，而楊億與寇準善，景德三年二月戊戌，寇準「罷爲刑部尚書，出知陝州。」距澶淵訂盟後不過一年多。所以楊劉等人不免有唇亡齒寒，憂讒畏譏之感。可參考鄭再時《西崑唱和詩人年譜》景德元年－三年。（《西崑酬唱集箋注》上頁一五九－頁一七八）

(91) 仙經即《相鶴經》：「謂鶴爲陽鳥，十六年小變，六十年大變。」云云既標出奇相，然而使之離別江湖而成爲此「禁中鶴」，正與禰衡〈鸚鵡賦〉（《文選》李善注卷十三）用意略同，皆言文士之遭遇。其後蘇軾即有〈鶴嘆〉言鶴之難進易退，無視投餅等，以之爲自己的寫照。可與此篇相比。

磊。所以「因小見大」、「筆有遠情」都可於此見之。

再看錢惟演的和詩，他也以「伴長離」、「失舊期」指出其失群之痛，與劉詩意同而加以敷衍，至於次聯的「天淵風雨多秋意」也可呼應劉筠「華亭歸夢」之嘆，言風雨肅殺之秋，可見他們對於時事的慨嘆，及寄託所在皆同。三聯的「自許一鳴聞迥漢」更可見他呼應楊詩「鸞皇」的功力，而「可隨三匝繞空枝」無枝可棲的慨嘆，正是詩人的心情。已非三國之時，有曹操那「周公吐哺，天下歸心」願禮遇文士的雄主，如今卻是一統時代，別無選擇的「率土之濱莫非王臣」的大宋，詩人在此是有所寄託的，所以現實的無奈之下，詩人的寄託也較能點出。

當然也有志不在此的，比如張詠但以能和諸人同列而喜，他的結語是：「應到崑丘數來歷，曾陪鴛鷺浴華池。」西崑之人中，他不像三人之年青氣盛，勇於自許。雖也能認同而加以唱和，但是只表現出穩健以及「在病痛中掙扎」時的明哲保身之道㉜，所以詩中流露出的寄託也不像楊劉。他若任隨亦然：詩中雖也提到「警露夜窺瑤圃月，翔雲高憶海天秋」，寄託之意與楊劉略同，然而尾聯終究只說「正是溶溪煙水碧，好陪青鳳飲澄流。」但以能與諸公賦詩為榮，同張詠一般，自得有餘，然不能於「禁中」一語有所發揮。

由上可見，諸人之寄託有其高下深淺之別，若前所提〈荷花〉詩，丁謂的寄託乃在「百琲答輕軀」，在「枉將金試步」，在「露渚煙汀養細腰」，甚至寫〈梨〉詩亦以「冒霜丹頰倚鄰牆」作結，皆可見其人品，不若楊劉等人之寄託之爲深刻㊸。例如同樣寫荷花，劉筠是「欲選浣花傾敵國，越王更起近江樓。」甚且又言「風波若未乖前約，一死何辭更抱橋。」以寄託其此情不渝的高貴情操。錢惟演亦言「韓憑恨魄如長在，青骨香銷亦見尋。」亦見其一往情深的堅持。或而這是有見於楊億的感觸而來，楊億的荷花詩，先則言「石城秋信斷，搔首奈愁何。」，〈再

㊷曾棗莊前揭書（頁二五九—二六一），對張詠晚年病痛有論及。景德三年（一〇〇六）楊億三十三歲而張詠已六十一歲（九四六～一〇一五）。另可參考鄭再時，前揭書之〈年譜〉及陳植鍔〈西崑酬唱詩人生卒年考〉頁二一二。

㊸以上對於丁謂詩的分析與日人池澤滋子不同，（池澤前揭書第四章三節）或許這是牽涉到所謂「知人論世」及「以意逆志」的主體性解悟效用的問題。（見顏崑陽前揭書頁一六一）顏氏以爲當破除「作者本意」的魔咒，回到作品的語言意義結構本身，並且認爲須將本意修定爲情志。因爲詩意義爲：「發於特定時空而又超離了特定時空，成爲與創發經驗的精神能力同體而可以再被無限地創造的存有。」又說：「就作者而言，他對作品所供給的不是一個原始的意向，一個特定的解釋答案，而是一種隱涵著無限可能意義的精神經驗。」（顏崑陽前揭書頁一六九—頁一七〇）若由此以解讀西崑詩當別有收穫。

賦〉則言：「思逐鮫絲亂，香愁翠被空。」皆寄託君恩不再。〈再賦七言〉：「雲氣乍迴巫峽夢，水嬉猶記曲池圖。」亦寄託荷花而言過去君恩。所以在〈又贈一絕〉中：「誰然百炬金花燭，渡襪歌梁落暗塵。」更將自己暗自悲傷的心事一一點出。情志的寄託在此四次和詩中層層遞進，而他人包括劉筠、錢惟演皆能就此相知相許，相互鼓舞，表現在字詞上不是環環相扣就是遙相契合，不愧爲知己之作，荷花一詩三人的成功處也在此。

㈢生命的投入

第三點，「詠物詩最好有作者生命的投入，從物質世界中喚起生命世界與心靈世界」。（黃永武，前揭文頁一六九）正如義山的〈淚〉詩，前六句雖排比六事，然末一聯以自身的生命投入，成其不朽之名篇。「六句六事，皆非正意，只在結尾一點，運格絕奇⑭。」西崑詩人的詠物詩，其實也不遑多讓。尤其詩人正編寫史書，歷史意識特強，其詩人意識自也不在話下。比如〈淚〉詩，三人各賦二首，皆有其生命之投入，若楊億詩尾聯：「未抵索居愁翠被，圓荷清曉露淋漓。」者即然⑮。

至於前面提到的〈鶴〉詩，諸人以繞樹三匝爲喻，或自許爲「瑞世鸞皇」等也都看到他們以自身生命投入的深情，楊億的〈禁中庭樹〉：「歲寒徒自許，蜀柳笑孤貞。」已可看出他的投入，人樹已合一，「從物質世界中喚起生命世界與心靈世界。」所以我們看到諸人以詠物爲題材的和詩，劉、楊的生命世界與心靈世界也一樣被喚起。比如劉詩頷聯之「夜聲含素瑟，曉影逼扶桑。」夜晚中有素女鼓瑟的聲

---

⑭紀昀語，見清沈原壎輯《李義山詩集輯評》唯紀昀卻又以爲「體太卑耳」，張爾田因而「辨正」道：「奇則不卑，豈有格奇而體卑之詩哉。」陳永正也說道：「末兩句點出全詩主體，作者把身世之感融進詩中，表現地位低微讀書的讀書人的精神痛苦。」（《李商隱詩選》遠流一九九八，頁六九）按這種手法乃合筆見意的章法，張夢機以爲即是「詩中的歸納法」——「以到頭結穴的方式表意，用的是合筆見意的歸納法。」（《思齋說詩》〈兩種流宕的律詩章法〉頁九〇—頁九四，台北：華正一九七七）

⑮程夢星解義山〈無題〉云：「此篇全用興體，至結處一點正義使住，不知者以爲詠物，則通章賦體，失作者之苦心矣。」其所謂詠物乃無作者生命投入之詠物詩，與義山此種體制固不能相提並論。楊億此詩亦然，其尾聯的手法除了張氏所說的歸納法外，也可說是學「義山七律末聯的深一層法」中「利用感情型態的對比，而達到詩的深度。」（陳文華〈論義山七律末聯的深一層法〉《中華文化復興月刊》十一卷二期）在此技巧的運用已不遑多議。另參見注⑬。又「詩人意識」語，參見簡錦松〈論宋詩特色〉一文。（成大第一屆宋詩研討會論文，一九八八）

音，可呼應楊億「嘒管夜蟬清」，楊詩猶借蟬鳴為聲，而劉筠則已聽出樹中的聲音，其實也是他內心自我的呼喚，而「逼扶桑」句亦奇，扶桑乃日出之處，逼扶桑，有類「叫醒太陽」，他人猶在慨嘆浮雲蔽日，此詩卻從樹中聯想到喚醒太陽，或亦可看到這是王朝初期時詩人的自許自負所在，而五句之「好借鸞為瑞」，可借與鸞鳥棲息而有祥瑞，可知欲有瑞兆，猶非此樹不可，所以末句更以召公棠相比，言將來當可為人歌詠而與之並列，皆可看到作者生命的投入與其生命世界、心靈世界的被喚起，達到寫樹即寫人，人樹雙寫的境界㊻。

〈槿花〉一詩中，槿花生命的短暫，也讓詩人們以同其情的心理，將一己的生命投入其中，如劉筠的：「莫移風雨怨，更囑鵲為橋。」楊億的「深情傳寶瑟，終古怨清湘。」帶入一「怨」字，而將所詠之物的生命與一己的生命相結合。錢惟演的和作云：「亭亭方自喜，黯黯卻成悲。欲作飛煙散，猶憐返照遲。」正欲歡喜，卻轉而成悲，想要離去卻又捨不得，賦予槿花如此多情者，正是作者自身的生命情懷。

〈荷花〉這組詩中詩人的寄託，其實更能看出他們生命的投入，如前已提到楊億荷花詩之屢用到〈洛神賦〉所言的身世之感，（參見注㊽）那種雖九死猶未悔的堅貞。如錢惟演的〈再賦七言〉：「韓憑恨魄如長在，青骨香銷亦見尋。」劉筠〈又贈一絕〉的：「風波若未乖約，一死何辭更抱橋。」等死生以之的情懷，荷花的生命，即作者生命的表現，他們之所以一首一首的賦荷，連續四次，樂此不疲，並非賣弄文字誇示學養，而是在其中有作者生命對話的意義在⑨⑦，可以看出諸人皆以其自身的生命懷抱表現在詩中。此正如《貞一齋詩說》所云：

> 詠物詩有兩法：一是將自身放頓裏面，一是將自身站立在旁邊⑨⑧。

---

⑨⑥這種境界，可由王國維的「有我之境」來說明以其「物皆著我之色彩，最後達到情景交融，物我合一的境界。」（顏崑陽〈從莊子魚樂論道象「物我合一」的藝術境界及其所關涉諸問題〉《中國美學論集》南天書局一九八七，頁一三八），顏氏並以為李普斯的「移情說」可用以解釋此有我之境。

⑨⑦自然這裡所說的「作者生命的投入」的作者是「箋釋效能性作者」，而且應還界定在作品中作者的「情志」，而非「作者本意」上，否則錢惟演的詩與其人不免有落差，然而在館閣中他卻不像丁謂，而能與楊劉等相知相契在唱和詩中展現其「互為主體」，而形成與作者生命相互對話的意義。（參見顏崑陽前揭書，頁一六一—頁一八一）

⑨⑧李重華《貞一齋詩說》引見《清詩話》頁八五六（西南書局一九七九）

放頓即放置，亦即投入，將作者自身投入詩裏面，自是至情至性的詩人，李重華又說：「詠物一體就所以作詩言之，即興也，比也。」（同注⑱引書頁八五八）只是談到比興，固不得不涉及從詩騷以來，比興的大傳統，如此則不免觸及到民族文化的層次—「歌詩原本於性情，而名物悉關乎義理。」（高輿〈上佩文齋詠物詩選表〉）此即指涉到詠物詩的第四點的積極意義了！

㈣文化理想

「詠物詩自然會觸及民族思想及文化理想。」（黃永武前揭書頁一七五）前所引的鸚鵡能言，讓禰衡想到了才士的命運，也讓崔顥、李白在〈黃鶴樓〉在〈鸚鵡洲〉的題詩有了可抒發理想的共同素材，這自然牽涉到運用典故的心理機制，正如詩人們看到鶴，不免慨嘆他的淪落禁中，都有其更高的期許—「芝田玉水春雲伴，可得乘軒是所榮。」（劉筠）正是不以乘軒爲榮，詩人才能將其理想芝田玉水春雲之境說出—或而這也是楊億的感嘆—「忍送西樓曉月低」的緣故⑲。於此張詠倒很能看出鶴在這方面表現的特質—「共憐潔白本天姿，縱在泥塵性不卑。」這應該是詩人們的理想的投射。

至於清康熙玄燁所說的：「詩之道，其稱名也小，其取類也大，即一物之情而關乎忠孝之旨，繼自騷賦以來，未之有易也，此昔人詠物之詩所由作也。」（亦見〈佩文齋詠物詩選序〉）所論有些冠冕堂皇，但卻也道出了傳統詠物詩中的民族思想。所以黃永武先生即借此而說道：

自屈原騷賦以來，詩人在有意無意之間，秉承了民族思想的傳統，任就一物一名推溯其象徵的原始，都具有濃厚的民族性色彩。

黃氏舉屈騷而言象徵傳統，其實可於王逸的《楚辭章句・離騷序》中讀出這種觀點：

⑲ 劉筠等人之所以如此說鶴，實因鶴有其比興的歷史意義，《詩・小雅・鶴鳴》篇：「鶴鳴於九皋，聲聞於野。」王夫之即云其「全用比體，不道破一句，……要以俯仰物理，而詠嘆之。」（《薑齋詩話》卷二）顏崑陽進一步說：「『鶴鳴』可引伸爲美善清亮之聲的普遍意義。」又說：「『九皋』可引伸爲『廣大深遠但又荒僻之空間的普遍意義。』」（顏崑陽前揭書頁二〇二）以此，來看西崑體中此鶴因深處禁中，不能「聲聞於野」，詩人自要有所感慨。而且若就《毛傳》所云：「宣王求賢人之未仕者」來說，縱然賢人已仕，不能有所發聲，則「乘軒之榮」又有何用？這是觸及到文化理想的詩作，因而在用典上已更進一層。

離騷之文，依詩取興，引類譬諭。故善鳥香草，以配忠貞；惡禽臭物，以比讒邪；靈修美人，以媲於君；宓妃佚女，以譬賢臣；虬龍鸞鳳，以託君子；飄風雲霓，以爲小人。

其後劉勰的《文心雕龍》也如此說道：

虬龍以喻君子，雲霓以譬讒邪，比興之義也。（辨騷第五）

的確，檢視離騷本身，實有一所謂的「比興」，善鳥香草以配忠貞的象徵體系⑽，而且「它們並不是無足道的，而是深藏著不尋常的政治倫理、美刺等內涵，它們並非徒爲美麗之觀的空乏文采，而是因事所激有爲而作的象徵物⑾。」我們若由香草美人的比興傳統而來了解西崑諸人的作品，才能夠了解詩人的內心世界，也才不致於誤解作品。而且也只有進入了這一比興與象徵相結合的象徵體系，我們才能在讓西崑體詠物詩回到此比興的大傳統中，以香草美人的角度來看出西崑詠物詩的文化理想，而康熙所說的「關乎忠孝之旨」也才有著落，不致流於泛泛之談。

在〈詠物詩的評價標準〉中黃永武即以屈原的〈橘頌〉爲例，證明「自騷賦以來，即一物之情而關乎忠孝之旨。」委實有其見地，而言橘爲：「這種積茂宜修的精神與中國人讀書學道的精神完全吻合，再加《禮記・儒行》載孔子的話：『儒有席上之珍以待聘，夙夜強學以待問。』」更且以之證明儒者必須先「自盡其道，以等待有聘取的一日，橘子盛在玉盤中，修練成了甘美的內容，自然含有所『席上之珍以待聘』的象徵意義。」誠然，屈原的橘賦而後即成爲一種傳統，我們只要細心觀察，依然有其他與橘相似的果類，可以或正或反來托寓此文化理想的情懷。西崑詩體中，「梨」、「櫻桃」即可爲此種正、反的代表作。這些作品，有人以爲是「典故堆積，很難引起讀者的興趣。」其實若能在此歷史文化的積澱上來看這些典故，詩中正是充滿文化理想的，而將這些故事放在詩上，若仔細審視，若楊億〈梨〉詩中的「千樹封侯未是貧」、「驪山誰識荔枝塵」、「九秋青女霜添味」等等，說及梨可以不必貪圖富貴以養家，可以不必使人主因貪圖荔枝而有驪山的征

⑩見廖棟樑《古代楚辭學史論》第七章前言頁一九八，廖氏綜合離騷中的鷙鳥、木蘭、宿莽、申椒、菌桂等爲善鳥香草，以及惡禽臭物之鴆、雄鳩、糞壤等以及求宓妃之所在等等而言：「大抵已由一般的比喻起興趨向象徵，並形成比興與象徵相結合的象徵體系。」

⑩同註⑩所引書頁一九八。

塵，可以看出它的耐寒，以及歷經霜月滋潤下的風味，以此來寄托個人的情志，正可閱讀作者所要表達的正在此香草美人的傳統下，那爲人臣的忠孝之旨，作者欲借此物來表達他們對於整個時局的關切，更有時經那「主文而譎諫，言之者無罪，聞之者足以戒」的情懷，而且結合此「漢有游女，不可求思」的表現手法，詩經比興傳統與屈原「香草美人」這一「公共象徵體系」[102]的結合乃形成了我們長久以來比興寄託的創作與解詩的傳統，葉嘉瑩即道：

> 六義中之所謂「比」及「興」，實在原來但指詩歌之創作—在開端時，其感發作用引起之由來及性質而言，並不必然要有什麼言外之美刺諷諭的喻托之意，但是毛鄭之傳統既然都有政教美刺之說，更加之屈原之《離騷》其美人、香草之意象，又莫不有托喻之含意，于是「比興喻托」，便也成爲傳統詩評中一項重要的批評術語，而且在寫詩與說詩之際，也形成了一種喜歡追求言外之托意的傳統[103]。

我們試由〈梨〉詩錢惟演首唱的「東海圓珪無奈碧」一聯中可知，較諸珪璧的徒然碧綠，及嵊州甜雪的冰寒難奈，可以看出此梨的合乎中庸之道，是「人倫日用之常」所需，因而尾聯「自與相如解消渴，何須瓊蕊作朝餐」，由司馬相如在後世此一比興傳統的角度來看，他能以〈喻巴蜀檄〉等文章使巴蜀平靜，實爲文章經國之典型，然不免晚年因罹患消渴之疾，不能勤於朝政。因而用此典意爲若有梨可食，自能解消渴，而不必去求仙人之瓊蕊了。言外之意爲若能如此，館臣自可繼續勤勞王事，君王也不必追求仙道，甚至求天書符瑞之事了。

所以楊億的〈梨〉詩起筆由「梨花似雪」而聯想到「早傷春」，有怨艾之意，

⑽《全唐五代詩格校考》（陝西人民教育出版社）收有晚唐虛中撰《流類手鑑》及題爲賈島撰的《二南密旨》即以六藝、風雅、正變等論到物象，其後清人尤其常州學派如張惠言等說比興者就根據此在創作或詮釋作品，龔鵬程《詩史本色妙悟》即以之爲「我國詩歌的『公共象徵體系』或『俗成暗碼』。」，並且說道：「象徵固然是仁者見仁，知者見知的，但象徵託寓與意義，在一個文化中，卻無法軸射型開放；文化的強制俗成力量，拉合了象與意，使得象特定地朝向某一類意義，而不朝向另一類意義。」（龔鵬程前揭書，頁八〇—頁八一台灣學生書局）

⑾葉嘉瑩〈中國古典詩歌中形象與情意之關係例說〉載《迦陵談詩二集》頁一四一，另外徐復觀〈釋詩的比興〉載《中國文學論集》（頁九一學生），朱自清《詩言志辨》〈比興：比興論詩〉（頁二八一—頁二六三），以及蔡英俊《比興物色與情景交融》第二章頁一一一以下（大安），等於此皆有論及。

尾聯則借此梨可解狂酲，呼應錢詩，然而卻結以「水風猶自獵汀蘋」的慨嘆，縱然醒後，又見到大自然的肅殺之氣，使得悲秋之聲，油然而生，自然這不能忽略五六兩句連用「九秋霜女」、「五夜方諸」二典故的「警切」⑭，以此帶來的意象，自然給予詩人如此的感受，詩人如此經營，其意當在此文士不遇上。

劉筠的和詩，也是在此托寓比興的方式來寫，言櫻桃、酸梅之不如此梨外，進而說宋玉但知以蔗漿喚醒楚魂，卻不知用此梨，頗有若能以梨招之，或可成功之意，亦呼應錢詩，重言梨之效用。三人皆有共識，亦都就此比興傳統來說此物之珍貴，雖然楊億較爲激切，而有「水風」之感慨，然而基本上都肯定此「梨」對於君臣關係的象徵意義，只不過丁謂雖亦有和作，卻只說「冒霜丹頰倚鄰牆」，終究不能與其他三人形成「互爲主體」的關係。這也可說是此後丁謂即不再有和作的理由之一。和詩貴在和意⑮，其意若不能相應，又何必和，或許是詩人間的默契吧！當然這也是象徵系統所制約的文化理想所導致的。

若再就〈櫻桃〉詩來說，除了前引劉筠〈梨〉詩以櫻桃不如「梨」外，義山有不少櫻桃詩，箋注者但知「此是寓諷，然未喻其意。」所以各家人言言殊，形成歷代箋釋上的一大問題。然而基本上對櫻桃還是以寓諷的貶辭爲主⑯。楊億首唱即以

「離宮時薦罷，樂府艷歌新。」開端，言其得寵於漢之離宮及宮掖，又有樂府艷歌的「鄭櫻桃歌」與之相關。次聯則以「秦洞」、「漢津」言此櫻桃亦頗有來歷，所以三聯因而說其與諸桃並列，卻又能獨佔早春。再而承首句言其爲君所重，可爲席上之珍果，作者因而在此加以發揮，於「甘餘應受和」外，「圓極豈能神」則加以質疑，言縱薦聘至此又能有何發揮？對於儒者「有席上之珍以待聘」的象徵意義，提出來省視此櫻桃。尾聯因而結以北人用此櫻桃而食羊酪，南人亦不得不然，只是卻辜負了家鄉的美味蓴羹。頗有委屈不得伸的意涵，由整個象徵傳統，對於此物之得寵作一委婉暗諷，實亦有其背後之文化理想。尤其「便羊酪」云云，恐怕並非只是表面的口味，用到「歸期」的字眼，更有不能行其道，又不能回家去，則當奈何的感嘆。

---

⑩④紀昀云：「五六雖崑體，而卻警切」（鄭注・楊億〈梨詩〉後引〈律髓刊誤評〉），而警切云云，乃在其包蘊密緻的功夫下所蘊含的意義給人的感動，其實這也是西崑詩作的目標所在。

⑩⑤和意不和韻，爲西崑體唱和詩「猶有古風」的和詩方式，參見註㉑。

⑩⑥有關義山櫻桃詩的討論所引起箋釋的問題，龔鵬程〈論李商隱的櫻桃詩〉已有論及。見《文學批評的視野》（台北：大安一九九〇　頁一九三以下）

再看劉筠也能從此來和〈櫻桃〉，首句「赤水分珠樹」亦言其有來歷，然而後來雖也說「廟薦」、「恩頒」，言其薦於宗廟，且亦賞賜於隨從之輩，更有「沆瀣」、「醍醐」增加其滋味。皆言其果之好，但尾聯二句「玉盤光宛轉，全擬付歌喉。」則又呼應楊億「樂府艷歌新」言其終究如鄭櫻桃之以枉道事人而已，更且也有「圓極豈能神」的譎諫，對於櫻桃這小小物，依然繼承義山的櫻桃諸詩的用意，亦可見詩人們於斯皆不忘其文化理想，而且應有不能「致君堯舜上」的遺憾在。然而這樣的調也似乎高了一些，所以除了劉筠外，就不見有其他和作了。

這類關乎文化理想的詠物詩作品，或憂社稷天下，文化理想，或慨個人遭逢，死生知己，然而一己的窮通得失則又與時政相關，且更關係天下安危。因而用屈原宋玉也好，用相如阿嬌也好，用事遣詞，都有比興托寓的傳統文化符碼，若不放在此文化理想下來進行閱讀，當然只看到其風月草木等浮艷而已，又如何能讀出他們包蘊密緻工夫下的士大夫抱負，這當然是如今讀西崑詠物詩所最應注意的一環。

四、結論

盛德之後，難乎為繼！在前輩詩人的成就，尤其是李義山詩的沈博絕麗、包蘊密緻的功夫下，西崑體詩人想要有所突破、超越，似乎是很困難的，而歷來也多半給予獺祭，撏撦等推砌典故的譏刺及論斷，「詩家總愛西崑好」一語，似乎說的只是唐代的李義山，還輪不到這些宋代西崑體的詩作上，其實只要鄭箋有人，努力爬梳，加以解析，終究能體會崑體詩人的底蘊，而還其本來面目，以及他們在詩壇上所應有的地位。因此本篇試著從詠物這一「其稱名也小、其取類也大」這「一物之情而關乎忠孝之旨」的詩體來探討西崑體，證明西崑體在詠物詩上的成就比起前人也是毫不遜色的，還可以合乎詠物詩的積極標準，而且在當日的政治文化的環境，詩人身處館閣編寫史書，面對歷史興亡，想到澶淵之盟前後的國家局勢，以及君王和大臣們的心態，因而寫作這些詠物詩時，自然而然地皆有其身世的寄托，皆有其文化的理想。

本來在探討作者的意圖上，諸如「知人論世」、「以意逆志」的工夫，尤其在李義山的箋釋上，前人已作得不少，但誠如顏崑陽所說的「其方法的實際操作，乃是以詩證譜，而又反過來以譜解詩，終至陷入『循環論證』的邏輯困境」、甚而形成了「一套『神話式的李商隱詩的原意』。」（顏崑陽，一九九一，頁二一五）由於對傳統詩的探討尤其是箋釋方面，不免有這問題，因此理當避開這箋釋上的陷阱所在，但爲探討詩人詠物詩的成就，尤其是在其「積極標準」的檢閱下，是否能合乎這要求，讓我們又不能不對作者的情志來加以考察，尤其是崑體詩這一充滿典故的詩體，更不能不加以解讀，如此是否會掉進這循環論證的陷阱呢？這是很令人矛盾又害怕的課題。

所幸，《西崑體酬唱集》中「唱和詩」的體制，解決了這樣的問題，因爲崑體詩人在唱和詩中，即能對原作者的詩中表現的情志有所回應，也就是「進行『互爲主體』的通感」，崑體的每一爲唱和詩人，其實都在努力扮演一最好的讀者，期能對原作有所發揮其旨趣，而相知相契，甚或有所超越，這都可幫助我們在對這些詠物詩的了解上，解決很多問題。楊載《詩法家數》有云：

> 賡和之詩，當觀元詩之意如何？以其意和之，則更新奇。要造一兩句雄健壯麗之語，方能壓例元白，若又隨元詩腳下走，則無光彩，不足觀。（參見注⑧⑦）

可見詩家和詩，不但想超邁原唱者，更想對於遞詩簡的老祖宗元白二人的唱和詩有所突破，這也是他們要努力之處，因而館臣們唱和時，即已首先對原詩進行解讀，而後即順原唱者之意，或正或反的回應，其所用之典也都環繞在此。

另外，館臣所在爲禁中，其所詠的題材，每被人評爲範圍太小，但是正因如此，卻使在了解他們的詠物詩時要掌握這「箋釋效能性的作者」以及「作者的情志」時較能準確，較不至於有所謂見仁見智的現象，偶有例外，應是解讀者個人切入的角度不同，當然也有因典故的運用所帶來的岐義，比如對荷花的解讀，日人池澤滋子以爲是「詠採蓮女」（參見注㊼）就有不同的見解。另外對於「螢火」的解讀，王仲螢以爲是「惓惓於忠君之思」，而鄭再時的解釋卻是「比小人也」，觀點也是明顯有異。還好這在透過詩人唱和中「互爲主體」，相互進行解讀中（參見注⑨），都可加以解決，尤其在如何掌握作者的情志上。正因如此，我們也用了不少篇幅來解讀這些文本，透過對典故的分析，與詩作本身的脈絡，及唱和詩之間的相互回應來進行必要的分析，期能對文本進行不是謬誤的解讀，更能在作者的情志上，作有效的箋釋。

準此，透過崑體詩人所詠之物，我們拈出其中十一種，並進行分析，先以〈梨〉詩之「宋玉有情終未識」作爲緣起，借以彰顯我們撰寫崑體詠物詩的意義。然後，分別就詩中拈出十句具有代表性的詩句作爲解讀西崑體詠物詩的切入點。

㈠、〈禁中庭樹〉，用楊詩：「蜀抑笑孤貞」，來說明館閣詩人處於禁中，以孤貞自許卻遭人冷笑的無奈。

㈡、〈槿花〉，用劉詩：「楚夢不終朝」，看槿花「朝生夕殞」生命的短暫以及隱喻「君臣遇合」的用心，並說諸人如何相濡以沫，相互鼓舞。

㈢、〈館中新蟬〉，寫作蟬詩者多矣，如何扣緊「館中」？如何運筆寫出新蟬？這「八斗陳思饒賦詠」（李宗諤）的詩句，確實說出「感時偏動騷人思」，且詩人何以和詩不斷，也可以由這蟬鳴中體會得來。

㈣、〈禁中鶴〉，張詠的「曾陪鴛鷺浴華池」也足以道出館臣他人，以能陪楊劉一同唱和爲榮，任隨的詩作：「好隨青鳳飲澄流」亦然，皆可以看到唱和詩人間的相知相許。

㈤、〈荷花〉和詩，又有〈再賦〉、〈再賦七言〉、〈又稱一絕〉等，共四組十五首詩，除了丁謂的觀點：「露渚煙汀養細腰」由詩見其人與楊劉的人品有別外，錢惟演的「青骨香銷亦見尋」最足以表達詩人對於荷花的一往情深。且相互酬答進行「互爲主體」的解讀竟至四次之多，或而也可說，比起理學家周敦頤來講，對這種「出污泥而不染」的蓮之愛，館臣算是更早的。只不過詩人重點放在「寄託於荷葉所形成的女子形象」，來抒寫出他們對君臣之道的體會。

㈥、〈柳絮〉詩，柳絮的飄蕩，楊億詩中「枉逐東流箭浪翻」的反省，最能說出這繁花消散與沾衣多情的姿態及其無奈。

㈦、〈霜月〉詩，霜月如鉤，最易使詩人鉤起心事，楊億的「星津誰待報，織素未成章」，由李維的和詩「誰道河流淺，盈盈萬里遙」可證：詩人情志終究扣緊君臣關係上來說。

㈧、「櫻桃」詩，對於這宮中的賜菓—櫻桃，詩人何以興起「歸期負紫蓴」的感觸，楊億的「楚客便羊酪」，也值得我們深思櫻桃要佐以羊酪而食，南人亦不得不然，委屈自已卻又不能施展抱負，所以用楚客羊酪的典故寄託不如歸去之感，「其稱名也小，其取類也大」一語最適合來表達楊劉對櫻桃這一小小物的感觸，正因其感觸如此深刻，此詩也是他人不太敢和的詩作之一，所以僅有二篇。

㈨、只有二篇的作品，另有〈螢〉詩，〈螢〉詩中，螢火的自照與照人，楊億和作的：「長門秋漏永，偏照淚涔涔」，最足以說明詩人「日月出矣，而爝火不息」的感觸，所以雖然如王注所說的「惓惓於忠君之思，思所以補益國事」，然而卻不免像別處「長門宮」的阿嬌，愁問悲思而已，又能奈何！而諸人之以此詩作結也是有其道理的，這不能不思考他們漸覺得文士的發言權，僅像螢火一樣的微不足道。

㈩、赤日及夜意：這夜以繼日的煎熬中，詩人如何排遣炎炎夏日，楊億詩中：「長風萬里憶星槎」一句足以讓我們想到，處於時政無奈下，不免有對堯舜時日的憧憬，這也是我們把本應象徵高不可攀的天日，當作詠物對象的意義所在。所以才將之置於最末來加以探討（義山所詠並未有此）。而「暫游姑射對冰姿」等詩句，實可印證詩人對於當時政治走向的期待已落空，因而有避世的念頭出現。

抑有進者，透過這十一種詠物詩的分析，我們認爲西崑體詩人因爲唱和詩的關係，在彼此情志的相呼相應下，也借著詩作來相互砥勵，因而詩人在筆法上可臻「體物得神，參化工之妙，使神態全出」的地步，更且在唱和詩體制中詩人想對原唱有所超越，因而常在「因小見大，有所寄託」上用功，自能達到「筆有遠情」的第二項標準。再者詩人因正在編寫《歷代君臣事跡》，面對歷史之浩瀚，興起的盛衰之感，詩人的歷史意識，自易使之「從物質世界，喚起生命世界與心靈世界」，而且看到權奸玩弄政治，國勢危殆，而有不容自已之心。因而詠物詩中自有「作者生命的投入」，非但如此，詩人更因詩人意識之覺醒而觸及民族思想及文化理想，我們更可以在這比興與象徵相結合的象徵體系中，看出西崑詠物詩所隱藏的一飯不忘君王，致君堯舜上，這種士大夫所特有的文化理想。

自然，西崑的包蘊密緻的功夫，與此比興托寓的寫作手法攸關，但在語言的策略上，尤其用典所形成的藝術效果，諸如典雅、委婉、經濟等等，以及翻用典故所形成的奇警、警切，使用仙典所象徵的遠隔心態，另外意象或象徵與典故連結所形成的感人力量⑩，還有律詩尾聯振起等種種繼承義山或獨創的崑體工夫。此外，這種語言策略所蘊含的詮釋經典的文字應用，以及表現出來的文章經國的學養，以及

⑩劉若愚《中國詩學・第三章》即言此種典故的用法：「由於典故，意象表現和象徵表現在作用上都很類似，它們時常被並用，一個意象或象徵假如與典故關連在一起，它的力量可以增強，在吟詠受雨損害的牡丹的一首詩中，李商隱用了這樣的意象：玉盤迸淚傷心數。」（頁二二二）

「尊知識在官爵之上」所形成的「象徵暴力」以及其反彈⑩,又與西崑體的興衰有關,此在拙作〈再論西崑體衰落之因緣—並說所謂「崑體」工夫〉(一九九七,東亞漢學論文集)已略有道及,至於典故所形成的種種問題,當另闢專篇再加以探討。

⑩象徵暴力是法人布爾迪厄詮釋其再製理論的主要架構之一,參見註⑱所引邱天助書(一九九八)頁一六〇,該書又言:「他認爲一般人對社會世界的象徵系統之理解,往往是片面的,一些人只注重符號主義的形式分析,而忽視其背面的權力脈絡。」這段話可幫我們了解,西崑詩人的用典,有其「象徵暴力」的現象,是不能只從形式上來求了解,當從「尊知識在官爵上」的意義來看,並得參考當時唐宋之際文化變遷轉型的現象。其詳細處,當於〈論西崑體的用典與其展現的意義〉一文加以探討。另外日人高津孝亦曾引特里・伊格爾頓《何謂意識型態》言象徵暴力:「是正當的東西,所以一般不被認爲是暴力。」詳氏著〈蘇軾的藝術論與「場」〉載《一九九七東亞漢學論文集》頁一八二。

祥符詔書與崑體詩和意不和韻的關係
——並探討西崑沈博絶麗風格形成的文學史淵源

一、緣起

今人言及宋代初期詩風的轉變，常言及白體（香山派），九僧體（晚唐派），西崑體，昌黎體①，且歐陽修所領導的詩文革新運動，一革西崑體之流弊，因而津津樂道於宋代詩風已自立門戶，足以和唐代雙峰並峙。這其中，西崑體似乎代表一種必需被革除的對象：「因古文運動進一步的發展，當日的詩壇受了這種影響，避開典雅華麗的雕鏤，而走到散文化的明白淺顯，避開美人香草之私，而入於各種議論的發揮。」②文學史家如此說，更且道：「在宋代的詩壇，眞能一掃西崑的華艷，由柔弱的格律中開展出來，給予詩風一大轉變的，不得不待之於歐陽修。」（同注②引書，頁六九〇）程千帆也在《兩宋文學史》上說：

北宋中葉的文學革新是我國文學發展史上的一個里程碑，歐陽修領導並完成的第二次古文運動或新古文運動，確立了散體文的正宗地位，……宋詩也開始形成自身獨特的風格，卓然與唐詩並峙比美③。

這段話，讓我們還想到一問題，就是在宋代文壇上，這是再一次的古文運動，早先提倡古文者已有柳開王禹偁等，不過他們並非反西崑，因爲崑體作家在他們之後才崛起，如果就西崑體而論，首先出來反對的，是石介其人，他的〈怪說〉、〈上趙先生書〉等論述已展開對楊億等人的攻擊④。只不過一來石介雖也鼓吹尊韓，但本身並非創作專長，只擅長作怪，因而文章：「辭澀言苦」，形成了怪澀的太學體⑤。二來他身爲理學家，因而只知站在衛道者的立場上，要求文學爲儒道服務。更值得注意的是他「不僅從根本上否定文學，而且也反對其他各門類藝術⑥。」文藝觀的狹隘以及個性的躁進、用辭的激烈，乃被目爲「狂譎盜名」，以及「好異以取高」⑦等等，一篇〈慶曆聖德頌〉甚且還導致慶曆新政的失敗⑧，歐陽修等人

①最早的是《蔡寬夫詩話》：「國朝初，沿襲五代之餘，士大夫皆宗白樂天詩，祥符天禧之間，楊文公、劉中山、錢思公，專喜李義山，故崑體之作，翕然一變。」其後《滄浪詩話·詩辨》也說：「王黃州學白樂天，楊文公、劉中山學李商隱。」方回〈送羅壽可詩序〉則言

及白體、崑體、晚唐體。全祖望的〈宋詩紀事序〉則於宋詩之始，但言西崑體，並說「慶曆以後，歐蘇梅王數公出，而宋詩一變。」此類詩體的演變，黃美鈴《歐梅蘇與宋詩的形成》第一章，及黃奕珍《宋代詩學中的晚唐觀》（台北：文津出版社，一九九八）第一章皆有討論到，茲不複贅。

②劉大杰《中國文學發展史》第二十章一頁六八八（台北：華正書局，一九九七）。

③程千帆、吳新雷《兩宋文學史》頁三一（上海：上海古籍出版社，一九九一）龔鵬程〈知性的反省—宋詩的基本風貌〉則說：「宋代歌詩初期仍襲唐末五代遺風，並未建立自己的風格，由歐陽修到江西詩社宗派出現，風格才算逐漸完成。」《中國文化新論》頁二八七（台北：聯經出版事業公司，一九八三）。

④此兩篇分別見於《徂徠集》卷五及卷十二（《四庫全書珍本》四集）又徂徠集中石介尚有〈贈張績禹功〉詩：「汩汩三十年，淫哇滿人耳。」之抨擊崑體。以及〈祥符詔書記〉（卷十九）道此事之原委。

⑤以上引自祝尚書《北宋古文運動發展史》第二章三、石介與古文運動的危機。頁一三六（成都：巴蜀書社，一九九五）。

⑥同注五引書頁一四四，石介以爲「與其丹青草木，豈若丹青乃身」，文藝觀甚爲狹隘，劉大杰也說：「一切的藝術美、形式美，都在這準則下犧牲了。」（前揭書頁五五〇）

⑦歐陽修〈與石推官第一書〉：「況天下皆非之，乃獨爲之，何也？是果好異以取高歟？」（《歐陽文忠公集》卷六十六）（台北：河洛出版社，一九七五）。

⑧南宋袁褧《楓窗小牘》卷上，有引范仲淹之言曰：「爲此怪鬼輩壞之也。」另詳祝尚書前揭書頁一四八。

對其「好異以取高」甚不以爲然，不過由於他當時任職「國子監直講」，他的怪誕言行，卻也風靡一時，當時的文體在其鼓吹下雖然是：「用意過當，求深者或至於迂，務奇者怪僻而不可讀，餘風未殄，新弊復作。」（《東坡前集》卷二六〈謝南省主文啓·歐陽內翰〉）但是太學體卻也如此地形成⑨，西崑也退出了歷史舞臺。歐陽修後來領導的第二次古文運動，基本上並非針對西崑，而是這怪僻文風的所謂「太學體」。但是石介的攻擊西崑目標鎖定「楊億」，讓人以爲二者同時，其實石介在力倡古道時，已在慶曆二年夏（一〇四二）任職太學以後，距西崑結集之於大中祥符六年（一〇〇八）已是三十多年後的事情。此時楊億也早已亡故，楊億去世時爲仁宗天禧五年（一〇二一），當時石介不過才十六七歲，如何能與之爲敵，因而石介所攻擊的，自然是西崑體繼起的作家。這是我們了解西崑體不可不辨明的，因爲他與〈祥符詔書〉有密切關係。

二、〈祥符詔書〉與《西崑酬唱集》的相互關係

那石介的〈怪說〉何以又直指楊億呢？在仁宗初期猶盛行的崑體雖已演變爲「邇來道頗喪，有作皆言空」⑩，卻是餘風猶存，盛行未歇，這與楊億的風範「當

時學者，翕然宗之」（《宋史・楊億傳》），因而當年流傳的《西崑集》雖被〈祥符詔書〉打壓，卻猶受到肯定，自然有關。不過〈怪說〉之理論基礎其實也是自〈祥符詔書〉而來，石介即有〈祥符詔書記〉一文詳其本末，至於〈祥符詔書〉的因緣，《宋史・眞宗本紀》中已略載其梗概：

庚午，詔：讀非聖之書及屬辭浮靡者，皆嚴譴之。已鏤版文集，令轉運司擇官看詳，可者錄奏。

載于《宋史・眞宗記》大中祥符二年（西元一〇〇九）正月庚午的這篇詔書，是宋朝第一篇有關文禁的詔令，原文載於《宋大令詔集》卷一九三：

⑨「太學體」一詞，最早見於韓琦〈歐陽修墓誌銘〉，祝尚書前揭書，頁一四九－一五〇亦有論及，他又說：「質言之，石介反對『西崑體』其實是以弊對弊，西崑體駢文雖然退出了歷史舞臺，同時怪僻的文風，卻占領了文壇」。（祝尚書前揭書頁一三六）

⑩梅聖俞〈答韓三子華，韓五持國，韓六玉汝見贈述詩〉詩作于慶曆六年（一〇四六），見《梅堯臣集編年校注》上頁三三六（台北：源流出版社，一九八三）。

國家道蒞天下，化成域中。敦百行于人倫，闡六經于教本，冀斯文之復古，期末俗之還淳。而近代以來，屬詞之弊，侈靡滋甚，浮艷相高，忘祖述之大猷，競雕刻之小技，爰從物議，俾正源流。咨爾服儒之文，示乃爲學之道。夫博聞強識，豈可讀非聖之書？修辭立誠，安得乖作者之制？必思教化爲主，典訓是思，無尚空言，當遵體要。仍聞別集衆製（「製」，一作「弊」），據石介〈祥符詔書記〉版），鏤版已多，儻許攻乎異端，則亦誤于後學。式資誨誘，宜有甄明。今後屬文之士，有辭涉浮華，玷于名教者，必加朝典，庶後素風。其古今文集可以垂範，欲雕印者，委本路轉運使選部內文士看詳，可者即印本以聞。

就是這種「國家道蒞天下，化成域中」等極其冠冕堂皇的文字，讓三十多年之後的石介讀了以後，動容之餘不但刻下〈祥符詔書記〉記其事，而且寫了〈怪說〉等一系列的文字⑪，他並不善爲文，除了衛道之外，當還有其政治目的，論點也很有爭議，但饒是如此，卻也形成了文風的轉變，亦且，整個詩壇風氣也連帶受到波及⑫。究其本原，自不能不來探討這篇詔書。

只不過，我們要注意的是這篇祥符二年正月就出現的詔書，何以在當時並沒有達到改變文風的目的，反而對崑體文風的發展形成了推波助瀾之效，這就不能不從其字裏行間來看其中之奧妙，以及這詔書的形成背景究竟為何。

㈠有關〈宣曲〉詩言外之意的檢討

於此曾棗莊點出了詔書中「爰從物議」一語，其實就是王嗣宗的上言，王欽若的「密奏」⑬，他們是楊億的對頭，尤其是王欽若，雖同在史館編修《歷代君臣事

⑪石介〈祥符詔書記〉有言：「介讀祥符二年詔書，知眞宗皇帝眞英主矣」。（《徂徠集》卷十九）張鳴〈從白體到西崑體〉即認為「後來攻擊楊億的石介正是被這些冠冕堂皇的話瞞過。」（《國學研究》三卷，頁二一一—頁二二二）又石介論點之可議，亦可於〈詳符詔書記〉言反對西崑者竟舉好富貴而人品極具爭議性的馮拯得知：「時執政馮文懿與二三朝士竊病之。」馮拯其人「論事多合帝意」，《宋史・馮拯傳》有載。且常詆毀寇準，他反對西崑體當也有政治立場的考量。（另詳張鳴前揭文頁二二〇）

⑫可參考拙作〈再論西崑體衰落之因緣—並說所謂「崑體工夫」〉—《一九九七東亞漢學論文集》（台北：學生書局，一九九七）。

⑬曾棗莊《論西崑體》第一章頁七（高雄：麗文文化事業公司，一九九三）

跡》，但與楊億的「水火不容」由來已久。（曾棗莊前揭書，頁九三、頁三一—三三）因而自《西崑酬唱集》問世後，即摘其集中的文字，密奏給眞宗來加以詆毀。然而「衆製」之「鏤版已多」正看出這酬唱集之廣受歡迎，一再地鏤版問世，自有其玄機，李燾的《讀資治通鑑長編》（以下簡稱《長編》）卷七十一載有：

御史中丞王嗣宗言：『翰林學士楊億。知制誥錢惟演，秘閣校理劉筠唱和《宣曲》詩，述前代掖庭事，詞涉浮靡。」上曰：「詞臣、學者宗師也，亦可不戒其流宕？』乃下詔諷勵學者，自今有詞屬浮艷，不遵典式者，當加嚴譴，其雕印文集，令轉運使擇部内官看詳，以可者錄奏。

此外，《長編》注文引江休復《嘉祐雜志》所云：

上在南衙，嘗詔散樂伶丁香畫承恩幸，揚劉在禁林作〈宣曲〉詩，王欽若密奏，以爲寓諷，遂著令戒僻文字。

所謂的「上」，都是指眞宗而言，兩篇所言的王嗣宗、王欽若自然都爲了迎合皇上而有其進言，只不過在他們眼中一是「浮靡」；一是「寓諷」、「僻文字」，若是浮靡，自不應為「寓諷」的僻文字，這也可看出他們要打倒西崑的何患無辭，也就因而詔書後來才以「辭涉浮華，玷于名教者，必加朝典，庶復素風」為言，不過雖是用這種堂皇的論點，卻瞞不過當時的文士、學子，反而助長了西崑的風行，這其中的原委曾棗莊先生說得好：

所謂眾製，即指大中祥符元年編成的《西崑酬唱集》，特別是楊、錢、劉三人唱和的《宣曲》二十二韻之所以要「必加朝典」和實施文字檢查，並不僅僅是因為「辭涉浮華」，而是因為「寓諷」。這篇被一些學者譽為倡導古文的詔令，原本是祇准以「道蒞天下」的真宗皇帝白天與伶人丁香胡來，而不准與楊、劉等人「述前代掖庭事」以諷今。（曾棗莊前揭書，頁七—八）。

這段說明，實能指出〈祥符詔書〉的言外之意。所引丁香之事，出自於江休復所言，方之南宋陸游所言「劉楊二妃受寵事」也較能讓人信服，但楊劉的詩，不僅於此，包蘊密緻的詩篇所形成的歧義雖見仁見智，但此篇之「觸痛其他以佞諂進者的忌諱，所以他們必欲羅織罪名以禁西崑之曲。」⑭這恐怕才是關鍵所在。

⑭拙作〈詩家總愛西崑好〉《文學與美學》第五集，文史哲出版社，一九九五，頁二六〇。

所要進一步注意的是這樣的文字，何以會被如此解釋，其實就在於西崑體之用典所形成的多義歧解，使得讀者可依其個人的體會去了解，即以杜詩爲例，清人薛雪論及杜詩者即感慨說道：「解之者不下百餘家，總無全璧。」杜詩都如此，更何況這種述前代掖庭事的詩篇常涉到寓諷，而所寓諷的爲何？更是人言言殊，王仲犖《西崑酬唱集》劉筠〈宣曲詩〉注所云：「不獨丁香出身散樂伶，即劉楊二妃亦均出自寒賤，故館臣所謂『國艷或非良』，不僅指散樂伶丁香，亦兼指劉楊二妃也。」就比較寬鬆些，曾棗莊在《論西崑體》第三章也持這種觀點。

但這就與曾氏自己在第一章上所言有所出入了。曾棗莊的說法先爲：「江說是指樂伶丁香『晝承恩幸』事，陸卻說是劉楊二妃受寵事，江休復生于景德二年即祥符下詔前四年，卒于嘉祐五年（一〇六〇）距祥符下詔五十年，而陸游爲南宋人，自然江氏更可信。」（前揭書，頁九）很顯然在此章中，曾先生也同意坐實丁香，但到了第三章詳細分析〈宣曲〉詩之後，他卻不再如此，而以爲「這三首唱和詩都是借古諷今之作，祇是所諷之今不可過分坐實，否則就會梗塞難通。」這段修正過後的文字，應受了王注的影響，因而強調其價值，爲「借古以諷今」，但卻又提到「而且更在于描述了整個封建社會宮女的命運，對她們寄予了深切的同情」（曾棗莊，前揭書頁五四）就不免言過其實，其實如從楊劉二人當時情志來說，他們目的恐非在此同情宮女的階級觀念，而且作者既在「述前代掖庭事」，以借古諷今，若又說同情此宮女的命運，則未免讓焦點模糊了，其實此詩的關鍵在劉筠和詩的次聯中已經點明了：「天機從此淺，國艷或非良」，即可看出西崑作者，原意在借此國艷非良，求諷刺君王之嗜欲深與天機淺，其意義應是「在指責君王之壞典章，任好惡之不足爲訓⑮。」既有微言大義，他人不肯罷休，假借理由來作反撲，這也是當權的君臣所必然的。

西崑〈宣曲詩〉之所以遭忌，其實就在於這「包蘊密緻」中所透顯的微言大義。只不過集中其他詩篇或詩史或詠物，較難以浮艷來羅織其罪狀，而〈宣曲〉詩本事雖亦出自《漢書·孝武衛皇后傳》，然畢竟所言爲武帝寵衛子夫之事，說衛子夫之事自可引起許多聯想，要說借古諷今亦可，要說其所言但「述前代掖庭，詞涉

⑮另詳注十四引文頁二六一。

浮華」亦可⑯，很顯然的王欽若等人之所以要借此大作文章，實非僅看出此詩之述前代宮庭以諷君王，而是它亦可解讀爲眞宗之任用小人。否則〈宣曲〉作于景德三年⑰，當時館臣唱和雖未結集，但唱和詩之內容，王欽若亦同列館臣，應早已知悉，他大可於當時即密告眞宗言諸人之訕謗不敬，何以不爲此，直至這篇與西崑他作結集成册後，方才進言？可見〈宣曲〉本不該如此解讀。應該是在流行之後，讓許多人看到楊劉等人借〈宣曲〉諷小人得幸爲此詩之微言所在，就這樣踩到了王欽若等人的痛處，然而若是王氏等直接挑明眞宗所用非人，恐亦不能饜足上意，唯有將之解成詞臣諷眞宗內寵之事，因私德隱密不宜宣揚，方能使眞宗起戒心，而不再信任楊劉等人，以遂行他們在政爭上的目的⑱。

要之，楊劉等人詩作之目的，在借武帝與衛子夫之事，言君王不能壞典章進佞倖小人，然而經王欽若等人進讒言下解讀爲諷內寵，遂坐實爲丁香與二妃等於是成了當時皇上的宮廷秘辛，而表面上更以西崑諸人用辭華麗「詞涉浮華」來加以指責，如此西崑詩人的包蘊密緻、沈博絕麗，居然成致命要害，這一精美的包裝，若不注意其意涵所在，只看外表，當然要認同後來的衛道者石介等人的指責，其中的曲折，因一直未有人詳加爬梳究其本末，恐怕這也是後世大家都認同石介，而以西崑之體但爲浮艷的原因所在。

石介就是在這樣的情況下批評楊億而有〈怪說〉的：

今楊億窮妍極態，綴風月，弄花草，淫巧侈麗，浮華纂組；刓鎪聖人之經；破碎聖人之言，離析聖人之意，蠹傷聖人之道。使天下不爲書之典、謨、禹貢、洪範，詩之雅頌，春秋之經，易之繇爻、十翼，而爲楊億之窮妍極態，綴風月，弄花草，淫巧侈麗，浮華纂組，其爲怪大矣。（《徂徠集》卷五）

看石介所攻擊的楊億，不外乎其人不寫經典之文字，而只是「破碎聖人之言，離析聖人之意」，嚴重到「使天下不爲聖人之道」只重「窮妍極態」等才是重點，

---

⑯解讀的差異，跟詩集的文字有關，曾先生即說：「語僻難曉的詩集人們未必能讀懂其『微詞』、『寓諷』，很容易自生自滅。而大臣告密，皇帝下詔，反更引起人們注意、猜測、添油加醋」。（前揭書頁八）

⑰據鄭再時《年譜》與曾先生前揭書並繫於是景德三年，見曾棗莊，前揭書頁一六—頁一七。

⑱吳小如〈西崑體評議〉：「其爲諷刺帝王宮掖之作，昭昭然一望而知。」《文學評論》一九九〇第六期頁七七，其實應如曾棗莊所言「語僻難曉」的詩，人們未必讀懂，但經王欽若等人密奏以爲寓諷之後，皇帝當然要有所處理，另詳張鳴前揭文頁二二〇—頁二二一。

而這也是西崑末流所形成的結果。經過了三十多年到了仁宗朝時，依然流行西崑體，這裡不僅是詩壇，亦包括四六文盛行之文壇。因而石介所要攻擊的對象是西崑後世的繼承者，但是射人先射馬，才追究本原拈出楊億，作爲主要目標。所謂窮妍極態、綴風月、弄花草者，在此時西崑體徒然具有外表形式，已忽視其內在的微言大義也失去了聖人之道，只剩文采而已。而且石介畢竟不是詩人，文采不足，對詩的了解有限，才被〈祥符詔書〉所惑，因而以之來攻擊這具有「憤世疾邪意、寄在草木蟲」的楊億的西崑集，於此張鳴點出其關鍵所在：

首先是被王欽若黨告御狀，借文風問題利用皇帝的權威打擊政敵。其次宋眞宗也正好利用這個機會借文風問題警告敢於諷刺皇帝，批評朝政的文士，雖然未給楊劉等人定罪，但從實質上說，則是一次文字獄無疑⑲。

以文字獄來看待這次事件，堪稱一語道破，只不過並沒有可怕的整肅動作，那是因當時標榜重文，又有不殺文士的祖訓⑳，使得眞宗終究沒有輕舉妄動。但是光意奇所指的說「詞涉浮艷」，已足以引起朝野注目，於是爲了探尋詩意，人人爭相爲讀者，解讀其意涵，若是眞宗皇帝過於重視此詩，反而成了自願對號入座，坐實了自己的醜事，因而只能說些「復古」、「還淳」等門面話，以釋群疑，以求自找台階，並在警告文士之下，維持自身的尊嚴。

只不過〈祥符詔書〉雖然頒下了，卻只是助長了崑體的盛行而已，但是何以眞宗皇帝和王欽若等明知如此還要降旨，其實這與楊億在皇帝面前一向表現他的剛直不阿有關。以直道獨立自許的他：「頻忤上旨」（錢惟演《金波遺事》載），原本就是在眞宗皇帝眼中「楊億眞有氣性，不通商量」㉑的難纏性格。本來右文政策高懸，楊億既有文名，眞宗皇帝自然要加以重視，況且他還是東宮舊臣，關係非淺

⑲語見張鳴〈從白體到西崑體〉《國學研究》第三期頁二二二北京大學（一九九五、十二）。又程杰則另指出宋眞宗御選詩句：「更易爲詩壇所接受」，則顯然未能看出這其中的奧妙。見氏著《北宋詩文革新研究》，台北：文津出版社，一九九六，頁四十五以下。

⑳程頤有言「自三代而后，本朝有超越古今者五事。其四爲百年未嘗誅殺大臣。」（河南程氏遺書卷十五《二程集》第一五九頁。蘇軾亦以爲：「自建隆以來，未嘗罪一言者，縱有薄責，旋即超升。」》）（上神宗皇帝書《前集》卷二五），王夫之《宋論》卷一亦云：「太祖勒石，鎖置殿中，使嗣君即位，入而跪讀，其戒有三」，第二即「不殺士大夫」。

㉑見歐陽修《歸田錄》，乃因景德三年，以所草制詔，爲執政者所改竄，另據溫革《隱窟雜志》亦有類似的話。乃「學士所草文書有所改竄不稱職」，當罷，因堅請解職，眞宗因有是言。朱熹《五朝名臣言行錄》卷四即引《家塾記》言：「楊文公以直道獨立」。

㉒。事實上眞宗也頗有些容忍的行動，但是到了大中祥符年間，既以祥符爲名，已可見眞宗已想借「神道設教」來顯示自己是奉天承運的眞命天子，因而要假借天瑞，以進行封禪㉓。而偏偏楊億卻排斥這種行徑，他奉命代草的〈東封詔〉更提出「不求神僊，不爲奢侈」的話，這眞是大大的違背眞宗的心意，使得皇帝要親自改爲「朕之是行，昭答元貺，匪求僊以邀福，期報本而潔誠。」而且還假借「朕不欲斥前代帝王」的名義，來爲自己辯白，由此段文字，也可知楊億和眞宗已漸行漸遠㉔。才讓王欽若等有機可乘。

東封泰山，下詔封禪，就在祥符元年十月，而楊億的反對立場，與王欽若，王嗣宗等人但知逢君之惡，不僅是大異其趣而已，諸人因而急需打擊楊億以固寵，並建立自己的威望，這時眼見西崑集出，奪其光彩，讓封禪之功，失色不少，借機加以打擊是必要的，所以張鳴看出了這「是一次文字獄無疑。」此外他又說：「特別是詔書中要求作者必須導循『典式』，更明顯透露出以封建禮法控制文學創作的專制氣味」。（引文同注⑲）也是有其見地的。

因爲北宋雖標榜重文，然而北宋皇權之盛，已有不少人論及㉕，皇帝其實重視的是能臣，而非文學之臣。於此張其凡《宋初政治探研》即言：

文臣有文學之臣與吏治之臣的不同，雖然二者都是讀書人，但側重和擅長即不同。僅僅用太祖右文，還說不清楚太祖一朝的用人之道。太祖提倡大臣讀書，是要他們知為吏之道，提高吏治才幹的，而他重用的文臣，也多是精通吏道的人。（廣州：暨南大學出版社，一九九五）

雖說是太祖一朝，但影響到後來其實這就是朝廷用人的標準，甚至連王禹偁也

㉒《宋史》卷三百五載：「眞宗在京府（即開封府尹，時為太子），徽之（億從祖）為首僚，邸中書疏，悉億草定。即位初，超拜左正言。」可見其與眞宗淵源甚深。

㉓司馬光《涑水紀聞》（台北：世界書局，一九六二）記載，王欽若既沮澶淵事為「城下之盟」，更以符瑞事說眞宗：「今國家欲以力服契丹，所未能也。戎狄之性，畏天而信鬼神，今不若盛為符瑞，引天命以自重，戎狄聞之，庶不敢輕中國。」導致天書屢降，且改元為大中祥符，進而有東封西祀之舉。司馬光前揭書卷六頁六〇－六二。

㉔詳見《續資治通鑑長編》卷六十八，又《宋大詔令集》卷一一六有楊億〈答宰相等請封禪第五表詔〉，另參注㉓所引書頁三一。程杰即據《玉壺清話》卷一所載說：「早在西崑酬唱興盛之時，宋眞宗便透過御選詩句方式，對楊億等人雕刻傾向進行抑制。」（前揭書，頁四十六）

㉕劉靜貞《北宋前朝皇帝和他們的權力》。第二章〈君主獨裁體制的確立〉（台北：稻香出版社，一九九六）頁四一～頁九〇有詳述。

要「留意于法家者流㉖」，到了眞宗咸平五年（西元一〇〇二）十一月，河陽節度判官張知白也上疏道：

今法令之文，大為時節推尚，自中及外，由刑法而進者甚眾，雖有循良之吏，亦改節而務刑名也。（《長編》卷五三）

可見所謂文治，所謂重文云云，其實骨子裡是法治，張其凡因而又道：「太祖朝開始倡導學習法律，經太宗朝而至眞宗初年，已蔚成風氣，文學之臣也都留意起來了，一般士大夫均趨而向之㉗。」就連王禹偁這一名詩人竟都不能免俗，更可以由當時士子的趨向，見識到所謂朝廷重文實重律的偏頗處。一直到了神宗時，黃山谷都還有詩道：「人言九事八爲律」（〈病起荆江亭即事〉）可見其影響之久遠。

自然，這種偏頗雖爲朝廷吏治帶來某一程度的功效，卻也反應宋代所謂文治的內涵，這樣的結果讓文臣不免多拘於所學而見聞不廣，對於史籍所知有限，引經典以斷案的能力就大有問題。如陶穀以儒學見重於太祖，而不考前代典故，「議者惜之㉘」，有識者已漸領悟到通典故的重要，文吏不通文墨的情形的確是很嚴重，因爲「堂吏不知典故」，乃至於「台省舊規，漸成廢墜㉙」，太宗時學士少能通習字學，致字學訛舛，欲删正之，而乏人可爲㉚。這樣的情況到了眞宗朝時依然如此，丁謂對眞宗所言：「今之朝廷儒臣，多不知典故，亦須記之。」（《丁晉公談錄》）這些記載皆可反映宋初朝廷重文之實際情況，只在吏治之臣受重用，致精通典故之文儒反而無從覓得㉛。這應也是楊億西崑酬唱詩中重視用典的原因，並非在炫其才

㉖王禹偁《小畜集》〈用刑論〉：「予自幼服儒教，味經術，嘗不喜法家者流，少恩而深刻。洎擢第入宮，決斷民訟，又會詔下，爲吏者皆明法令，考績之日，用是爲殿最，乃留意焉。」連王禹偁都因爲吏的考績故改習法令，可以想見，到了眞宗初年時，這還是當時右文政策的主要方向。

㉗張其凡《宋初政治探研》頁一一六

㉘《續資治通鑑長編》卷五注引。

㉙《續資治通鑑長編》卷十八，而其所以如此乃因「後進者多不習故事」，不知文學即不知典故，所以台省舊規，既無人知曉，自然就要廢墜。

㉚《續資治通鑑長編》卷二十三。

㉛陳植鍔《北宋文化史述論》（中國社會科學出版社，一九九二）頁一四有云：「粗略地說，從宋初三朝至仁宗朝，大致經歷了從吏材型到文章到綜合型的發展過程。」他並以丁謂代表文章型，並引王禹偁贈詩稱謂：「二百年來文不振，直從韓柳到孫丁。」而言：「足見與唐末五代相比，文風雖已大振，但知識分子讀書仍嫌太少。」

學，實在是想藉此反映出他們是新時代的治國良才，朝中舊臣既多不通典故，館臣能以典故入其詩中，身份自是大不相同，而諸人在和詩用典的風尚下不自覺地流露此種「知識的傲慢」，自然也為那些不能如此的王欽若等人所側目，雖然他們有陳彭年也精通文墨，但終究不能跟西崑之人的聲望相比，因而欲假皇帝之手，剷除諸人，乃是必然，這也是〈祥符詔書〉非下不可的主因之一。

(二)西崑唱和詩風的轉型

另一個值得考察的是唱和的現象，尤其以和韻為主的唱酬，唱和的歷史本源於元白時的詩筒往來，晚唐時蔚為風尚。在元白之前詩是「和意不和韻」的樸質時代㉜，所謂「盛唐人和詩不和韻」，（胡震亨《唐音癸籤》卷三）清代黃生也說：「唐賢和詩，必見出和意」（《杜詩說》）皆說出元白之前和詩的趨向是以意為主，元白之後，一直到晚唐一變而皆以和韻為主㉝，而且元白的這種和詩方式，到了宋初也繼續流行，尤其是在朝廷中㉞。

前已說過宋初帝王其實是重視吏治的，但是一來為粉飾太平，而且也不敢輕忽文學之臣的重要性，因而君臣唱和在朝廷中一直盛行著，而且也給人一種君王提倡文風的形象。民間的詩人也在這樣的風氣下，儘情唱和，如魏野、九僧等人，但主要的仍是朝廷中帝王的提倡。考唱和於宮廷之始，多以柏梁體爲言，而柏梁體詩基本上是要表現「治世之音安以樂」的，歌功頌德旣難免，粉飾太平亦所在皆有，歷代君臣就是如此地主唱臣和，就連盛唐太宗朝中亦皆熱衷於此㉟。而有宋一統天下，在偃武修文的政治目的下，更要借助這文藻相樂的文學活動，加上科舉考試的規模擴大，員額增加，所以文學之士大量進入朝廷，也提供了君臣唱和的良好基礎，加上士族階層的興起，以其學問取代舊有門閥的世族，因而在宋太宗以好文相標榜、刻意親近士子，甚至出示作品，召臣下唱和，自然是上有好之者，下必有甚

㉜趙以武〈唐代和詩的演變論略〉，蘭州：《社科縱橫》，一九九四，頁七八—八三。
㉝表現爲「文藻相樂于升平」的現象，程杰〈詩可以樂〉（北京：《中國社科》一九九五・四）中有云：「樂天體的產生，與宋代士大夫優越的歷史際遇密切相關。具有文藻相樂于升平的時代特色。」頁一六一另詳許總《宋詩史》頁二九—頁三〇（重慶出版社，一九九二）。
㉞參見張鳴前揭文頁二〇九。許總也說：「即連大多爲在野僧侶士紳的『晚唐體』詩人，也常與官場中人相互唱酬」，（《宋詩史》一九九二，頁三〇）他又說道：「實際上唱和是宋初詩人的必備本領，甚至成爲社會上一種重要的交際方式。」
㉟《新唐書・虞世南傳》及《舊唐書・上官儀傳》皆載有太宗親撰宮體詩，並令「朝臣賡和」。

焉者，於是朝廷士大夫紛紛投入唱和活動㊱。正如田錫《咸平集・進文集表》中所言：「陛下既以文學知臣，臣不敢不以文字報陛下也。」所以君臣唱和乃成爲一時風行天下之盛事。

如《詩話總龜》前集卷一引《摭遺》中載：「蘇易簡在翰林，太宗一日召對，賜酒，甚歡暢，曰：『君臣千載遇』，蘇應聲云：『忠孝一片心。』此種對句，亦曾爲人嗟嘆諷詠。考《詩話總龜・後集》卷一載太平興國七年十二月大雪，御制雪詩幷酒賜學士、及賜蘇易簡等，皆可見宋帝之愛詩，而眞宗時御制賜臣下更多，《詩話總龜》又錄〈西朝寶訓〉云：「眞宗賦御溝柳詩，令宰相兩省和進，陳執中詩曰：『一度春來一度新，翠光長得照龍津，君王自愛天然態，恨殺昭陽學舞人。』其詩最尤者。」亦爲人所樂道㊲。又載於李庚《天台續集》的〈送張無夢歸天台山〉，眞宗首唱㊳，館閣詞人不少人都有和作。皆可看出詩人之唱和，與帝王的喜好，實不無關係。士子以能參與此唱和爲榮，自然形成一股風潮，於此程杰說得好：

在這一種文藻效時心理的支配下，廣大文士積極投入當時的群體唱和活動，波瀾所至，朝野風靡，在歌時頌聖的同時，也表達「千載君臣遇」，「寒儒逢景運」的自幸誠悅。在廣大文士的心目中，君臣唱和、僚屬唱和是堯庭多士、天下承平的反映。把詩文唱和與頌美聖德，宣布王澤的政治目的相聯繫。並崇尚爲雅頌、教化的傳統㊴。

這段文字很能反映出宋代初期「文藻相樂于升平」的現象，而這也是一般朝士熱衷於奉和，唱酬的反映，但若以爲連有識之士都如此，就恐怕未必，以當時寰宇

㊱宋太宗這方面與唐太宗相似，《詩話總龜》前集卷一即載有唱和之事。王水照也說：「降及宋代，詩歌酬唱之風漸開，特別是宋初幾位君王皆雅好藝文，君臣之間應制，奉和之聲代代不絕，臣僚們在特定場合也紛紛熱衷此道。（「鎖院」詩歌唱和的文學活動—〈嘉祐二年貢舉事件的文學意義〉《國際宋代文學研討會論文集》香港浸會大學主辦，一九九四）。

㊲見《古今詩話續編》詩話總龜㈢頁一〇〇〇（台北：廣文書局，一九七三）又歐陽修《歸田錄》卷二載：眞宗朝……群臣應制，嘗一歲，臨池久之，而御釣不食，時丁晉公謂應制詩云：鶯鶯鳳輦穿花去，魚畏龍顏上釣遲。」眞宗稱賞。此即丁謂以文學受重視之故。

㊳今《全宋詩》卷一〇四，載有宋眞宗〈送張無夢歸天台山詩〉（北大一九九一第二册頁一一八一）該册並有當時詩人和詩多首。

㊴同注三三引程杰文，頁一六一。

雖一，然而北方的契丹強大到「天有二日」的地步㊵，北宋君臣寢食難安，但皇上竟欲以神道設教，所以有識者之不以粉飾太平、歌功頌德爲是，而詩中有譏刺，借古諭今之作出，乃是必然的。西崑體的詩作，就在此時反映出有識之士憂國憂天下的情懷，若因偶然有一些附和流俗的應酬之作，就以爲他們只是在粉飾太平，那就大錯特錯了。比如楊億有一篇〈溫州聶從事雲堂集序〉即道：

若乃國風之作，騷人之辭，風刺之所生，憂思之所激，猶防決川之泄，流蕩而忘返，弦急柱促，掩抑而不平。今夫聶君之詩，恬愉優柔，無有怨謗，吟詠情性，宣導王澤，其所謂越風騷而追二雅，若西漢中和樂職之作者乎？

爲了要顯示出其詩爲宣導王澤、恬愉優柔，因而言其超越風騷，可以直追二雅，這些乃是揄揚他人的門面話，應非「貶抑憂思怨謗，推舉怡愉優柔之意甚著㊶」，因爲楊億等人的西崑體詩憂思怨謗處正多。其〈武夷新集序〉乃有言：

精勵爲學，抗心希古。期瀨先生之芳潤，思覯作者之壼奧。

西崑詩之不容於眞宗及佞臣們正足說明，別人只是把詩的唱和看成恬愉優柔的歌頌昇平而已，卻沒想到西崑作家卻將之拿來諷喻。考西崑以前的唱和詩，多以相互標榜爲主，雖有相互較勁亦在詞句意境之高下，少有以諷喻爲主的，因爲這是以公暇休閒爲主的詩人活動㊷，正如王禹偁的：「公暇不妨閑唱和，免教來往遞詩筒。」是一種公餘之暇的文人遊戲，雖然不免因「精益求精，努力技法洗鍊」而有所謂「詩戰」㊸，而這種風氣不只是在朝文人公暇之所爲，甚至連隱居的高士（魏

㊵劉靜貞《北宋前朝皇帝和他們的權力》二章二節即以「天有二日」爲題，當時契丹雄峙北方宋廷委屈求全，也是酬唱集中有詩〈南朝〉等托寓諷諫之作的原因。
㊶程杰語，同注三三引文頁一六一。
㊷李豐楙〈遊戲與嚴肅─六朝詩的兩種面向〉一文中即以文學團體的源流發展，表現遊戲的嬉戲本質外（社交性、遊戲性）另以有孤獨感者「逸出」於文學團體中，表現出「嚴肅：士不遇的生命型態與創作旨趣」舉屈原、曹植、阮籍等爲例並言「文學在這種生命質疑中，就可從集團化的社交遊戲中逸出，認眞地被思考它所具有的價值。」（中研院文哲所：《世變與創化：漢唐、唐宋轉換期之文化現象》會議論文。一九九九，頁一一）。此段「逸出」的論點，或而也可用來解釋西崑的唱和爲何爲此類唱和的異數，而遭受攻擊。
㊸說明此類現象甚多，張高評〈宋詩特色之自覺與形成〉一文（載《漢學研究》十卷一期，頁二六六─二六八）即以爲宋人自覺表現的六大方面之第五點言，精益求精，努力技法洗鍊，並於〈自成一家與宋詩特色〉一文舉「鎖院唱和」而言：「禮闈唱和之傳統，蔚爲宋代酬詩之大量流行，亦暗含宋詩追求因難見巧，精益求精的原則。」（《第一屆宋代文學研討會論文集》頁一〇三─一〇四台灣成大）。

野）以及僧人（如九僧）等，亦不能免俗，他們詩集中「和」、「次韻和」或「依韻和」爲名的詩篇頗多。魏野在〈酬和知府李殿院見訪之什往來不休因成四首〉中，即以「詩戰」爲喻，言此等詩作之功夫難爲，因有「郡侯喜是風騷主，野客慚爲唱和人」之句，身在唱和，卻說「慚爲」，正是詩人之用心於此，在第四首中，更且有如此之詩句：

雖喜乘驄到水村，卻愁詩敵勢難親。平生未豎降旗客，臨老將爲棄甲人。爹角勇無心害物，雞皮怯有汗沾巾。數篇勉和情枯竭，潦倒詞鋒息戰塵。

本是好友相聚的活動，卻因和詩相較，而「難親」，詩中所用的字眼盡是「敵」「降旗」「棄甲」「勇」「怯」「戰塵」等兩軍交鋒的字眼，難怪張鳴要說「從寫作唱和詩的觀念上看，作爲隱士的魏野和作爲仕途中人的白體詩人王禹偁並無根本的差別。」（前揭文，頁二〇七），自然這也可以看出唱和與白體的關係，使得即便號稱爲隱士的詩家亦不免著魔，或可看出當時社會以詩作相較量彼此身份地位的生存心態，因而白居易的這種名爲「遞詩筒」也好，「唱酬」也好的詩人社交活動，在北宋時可說不分詩壇流派的風行。

既然喜歡唱和活動因而詩人的詩作，不免都沾有「白詩的底子」㊹就連僧人亦然，宋初詩僧智圓之「擬遞詩筒」詩所云：「元白舊裁制，規模傳至今。……雅言如見托，終為報知音」，唱和終究為報知音，乃詩人知音相契之活動，固不待言。而推本於元白之裁制，皆可見到以元白為本的共同認知，因而詩人們既學白氏，詩僧亦然，智圓《讀白樂天集》就稱讚白氏：「於鑠白樂天，崛起冠唐賢」，用《詩經》讚頌文王的「於鑠文王」的字眼可見，詩僧也以白氏為「廣大教化主」㊺，難怪要說「下視十九章，上踵三百篇」之以《長慶集》為繼承《詩經》傳統的著作，因而把自己同時代的人視為白氏的異代知音：

㊹徐復觀〈宋詩特徵試論〉載《中國文學論集續集》（台北：學生書局，一九八四）。

㊺張為《詩人主客圖》，龔鵬程〈詩歌人物志〉且云：「他基本上是作家的分類，以一位主要作家代表一種風格。」（見《文化文學與美學》頁一〇〇，台北：時報，一九八八）。由「廣大教化」的觀點也有助於了解白居易在當時詩人心目中的地位。如歐陽修《六一詩話》也說：「常慕白樂天體，故其語言多得于容易。」當然這也是白體因而首先「成為社會上一種重要的交際方式」（許總前揭書，頁三一）詩人有得於白居易的和詩及詩作的「語言平熟」的技巧甚多，因有是言。

須知百世下，自有知音者，所以長慶集，於今滿朝野㊻。

正唯如此，白詩的詩筒唱和，乃至於其意蘊，包括諷諭詩等亦都爲人所追隨倣效，因而縱使爲西崑體領袖的楊億早期亦不免在這種風尚下，有學白體的作品，其著者如《讀史斆白體》即效白居易的「放言」五首。今舉其一：

易牙昔日曾蒸子，翁叔當年亦殺兒。史筆是非空自許，世情眞僞復誰知。

（《武夷新集》卷四）

此詩明顯受到白居易的影響，或而與其家學有關。㊼但應也是當時的風尚所致，然正因時風如此，而唱和篇章技巧的較勁，亦使得詩人想要有所突破，且淺俗平易的「白戰」已不能饜足其心，因而尋找一新的典範來學習㊽，自然是有識者自我突破的法門，尤其政壇上正需此種熟悉典故的良才，而李義山的包蘊密緻，詩中充滿了典故，學此體也能一舉兩得。一則可以在詩壇唱和有所發揮，二則正可顯示一己典故學問，堪爲治國之良才㊾。正因如此「包蘊密緻，演繹平暢；味無窮而炙愈出，鑽彌堅而酌不竭」的義山詩，就成爲楊億等人學習的典範，此後更進而形成西崑體，雖經當局刻意打壓，卻反而形成推波助瀾之效，禁者自禁，而好者自好，西崑體乃取代白體，而成爲詩壇新主盟者，不能不說是大勢所趨之故。

前已說過唱和詩之需求固然是詩人推崇元白之原因，但是白詩太淺俗平易了，

㊻智圓〈讀白樂天集〉《全宋詩》，第三册，頁一五五九（北大，一九九一）。

㊼楊億叔祖楊徽之入宋後官至翰林侍講學士，其詩主要學習對象有鄭谷、白居易。今《全宋詩》第一册卷十一有其詩，且編纂《文苑英華》之詩歌部門，楊億十一歲入朝後不久即往許州依徽之讀書。參見《宋史・楊億傳》。

㊽方回《瀛奎律髓》以此而言：「組織華麗，蓋一變晚唐詩體，香山詩體而效李義山，自楊文公、劉子儀始。」許總《宋詩史》也以爲「作爲宋初后期的一個作家最多，影響最廣的詩派，西崑體不僅截斷了白體詩風末流的延續，而且也著意改變同時的晚唐詩。」並說崑體的出現：「標志著宋初詩風的一次最大的全面的改變。」以其一掃五代蕪鄙之氣，對於宋初文化水準的提昇自是當時人所肯定的。

㊾如當時的寇準雖是楊億之友，而詩作被列爲晚唐體，他雖與張詠同科中的，但張詠則以之爲不學無術，且言：「寇公奇材，惜學術不足爾。」（《宋史、寇準傳》），而淳化三年殿試題賦《卮言日出》竟然：「自狀元孫何以下皆不知所出，相率叩殿檻乞太宗指示之。」（洪邁《容齋隨筆》卷三，〈進士試題〉）皆可見時人體會到熟知典故之才的重要。另詳注㉗及陳植鍔《北宋文化史述論》頁一四──一六。

以之言政治雖明白曉切，但不免不留餘地，幾近漫罵，有失委婉敦厚之道，尤其從《詩大序》以來的傳統；「主文而譎諫，言之者無罪，聞之者足以戒」在「主文」的功夫下，白詩恐有所未及。所以像前所舉的詩僧智圓，雖然推崇白居易「句句歸勸誡，首首成規箴；謇諤賀雨詩，激切秦中吟。樂府五十章，譎諫何幽深。」（《讀白樂天集》），推崇白樂天的諷諭詩可說備至，但明白易曉，也有其局限，他自己的論詩也是主張諷諭的，但是現存的詩篇卻「看不到學習白居易關懷民生疾苦的《秦中吟》、《新樂府》一類的政治諷諭詩。」張鳴在此以爲：「大概由於出家人身份所限」㊿，其實不見得，主要的是白居易的諷諭詩太激切了，放在中唐藩鎮割據這君權正沒落的時代猶可，若在北宋這逐步中央集權，且皇權正凌駕一切的時代㊿，以此白居易之激切，露骨之詩篇爲之，恐有不可測者，是以連詩僧智圓等都只敢寫些「以儒釋兩家的倫理道德觀警勵流俗，勸誡世人。」（張鳴前揭文頁二一〇）的詩篇，畢竟只是規勸流俗，還能博得有助教化的美名，反觀諷諫之捋虎鬚、逆龍鱗等則有不測之禍，也少不了訕謗之罪，難怪白詩之諷諫乃漸成不可爲之勢，也就逐步沒落了。

當然另外值得一提的是，宋代表面上獎勵文風，開科考試之大量錄取讀書人，儘可能不使有遺珠之憾，皆可看出帝王喜好讀書人，且更以身作則。如《長編》卷二十四所載：

庚辰，詔史館所修太平總類，自今日進三卷，朕當親覽。宋琪等言：「窮歲短晷、日閱三卷，恐聖躬疲倦。」上曰：「朕性喜讀書，開卷有益，不爲勞也，此書千卷，朕欲一年讀徧。」尋改總類名曰太平御覽。

既以讀書爲號召，加上一些雀鳥爲之感動的傳說⑫，縱然重文只是門面，卻也

---

⑩張鳴前揭文，頁二一〇。

⑪由司馬光《涑水紀聞》卷一，另《續通鑑長編》卷二，建隆二年七月記事，趙匡胤和趙普的對話：「稍奪其權、制其錢穀，收其精兵。」等可知宋朝之中央集權且在尊王攘夷的演化，春秋大一統的思想下，君權之盛亦過於往代，孫復即有《春秋尊王發微》之作，雖已在北宋中期，但君權至上思想已由宋代之諫官，甚少如唐代之諫君只形成朋黨傾軋之爭等皆可知，另詳陳植鍔《北宋文化史述論》第一章第一節〈尊王攘夷的政治需要和儒學的復興〉。及劉靜貞前揭書第二章「君主獨裁體制的確立」。

⑫范祖禹《帝學》有載，（《四庫全書》珍本卷三），《長編》卷二四太平興國八年十二戊申條即載其事，其後眞宗也以此標榜，另詳姚瀛艇：《宋代文化史》，河南大學出版社，一九九二，頁二四—二五。

能感動天下人，讀書之表現於詩作上，自然含有些「以學問爲詩」、「以議論爲詩」的傾向，但「雖謝天才，且表學問」㊿在這時候勢成詩壇不可避免的趨勢，而能表現這種要求的玉谿生詩，自然要備受重視了。

㈢首開學義山的風氣

當然在白體的風氣未歇下，西崑體要主盟詩壇也是要經過一段醞釀期的。我們根據楊億的這段話可知：

至道中，偶得玉谿生詩百餘篇，意甚愛之，而未得其深趣。54

在太宗末年的至道年間（九九五～九九七），僅只於愛好，猶未能一窺其究竟，所謂深趣，正是義山之待鄭箋處，楊億一時也難以窮盡。一直要等眞宗即位後的咸平（九九八～一〇〇三）景德（一〇〇四～一〇〇七）年間，才有機會仔細體會義山詩，而且得其佳處，因而仔細收集而得五百八十二首詩。楊億又道：

咸平、景德間，因演綸之暇，遍尋前代名公詩集，觀富於才調，兼極雅麗，包蘊密緻，演繹平易，味無窮而炙愈出，鑽彌堅而酌不竭；曲盡萬態之變，精索難言之要，使學者少窺其一斑，略得其餘光。若滌腸而換骨矣。由是孜孜求訪，凡得五七言長短韻歌行雜言共五百八十二首⑮。

「演綸」一職乃擔任知制誥，爲皇帝起草詔命，接觸典故的機會較多，因而所搜尋見及的詩作也多，正因他體會到義山詩之好，對於詩人之滌除凡骨俗腸有益：「略得餘光，若滌腸而換骨矣。」宋代詩人既有白詩的底子，而白詩之弊則在「俗」，因而滌腸、換骨乃成爲詩人轉俗成眞、轉識成智的關鍵⑯，而義山詩正可如此，也難怪他要汲汲於訪尋，義山詩之由散佚而復見，楊億實功不可沒。且下列這

⑬鍾嶸《詩品・序》，前亦有語：「（宋）大明泰始中，文章殆同書鈔。」（《詩品・汪中選注》台北：正中書局，一九七四）指當時詩作之失自然英旨者。
⑭引自宋江少虞《宋朝事實類苑》卷三四，上海：上海古籍出版社，頁四三五。
⑮同注⑭所引書。
⑯轉識成智功夫與宋代詩學之關係，龔鵬程有〈釋江西詩社「學詩如參禪」之說，並論宋代詩學之理論結構〉一文（見氏作《江西詩社宗派研究》附錄頁四二六以下）台北：文史哲一九八三）。

幾段文字，亦可見他的搜索之功：

唐末，浙右多得其本，故錢鄧帥若水未嘗留意捃拾，才得四百餘首㊼。

錢氏不過得四百餘首，自然不算多。但是楊億卻對於這位「有膽識，能斷大事」（《宋史》卷二六六）的鄧帥極爲佩服，因爲他讀出了義山詩之佳處：

錢君舉《賈誼》兩句云：「可憐夜半虛前席，不問蒼生問鬼神。」錢云：其措意如此，後人何以企及？」余聞其所云，遂愛其詩彌篤，乃專緝綴。（同前注引文）

正因錢君道出義山之詩他人所不能及者，讓楊億也對於義山詩更加喜好。才專意的搜集義山詩而得到五百八十二首，且愛屋及烏，學義山而得其「清峭感愴」的唐彥謙，也成爲楊億愛好的典範之一：

鹿門先生唐彥謙慕玉溪，得其清峭感愴，蓋聖人之一體也。然警絕之句亦多，予數年類集，後求得薛廷珪所作序，凡得百八十二首。世俗見予愛慕二

君詩什，誇傳於書林文苑，淺拙之徒，相非者甚衆。噫！大聲不入於俚耳，豈足論哉！（同前注引文）

唐彥謙學得義山詩之一體，他也盡量地收集，因爲當時詩集在晚唐五代劫灰之後，散佚的情況相當嚴重，而詩人要推介其詩不但得身兼收藏家，還得應付淺拙之輩的相非議，大聲不入俚耳，因而於咸平、景德年間，推薦李義山和唐彥謙的詩作風格時，他早已領教到了。

㈣西崑體詩風的形成

重點在唐彥謙學到義山「清峭感愴」的一體，楊億又以此與義山本身的沈博絕麗的風格相結合，乃形成西崑酬唱集的主要詩風，固然酬唱集也有些類似白體，或所謂學白體的作品㊽，但那並非西崑體的主流，所謂西崑體仍應以楊億、劉筠、錢

㊼同注㊿所引書。又吳處厚《青箱雜記》卷五即亟稱錢若水〈題韓信廟〉爲詠史絕唱。

㊽諸如張詠之〈乖崖集〉，曾棗莊前揭書第六章即言其與西崑體的不同處，又如丁謂也參與唱和，日人淺澤滋子於《丁謂研究》第四章也談到他和楊劉的異同處。（巴蜀書社一九九八頁一四四以下）。

惟演等人在酬唱集中的作品爲主。至於所謂西崑體，是既學義山，又學唐彥謙，其實還帶有白居易諷諭的意味，以及唱和的形式，雖然外表上看似朝廷的唱和，與歷代館閣之臣的作品無異，因爲形式上錦心繡口，雕章麗句，若不能玩味其意涵，光說其錦繡雕麗不免予外行人以「浮艷」的感覺。其寫西崑此種詩作正合乎詩大序的「主文而譎諫，言之者無罪，聞之者足以戒」的傳統標準，下里之人不知，以訛傳訛，或者別有居心，故意誤傳，以逞其挾怨報復，因有文禁之詔。然而終究敵不過當時天下文風丕變下，人們對於新興詩體的需求：唱和之外，也要有所諷諭，諷諭內容更要以巧妙的典故和優美的形式來包裝—於是這種「包蘊密緻」的義山詩的風格正符合大家的期待，透過此次〈祥符詔書〉的打壓，卻反而使得士子們趨之若鶩，崑體因之更加盛行，這大概也是當事者始料未及的！正因形勢比人強，打壓而成推波助瀾的功效。而且當時士人對這錦心繡口的新興詩體，喜愛到如此地步，實不能不由這充滿諷諫意涵而又沈博絕麗的詩體的形成因素作一歷史的考察。

三、沈博絕麗詩體的文學史淵源

西崑體最爲人所詬病的表面華縟，所謂雕章麗句上，其實從詩的源頭來說〈毛詩序〉的：「主文而譎諫」上已是如此。「主文」一辭朱熹解爲：「主於文辭而託之以諫」，若仔細來看，可知在文辭上是要講究的，正如《易・文言》所謂「言之無文，行之不遠」，對於文辭的修飾，就踵事增華，益見講究，到後來蕭統所說的：「事出於沈思，義歸乎翰藻」（文選序）翰藻已成爲文章形式不可不講究者，至於何以要重視文辭，關鍵其實仍在「譎諫」的必須以微言諫諍，不能直言，以達到「下以風刺上」、「言之者無罪，聞之者足以戒」的目的㊾；當然，若從〈毛詩序〉這段話的下文：「國史明乎得失之迹，傷人倫之廢，哀刑政之苦，吟詠情性，以風其上」來看，對於政治良窳的關心，發之於詩篇，原來也是國史的責任，只是周朝時的國史，並不必作詩，只是采詩、獻詩，《國語・周語》：「使公卿至於列士獻詩、瞽獻曲、史獻書」，而西崑體作家既爲朝廷之史官，而身兼詩人，似略勝一籌，然既自賦其詩，不可直言爲之，乃得用比興，所謂「興之托喻，婉而成章，稱名也小，取類也大。」（《文心雕龍・比興》）正爲了托喻，因《文心雕龍・比興》所言：「楚襄信讒，而三閭忠烈，依詩制騷，風兼比興。」屈子的離騷源自於

㊾以下所引〈毛詩序〉文字，見《十三經注疏・毛詩正義》卷一（台北：藝文印書館）。

此⑩，那離騷又何關於絕麗之辭呢？我們可由《文心雕龍》各篇所載來看屈原和麗辭的關係：

(一)《文心雕龍》所載屈宋麗辭選錄

①屈平聯藻于日月，宋玉交彩于風雲。觀其艷說則籠罩雅頌，故知暐燁之奇意，出乎縱橫之詭俗也。（卷九〈時序〉）

②將覈其論，必徵言焉。故其陳堯舜之耿介，稱禹湯之祗敬，典誥之體也；譏桀紂之猖披，傷羿澆之顛隕，規諷之旨也；虬龍以喻君子，雲蜺以譬讒邪，比興之義也；每一顧而掩涕，嘆君門之九重，忠怨之解也；觀茲四事，同于風雅者也。至於托雲龍，說迂怪，豐隆求宓妃，鴆鳥媒娀女，詭異之辭也；康回傾地，夷羿彈日，木夫九首，土伯三目，譎怪之談也；依彭咸之遺則，從子胥以自適，狷狹之志也；士女雜坐，亂而不分，指以為樂，娛酒不廢，沈湎日夜，舉以為歡，荒淫之意也；摘此四事，異乎經典者也。故論其典誥則如彼，語其誇誕則如此，固知楚辭者，體憲于三代，而風雜于戰國，乃雅頌之博徒，而詞賦之英杰也。觀其骨鯁所樹，肌膚所附，雖取鎔經意，亦自鑄偉辭。（卷一〈辨騷〉）

③是以模經爲式者，自入典雅之懿；效騷命篇者，必歸艷逸之華。（卷六〈定勢〉）

④昔詩人什篇，爲情而造文；辭人賦頌，爲文而造情，何以明其然？蓋風雅之興，志思蓄憤，而吟詠情性，以諷其上，此爲情而造文也，諸子之徒，心非鬱陶，苟馳誇飾，鬻聲釣世此爲文而造情也；故爲情者，要約而寫眞，爲文者，淫麗而煩濫。（卷七〈情采〉）。

⑤及離騷代興，觸類而長，物貌難盡，故重沓舒狀，于是嵯峨之類聚，葳蕤之群積矣，及長卿之徒，詭勢瑰聲，模山範水，字必魚貫，所謂詩人之賦麗則約言，辭人麗淫而繁句也。（卷十〈物色〉）

⑥且詩騷所標，並據要害，故後進銳筆，怯于爭鋒。莫不因方以借巧，即勢以

---

⑥⓪《史記・屈原賈生列傳》：「國風好色而不淫、小雅怨悱而不亂，若離騷者可謂兼之矣。」司馬遷這段話提及國風之好色一語，亦可與毛詩序之「主文」相關，離騷的語言風格應有得於此，或而可見《詩經》以來之比興傳統與艷麗的文辭原本有相輔相成的作用。至於有關比興意義及開展的問題，另詳蔡英俊《比興物色與情景交融》第二章。（台北：大安，一九八六）

會奇。善于適要，則雖舊彌新矣。（同前）

⑦及乎春秋大夫則修辭騁會，磊落如琅玕之圃，焜耀似縟錦之肆：：戰代任武，而文士不絕，諸子以道術取資；屈宋以楚辭發采。（卷十〈才略〉）

⑧相如好書，師範屈宋，洞入誇艷，致名辭宗。（同前）

⑨昔屈平有言：「文質疏內，眾不知余之異采。」見異唯知音耳。揚雄自稱：「心好沈博絕麗之文。」其不事浮淺，亦可知矣。夫唯深識鑒奧，必歡然內懌，譬春台之熙眾人，樂餌之止過客，蓋聞蘭爲國香，服媚彌芬，書亦國華，玩繹方美；知音君子，其垂意焉。（卷十〈知音〉）

(二)屈宋麗辭與西崑關係的檢討

1. 麗辭與創作風格的變化

由以上各則可見艷詞與屈宋之關係。第一則〈時序篇〉所載，既言屈宋之艷說，爲籠罩雅頌，然又言暐燁之奇意，出於戰國時縱橫之詭俗，可知屈騷雖與詩三百相聯繫，卻又不免於戰國之詭俗，雖略有貶辭，而這也是屈宋「自鑄偉辭」的基礎，因而在〈辨騷篇〉即舉其同於風雅之四事，與異乎經典之四事，一則論其合於典誥，一則論其誇誕，終而能夠「雖取鎔經意，亦自鑄偉辭。」這也是師承屈宋者的共通點，其意在經世，然須自成偉辭，只不過離騷之辭表現畢竟不像詩書等經典，因而與之形成兩種不同的文字風格，這也是〈定勢篇〉所云：「模經為式」與「效騷命篇」者的區別，在此我們可以看到石介、梅聖俞等標榜反西崑末流者即以經為言的依據所在，後來宋人每言「本朝詩出於經」，即欲其高於屈騷者，因而形成兩者不同的風格，為了表現「典雅之懿」，宋詩後來的走向即以瘦硬為主㉛，這種與「艷逸之華」風格相反的路線，乃是要與前賢有別的，西崑正似此「艷逸之

㉛宋詩瘦硬與唐詩豐腴不同，論者頗多，而黃裳〈樂府詩集序〉（《演山集》卷二一）：「嘉美憂怨，規刺傷惆，適一時之私意，先物而遷就之，此徇己者也。」以憂怨、規刺等為私意、為徇己，實也可由此來看宋詩的走向。因而蕭華榮以為：「唐人的景物描寫當然與漢儒比興之義不盡相同，但都是由經學比興向詩學比興的演化。宋人既罕言比興，又不喜體物，則對『綴風月弄花草』的不滿結果只能走向取消風月花草。所以對西崑體的批判的雖有其合理性，但批判的角度與旨趣卻又使他們進一步與唐人拉開了距離。」（《中國詩學思想史》上海：華東師大一九九六，頁一六七）所言宋人罕言比興等雖與事實恐有所出入，但強調唐人「由經學比興向詩學比興的演化」卻很可以說明義山詩與西崑體的旨趣所在。

華」，而有屈騷之意味，但以屈騷爲主不免多怨刺，將置君王於何地，尤其在後來春秋尊王觀念的影響下，更期期以爲不可⑥²（詳後），這也是石介等人，必嚴加攻擊的理由。

第四則〈情采篇〉上又言：「風雅之興，志思蓄憤而吟詠情性，以諷其上，此爲情而造文也。」實可呼應毛詩序的說法，然而「吟詠情性」云云〈詩序〉置於所謂「王道衰，禮義廢，政教失，國異政，家殊俗，而變風變雅作矣。」之下，爲達於事變，而懷其俗，「吟詠情性以風其上。」縱使詩人爲情而造文，終究是變風變雅，與風雅之正畢竟有異，所吟詠者多是君昏臣佞，與屈騷之作的背景則無不同。這也是西崑之爲人所側目者，在於詩人不歌頌昇平，反而欲以變風變雅爲言，且宋眞宗的東封西祀則確造成了一國君臣病狂，足以讓識者憂心⑥³。至於西崑之繼起者，「心非鬱陶，苟馳誇飾」且無「達於事變」的憑藉乃至於爲浮艷之輩時，與第一代的楊劉之作已大異其趣，也因而成爲他人的話柄及攻擊的焦點⑥⁴，實可見「爲文而造情」之不足取，反觀，楊劉之人有其時代的遭逢，與情志之蓄憤，「吟詠情性，以諷其上」因變風變雅之疑慮而遭致毀謗，然而終能廣受歡迎者，實亦不可輕忽此要素。

談到所引〈物色篇〉的第五則，離騷之「觸類而長」，以「物貌難盡，故重沓舒狀」，爲寫物色之貌，而有擬聲的連綿詞，並因而演變成司馬相如等漢賦作家的排比技巧，後來又有「辭人之賦麗以淫」的現象，若由此來看，詩人之賦麗以則，以之言西崑第一代作家應無不可，若是辭人之賦，用以言西崑末流則亦相當貼切。至於第六則〈物色篇〉另舉詩騷之後的後世文人只能「因方以借巧，即勢以會奇」亦即不得不巧用文思技巧，順勢而出奇制勝，以求能化腐朽爲神奇，這也是時移事變，在豐富的文化遺產下，所不得不然的演變。

㊷注㊶已提及孫復的春秋學，而石介亦有〈二大典〉一文強調：「〈春秋〉明王道可謂盡矣。」因而對於這種意含比興之以君王如楚懷的西崑體，當然大爲不滿，雖然西崑體已從白居易的諷諫的激切轉爲隱晦，但包蘊密緻下包裝的內容卻也是熟知此文化符碼的人所能會意的，因而知者既罪之，不知者也聞風而罪之，這也是在尊君思想下西崑體不能不承受的結果。

㊸眞宗之迷於符瑞，丁謂、王欽若之附和，導致「一國君臣如病狂然。」與楊億之不顧同流，另可參見劉靜貞前揭書第三章三節「大中祥符的太平假像—天書與聖文」雖然封禪的時間較館中唱和的時間稍晚，但「僞造天書，大造東封泰山的輿論早就開始了」（曾棗莊前揭書，頁三一），更可以說明楊億早對此種神道設教的走向持反對立場，應可算是先知，而先知之寂寞，或也可以得證。

㊹此處觀點，參考拙作〈再論西崑體衰落之因緣—並說所謂崑體工夫〉。

再看第七則所引卷十〈才略篇〉春秋時大夫之「修辭聘會」中的言語技巧：「磊落如琅玕之圃，焜耀似縟錦之肆」更可見時代不同，文辭即須有異，所以戰國時「屈宋以楚辭發采」即已如此，乃至於司馬相如的成就亦在效法屈宋且加以變化，因而能「洞入夸艷，致名辭宗」皆可見屈宋的麗辭所形成的創作風格，實爲後世詩家所艷羨而追步者㊺。

2.麗辭與知音的關係

至於〈知音篇〉更可看出此等艷辭的重要性，西崑體向以文辭的艷麗著稱，然此等艷絕非浮艷，反而是「沈博絕麗」㊻，既沈博又絕艷，値得他人之深識鑒奧，而歡然內懌者，此段所引屈原的「文質疏內，衆不知余之異采。」意爲屈原之慨嘆別人之不知他有殊異之文彩，乃因其外表之不夠艷麗，且疏闊而木訥所致㊼，觀劉勰用意，實在於爲達到知音相契，使人知其心意，則應知「春臺之熙衆人，樂餌之止過客。」的道理，連老子都不免發出「樂與餌，過客止」的感慨㊽，所以又列舉世人之佩帶蘭花，更顯芳香爲言。書籍所載亦爲國家之精神所在，需得仔細探索玩味、才能體會其深美。從美感的探究中體會「國華」，或許這也是西崑作者重視詩文艷麗的理由，以其深美，而使人玩味再三，達到知音相契的欣賞，當也是「不事

65 關於屈子奇詭語言所形成「驚采絕艷，難以並能」的藝術特色，歷代至今論者頗多，廖棟樑《古代楚辭學史論》一書有〈楚辭篇〉之論「楚辭的奇詭藝術特色」所言甚為詳細可參考。（一九九七・台北：輔仁大學博士論文，頁一三七以下）在結論上他又說：「一般說來受儒家文藝思想影響較深的『楚辭』學者，對屈原作品的奇詭藝術常常表現出貶斥，甚至否定的態度。」（前揭書頁一九四）則或可解釋何以在春秋尊王思想及宋代理學發達後，西崑體的詩風一直不能再有所振起的原因。

66 朱鶴齡語，他即用以稱美義山之有得於離騷之後所形成的藝術風格。見〈箋注李義山詩集序〉，其實以之來說西崑之特色亦然無不可。

67 於此吳調公有言：「劉勰的和音說還指出鑒賞者『深識鑒奧』以后所出現的一種『歡然內懌』的境界，他看到這樣一條鑒賞規律，即越是藝術境界深邃，當人們賞析和領會了它的內涵以后，便油然產生一種內心的愉悅或心靈的滋潤。」（〈文心雕龍知音篇探微─劉勰的鑒賞論〉《文心雕龍研究論文選》下頁八五八齊魯書社），確實也可道出楊億讚揚義山〈賈生〉詩：「其措意如此，後人何以企及」之故，再證諸〈宮妓〉詩馮浩所引楊億的讚詞，可見首先發明義山詩之佳處即是楊億，而是這種「深識鑒奧，而歡然內懌」的知音方式的體會使他的詩也走上了這種風格。

68 老子二〇章言：「衆人熙熙，如春登臺。」三五章言：「樂與餌，過客止。」唯劉勰此段引言亦賦予深意：「劉勰的歡然內懌，決不同于片面地把它和一般的快感等同，而是賦予這種像「春臺之熙」的內心享受以思想意義。」（吳調公前揭文，頁八五九）。

浮淺」的一要因，至於這樣的創作風格，也是影響後世很深的。

㈢沈博絕麗風格的形成

自然，從歷史的考查上，亦可得知，詩人面對詩的態度，對於詩的文體和風格的體認，乃是有其對於歷代詩學的吸收綜合所形成的見解，因而形成當時共同的審美思潮，從〈詩大序〉的「詩言志」起，而後曹丕的〈典論論文〉上所言「詩賦欲麗」，陸機的〈文賦〉：「詩緣情而綺靡」。欲麗與綺靡固爲一時詩人所重，但言志的傳統如何與此抒情相結合，毋寧更爲此種不忘士大夫的詩人所重視，尤其在身處危疑之地，冀君之心一悟時，此等自離騷以下所形成的香草美人的寫作傳統，自然倍受重視，尤其當君王提倡的是「爲與士大夫共治天下」，更可以想見其中的奧妙關係。

「爲與士大夫治天下，非與百姓治天下」⑲，文彥博所言的確道出北宋政治結構的特點。而如何形成皇帝與士大夫的共同依循標準，趙普所言「道理最大」，更值得我們深思。既然道理大，誰能說得有「理」，乃成爲斷事的依據，這時引經據典的功夫即相對的受到重視，能旁徵博引之多聞，乃有其整個時代要求的背景⑳，而表現在詩中因形成的既「新奇」又「遠奧」，既「繁縟」又看似「輕靡」的風格。

文心雕龍〈體性篇〉有言：「雅與奇反，奧與顯殊，繁與約舛，壯與輕乖」，由這點來看，可說分為兩組，雖然有人認為：「劉勰表現出明顯的褒貶態度，即褒揚典雅、顯附、精約、壯麗，貶斥新奇、遠奧、繁縟、輕靡。」卻也不得不承認：「這八種風格都不同程度表現為美的形態。」⑺可以看得到的是美的形態中的這兩組，西崑諸人不取典雅而取新奇，割捨顯附而追求遠奧，放棄簡約而不避繁縟，另

⑲《續資治通鑑長編》卷二二一，張其凡前揭書以為此句：「一語道破了北宋統治的奧秘，可說是幫助我們理解北宋政治結構的點睛之語。」

⑳語出沈括《補筆談》卷一，趙普回答宋太祖言：「道理最大。」但是趙普卻不通典故，致不知前蜀已有乾德的年號。而遭帝以筆抹其面言：「汝爭得知他多遜。」因盧多遜知此年號之由來。其事見《石林燕語》卷七。而盧多遜因博知如此而能扳倒趙普，亦在其「有文學才華」，參見張其凡前揭書，頁一一八。

⑺王力堅《六朝唯美詩學》第三章風格型態：交疊而歸柔美，頁一一六，台北：文津一九九七。王氏又以為：「以剛美為標誌的理想風格，只有在劉勰的風格論中才得到如此鮮明而強烈的表述。陸機、鍾嶸、蕭繹等人的風格論卻是不同程度地傾向柔美。」因而他認為：「六朝的風格儘管涉及多種類型，卻可歸結為剛美與柔美兩大分野。」（前揭書頁一一七）

外也可說在輕靡中而不忘追求壯麗。因而形成既新奇又繁縟，既遠奧又絕麗所謂「沈博絕麗」、「包蘊密緻」的風格。

如果說劉勰提出的兩組風格，他所排斥的新奇、遠奧、繁縟、輕靡，是柔靡之美，而肯定的典雅、顯附、精約，壯麗爲剛健之美，則我們看到西崑體在此則有所變化：遠奧而不顯附、繁縟而少精約，由此可知，他是在剛柔中有所取捨的，他不顯附的辭直義暢，實不想讓人一眼望盡，寧可博喻釀采、暐燁枝派，應該也是爲了達到「深識鑒奧」、「欣然內懌」的美學效果所致。

至於柔靡上又可謂柔而不靡，所以才形成看似新奇卻不輕靡，而能有「沈博絕麗」如義山的詩作風格，而遠奧、繁縟也是西崑作品最顯著的特徵，若從其詩作的馥采典文以及博喻釀采，暐燁枝派上來看，此等詩作在剛柔相濟下，已經超越緣情綺靡，走向包蘊密緻，卻又外在新奇華美的絕麗，因而他們「熔式經誥，方軌儒門」的目標雖與儒門者無異，但卻又因這種似艷麗而又奇詭、看似與衆不同，獨特的沿襲自屈騷、自義山以來的風格而遭到一些儒者的排斥⑫。這也可在〈體性篇〉上看出一些端倪。

其實儒者的典型也有重文采者，《文心雕龍・才略篇》除了說：「仲舒專儒，子長純史，而麗縟成文，亦詩人之告哀焉」，即董仲舒、司馬遷的文字「麗縟」之外，又可於其稱許馬融、張衡、蔡邕等所言得知：

馬融鴻儒、思洽識高，吐納經範、華實相扶。

且又說：

張衡通贍，蔡邕精雅，文史彬彬，隔世相望，是則竹柏異心而同貞，金玉殊質而皆寶也。

---

⑫西崑體的文字風格，乃追隨義山七律風格（可參看趙謙前揭書第六章二部分）表現於其詩的極致應該與其意象化的境界，再加上隱喩象徵的用典表現詩的複義有關，諸如〈宣曲〉等詩篇的解讀見仁見智。如祥符詔書的指責「詞屬浮艷、不遵典式」，而《長編》引《嘉祐雜志》王欽若密奏：「以爲寓諷，遂著令戒『僻文字』。」等可見，在反對者眼中西崑體的浮艷、不遵典式、寓諷、僻文字等種種矛盾說詞，其實也說明了崑體詩采用義山複義手法所帶來的不同解讀。或許我們可借用顏崑陽所言：「各種歷史語言文本對作者的描述或注釋可能會有矛盾，但矛盾的本身就已顯示了生命存在的現象及意義。」（《李商隱詩歌箋釋方法論》頁二一七），但是顯然的能如此解讀並運用義山複義手法的崑體詩人，卻不容於後來的宋詩內斂風格形成後的主流論述，另詳注⑫）。

既言其鴻儒、道贍、精雅，又說其華實相扶，即內容與形式能相配合，且以金玉之寶爲喻，皆可見儒者之有華采可道。若用以稱讚辭賦大家司馬相如，及揚雄來說，當會更爲明顯，〈才略篇〉又言：

相如好書，師範屈宋，洞入誇艷，致名辭宗。

洞入誇艷，成爲辭賦之宗師，是從學習屈宋而來的，司馬相如自有其成功處，劉勰雖又引揚雄之語，致其不慊處，爲「理不勝辭」、「文麗用寡」以言理、言用之爲要務，然而屈原乏知音、見異之嘆，正是辭賦家之不願文質疏內者，辭勝、文麗實不可免，唯揚雄既論相如的不足處，因而雖以模仿著於世，卻也能朝向文質彬彬、華實相扶的方向前進，〈才略篇〉說他：

子雲屬意，辭人最深，觀其涯度幽遠，搜選詭麗，而竭才以鑽思，故能理贍而辭堅矣。

揚雄的創作用意和文辭都能很深遠，因甚能「搜選詭麗」，可見對於詭奇美麗的文句盡可能的搜尋，再加上竭才鑽思，理贍辭堅，亦即內容形式都能臻於完備，這也是揚雄「心好沈博絕麗之文」的原因，雖然他後來「壯夫不為」，以其勸百而諷一，效果不彰，但這「沈博絕麗」的追求以及前所言及的「麗縟」「誇艷」，讓義山及西崑體的包蘊密緻有其重視此種語言風格的淵源，而能夠形成其藝術特色，這是我們不能不加以重視的⑬。

㈣意象化的境界，與義山對詩作的體認

至於被稱為唐人學杜，而能得其藩籬的李義山，自王安石如此言之後⑭，歷代對於此西崑之祖，自不敢輕忽，清人的〈一瓢詩話〉也說：「有唐一代詩人，唯李玉溪直入浣花之室。」（《清詩話》頁六二八）所說的義山成就直可追老杜，自然主要的還是在七律上。此所以〈峴傭說詩〉說道：

---

⑬揚雄《法言・吾子》：「諷乎！諷則已；不已，吾恐不免於勸也。」揚雄對賦的深切反省，亦在賦能否達成諷諫的功能上，這應是其後追隨沈博絕麗風格的崑體，每多「寓諷」，因而「逸出」貴遊團體，而不願隨他人唱和應制的一大借鑑。

⑭《蔡寬夫詩話》：「王荆公晚年亦喜稱義山詩，以為唐人知學老杜而得其藩籬，惟義山一人而已。」引自《宋詩話輯佚》（郭紹虞輯，台北：華正書局，頁三九九，一九八一）

義山七律，得於少陵者深，故濃麗之中時帶沈鬱，如重有感、籌筆驛等篇，氣足神充，直登其堂入其室矣。

他如言義山七律：「氣韻香甘，唐季得此，所謂枇杷晚翠」（《詩鏡總論》）等皆直導義山之好者，而義山之所以堪與杜甫的成就並峙，葉嘉瑩頗能道其關鍵，他說：「杜甫第二點可注意之成就乃是意象之超越現實，……「憂時念亂」本爲現實之情，可是杜甫卻完全不爲現實所拘，而只是以意象渲染一種境界。」而義山的成功處即「在於其深有得於杜甫的意象化之境界」⑮，而之所以能如此，實因他們二人有其共同特色，除感情的過人外，葉氏認爲以意象渲染出的境界，乃是杜甫七律意境中「一種極可貴的開創」（前揭書頁一一五），「就是他們二人皆長於以律句之精工富麗，來標舉名物，爲意象之綜合。」⑯義山繼承杜甫這獨到的七律手法，而且「如無盛唐杜甫之七律，則必無晚唐義山之七律。」（前揭書頁一二二）所以後人許之爲登堂入室是有原因的。

律句之精工富麗，自然有其聲律上之苦心研擘，而且用字上講究意象，乃至於表現意象之名物，義山當然能在此有所超越，「以假想之事物、表現心靈之敏感的境界，較之杜甫之以現實之事物，表現生活現實之情意的境界、實當為更精緻更進步之表現」⑰於此，義山把晚唐詩的境界推向細美幽約的境界，然而義山對藝術美的追求固然深下功夫，但在比興寄托上，也是不容我們忽視的，如〈宋玉〉：

非關宋玉有微辭，卻是襄王夢覺遲，一自高唐賦成後，楚天雲雨盡堪疑。

⑮葉嘉瑩〈迦陵談詩〉（台北三民書局頁一二〇）她又說道：「杜甫與義山之成就乃同以感性之觸發取勝，而宋人所致力者，則偏重於理性之思致。」又說「宋人之得於杜甫者雖多，而卻獨未能於其意象化之一點上致力。」並以為「中國傳統的舊詩，對此如謎之意象化的境界，並未能普遍承認與發展的原故。」葉氏看出了這點關鍵所在令人折服，只是他言「西崑體之學義山，貌人衣冠」則不免受到傳統文學史家對西崑評斷的影響。其實崑體詩中，尤其楊劉的唱和，應也是朝向此境界在努力，另詳拙作《論西崑體的用典》一文。

⑯同注⑮引書頁一二一，「精工富麗」，正見義山之承先啓後，葉氏同書又說：「義山還有得之於李賀的一部分承襲，以及超越李賀處。」以此知崑體詩為何以外在富麗著稱之故，若不究其內涵，當然只以為是貌人衣冠的浮艷。

⑰同注⑮書頁一二一，準此，來看崑體詩，應也在此境界有所體會，卻遭人認為：「創作內容是狹窄的，總不外是受詔修書，宮廷游宴，或者是描寫物態，流連光景。」（《兩宋文學史》頁一八。）

這種運用典故積澱所形成的「有意味的形式」，自有其可堪追尋的境界⑱，義山在繼承杜詩七律的成就後，對此體會更深，創作上也更得心應手，也因而他會對早期的律體致其不滿：

沈宋裁辭矜變律，王楊落筆得良朋。當時自謂宗師妙。今日惟觀屬對能。

（漫成五章之一）

裁辭只誇於變律的沈佺期、宋之問，自有其律體宗師的地位，王勃楊炯在律體的成就亦有其知音—良朋，當時皆曾領袖一時的風騷。杜甫不也如此說道：「王楊盧駱當時體。」但義山卻以「今日惟觀屬對能。」從他那只以屬對的能手來看初唐四傑的論點，代表當時近體詩的演進在杜甫的努力之下，已能在詩律的外在形式與內在的意涵上作最適當的結合，尤其杜甫的七律詩體的成就，比如在〈秋興〉八首上「句法之突破傳統」與「意象之超越現實」⑲的兩點成就，尤其後者，更是義山所努力學習的，前人所言「直入浣花之室」，「七律得於少陵者深，故濃麗之中時帶沈鬱」，皆可見他已能在七律的內容和形式中作完善的安排，所謂沈博絕麗、包蘊密微的工夫在此，而他能自杜甫意象化的境界悟入，而能深遠有得。抑且，義山的七絕，也堪稱一絕，其藝術特色，張夢機曾歸納爲「用意精妙，抒情委婉和詩史入妙」，以及義山七絕動人的地方在「意奇」、「雖發議論，卻能不流於枯澀，這是他高明的地方，也是他影響宋人的地方。⑧」即以其〈宮妓詩〉爲例，義山結語「不須看盡魚龍戲，終遣君王怒偃師。」馮浩即引楊文公之《談苑》而有云：

> 余知制誥日，與陳恕同考試，出義山詩共讀，酷愛此篇，擊節稱歎曰：「古人措詞寓意如此之深妙，令人感慨不已。」蓋以同朝有不相得者，故託以爲言也。後人乃謂刺宮禁不嚴，淺哉！

今按：《談苑》所載，陳恕作「余恕」，《談苑》所引文字至「感慨不已。」

---

⑱「有意味的形式」見梁佛根：〈義山詩的用典心理動因與中國詩歌用典的文化內因淺說〉（《李商隱研究論集》（廣西師大，一九九八）頁六五一）另詳劉若愚著、方瑜譯〈李商隱詩的境界〉（幼獅月刊，三七卷一期）及〈李商隱詩的用語〉二文，幼獅月刊三十八卷第一期，一九七三。

⑲同注⑮書頁一一八。

⑳張夢機〈義山七絕的用意，抒情與詠史〉引自《李商隱詩研究論文集》高雄：中山大學，頁六四二。

81，「蓋以同朝有不相得者」乃馮浩之由此體會得之，並想到「刺宮禁不嚴」之說爲淺，足見義山詩之用意深妙，實得楊億等人而發明。當然楊億等人也學義山這種功夫：「演繹平暢」而又「包蘊密緻」者，演繹平暢應該是其表面可知的措詞，所謂「刺宮禁不嚴」的一面，而包蘊密緻則爲其用意精妙等至於義山的用意所在82，可由此詩：「不須看盡魚龍戲，終遣君王怒偃師。」所引用《列子》之典故來看：周穆王時，工人偃師「所造能倡者，趨步俯仰，信人也，巧夫！…王以爲實人也，……技將終，倡者瞬其目而招王之左右侍妾，王大怒，立欲誅偃師，偃師大攝，立剖散倡者以示王，皆傅會草木膠漆白黑丹青之所爲。王始悅而歎曰：『人之巧乃可與造化者同功乎！』」這段文字表面之魚龍百戲不須看盡，即讓君主憤怒，似有反用《列子》：「技將終」這典故，言君王未待戲終已怒，表面上似以宮禁不嚴爲說，但托意微婉，則亦有非馮浩所能深究者，劉學鍇所言「詩之深意」，在：「借宮廷生活以諷刺逞機變於君前；弄權術於幕後之巧佞者，預言其好景不常，終將因玩弄機巧自召其禍也。『不須看盡』、『終遣』云云。意固微而而顯矣。83」應也是有得於楊億之言深妙、感慨而得到的領悟。可見義山在運用典故上，表現出自杜甫「意象化的境界悟入，而能深造有得」（葉嘉瑩前揭書頁一二〇）。義山在這方面的學有所得，讓他看待初唐的詩人自有所不滿，而說出「攀麟附翼，則先於驕奢豔佚之篇」、「效沈宋則綺靡爲甚」的話來㉞。所以他對詩是有番體會的：

遠則鄘邶曹齊，以揚領袖，近則李蘇顏謝，用極菁華。嘈嘈而鼓鐘在懸；煥爛而錦繡入玩，刺時見志，各有志焉。（李義山文集卷三〈獻相國京兆公啓〉）

推其本源自《詩經》的國風，與獻詩補闕、賦詩言志的比興傳統相呼應，這也是刺時見志所在，繼則言後代詩家的成就，其中「嘈囋」一詞，出自陸機〈文賦〉：「或奔放以諧合，務嘈囋而妖冶」。嘈囋據《文選．五臣呂延濟注》：「浮艷聲」，意爲迎合俗好，故浮艷而妖冶。然而義山用此句「嘈囋而鼓鐘在懸」：則以嘈囋與鼓鐘聲作一辨證之結合，二者看似對立卻又以之並論而言，頗有鼓鐘之高懸乃因其

㉛見《宋人詩話外編》上〈楊文公談苑〉頁四六，另察《全宋詩》並未錄有余恕其人之詩。

㉜有關「演繹平暢」與「包蘊密緻」另詳謝佩芬《北宋詩學中「寫意」課題研究》頁五十七以下。

㉝劉學鍇《李商隱詩歌集解》下頁一八六六（台北：洪葉，一九九二）

㉞《李義山文集》卷三〈獻侍郎鉅鹿公啓〉。

有嘈囋之悅耳故，而下句「煥爛而錦繡入玩」，可見他頗能體會錦繡之供人把玩亦在其煥爛奪目的吸引力。義山亦且又道〈「非首義於論思，實終篇於潤色。」（〈獻侍郎鉅鹿公啓〉）也因此今人蔡瑜在〈唐詩時代意識的遞嬗〉一文中就說道：

李商隱雖認同「屬詞之工，言志為最」的標準，但其對於言志的看法是結合著美感原則的，唯有在情思與形式得最完美融合的作品，才是李商隱意識中足以代表時代的。（《唐詩學探索》，台北：里仁書局，一九九八。）

內在情思與外在形式的結合，沈博絕麗的詩風就這樣形成了。然而蔡瑜所謂：「晚唐詩人找不到恰當的位置，回到個人的性靈與自己對話乃是唯一的出路，失去了盛世的想像與改造的意圖，卻釋放才情、開展出精緻幽微的種種文學可能」（前揭書）確也說出晚唐詩家面對挑戰所作的回應，而使「聲音之道與政通」與「吟詠情性」展開了對話。（見蔡瑜前揭書頁二三五）

李商隱之後，唐彥謙的「清峭感愴」亦在這種風格上承先啓後。五代至宋初，天下之亂雖到極點，文風的卑靡也很受疵議，然而存在於館閣之人的詩學觀點，卻還是很傳統的，如徐鉉的論點即為：

詩之旨遠矣，詩之用大矣！先王所以通政教，察風俗，故有采詩之官，陳詩之職，物情上達，王澤下流，及斯道之不行也，猶足以吟詠情性，黼藻其身，非苟而已矣。若夫嘉言麗句，音韻天成，非徒積學所能，蓋有神助者也。（《徐公文集》卷十八・〈成氏詩集序〉）

就采詩的傳統，來陳述詩人之職，因而徐鉉在另一篇文章上又道：「然則文之貴於世也尚矣，雖復古今異體，南北殊風，其要在乎敷王澤達下情，不悖聖人之道，以成天下之務，如斯而已！至於格高氣逸，詞約義微，音韻調暢，華采繁縟，皆其餘力也。」（《徐公文集》卷二十三・〈故兵部侍郎王公集序〉）

於此，固然可以看到徐鉉受到自居易詩風的影響，作爲一白體詩人有此說固不足爲怪，然而徐鉉以南唐詞臣，有名於五代，猶以白詩爲尚，足見他的論點實可反映此時詞臣們的積極信念㊷，詩作在音調、華采之外，是要有益於時代，而且不悖

㊷徐鉉之詩於〈楊文公談苑〉被看爲可與義山詩並列的，同注㊶引書頁四六〈余恕贊義山徐鉉詩文〉條。對於了解所謂「格高氣逸，詞約義微」等應有助益。

聖人之道的，當然也要格高氣逸、詞約義微，但是如何能達到這一目標呢？徐氏畢竟本身還未完成這境界，其實這眞是一大考驗，然而就在楊劉等人的詩中我們實可以看到詩人的目標是一樣的，而且可以實現的，《西崑酬唱集》中只有兩人唱和的詩篇更可以證明。

四、由兩人唱和的詩篇看曲高和寡的西崑體

這種作品能考驗出作者的學養識見功力，但是因題材的關係，不免有些作品諷刺的氣味很濃，更須有大無畏的精神，所謂其曲彌高，其和彌寡，像列名首篇，其實是結集時方完成的詩作〈受詔修書述懷感事三十韻〉一詩僅有楊億首唱、劉筠和詩，他如〈前檻〉、〈洞戶〉二詩亦然。所說的其和彌寡並非詩作難度高而已，比如以排律爲之，一些小詩人，限於才力自然無法和之，但是像錢惟演等既可和〈宣曲二十二韻〉，卻不再有和，則這種作品，自有可探求之處。

茲以〈前檻〉和〈洞戶〉詩爲例，這二組詩曾棗莊以爲：「也是艷情詩，也無什麼寓意」（曾書一九九三　頁一一二）其實恐怕未必是這樣，因爲若是無什麼寓意，其他人必然大和特和，正因其寓急特深，因而和者縮手，才導致只有楊劉二人

像唱雙簧的情況，今先看此二詩的體製，〈前檻〉十二韻爲五言排律詩，難度稍高，但應也難不倒錢氏等人，而後一首〈洞戶〉爲七律，更是崑體詩人所擅長的詩體，何以也只是劉氏有和作而已，這就恐怕因牽涉到其中的托寓所在，爲諸家所忌憚：

㈠前檻詩：

試以〈前檻〉爲例：

前檻瓊鉤掛，深房斗帳褰。梨花飛白雪，蕙草吐青烟。彩鳳依珠樹，神龍護玉蓮，鷩禽時格磔，戲蝶自翾翾。度繡金針澀，迷鉤畫蠟煎。怨眉顰翠羽，危涕迸朱絃。遠信三年字，空庭尺五天。行雲愁夢徹，初月妒妝妍。織爲回文亂，鬟非墮馬偏。風車來未定，月杵望長懸。寶鑑腸空斷，銀潢眼欲穿。曾波自東注，微意若爲傳。

十二韻、二十四句的五言排律，確非一般人所能及，而主要的還是命題出自首句的方式與無題等類似，且內容托意更深，讓有心人束手。且〈前檻〉一詞，出自義山〈蜂詩〉「小苑華池爛漫通。後門前檻思無窮。」義山此詩爲「詠物正體」（馮班〈評才調集·李商隱詩總評〉），清陸崑曾《李義山詩解》曾道：「義山沈淪記室，代作嫁衣，猶蜂之終年釀蜜，徒爲人役耳。小苑華池一篇，殆自況也。首言爛漫通，則勞其力，次言思無窮，則勞其心。」而劉學鍇於《集解》中所云「此借詠蜂寓幕府寂寥，懷想京華之情與遠離家室之恨。起言小苑華池，後門前檻，昔曾爛漫而通，今則惟悵望而思之無窮」。「小苑華池」指朝廷禁省，與〈蛺蝶〉詩「小苑」「瑣闈」同。由義山詩之心意來說「託寓之迹自明」（劉學鍇《集解》頁一〇三四）而由小苑華池之朝廷禁省，想到後門前檻今已不通，令人思之無窮。足見義山之詠〈蜂〉乃是有寄託的。

前檻有如此的象徵意義，所以唐彥謙以學義山〈清峭感愴〉而著，其〈螢〉詩：「星散欲陵前檻月、影低如試北窗風。」即以前檻之月，來反襯螢火之光不自量其力，至於此詩之首聯「前檻瓊鉤掛，深房斗帳褰。」則用：《楚辭·招魂》之典故：「砥室翠翹，絓曲瓊些」王逸注：「曲瓊，玉鉤也。」前檻掛著玉鉤，用上《楚辭》這一〈招魂〉詩中的典故，斗帳一詞出自：〈古詩爲焦仲卿妻作〉：「紅羅複斗帳，四角垂香囊」，〈招魂〉與〈古詩爲焦仲卿妻作〉的典故並用，而且出現在首聯，所用的辭藻雖美，然已意味著由男女感情比喻君臣之道不通的用意了(86)。

下四句連用景色來鋪敘：「梨花飛白雪，蕙草吐青煙。彩鳳依珠樹，神龍護玉蓮。」極言前檻所在之景物梨花、蕙草及雕飾彩鳳、神龍。而蕙草之燃於宮中出自魏武之典故，王仲犖引《廣志》〈「蕙草，綠葉紫花，魏武以爲香燒之。」又引江淹〈別賦〉：「襲青氣之烟熅。」加以梨花句出自李白詩的「梨花白雪香。」，可說極言此宮室—（亦即朝廷禁省）煙霧繚繞之美且香，再加上「彩鳳」「神龍」這龍鳳的字眼更是神聖莊嚴的宮禁意象(87)。然而接下來的「驚禽」「戲蝶」二句。筆鋒卻一轉，「危葉畏風、驚禽易落」正是詩人內心的聲音，鷓鴣的格磔叫聲，對照

---

(86)這些都牽涉到用典處，而且是用成辭，顏崑陽以爲「絕不能脫離原典的本義，……對於成詞的訓解必須有這種歷史語言成規的限定。」（顏崑陽前揭書，頁一八六）則引出原文出處當可以有助於讓我們對〈前檻〉詩的詩人情志的思索。以下亦然。

(87)龍鳳所代表的意象，可參考黃永武《中國詩學》〈詩人眼中的龍鳳麟龜〉所言：「龍是事業，鳳是愛情」（頁五〇—頁五三台北：巨流一九七九）若由意象的遞相沿襲性的藝術特徵來看，這種用「現成思路」的語言，應可看到龍鳳的象徵意義。（參考陳植鍔《詩歌意象論》第八章，意象的藝術特徵之二：遞相沿襲性。）（中國社會科學社，一九九〇）

「戲蝶之翩翾」、實寓有「行不得也」的意味⑧⑧。

至於「度繡」、「迷鉤」二句，上句言想度君王之金針已艱澀，即欲度之難，而迷鉤一語若由《玉燭寶典》所引周處《風土記》注之藏鉤（行彄）之戲，恐猶未能見其意，若再由《列仙傳》來看：「鉤翼夫人少時右手拳屈、姿色甚偉，武帝披其手，得一玉鉤，而手尋展，遂幸而生昭帝。」則或有暗示今帝亦迷於藏鉤。正如義山〈擬意〉詩：「楚妃交薦枕、漢后共藏鬮」。若據此詩程注引《采蘭雜志》云：「每月下九、置酒爲婦女之歡。女子以是夜爲藏鉤之戲以待月明，至有忘寢而達曙者」，如此更可想見這種遊戲的迷人，再與繡句合看二句實指出君王難以度化，以其迷而不悟。所以帶出下聯之「怨眉」、「危涕」句言如翠羽之眉已蹙顰，且危涕迸出如所引《樂記》：朱絃之聲，一唱三嘆。若扣緊「危涕」之典出庾信〈恨賦〉：「孤臣危涕」，則化用此二典，眞是一唱三歎有遺音。也間接地表露自己幽微的心事。「遠信、空庭」一句，先點出所出「三年字」意在「一心抱區區，懼君不識察。」且從古詩「客從遠方來、遺我一書札」之詞意來思索，頗有當年二人之間已有信約的隱喻。而空庭尺五天，更點明此地離天不達，亦即在京城中，以「城南韋杜，去天尺五」的長安諺語，極言讓他「置書懷袖中，二歲字不滅。」的對象，距離是如此之近，然而又有何用？下聯又用宋玉〈高唐賦〉的「暮為行雲」，及曹植〈洛神賦〉的「皓若初日」來點明愁夢通宵，言縱入夢，亦為君愁，而光鮮亮麗若初日照屋梁之容妝，竟亦為人所妒，而眷寵不得久長。所以再用江淹〈別賦〉之「織錦曲兮泣已盡，迴文詩兮影獨傷」來說明其心事若與至愛之人分別，再而反用《後漢書·梁冀傳》的典故：「冀妻孫壽色美而善為妖態，作愁眉，啼妝墮馬髻」，言其鬟之偏非為妖態，而是無心整理梳妝。是《詩經·伯兮》：「豈無膏沐，誰適為容」的用意。

「風車」、「月杵」二句也出自義山詩，但不問出處也可知其意之大概。風車頗有指對方之來如風之不定，因而這盼望亦如搗藥之杵但長懸而已。「寶鑑」「銀

⑱鄭再時箋注引《本草》曰：「鷓鴣形似母雞，鳴云鉤輈格磔。」此詩以此而用「驚禽」之字眼，雖僅一句，卻又具有「行不得也哥哥」的意味，對照下聯之「度繡、迷鉤」二句，也可領會禽言詩「得失去就之覺悟。」（參考張高評〈宋代禽言詩研究〉、《宋詩論文選輯》（一）頁二九八）。

潢」二語則雖用典，也是可以不管⑧⑨，但言其柔腸空斷，且望眼欲穿，意即所望之人終不來，而自己空照寶鏡而腸斷，也是說君臣之道隔，而「銀潢」之爲銀河，更可見「望美人於天上的旨趣，只是無人能通此寸心微意」⑨⓪。所以才結以「曾波自東注，微意若爲傳」二句。又用上《楚辭·招魂》的典故，眞可謂一篇之三致意焉。〈招魂〉之：「娭光眇視、目層波些」，曾波、即層波，言其「目光如水波層層，眼神明亮有情」⑨①然而，縱使再有情依然如水之東流而已，此種幽微的心意，何人能代傳？如此看來，目光所展現之層波應爲詩人詩篇中的深層意義，有其詩眼的隱喻在，應知此詩當非絕情，而是頗怨君王之心已迷而不返，且更以自己亦如屈原之「一篇之中三致意焉」，所以此詩但劉筠有和作，這奧妙處該是當時的人也都能明白卻又不敢來的。

劉筠之和作爲：

垂柳陰岑院，游絲曠蕩春。蘅皋誰駐馬，羅襪自生塵。四姓良家子，三年賦客鄰。折腰行太緩，連瑣語何頻，倭墮雲爭媚，便娟月鬥新。滅瘢難辨玉，約指不勝銀。電笑投壺勝，江澄擣練勻。東南勞鶴望，西北限牛津。寶唾凝蘭氣，鳴簧咽絳脣。籠禽思隴樹，洞犬謝秦人。詠絮才無對，聞琴意始眞。長安足輕薄，愼勿走瓊輪。

首二句由柳絮紛飛的春天說起，所以有垂柳、游絲。三四之「蘅皐」、「羅襪」二句用〈洛神賦〉的典故，則可呼應楊億的首唱，借此洛神美人之形象以寄託。三聯即以其出身之正，「四姓良家子」，且爲宋玉所爲賦極力讚美的東家之子──「三年賦客鄰。」再則以「折腰」、「連瑣」、「倭墮」、「便媚」等句極言其姿態之美，堪與古之美女爭妍。「滅瘢」、「約指」二句雖用《漢書・王莽傳》之典故：「美玉可以滅瘢」然其意仍在美玉之眞僞難辨，以指出人才之好壞難分，也可呼應楊億詩之「迷鉤」句意。「約指」句用繁欽〈定情詩〉「何以致殷勤，約

⑧⑨「風車」出義山燕臺詩：「風車雨馬不持去。」月杵句出自義山〈寓懷〉：「月杵散靈氛」，皆只用其遞相沿襲性之意象，並不費解。寶鑑，即寶鏡，宋人避翼祖諱；銀潢即銀河也都很普遍的用詞。義山用此但塑造一男女相隔以喻君臣不相得的意象。

⑨⓪拙作〈詩家總愛西崑好〉頁二七三。

⑨①湯炳正《楚辭今注》頁二三六──二三七。

指一雙銀」暗指此誓約已變質。因而下句用「東南勞鶴望，西北限牛津」言其「延頸鶴望」（《三國志・張飛傳》典），而「西北」以天河爲限，亦如楊億的「空庭尺五天」及「銀潢眼欲穿」，皆有不得君心之意。

因而下聯即以「寶唾」、「鳴簧」二句，言其絳脣之吐氣如蘭，補述其天生麗質，再則透過絳脣，也可暗指其本能，言如今卻哽咽而難，有如鸚鵡之困於籠中（處於宮禁）不能自在，以此而思隴山故林，用的是禰衡〈鸚鵡賦〉的典故。再借「洞犬」句，暗喻己之心一如桃源之秦人，卻無緣得住，唯接以「詠絮」、「聞琴」二句說其詠絮之才無人可匹敵。至一聆聽其若司馬相如的琴音，當明其心意之眞誠，才德並提可表明自己與楊億皆然。

尾聯用「長安年少足輕薄」之典，頗有義山「富平少侯」之以帝王爲長安年少之用意，似言長安年少薄倖，盟誓難信㉜，「愼勿」句則暗用義山〈碧城〉：「玉輪顧兔初生魄，鐵網珊瑚未有枝」之典，言當年武皇與貴妃之約分明在，終有馬嵬坡之事，今日之事亦未可知，用上複義的手法，似乎一則勸此良家子勿爲那長安兒所欺，亦有勸此長安兒勿忘當年盟約之意，語意模稜，然更耐人尋味。只不過因用到了「長安」二字，長安一向是帝王之都，在語意上有意無意指涉向帝王，又扣上

「輕薄」二字，因而此時雖可回應楊億的詩作，卻也無人敢再和了。

本來，作爲一群唱和團體，若在布爾迪厄的「場域」概念中，於「社會文化再製理論」下，西崑詩人有共同的生存心態，諸人皆有共同的知覺和鑑賞基模⑬，借著朝廷重文的時勢，努力以赴，齊一變至於魯、魯一變至於道，因而格君心之非，以致君堯舜是必要的，尤其在澶淵之盟後，一向還算勵精圖治的眞宗，已逐漸傾向於神道設教的虛幻中，已不再如以前重視此文學之臣，因而他們當中的有識者，唱出這樣托意深遠的語言，自有其深刻的意味。但是若牽涉到暗指帝王如楚懷，而自比爲屈宋及避秦者，那麼這種使用「場域」理論中「象徵暴力」的語言就有危險性，因暴力的對象居然是君王，雖然，諸人的唱和活動，可以當作一種藝術的「遊

---

⑫義山〈富平少侯〉爲刺敬宗之作（馮浩注），其尾聯云：「當關不報侵晨客，新得佳人字莫愁。」用意也很明顯。

⑬邱天助《布爾迪厄文化再製理論》頁一一〇第二節生存心態，言及：「『生存心態』(habitus)是布爾迪厄詮釋社會再製理論的核心，是突破個體與社會，主觀與客觀，內在與外在關係對立爭論的潤滑劑及轉換的環節。」又云：「所指的是一套稟性系統，促使行動主體以某種方式行動和反應，也就是人們知覺和鑑賞的基模，一切行動均由此衍生。」另可參考高宣揚〈論布爾迪厄的「生存心態」概念〉《思與言》二九卷三期，一九九一・九）。

戲」，他們在遊戲中使用的語言，不管多強烈，亦可被包容，但那是在帝王有心求治的情況下，廣納陳言，不殺士大夫的祖訓對君王形成制約，讓君王尊重士大夫的權力，允許諸人在此唱和的「場域」中，進行此種「不悖聖人之道，以成天下之務」（徐鉉語，引見前揭文）的活動。但諸人間唱和內容與形式的競爭，唱和主體與其指涉對象的競爭⑭，逐漸因楊劉的浮雲蔽日之感的日漸加深，因而使用屈原香草美人文化暗碼的情況也更加的深且頻繁，而與他人漸行漸遠。而且眞宗皇帝向神權靠攏後，春秋尊王的神聖和君權神授觀念結合下的權威，已逐步形成不可挑戰的神器，所以詩人所能進言的已不如先前的情況，這時敢言人之所不能言的已屈指可數，甚至連一向幾乎每唱必和的錢惟演這時都缺席了。即可見一斑。

㈡洞戶詩

我們再看另一組〈洞戶〉詩，也許可以看出這種現象，〈洞戶詩〉以揚億的「洞戶飛甍接綺寮」取首二字爲題，如同〈前檻〉一樣，和詩者亦僅劉筠一人，是否也是和寡因自曲高呢？我們試看楊億的首唱：

洞户飛甍接綺寮，一春幽恨寄蘭苕。書題枉是藏三歲，壺矢誰同賽百嬌。水國風霜凋社橘，仙山雲霧隔江潮。東城劍騎何曾出，祇爲離愁髀肉銷。

「洞戶」一語出自《後漢書・梁冀傳》：「堂寢皆有陰陽奧室、連房洞戶。」「飛甍」用左思〈吳都賦〉「飛甍舛互」，「綺寮」用《魏都賦》：「皦日籠光於綺寮」，皆用京都的詞語，雖極其壯觀，但是接下來「一春」句，則結合義山詩〈重過聖女祠〉：「一春夢雨常飄瓦」與韓偓〈春悶偶成〉詩：「相思不相信，幽恨更誰和」而成一春的幽恨無人能知，所以只好寄心意於此蘭苕中，而下聯即扣緊此「書題句」呼應「一春幽恨」、用〈古詩十九〉首：「置書懷袖中，三年字不

---

⑭同注⑬三引書頁一二五：「場域是部分自主的力場，但也是地位競鬥的地方」頗能說明唱和詩的現象，可以部分自主，選擇唱和或者逃避，所謂「詩戰」，原也是可以避開的，但他又是地位競鬥處，要主盟詩壇被社會主流認同，就要全力以赴。因而布爾迪厄「將場域比喻爲一場遊戲，是鬥爭和策略運用的地方，其王牌是生存心態與資本，這些王牌決定了遊戲的型態和成敗。」（同前揭書頁一二五）資本在此當指文化資本而言，由這段話應也可解釋西崑體詩人的唱和現象。文化資本一語另詳高津孝〈蘇軾的藝術論與場〉《一九九七東亞漢學論文集》頁一八二。

滅」頗有三年於此而枉然意，三歲亦有「一日不見，如三歲兮」的相思之情⑮，而下句「壺矢」則指綺寮內投壺之戲的「投壺賽百嬌」，亦暗指君王之迷於此。五六句之「水國」、「仙山」則暗指自己如社橘之凋零，而大橘樹之爲杜橘雖用唐傳奇《柳毅傳》的典故，亦可比社稷之才，另應還是屈原〈橘頌〉之以橘自比，橘本可喻「青黃雜揉、文章爛兮」的君子，淵源已久，今遭風霜而凋，而仙山雲霧與江潮相隔，亦指君臣之道相隔，以此而言社橘漸凋。其來有自。

尾聯之「東城劍騎何曾出」，雖用袁淑詩之典，也可不論，但直言此刻劍騎已不復出，亦即無用武之地，是以末句之「離愁髀肉消」反用《三國志·蜀先主傳》劉備事：「今不復騎、髀裏肉生」言既功業不建，已將老至，所以髀肉生，然又感慨離愁，而髀肉復消，行文波瀾起伏有致。這「離愁」自然亦是君臣之相離而不得見，所以鄭再時因言：「此亦爲傷身世感遇合之作」（鄭注本頁五六九），是很能指出楊億情志的⑯。尤其是後半若不從楊億慨嘆自己，枉有一身如「社橘」之社稷棟樑的本事，卻不受重視而無用武之地來看，是不能體會其好處的！

爲知音的劉筠自然也就以此來相和：

百尺青樓大道邊，五陵遊騎驍翩翩。不思夜魄過三五，祇聞春醪賞十千。密鎖香雲深處户，亂飄梨雪晚來天，愁眉豈待歌成慘，咫尺河陽信未傳。

由首聯「百尺青樓」之用《三國志・魏志・張邈傳》〈「劉備曰：『如小人，欲臥百尺樓上，臥君於地，何但上下床之間耶！』」及曹植〈美女篇〉：「青樓臨大路，高門結重關」等典故，意指京城所在，『五陵遊騎驍翩翩』，則更意含此地遊騎翩翩，呼應楊億首唱之「東城劍騎何曾出」，唯楊億意爲無用武之地，此則實寫此地車騎成群爲遊樂耳。所以下聯言其秉燭夜遊之歡樂，而有「夜魄」「春醪」等言其佚遊之極盛及豪奢。

三聯乃反映居處冷宮者之凄涼：「密鎖香雲深處戶，亂飄梨雪晚來天」。「密鎖」句用的是李義山《正月崇讓宅》首句：「密鎖重關掩綠苔，廊深閣迴此徘徊」

⑮這也是運用「意象的遞相沿襲性」的手法，陳植鍔《詩歌意象論》頁一七五以下。

⑯自然此處是由其詩句來推論，因而應該用顏崑陽所言「精神人格的存在」來解釋。（顏崑陽前揭書頁二一六）

的典故，義山乃悼亡有感且有「親故淪落之痛」⑰，劉詩用以為幽居深處之憾，且極言其淒涼，而亂飄梨雪，雪似梨花，更增添冰冷的意象，何況是天晚時，因而有尾聯「愁眉」、「咫尺」句之言不待歌罷，愁眉已慘，因而縱使近在咫尺，可是這訴離愁之信卻未能傳達。從左傳之「天威不違顏咫尺」（僖公九年），再對照此京城之地的離愁，也是說君臣之道，且用男女之情來相比，與〈淚〉詩、〈無題〉詩等機杼相同，而怨亦如其深，所以和者不再，或許也可由此來思考。

正因下列這句話：「社會並非由個體組成，它表現連結和關係的總和，個體在其中發現自己。⑱」布爾迪厄強調「關係主義」，而非「個體主義」「整體主義」，我們也可看到西崑詩人唱和時這種相互的關係，所以雖然是一群人在唱和，但是和詩時詩人間卻有不和者，所以不能說「整體主義」，但是詩人所謂唱和時有唱也必有和，而關係若膠似漆，如影隨形，眞可謂知音者才能有所應和，與「個體主義」亦不相類⑲，若再從「場域」上來說，每一場域有其特定的價值，有其自己的法治原則。這些原則畫定社會結構的空間，行動主體依照其占有的地位，進行維護或改變其界線和形式的鬥爭。」（邱天助，前揭書頁九三）我們似乎也可看到西崑詩人—在此作為場域唱和詩壇內，身為行動的主體，的確也在此依其占有的地位，或唱和或不和「來進行維護或改變其界線和形式的鬥爭」，但是所謂的鬥爭，也非是那麼刀光劍影，因爲「場域本是遊戲的結構」，若有鬥爭，應該也只是筆墨之爭，只不過這結構也因詩人的孤獨感而有其嚴肅的一面⑩。「同時也是衝突和競爭的空間，類似戰場，透過衝突和競爭，參予者建立其對某種有效資本的獨占，例如藝術場域的文化權威。」（邱天助前揭書頁九三）

從西崑唱和的形態來看，楊億是其中的主導者，他運用此西崑體的唱和，的確達到「某種有效資本的獨占」而形成其「文化權威」。只不過正如布爾迪厄所談的

⑰此詩箋釋者多以爲悼亡詩，劉學鍇以爲「於悼亡中當亦含有更大範圍之親故淪落之痛。」（《李商隱詩歌集解》頁一三五）

⑱同注⑬引書頁九二，於此，邱天助氏又言：「布爾迪厄係以生存心態和場域來表達關係的理念。場域是由一套地位之間客觀的歷史的關係所組成，而生存心態則由以心理形式和知覺、鑑賞、行動的有形基模，貯存於個體內的一套歷史關係所組成。」（前揭書頁九二—九三）

⑲同注⑬引書頁九二：「布爾迪厄在方法論上亦相當強調關係主義，他駁斥個體主義和整體主義。」又說：「布爾迪厄這種多類與多態的結構主義傳統，在後戰時代皮亞傑、伽克森、李維・史陀與布勞德的著作中獲得許多成就。」

⑩「遊戲」、「嚴肅」二語，借用李豐楙一九九九前揭文。

雖只是「權力場域」，而非「宰制階級」，亦即「權力場域是存在於社會位置之間的勢力關係」，只是一關係而已，而且畢竟「以文學場域而言，其在權力場域中係屬受宰制的地位」（前揭書頁九六）由這來看，西崑詩人正處於這相對尷尬的位置，作爲這生存心態來說，諸人的文學才華確可以其「通經致用」在「經國之大業」中作爲主導，以扭轉中晚唐安史之亂來找人主導天下的局面，但在重文輕武的宋代，先是重「吏治之臣」，繼則又將在此東封西祀中轉爲「神道設教」的地步，文學之臣終究是不能實行「致君堯舜上」的理想，所以館臣之有識者尤其楊億其人這種屈騷的情懷，是一直深根於心中的，但若太強烈的突顯此心態，則不免被他人視爲忌諱，多的是畏首畏尾，因而只有劉筠才是他最忠實的追隨者。且劉筠亦曾首唱，而由億來相和。如壓卷的〈螢〉詩。於此也可想見二人之能亦師亦友、相輔相成，堅持理想且患難與共，所以他們雖然在此館閣的應制唱和中屬於另類，但是這種作品一但公諸於世，所形的震撼必引起回響，乃是可預期的，既引起回響，勢必導致當時宰制階級的鎮壓或反彈，也是不可避免的。只不過天下人心期待已久，諸人能夠如此毫不避諱的創作這類作品，引起當時詩壇的共鳴，且更形成沛然莫之能禦的形勢。天下之望雲霓久矣，文章之奧妙，沈博絕麗、包蘊密緻，到如此地步，這也是西崑體能領袖詩壇的一種不能忽略的因素。

㈢偶懷與偶作

我們再看楊億的〈偶懷〉詩為例：

銀礫飛晴霰，蘭英湛凍醪。年光侵葆髮，春恨寄雲袍。燕重銜泥遠，鴻驚避弋高。平生林壑志，誤佩呂虔刀。

〈偶懷〉詩，王仲犖注其本事特詳，雖有大中祥符六年奔陽翟之事，恐不合於早在四年前《西崑集》已編成之事，然正如曾先生所言「景德中楊億與王欽若等的矛盾已十分尖銳，已足以寫出西崑集中那些憂讒畏譏的詩篇。」⑽由王仲犖等注意亦可看出大家都想到楊億與王欽若等人間的不合，所以詩在首聯「銀礫」、「蘭英」寫景記事之後，即以次聯之「年光」「春恨」言己之衰老，且有春恨之事寄雲

⑽見王注本頁二三八，唯佯狂奔陽翟事乃其後祥符六年之事，而楊億與王欽若之矛盾，早在景德年間已然，詳見曾先生前揭書頁一三。

袍，用義山《壬申閏秋題贈烏鵲》詩：「繞樹無依月正高，鄴城新淚濺雲袍。」可見其恨猶帶義山淚濺之意。三聯再用「燕重」「鴻驚」言己之任重且處危殆之地，尾聯因而說到自己志在林壑，卻誤入宦途。用《晉書・王祥傳》之典故，楊億以此明其乞退之意。王仲犖於此另又注其與眞宗關係之淵源可爲參考：

楊億眞宗潛龍日宮府舊僚，依流平進，固且至宰相，然而卒以翰苑散卿終者，以不肯草詔立后與迎合造天書等事以愚黔首故也。（王仲犖注本頁二三八）

正因楊億的耿介不合流俗，不迎聖上意且更欲退隱歸田，此時也只有劉筠敢與之和答，劉詩即以「不才甘客難，多病豈旬休」發端相映，雖用「不才」、「多病」等孟浩然〈歲暮歸南山〉詩之語，且頗有明主棄之，同僚不合之意，因而所求者不只是假日而已。次聯「可待乘軒寵，終慚舐痔求」，則繼言如舐痔而得寵，終究愧不能爲。頸聯「渚蘭薰露夕，江橘富霜秋」言霜露雖冷，於蘭橘之香草、嘉木卻是鍛鍊成材的好節，進而又清風明月是處皆有，暗指不愁辭官而去的安排，所以才結以「養拙寧無地，千波一葉舟」「一葉扁舟」，自可有優游養拙之地，以之呼楊億首唱：「平生林壑志」，自然可謂知音相契之作，但是這樣不顧一切、但求去隱的詩篇卻再也不見有第三者的相和。

又如〈偶作〉一詩亦可見此：

> 翹車蕊佩謁明光，禁禦多年費稻粱，祇羨泥塗龜曳尾，翻嫌霧雨豹成章。鳴鳩春穀先疇廢，寒蝶秋菘老圃荒。歸計未成芳節晚，更憂禽鹿頓纓狂。

此詩首聯言進京從政多年，頗費納稅人的錢糧，因而次聯言但願如莊子之曳尾於塗中，而不願為楚王廟堂之神龜，更翻用《列女傳》陶大夫妻之典，這欲如賢者之隱居避世，三聯乃進而用「先疇廢」、「老圃荒」言田園將蕪，暗喻胡不歸之意，結聯更言身不由己，歸田之計不能成，美好的時日也已耽誤了。憂愁之心，更將成狂，「禽鹿頓纓」之語，借用嵇康〈與山巨源絕交書〉言己之如禽鹿少不見馴育，暗喻其「志在豐草」之意。所以鄭再時即以知人論世的角度言：「眞宗外察察而內多欲者，其遇臣下輒因微過斥責，大年以鄰壤改草、張秉以微累貶官，其用心細事，正五鬼輩所乘隙而得入者也，而大年既恥廁技於彼列又避骰子之當選（指譏刺丁謂事），遂致蜂蠆肆毒，指責頻繁，大年不居諫爭之位，不任社稷之責，潔身引退，何不可耶？」」（鄭注本頁七〇九—七一〇）其志如陶潛之歸去，潔身引退以自清，實可憫亦可佩，但和者依然只有劉筠一人，劉作爲：

殺青和墨度流年，飽食無功鬢颯然。卻憶侯封安邑棗；不肯兄事魯褒錢。千峰川白猿啼樹，六幕風高鶚在天。招隱詩成誰擊節，願傾家釀載漁船。

首聯亦呼應楊詩之「費稻粱」，而「鬢颯然」更有「芳節晚」之意，次聯則言寧可樹棗安邑如同封侯，亦不肯爲錢折腰，三聯「千峰」、「六幕」（六合）不用典亦可解，直接用意象語言說明月下的猿啼，風高中之鶚飛，以極語言悲壯和高潔之志，說得再明白不過，尾聯亦以如今招隱詩已成，誰來唱和爲言，明其志與楊億相同，所以欲傾家中所釀於漁船中以追隨楊億。

㈣秋夕池上

西崑集中，兩人唱和的作品除所列楊億首唱，劉筠和詩外，另有〈螢〉詩則爲劉筠首唱，楊億和作，已於分析詠物詩處論及⑩②，大體上兩人相和的多以楊、劉爲主，唯一的例外是〈秋夕池上〉，此詩爲錢惟演首唱，詩中也露出時不我予之慨：

「秋懷已潘鬢，無奈更啼螿。」也是延續宋玉悲秋的傳統，在此又用上潘岳〈秋聲賦〉之語而直言「潘鬢」，以見其毛髮斑白，錢氏所感亦可得知。

楊億因而就其意來加以發揮，「蓮塘帶弋林，清秋滌煩襟」用義山〈復至裴明府所居詩〉：「與君相伴灑煩襟」之意，欲借此唱和而滌去錢氏之煩憂，只不過楊億卻借題發揮地說道：「泉咽猶鳴玉、臺傾舊築金。」鄭再時注云：

玉猶鳴，泉乃咽之，臺已傾，士可去矣。（鄭注本頁七〇七）

所說的是黃金臺已傾，帝王不再禮遇賢士，而前面一句乃用泉咽鳴玉、這透過聽覺效果的意象表現，來烘托出一種「嗚咽辭密親」的感覺，既要離去卻離以割捨的矛盾，一種屈子澤畔之吟的氣氛借著這文字也透顯而出。接下來則筆鋒又轉而決絕，「僵桃蟲自蠹，怪石蘚交侵」，似乎又在感慨君國之僵如桃樹而爲蟲所蠹，又言一己之如怪石耿介，而屢爲苔蘚所侵擾，則更暗小人之害己且將誤君國，亦呼應錢惟演之「無奈更啼螿」的結語，而且調子更高更緊，「此夜悲秋客，煙蛩亦伴

---

⑩見拙作〈從唱和詩的角度解讀西崑酬唱集中的詠物詩〉。

吟」。在哽咽悲秋中，以煙蛩伴啼螿爲言，似乎追和錢氏的詩意，但是其曲彌高，其和彌寡，所用的並非險韻，也不必和韻，他人竟難以爲繼，也可以見到這種和意不和韻的詩篇，所蘊涵的意義，在北宋這種黨爭暗潮洶湧的敏感時刻，就很難找到其他敢於和詩的知音了。

五、結論

《西崑酬唱集》在大中祥符元年結集問世後，隔年元月即有《祥符詔書》的頒下，其中緣由，說者頗多，但其關係到《西崑體》的興衰是很明顯的，因爲詔書的頒下，對於此一「鏤版已多」的《西崑酬唱集》反而形成推波助瀾的作用，只不過事隔三十多年之後石介，受到此篇詔書的影響，於慶曆年間，講學於太學時竟奮起攻擊楊億，對西崑體的繼起者，給予重重的一擊，再加上梅聖俞前揭詩也揭發這西崑末流：「邇來道頗喪，有作皆言空，煙雲寫形象，葩卉詠青紅。人事極諛諂，引古稱辨雄。經營唯切偶，榮利因被蒙。」的不是，的確道出了西崑末流失去了：「自哀其志窮」的時空環境，加上天下文風已普及，用典切偶已成熟爛，不再眞有寄託的「浮艷」，失去了存在的意義，因而已經到了該轉變詩風的時候，西崑體終於退出領袖近半世紀的舞台。而這〈詳符詔書〉也終於見到了效果。

楊億的詩風之所以能領導詩壇，膾炙人口，與其「雕章麗句」⑩實有密切關係，他既學習義山「豐富藻麗，不作枯瘠語」，而表現於序文中：「歷覽遺編，研味前作，挹其芳潤，發其希慕」的用意，更讓我們對從屈原以來香草美人的傳統，也可說源自〈毛詩序〉：「主文而譎諫」的比興寄託的遺緒，有必要作一源流的考察。雕章麗句原有其比興的意涵，因而摘錄《文心雕龍》有關屈原與麗辭的關聯，一窺其究竟，探討這沈博絕麗的風格的形成的條件，進一步探討雕章麗句的發展，其後有唐杜甫一方面是「致君堯舜上」，一方面又「新詩改罷自長吟」的講究聲律，甚至形成「意象化之感情」，就在「清江錦石傷心麗、嫩蕊穠花滿目斑」的意象化的感情之下，義山學杜而得其藩籬，沈博絕麗更為人津津樂道，而西崑體之學習玉谿生者，亦能得其麗辭諷喻的精髓，包蘊密緻，清峭感愴亦不在義山之下，

⑩〈西崑酬唱集序〉。又西崑之雕麗，一般皆以為自義山而來，然而義山艷麗之詩，張爾田以為「正得屈宋之遺而變出之」，（《玉谿生年譜會箋》頁三四九）繆鉞也認為「義山之心情，固近於屈原，而其作詩之方法，亦多取自離騷。」（《詩詞散論》頁六十）崑體詩因而「七澤迷魂怨楚辭」者（宋玉），言崑體，固不可不溯及屈宋。

「詩家總愛西崑好」，後世之以西崑爲義山者，更足以證明，義山之旨趣，實亦賴此楊劉等人而發明。但世人每以撏撦、獺祭相譏，且陳陳相因，拙作〈詩家總愛西崑好〉及相關之篇章略爲探討此因，但對西崑體麗辭的繼承比興傳統及唱和體的轉變上這兩點尚未觸及，因而在此作一討論。

這篇所處理的，也和文學團體相關，與其他的貴遊文學團體不同，西崑詩人不甘爲應制弄臣的唱和，將文學的遊戲性，轉爲嚴肅性，表現其傲岸不諧的情志，於和意不和韻的和詩方式可見，漸而形成「曲高和寡」現象，已非傳統的文學團體所能解釋，因而借用法人布爾迪厄的「文化再製理論」，以明文學場域與權力場域的關係，是讓西崑體興起，也讓他飽受打擊，但又能發展的一不可忽視的因素，而文學場域雖也處在權力的範圍籠罩下，爲權力場域所壓制，和詩者因而竟有曲高和寡的現象，但宋代畢竟是充滿知性反省的時代，基於要改變五代以來的蕪鄙之氣，大家反而更能接受這既雕章麗句，又包蘊密緻的新興詩體，問世以後「鏤版已多」，正可見崑體詩人以其應用典故的創造與所形成的詩篇是具有時代意義的。

唱和詩到了其曲彌高，其和彌寡的地步，正足以見到眞正的知音相契是如此的，因而由丁謂和了「梨」詩後即不再和作的現象⑽，我們也可發現列名西崑詩人雖多達十七人，但何以唱和篇章最多的還是楊億、劉筠、錢惟演三人，在總數兩百四十九篇的酬唱詩中，他們三人佔了一百七十五首，恰好高達總篇數的七成以上。而其中楊億與劉筠更高達一百二十七首，也佔了總篇數的一半以上。若再探討其中只有兩篇的作品包括篇首的〈受詔修書述懷感事三十韻〉、〈前檻〉、〈洞戶〉、〈偶懷〉、〈偶作〉、〈即目〉〈秋夕池上〉等，更可發現除了〈秋夕池上〉爲錢唱楊和之外，其餘都是楊劉間的唱和，由此現像我們也可得知：眞正的崑體詩，就是在《西崑酬唱集》中以楊劉二人爲主，沈博絕麗、包蘊密緻的唱和詩。因而加以逐章逐句的爬梳，欲探其究竟，以揭示這令人「好之欲其生，惡之欲其死」的崑體詩的旨趣，於此，也讓我們聯想到梅聖俞詩的「屈原作離騷，自哀其志窮，憤世疾邪意，寄在草木蟲」（梅聖俞，前揭詩）這幾句其實也可借用來道出楊劉兩人唱和詩篇的旨趣所在，而這也與崑體的興衰關係至深。⑩⑤

⑭有關丁謂和詩部分，日人池澤滋子《丁謂研究》第四章有探討（成都：巴蜀書社，一九九八）另拙作〈從唱和的角度解讀西崑酬唱集中的詠物詩〉亦分析其與楊劉不能相契合之故，可供參考。

⑮於此蘇軾頗能道出楊劉之佳處，他說：「近世士大夫文章，華靡者莫如楊億，使楊億尙在，則忠清鯁亮之士也，豈得以華靡少之？通經致古者，莫如孫復、石介，使孫復、石介尙在，則迂闊矯誕之士也，又可施之於政事之閒乎？」足以爲本篇最佳注腳。（見蘇軾文集卷二十五〈議學校貢舉狀〉）另可參考謝佩芬《北宋詩學中寫意課題研究》第二章第二節〈「包蘊密緻」－西崑詩人「別得新意」的體會〉台大：文史叢刊，一九九八。

論西崑體的用典與其展現的意義

一、前言

用典，亦稱用事、使事，乃典故之運用，詩人寫作，固然貴在創造，不落俗套，切合情景，使人耳目一新，有別開生面之趣，方爲上乘，但是文辭的創新有時而窮，蘊藏在語言世界中的不知有多少寶藏，可供採擷，因而如何從其中汲取養份，加以吸收、變化、運用，化腐朽爲神奇，乃成爲詩家所不免要展現的工夫，正如黃山谷所言：

古之能爲文章者，眞能陶冶萬物，雖取古人之陳言，入於翰墨，如靈丹一粒，點鐵成金也①。

典故之所以廣爲詩家所運用，徐復觀曾有簡要的說明：

蘊藏在歷史上的語言世界，常是經過再三鍛鍊後留下的語言世界，只有使此一世界向作者敞開，然後作者選擇的範圍才大。創造的憑藉才厚，運用得好，自然可以增加表現的能力。至單就典故而論，詩人是要以精約地字句，表現豐富的情感—或想像，並製造出適合於感情的氣氛、情調，假使用典用得好，便可成爲文學上最經濟的一種手段②。

在傳統詩尤其是近體詩強調言簡意賅，語近情遙，要以精細的字句，表達豐富的情感和想像，這種具有高經濟效益的典故，詩家自然樂於運用，劉若愚在《中國詩學》中即與此觀點不謀而合地說道：

典故可以做爲表現情況的一種經濟的手段，它們能夠做爲一種速記術，傳達給讀者，否則可能需要說明和占去篇幅的某些事實③。

所謂的經濟手段，自然在其能擴大詩的意義範圍。劉若愚對此曾加以說明：

正像意象表現和象徵表現，典故能夠有效地、經濟地具體化某些感情和情況，喚起種種聯想，而且擴大詩的意義範圍。（劉若愚前揭書頁二二二）

不但是在詩的意義和範圍上被擴大了，在感情的深度，尤其在難言之隱，比如政治的意圖，或愛情的秘密上，詩人不能直接講明，這時，典故更扮演了相通重要的媒介地位：

更且，使用典故，還可能有些實際的理由，例如當牽涉到秘密的戀愛，或者意圖政治上或對個人的諷刺時，這種情形下，典故給與避免醜聞，或受控訴的一個明顯的方法。（前揭書頁二二二）

李商隱詩無疑的最能表現典故在這方面的功能，他巧妙地將典故和意象或象徵相結合，比如〈回中牡丹爲雨所敗〉一詩中的：「玉盤迸淚傷心數」，即化用鮫人

---

①黃庭堅〈答洪駒父書〉，其二，《四部叢刊本豫章黃先生文集》卷十九，文中黃山谷先是強調「自作語最難，老杜作詩，退之作文，無一字無來處，蓋後人讀書少，故謂韓杜自作此語耳。」其中古人之陳言，即用典中的所謂「用成辭」這之中牽涉到「狹義的歷史語言，特別指稱所謂有『典出』的辭語。」見顏崑陽《李商隱詩箋釋方法論》（台北：學生書局，一九九一頁一八六）另詳〈黃山谷的學古論〉黃景進，見《宋代文學與思想》頁二五九以下。

②徐復觀《中國文學論集》（台北：學生書局，一九八五，頁一二八）

③劉若愚《中國詩學》（台北：幼獅文化，杜國清中譯，一九七七，頁二一五）

淚成珠的典故，為人所津津樂道，劉若愚即以此句的用典，有「更大意義的某種象徵」。（前揭書頁二二三）

典故在傳統文學中的使用情況已有相當的歷史④，詩家使事也是普遍的現象，尤以近體詩篇幅有限，短短幾十字，要語近情遙，興象豐華，負載如此多的意義，所以經濟及婉約的考量讓詩人不得不加以運用外，另外還有許多理由，諸如：「近體詩詩人在描寫道德行為時面臨的困難更多⑤。」只有在運用典故之後，才能解決此問題。梅、高二氏說道：

因為客觀環境，動機或人際關係等都可以利用典故的對等原理直接間接地加以指涉，根本沒有解釋的必要，過去的史實浮現詩行中，必然牽動一連串這個史實相關的時代背景與人物事蹟。把這些史將移植到詩人本身所處的時代之中，就可以看得出道德行為的起點與範疇。（同注⑤引文頁一七〇）

為此，梅、高二氏因以李義山〈重有感〉一詩中：「竇融表已來關右，陶侃軍宜次石頭」來分析唐文宗時代宦官恣虐專橫的時代背景而且說道：

最直接的評價方式是利用歷史典故，就竇融與劉從諫的對比以見宦臣弄權，天子式微以及將軍立意繕甲兵。爲君子（王）腹心，制姦臣，以清君側。換句話說，如果詩人欲以近體詩詩體，論述道德的行爲，不能不訴諸典故。（同注⑤引文頁一七〇）

道德的評價包括詩人諷諭詩，歷史詩，及其他包蘊密緻的詩篇所指涉的內涵意義，既不能明言，又不得不言，在此兩難的情況下，典故似乎提供了最好的選擇，言在此而意在彼，言有盡而意無窮的表達方式，自然是提供詩人馳騁其創造力的空間。所以用典，成爲詩人靈丹一粒、點鐵成金的重要憑藉及工夫。

④根據簡宗梧的探討，東漢時的賦家逐漸呈現用典的傾向，「捃摭經史，華實布濩，因書立功」，（〈漢唐貴遊活動的轉型與貴遊文學的變調〉中研院文哲所一九九九，頁七）

⑤梅祖麟、高友工〈唐詩的語意研究：隱喻與典故〉（下）黃宣範譯（載於《中外文學》四卷九期頁一六九，一九七六）

二、由醞釀談用典工夫的講求

談到用典，正如《文心雕龍・事類》篇所云：「舉事以類義，援古以證今」所以能產生如同：「勇士之弓刀，美人之膏澤」（益仁智室論詩隨筆引何敬群說）的效果，旣可以增其智勇與嫵媚，因而爲詩家所必備，然而善用者固可相得益彰，不善使者則每爲所累，古人所謂「殆同書鈔」、「撏撦」、「獺祭魚」、「以文字、學問爲詩」等等譏評，其中或不無誤讀而來的誤解，然而詩家使事之不能盡善，亦有其咎，比如義山詩，愛之者固如前所言以爲臻於化境，著迷不已，然其用典不善處亦每有人加以譏彈，如黃子雲《野鴻詩的》即云：

> 自漢以迄中唐，詩家引用典故，多本之經傳史漢，事事灼然易曉，下逮溫李，力不能運清眞之氣，又度無以取勝，專搜漢魏諸秘書，托其事之冷寂而罕見者，不論其論之當與否，擒剝塡綴於其中，以誇耀己之學問淵博，俗眼被其炫惑，皆爲之卷舌申眉，咄咄嗟賞，師承唯恐或後。……

其中所謂「俗眼被其炫惑」云云，因牽涉到接受美學或讀者反應理論上見仁見智的觀點所致⑥，在此不擬討論，但另外所謂「不論其論之當與否，擒剟塡綴於其中」則關聯到作者用典之工力高下，有做得好的、也有拙的，所謂運用之妙，存乎一心，因而典故運用工夫的良窳自然要加以探討，然而如何分辨高下？於此徐復觀拈出紀昀所謂的「醞釀」一詞，加以說明，似乎可作一最好的注解。在「化典與詩人的創造力」中，他說道：

醞釀都是把原有的東西慢慢地變化，使幾種不同的東西化爲另一種統一的新東西，醞釀不僅是記得熟，而實是因爲是一個人的生命力不斷地接觸，受到生命力的鼓蕩浸漬，而漸漸爲生命力所消化，以成爲新的生命力，正與蜂釀蜜及蚌養珠的情形相似。因此，生命力愈強的人，醞釀的力量便愈大。（同注②引書頁一三二）

⑥羅勃·赫魯伯：「『接受美學理論』足以證實一種普遍的轉向：從關心作家與作品，轉向關注本文與讀者。」（《接受美學理論》〈前言〉台北：駱駝出版社），所謂「俗眼被其炫惑」、「咄咄嗟賞」等以今日接受理論的角度來看，應可解爲文本深被讀者所接受。

醞釀靠的是生命力，而哪些詩人能做到呢？徐氏舉出了杜甫爲例，而且用「創造衝動」一詞加以說明：

杜詩的重要部分，都是出於內心迫切之感，使他只覺得要說出自己所不能不說的話。這種強大地創造衝動，才是他用了最大的工力，而又能把工力化掉，以說出自己的眞情實景的基本關鍵所在。（前揭書頁一三二—一三三）

工力與創造力之所以影響到詩的成就的高下，乃是用典的經濟手段所產生的問題。在此徐氏又道：

第一：每一典故的本身，總要幾十字甚至幾百字幾千字說明：而用在詩詞裏面，便常簡縮成幾個字，這一點已經給予讀者一道障壁。第二典故是屬於過去的，與詩人詞人當下所要表達的情景，如何能一般無二，這便又可能增加一層障壁，所以王氏之所謂隔，常常是隨詩人的工力而來。（徐復觀，前揭書頁一二七）

典故的經濟效用，前已道及，但是屬於過去的東西，與當下的情景如何一般無二？確實會產生如同王國維所謂「隔」的障壁現像，王國維的「隔」當然有其用意，歷來探討的也很多⑦，這就是徐復觀之所以特別重視「醞釀」的理由了。

有趣的是「醞釀」一詞乃出於記昀《律髓刊誤評》抨擊刁衎的〈漢武〉一詩時所說的：

此亦是裝砌漢事，而神采姿澤都減，由不及楊劉諸公醞釀之深刻⑧。

⑦隔，見於《人間詞話》第三十六則，王靜安用以批評姜自石〈念奴嬌〉〈惜紅衣〉等首先提出，其後三十九、四十、四十一則中亦皆提及。討論者諸如朱光潛《詩的隱與顯》、《詩論》，饒宗頤的《人間詞話平議》等，而葉嘉瑩認爲：「最好是以《人間詞話》所標舉的評詞之基準的境界說下手。」又說：作品能夠達到「有境界的標準」，有二條件，其中的第二項「是對於此種感受又須具有能予以眞切表出之能力。」（葉嘉瑩〈人間詞話中批評之理論實踐〉。載《王國維及其文學批評》頁二五一）因而進一步說：「如果在一篇作品中，作者果然有眞切之感受，且能做眞切之表達，使讀者亦可獲致同樣眞切之感受便是不隔。」（台北：源流出版社一九八二）其中所謂「眞切表出之能力」適和徐復觀所言：「把工力化掉以說出自己的眞情實景」可相呼應，皆涉及到創作時表達的工力。

⑧引自鄭再時《西崑酬唱集箋注》以下簡稱《鄭注本》下頁三六四，附於刁衎〈漢武〉一詩之後。

刁衍雖列名西崑詩人，但功力上由此來看，顯然不及西崑楊、劉等人，記昀這番話一則批評「裝砌漢事」、「神采姿澤」不夠的刁衍，一則指出楊劉諸公「醞釀之深刻」，可見「醞釀深刻」是一判準。是探討詩家用典功夫的關鍵處。

㈠以〈漢武〉詩為例說典故的醞釀：

我們試以〈漢武〉詩為例，看詩人如何醞釀。

1. 楊億首唱：

蓬萊銀闕浪漫漫，弱水回風欲到難。光照竹宮勞夜拜，露漙金掌費朝餐。力通青海求龍種，死諱文成食馬肝。待詔先生齒編貝，那教索米向長安。

首句用了《史記·封禪書》的典故，是方士李少君對武帝說的，次句反用了《十洲記》的典故，而「欲到難」反用典故，可見起首所說武帝求仙之事，是為了借古以諷今的目的。所以次聯「光照」、「露漙」二句先用了：《漢書·禮樂志》、《三輔舊事》、《三輔黃圖》等所言漢武帝於甘泉祠宮夜拜大流星事，更引《史記·封禪書》，另《三輔故事》《三輔黃圖》《漢武故事》等也都提到的武帝「作金莖擎玉杯，以承雲表之露，擬和玉屑飲之以求仙」事，用了這兩個典故，其實是在批評武帝之不是，因而用了「勞」、「費」二字，而言「勞夜拜」、「費朝餐」以明夜拜流星的徒勞，朝餐雲露之枉費。這種批判性質的「負的典故」，也就是「翻案」⑨的運用，確實充分展現作者創造的工力，以及醞藉之深刻。

三聯「力通」、「死諱」兩句向爲詩話所稱，此二句一則引用《史記・樂書》，一則引用《史記・封禪書》，皆對武帝之「用兵不勝其驕」（方回語）、以及求仙之徒費心力，而失敗後，怒殺方士文成將軍，且諱以食馬肝致死等有所批判。無怪乎其爲人所稱道⑩。然而最妙的仍在於末聯「待詔」、「那教」兩句用《漢書・東

⑨反用典故，反其意而用之，張夢機以爲「詩中謂之翻案法，最爲奇警。」（《近體詩發凡》中華書局一九七五 頁八二），高友工等以之爲「負的典故」（同注⑤引文頁一六九）

⑩方回《瀛奎律髓評》云：「詩話稱此五六」即言〈漢武〉之五六兩句，又劉克莊《後村詩話》說道「錢劉首變詩格」，鄭再時則以爲「首變詩格者文公也，文公即詠漢武云：『力通青海…』比之錢劉尤老健。」鄭再時於注中亦云：「三聯言清淨無欲者，求仙尚不可得，況如武帝之多欲自欺者」，亦可爲其所謂「尤老健」的注腳。

方朔傳》之典故，以言東方朔索米長安之饑欲死，來比喻武帝「于人才之地不加意也」。而詩人所以如此爲言，正如《夢溪筆談》所載：

舊翰林學士，地勢清切，皆不兼他務，文館職任，自校理以上，皆有職錢，唯內外制不給。揚大年久爲學士，家貧、請外，表辭千餘言，其間兩聯曰：「虛忝甘泉之從臣，終作莫敖之餒鬼，從者之病莫興，方朔之飢欲死」。⑪

由這段話可知：楊億之遭遇和當年東方朔有類似者，所以他才屢用東方朔的典故，言漢武而說到此，眞是如王仲犖所說的：「則億此兩句，亦有刺宋眞宗如漢武帝，於東方朔之才情流輩，而教索米長安，蓋以自貺也」而這也是楊億此詩成功之處，「但攻其一，不及其餘。」只說東方朔，而漢武的虛假，而眞宗對於人才的眞正態度俱可知。此即可謂運用典故到醞釀深刻的境界。

2. 劉筠和作

劉子儀的《漢武》一詩，寓意亦然，他能就楊億之詩的旨趣加以回應，深得唱和詩相濡以沫，知音相契的三昧，比如五、六兩句：「夏鼎幾遷空象物，秦橋未就已沈波」用《漢書·武帝記》及《漢書·郊祀志》之典以說夏鼎之屢遷，言改朝換代之頻繁，秦橋未就，則用《述異記》之典⑫，以秦橋未成如今已沈於波浪中，亦言其徒勞也，所以方回所言：「興亡之運，理所必有，雖漢武帝之力巨心勞。此亦無如之何也。」（《瀛奎律髓》卷三）似猶未能窺得劉筠之心意，紀昀因而說：

五句夏鼎變遷言武帝時，海內凋弊，六句言武帝好大，以秦皇比之也。虛谷此評不了了。（《律髓刊誤評》卷三）

劉筠借秦皇以評武帝，其實正要以之說眞宗，所以未聯所言「相如作賦徒能諷，卻助飄飄逸氣多」，是說相如之賦不能止武帝侈淫之志，來說眼前之事，也難

⑪又據洪邁《容齋隨筆》卷一，《三館秘閣》條說：國（宋）朝儒館仍唐制，有四：其次監修國史：四局各置官，均謂之館職，皆稱學士，學士之職，地望清切，非名流不得處。」甚至連太宗也曾顧近臣說道：「學士之職，清切貴重，非他官可比，朕常恨不得爲之。」（李燾《續資治通鑑長編》卷三四，淳化四年五月丙午）可見所渭地勢清切之外原本又貴重，然而楊億於眞宗時竟至「飢欲死」之地步，所以引東方朔爲言，亦意有所指。

⑫王仲犖注引〈述異記〉云：「秦始皇作石橋於海上，欲渡海觀日出處。」鄭再時注則引《太平廣記》神部，〈三齊要略〉云，所載典出不同，也可看到當時在《太平廣記》的編修後，所能引用的小說材料更加方便。而後人對典出的認知，也就有異。

怪鄭再時要說：

末言相如作賦，雖志在諷諫，其奈人主不喻，徒助飄飄逸氣何？蓋指大年原唱也。（《西崑酬唱集箋注》頁三五九）

鄭注實眞能說出劉筠之心意，劉氏在爲楊億抱不平，而且借用漢武之事，先是反用典故，再則加以化用，以古喻今，了無痕跡，方回所評因而不能切中要害，詩人間唱和的意義，旨在相互扶持，劉詩所和，醞釀之妙，於斯可見。

3.錢惟演的和作：

至於錢惟演的〈漢武〉詩，則以武帝之作〈秋風辭〉，及爲柏梁臺詩之唱和而起筆道：「一曲橫汾鼓吹迴，侍臣高會柏梁臺」先言漢武之重視文學，然而三句則轉而借《漢書·武帝紀》：「元封二年六月，詔曰：『甘泉宮內中產芝，九莖蓮葉。…其赦天下。』作芝房之歌。」而言：「金芝燁煌凌晨見。」又引《漢武故事》：「正中，忽有青鳥從西方來，有頃，王母至」之典而言：「青雀軒翔白晝來」。白晝求仙的行徑可見，而所臚列的仙事亦爲下文翻案之伏筆。

詩中足爲一篇之警策的句子在後半：「立侯東溟邀鶴駕，窮兵西極待龍媒。甘泉祭罷神光滅，更遣人間識玉杯。」此四句先引〈列仙傳〉王子晉乘白鶴而去之事，以稱西王母所乘亦爲鶴駕，其事仍出自《漢武帝內傳》以言武帝求仙待仙人來，六句「窮兵西極」又引《漢書．武帝記》之典，而「窮兵」一語足見其不以此用兵爲然，此兩句一用「立候」、一用「窮兵」，皆有仙蹤難憑、枉費人力的用意⑬，「甘泉」句，即楊億「光照竹官勞夜拜」之意，所以言「神光滅」，一滅而一切仙事之幻想俱滅，因有末句亦出自《漢武故事》之典，隱喻武帝求仙，其後仍不免一死。所以方回於《律髓》評道：「東求蓬島，西求宛馬，亦志大心勞矣，葬地玉杯，遄出入間，悲之也，亦理之所不能免也，人君而鑒此，則修德，人臣而感此，則盡心以事主，聽其運於天可也。」足見此詩也是一篇對當時人主及同僚充滿言外之意的作品。

---

⑬立候東溟句，王仲犖未注，鄭再時則引《周禮．夏官》：「候人，鄭康成注候，候迎賓客之來者」以「立候」一詞與「窮兵」相對，皆可看出對於此種行徑的言外之意。鄭再時按語：「此云立候，蓋置官以迎仙人之意，方與本句邀字相應，及下句窮兵相對。」（鄭注本頁三六一）因而言「或引作堠」者之堠，「非此詩意。」就詩意爬梳而以候爲是，也可尋出錢詩之用意。

4.刁衎的和作

看過楊、劉、錢三人所作，若再與刁衎之詩相比，也許可看出這差異性，刁衎詩爲：

高宴柏梁詞可仰，橫汾蕭鼓樂難窮。已教丞相開東閣，猶使將軍誤北戎。灑淚甘泉還有恨，祈年仙館惜成空。誰知辛苦回中道，共盡千齡五柞宮。

此詩首句紀批即言「詞可仰」三字：「拙稚」。且更道：「此亦是裝砌漢事，而神采姿澤都減，猶不及楊劉諸公醞釀之深耳。」正由於此，刁衎少了醞釀的功夫，但，什麼叫做「醞釀」呢？用徐復觀的說法乃需要「生命力的鼓蕩浸漬」，我們看到前面諸人都能如此「蜂釀蜜」、「蚌養珠」，而刁衎首句之詞可仰，又但言武帝柏梁宴之事，而用「可仰」這泛泛之辭，當然看不到古今對比，乃至於以古諷今之意味。

「橫汾鼓」句亦然，也只是表面文章，並無新意。三四句，「已教」、「猶使」，雖亦效法楊億的諷諫之意，然而太露了：「開東閣」、「誤北戎」，雖欲引《漢書．公孫弘傳》及《漢書．武帝紀》之事，以言其欲興文學，卻又輕啓釁，五六句「灑淚」、「祈年」句亦然，灑淚一詞，用漢武之典故也是有些牽強，且「還有恨」、「惜成空」皆用論斷之語，於此蘊藉未免不夠⑭。與他人所作爲：「在律詩中，中間幾聯常用意象語言表現簡單的陳列物性的描寫，最後一聯常用論斷語言表現論斷語氣，與相對的時空觀念⑮。」明顯有異，所以到末聯「誰知」「共盡」不免予人詞窮之感。比如七句猶用「辛苦」之字眼，然前五六句已用「恨」、「成空」等所以紀昀要說：「裝砌漢事」，刁衍詩之弊病，或而即在於過早運用論斷之語，而使得詩作少了那言外之意的醞釀，讓這典故的安排少了些韻味。於此我們還可借朱自清的話來說明這現象：

⑭王仲犖注「灑淚」句云：「武帝於甘泉作益壽、延壽二館及通天臺，置祠具其下，將招來仙神人之篇，然而神仙終不至，故云有恨也。」且以對其下「灑淚」一句，亦甚勉強：一、祈年爲宮名，《漢書·地理志》：「祈年官，惠公起。」，以之對灑淚不通，二、甘泉亦宮名之專稱，與仙館之泛稱，也是難以相對。於此對仗有畸形不整之弊，（見張夢機《近體詩發凡》四章丙〈屬對之禁忌〉中華書局一九七五）應即其遭致不能蘊藉的譏評的理由。

⑮高友工「隱喻的語言與解析的語言」同注⑤引文頁一七五，原已有「論唐詩的語法，用字與意象」論及。作者以爲「意象語言語法關係微弱，結構只是簡單的名詞並列，訴諸感官上的感受或想像。」與論斷語言之出現在最後一聯者不同，刁衍此詩即在五六兩句出現了論斷語言。

廣義的比喻連典故在內，是詩的主要的生命素；詩的含蓄，詩的多義，詩的暗示力，主要的建築在廣義的比喻上⑯。

朱氏將典故看成廣義的比喻之一，（分別是事物的比喻、歷史的比喻，神仙的比喻），認爲運用此，可達到含蓄、多義和暗示力，要達到言在此而意在彼的目的，確實須如此來運用典故，而刁衎的又一敗筆，乃在他說得太明白了，少了那藴藉，也不能如義山之「用複義手段，改變和增強七律內在結構效應⑰。」少了含蓄和暗示力，詩的歧義模稜所帶來的美感效果自然要打折扣，這也就是紀昀所說的「神采姿澤都減」的緣故，以致少了讓人一唱三嘆的感覺。

㈡醞釀與沈博絕麗

至於楊劉等人，是如何做到活用典故，乃至於加以醞釀以成西崑之神采姿澤呢？這就不得不談他們受到李義山沈博絕麗，以及風格的整合性的影響，趙謙如此說義山道：

風格的整合性，即整合諸多風格或鎔鑄矛盾對立的風格於一體，李義山的七律也表現出這種特徵。楊萬里說他的「微婉顯晦」，施補華評曰：「穠麗中時帶沈鬱」，范梈謂其「閒艷」，朱鶴齡總結為「沈博絶麗」，林昌彝曰：「非愛其用事繁縟，蓋其詩外有詩，寓意深而託興遠，其隱奧幽艷，於詩家別開一洞天。」胡壽芝曰：「玉谿專工近體，清峭中含感愴，用事婉約。」等，都或多或少地道出了李商隱詩歌風格的整合性特徵⑱。

諸家所言義山的風格，能融多種於一爐，其關鍵處實不能不說到此用事功夫，比如林昌彝言「非愛其用事繁縟」，胡壽芝言：「用事婉約」等皆可見到用事與其風格所產生的整合性，而義山之所以能如此，與楊劉之所以在學義山處，形成讓人

⑯朱自清〈唐詩三百首指導大概〉載《朱自清古典文學論文集》頁三六四。

⑰趙謙《唐七律藝術史》頁二五〇〈唐七律的持續繁榮〉（台灣文津出版一九九二），此處所引複義，引自英人燕卜蓀的「複義七型」燕卜蓀之複義，另翻作模稜，又作《朦朧的七種類型》（中國美術學院出版社，一九九六）

⑱同注⑰引書頁二七五。

以為西崑即義山的成就上⑲，實不能不討論他們何以善於用事的共通點。

三、西崑用典之淵源與背景

㈠義山詩與四六文之淵源

西崑體詩中，用典之繁多，與對偶之整飾及詞句之艷麗，無疑的最為人所注目，而這種特點，實與楊劉等人的四六文的功夫關係密切。而這種詩文相關上，實可上溯到義山詩與其樊南四六文的關係。

用典及偶句的使用，駢文上已頗講究，而在這比駢儷還要精緻的四六文上，更是非此不為功，義山四六文的運用典故及偶句，師源於徐陵、庾信，又吸取陸贄之長處。所以既善敘事又能說理，論者以為：

> 筆法靈活，文氣疏宕，娓娓而談，耐人尋味，雖表面華縟，但內裏是很有氣骨的。中唐以後駢文，特別缺少庾信那種清剛蒼老的氣骨，而李商隱駢文骨氣兼備，有動人心魄的力量⑳。

就是在吸取前輩的優點下形成了義山四六文的承先啓後的成就。他融合了徐陵善於敘事的一面，再加上庾信的清剛蒼老的氣骨，而後再注入陸贄的議論說理。形成了自己的獨特風格。

1. 義山使事中言志抒情的工力

義山四六乃在使事的功夫下表現其議論，敘述、抒情相結合的功力，馳騁古事，而爲我所用㉑，更且他能善於運此功夫而使議論，敘事皆能以情運之，而且

⑲所謂「詩家總愛西崑好」，楊劉體與義山詩有其共通處，後世之混淆西崑與義山者如吳喬的《西崑發微》所言者皆義山詩，二體被混淆之緣由，另參見拙作《重新解讀西崑體》，《文學與美學第五集》，淡江大學主編，台北：文史哲一九九五，頁二五六。

⑳引文見于景祥《唐宋駢文史》頁一二八（遼寧人民出版社一九九一）這段文字的前半出自瞿兌之《中國駢文概論》（台北：清流出版社易爲《中國文學八論—駢文論》一九七五，頁一一〇）。

㉑于景祥以爲李商隱駢文之創作成就在：一、工于用典⑴用典與議論說理相結合⑵用典與敘述描寫相結合，二、長于抒情，三、善于議論四、華艷驚人的辭采，清新俊拔的風格。所言以用典列在首位，抒情第二，而義山能以抒情、議論的手法來用典，乃成就其詩與文的特殊風格。《唐宋駢文史》頁一二九以下。

「凡其緣情綺靡之微詞，草非厄塞牢愁之寄托。」，也正因此，所以他才能將駢文的功夫用於詩上，突破詩文的畛域，正在於此抒情功夫，有如朱鶴齡在《箋注李義山詩集序》上所言：

離騷托芳草以怨王孫，借美人以喻君子，遂爲漢魏六朝樂府之祖，古人之不得志于君臣朋友者，往往寄遙情于婉孌，結深怨于蹇修，以序其忠憤無聊纏綿宕往之致。唐至太和以後，閹人暴横，黨禍蔓延，義山厄塞當途，沈淪紀室，其身危，則顯言不可而曲言之，其思苦，則莊語不可而漫語之。

正是這繼承屈原騷賦，香草美人的功夫，六朝賦中庾信的平生最蕭瑟，暮年詩賦動江關，頗能得其神髓，早爲老杜所心服，而義山更在知學老杜而得其藩籬的功夫下，對於這托怨寓意的功夫多所繼承，非但表現在四六文中，更且寄托於其詩篇裏，他的詩文的寄託深情既來自於離騷。引經據典的功夫在先秦已備，《左傳》、《國語》中已有大量的記載，孔子亦云：「不學詩，無以言」、「誦詩三百、授之以政，不達，使之四方，不能專對，雖多，亦奚以爲？」等，皆可見誦詩，原是引經據典的實際運用而來，尤爲先秦時的上層社會所熟嫻運用，更被孔子訓示爲儒者的必備功夫之一，以其具有政治外交上的功能，不只是在詩文上的修辭而已，由此更可看到善長運用典故作為一優秀政治家的意義。所謂「賦詩斷章，吾取其義」應也是用典的較早範例。

2.義山四六文中論詩的觀點

義山面對當時的天下形勢，以一沒落王孫而有此學養，正想以其才華，效力王朝而實現其政治理想，所以他所言：「屬詞之工，言志為最」（〈獻侍郎鉅鹿公啓〉），正可想到他的抱負原寄託在這詩文的創作中，而這篇〈獻侍郎鉅鹿公啓〉一文，我們正好也看到他對唐朝詩壇的評論，以及他對詩作方向的體認。義山言道：

> 自魯毛兆軌，蘇李揚聲，代有遺音，時無絶響，雖古今異制，而律呂同歸，我朝以來，此道尤盛，皆陷于偏巧，罕或兼材，枕石漱流，則尚於枯槁寂寞之句；攀鱗附翼，則先於驕奢艶佚之篇。推李杜則怨刺居多；效沈宋則綺靡為甚。至於秉無私之刀尺，立莫測之門牆，自非托于降神，安可定夫眾制？（《李義山文集》卷三）

這裏先言詩之本源自《詩經》等，相沿不斷，體制雖異，皆為聲詩，並將唐代詩人之流弊道出，枕石漱流，以言隱逸之輩，詩句每流於枯槁寂寞，攀鱗附翼，以言熱中功名者，則以驕奢艷佚之詞采，引人矚目，因形成效法沈宋以聲律為詩的綺靡作風，與推崇李杜卻流於以哀怨與譏刺為主等兩種流派。義山認為這些都是一偏，因而應有一無私的刀尺，以之為剪裁的標準，而所謂莫測之門牆，見他以孔子之門牆為喻的積極意涵，言詩道而說及夫子之門牆，應也看出他是以孔子的詩教為最高標準的。至於如何達到此標準？「自非托于降神，安可定夫衆制」，則又有杜甫「讀書破萬卷，下筆如有神」讀書萬卷，方可下筆用意如神，也因而讀書積學的功夫，是關鍵所在，這也是他寫詩用事能左右逢源，驅遣典故，不死于句下的工夫所在，至於其後他的詩作的實際成就也得力於此，因而一則得到李杜的神髓，一則具備沈宋之麗質，而形成其包蘊密致，沈博絕麗的特色，在驚人之艷的外貌下，卻不掩其香草美人的托怨忠憤之旨。而這也是義山詩文高妙所在中，不可忽略的一點㉒。

㈡四六文的傳承與用典的功力

作為義山的傳承者最重要的人物，楊億、劉筠，的確可以說繼承了義山的沈博絕麗包蘊密緻功夫，尤其在四六文的功力上，楊劉於此更為明顯。朱鶴齡於〈新編李義山文集序〉中所云：「義山四六，其源出于子山，……迄於宋初，楊劉刀筆，猶沿襲其制，誠厥體中之梅檀薝蔔也。」

以香木梅檀和奇香之花薝蔔為喻，足見楊、劉等在繼承義山的四六文的成就上，確是有其可觀可道之處。《邵氏聞見後錄》卷十六即謂：「本朝四六，以劉筠、楊大年為體，必謹四字、六字律令。」雖然在文學史的論述上，每為了歐陽修等人詩文的革新而貶抑了西崑㉓。但楊億等人繼承義山的功力，在當時時代的需求——「登高能賦始為大夫，因事陳辭爰稱作者」（楊億〈學舒州孫推官啓〉，《全

㉒李義山詩的妙處，論者頗多，其重要篇章諸如劉若愚之〈李商隱詩評析〉即對於其詩之特色有刻的探討道：「其詩不若太白之純乎天籟不假人工，或右丞之工力在骨不露斧鑿痕，而是有意地搜尋發揮語文之潛能，大有工部語不驚人死不休之概。故以對語文之探索言，義山為老杜之嫡傳；以探索神祕境界言，義山可謂為屈原之精神後裔。」《清華學報》七卷二期〈李商隱詩評析〉頁一四一。

㉓參見《再論西崑體衰落之因緣》（一九九七東亞漢學會議文頁一六九）台北：台灣學生書局。

宋文》卷二九二），是有其值得肯定的意義的。

今人于景祥就曾針對楊億四六文的佳處說道：

當然，應該承認，楊億等西崑派文人一旦出于情與事的實際需要而寫作的駢體文，雖然也使事用典，但由于取自胸臆，自然妥貼，因而也有比較好的作品。對此我們不能一概抹煞㉔。

談到其用典，而言其取自胸臆，自然妥貼，也是談到他寫四六文上的用典與抒情言志能很自然的結合，在這一點上曾棗莊於分析楊億〈殤子述〉上且道：

所引〈殤子述〉，就用典較多，內外典都用上了，但何妨其抒情達意㉕？

其所謂內外典指的抱括內典──佛家的典籍，與外典──一般的典籍，楊億用典的廣泛似乎還不在義山之下，但此段文字最重要的是用典雖多，卻不妨其抒情達意。當然這就關係到作者的學問功力，與其創造衝動力的問題。歐陽修在《六一詩話》中引西崑之詩而言：

雖用故事，何害爲佳句也。……不用故事，又豈不佳乎？蓋其雄文博學，筆力有餘，故無施而不可。

正可見西崑詩人在此用典或不用典與其創作的關係，是作有機的考量，若須用典，則往往能醞釀得很恰當，不會妨害詩意。曾棗莊更且說道：「這裏主要是評崑體詩，但用以評價崑體四六也是完全可以的㉖。」這段話，在義山的詩文上已是如此，用在西崑體上，也是一樣，也可見這用典的功夫，西崑與義山的成就是一樣的。

作爲宋朝四六文典範的楊劉的文章，其成就處，實不能不談到在典故上運用的貼切，也就是醞藉的功力上。曾棗莊於分析西崑四六文作品最後更稱道：

㉔同注㉑引書頁一五一

㉕《第一屆宋代文學研討會論文集》，（台南：成功大學一九九五）此段論文又見於其《論西崑體》頁二三八：「唯作〈殤子述〉，也是駢散相間，而具有強烈的抒情色彩。」

㉖《論西崑體》頁二三九（高雄：麗文文化　一九九三）

從前面所引的大量文例，也可看出，並非堆積典故，以致脢澀難曉，而是用典貼切，行文暢達，富有氣勢和感染力。（前揭書頁二四一）

這裏所談到的楊億用典的功力，正如衆所周知也是深有得於李義山的，楊億自己在《談苑》中即說道李商隱的用典：

義山為文，多簡閱書册，左右鱗次，號獺祭魚。

這種多簡閱書册的功夫，歷來為人所譏，後人更以此轉而譏評楊億等人的崑體，其實由「獺祭」一語，應可看到他的學養豐富，且勤於查閱書籍，運用資料，因而能巧妙地安置最精妙的典故於詩中，或比喻或象徵，眞的是「無施而不可」，正如王士禎所道：「獺祭曾驚博奧殫」一樣㉗。義山如此，楊億等也是一樣，雖以才能出入群書，援引殫洽，表現其雄文博學，卻又有妥貼醞藉的功力，而「博奧殫」三字連用，確表現其廣博深奧的創造力為人所驚，不過識者因驚而服，不識者如「區區風雲草木為許洞所困」者，自要妄加批評，以文其學植疏淺，「大聲不入俚耳」這也是很自然的㉘。而義山與楊劉這一用典的功夫，既富有氣勢，和感染力，是成功處，不論詩文皆然，前已論及。更且因爲用典的關係，選詞更加靈活，而注重選詞，注重情感氛圍，和特定的美感境界形成其「有意味的形式」，因而給一般人「色澤濃麗」的印象。瞿兌之即以此而道：

李商隱的文章與他的詩一樣，以使事精博，色澤濃麗見多，所以無形中便像了兩個古人徐陵和庾信，他的詩像庾信，他的文便像徐陵。總之無論什麼複雜的情事，難言的衷曲，一到他手裏，便拿古事古語來比擬得十分確切，十分活動。再加上一種顯動的筆法，疏宕的文氣，眞叫讀的人覺得娓娓忘倦㉙。

可見義山的淵源與成就，其文同其詩一樣，其實所說的還是講典故的運用，而

㉗王士禎〈戲仿元遺山論詩絕句〉（《漁洋精華錄訓纂》卷五、下，四部備要本）

㉘宋江少虞《宋朝事實類苑》卷三十四（上海：上海古籍出版社，一九八一，頁四三五）引楊億之言：「世俗見予愛慕二君詩什，誇傳於書林文苑，淺拙之徒，相非者甚衆」可見。

㉙瞿兌之《中國駢文概論》台北清流出版社易名爲《中國文學八論·駢文論》一九七五，頁一一〇。

從這段文字也可看出這是運用典故的積極面：「無論什麼複雜的情事」、「難言的衷曲」正好指出典故於經濟效用外，尚可表達其難言之隱，如政治理想的勸諫和愛情追求的秘密等等㉚，朱鶴齡序所云：

其身危則顯言不可而曲言之；其思苦則莊語不可而漫語之。計莫若瑤台瓊宇，筵歌舞榭之間，言之可無罪，而聞之足以動。其梓州吟云：「楚語含情俱有託」早已自下箋解矣。……豈徒以徵事奧博，擷采妍華，與飛卿，柯古爭霸一時哉㉛。

可知其用典並非在賣弄學問之「徵事奧博」，而是有其事實的必要，更且在表現用典於寫作時能發揮詩人的創造衝動力，加上「顯動的筆法，疏宕的文氣」，自然形成其詩文的特殊的吸引人的文字媚力。而這也是義山詩用典功夫的得力之處，以及後人往往用來檢驗西崑體詩作的地方（詳見下文分析）。

㈢用典的時代需求

瞿兌之以義山詩之成就，來說其文之令人喜愛，而後又說「後來宋朝人的四六都是承他的衣缽而再參以變化的」。而宋朝人的四六文最能繼承他的衣缽的自然首推楊劉，楊劉因能從玉谿生詩和樊南四六文中得到這種功夫，所以才一改宋初文壇的蕪鄙。如《後山詩話》所謂：「國初士大夫例能四六，然用散語與故事爾。」又如：「淳化中⋯詞場之弊，多事輕淺，不能該貫古道。」（《宋史·路振傳》）

淳化即太宗朝（九九〇—九九四）的年號，當時士大夫，不能「該貫古道」，亦即不能熟嫻典故，施于爲政，文章中的用典，與政事中的用典，所表現的學養能力在這方面來說是一致的。所以宋初諸帝都提倡讀書，並且以身作則。如太祖之欲武臣讀書，使其武臣了解「爲治之道」㉜，太宗皇帝所說的「朕性喜讀書」㉝，以

㉚宋許顗《彥周詩話》云此爲「用事婉約」，劉若愚認爲典故給與避免醜聞或受控訴的一個明顯的方法。（前揭書一九七七，頁二二二）至於梁佛根更認爲是「因爲安全需求而帶來的用典現像」（梁佛根〈義山詩的用典心理動因與中國詩歌用典的文化內因淺說〉《李商隱研究論集》廣西師大出版社一九九八，頁六五〇）。

㉛朱鶴齡〈箋注李義山詩集序〉按其所謂「自下箋解矣」句下，紀昀有批語：「此段眞扶出本原」足見這種說法之受到肯定。

㉜李燾《續資治通鑑長篇》卷三建隆三年二月壬寅。

㉝《續資治通鑑長編》太平興國八年十一月庚辰。

及在一年內將一千卷的《太平御覽》讀遍後有言：「凡諸故事可資風教者悉記之。及延見近臣，必援引談論，以示勸戒」㉞。可見讀書乃為了其中的故事有益於風教等政事，所以後來真宗皇帝也一樣好讀書。這一切或多或少都是想要改變五代以來的蕪鄙之氣㉟。有趣的是仁宗淳化朝之後就是真宗至道年間。而至道時期正是楊億尋得義山詩集的年代（九九五—九九七）楊億曾自道：

至道中，偶得玉溪生詩百餘篇，意甚愛之，而未得其深趣。（同注㉘引文）

這是一改變的契機，而他只是得到義山的詩集，雖甚愛，但還未能領略其佳處，因而「得其深趣」就要再等幾年了。也就是在接著的咸平、景德年間，才得以參透：

咸平、景德間，因演綸之暇，遍尋前代名公詩集，觀富於才調，兼極雅麗，包蘊密致，演繹平暢，味無窮而炙愈出，鑽彌堅而酌不竭；曲盡萬態之變，精索難言之要，使學者少窺其一斑，略得其餘光，若滌腸而換骨矣。（同注㉘引文）

咸平（九九八—一〇〇三）景德（一〇〇四—一〇〇七）是眞宗登基後的頭兩個年號，也是宋代由尚武轉爲尚文的關鍵所在。而楊億的提倡李義山詩也與此世變

㉞《太平御覽》卷首，另可參看姚瀛艇主編《宋代文化史》（河南大學一九九二、頁二三）

㉟解釋典故，牽涉到風教等政事，這與西方詮釋學中談到「應用」實有異曲之工之契合處。根據蘭姆巴赫 (J.J.Rambach) 的說法：詮釋學包含三種力量：理解、說明和應用 (Subtilitas applicandi)，其中 Subtilitas，帕瑪解爲：「指一種要求精神特殊敏銳的能力或力量」。又說：「這三種力量結合在一起，就構成了理解的實現。」（《詮釋學》帕瑪著，台北：桂冠，嚴平譯，一九九二，頁二一八）帕瑪更進一步引用施萊爾馬赫的觀點說：「一旦說明超出了理解的結果，它就成爲表現的藝術。」（前揭書頁二一八），理解成了藝術當然要有「特殊敏銳的能力」，這讓我們想到「創造的衝動」這用典的能力，帕瑪更引用高達美的話說：「理解作品總是已經涉及應用它」，他的論述只要是基於認爲「司法的和神學的詮釋學，可以用作一種文學詮釋的模式。」（前揭書頁二一九），將這種觀點來看所謂「援引談論以示勸戒」、「故事有資風教」等等都是強調對經典的解讀能力，宋初承五代之弊的蕪鄙之氣，讓文治不能落實，所以帝王要倡導讀書，讀書就牽涉詮釋經典中的理解、說明以及更重要的應用的能力 (subtilitas)，能力如何表現呢？詩家用典功夫，如何活用反用典故等，即可展現出來，這也形成時代的需求，詩人剛好可藉著詩中應用典故的能力展現他在政事方面的可能貢獻。早在南朝時，劉勰《文心雕龍・事類篇》即以用典爲「聖賢之鴻謨，經籍之通矩」。也可想見中外觀點在此的相近。

相關，不能說只是巧合。義山詩文的內容的引人入勝處，在楊億的倡導下，雖也有反彈，諸如：「世俗見予愛慕二君詩什，誇傳於書林文苑，淺拙之徒，相非者甚衆。噫！大聲不入於俚耳，豈足論哉㊱！」想要改變一時的文風，初期不免招致譏彈，這是免不了的，「大聲不入俚耳」云云，也可見楊億的自信，所以他才能在自信之下，堅持這種學習義山的路線，也終於一改宋初文風，或者也可說這是時勢所趨，天下期待文治已久之故，終於扭轉五代已來的蕪鄙之氣㊲。

(四)身處館閣對西崑用典的影響

至於西崑用典之所以能左右逢源，除了從義山詩中得到好處之外。一方面也跟諸人的學養以及在館閣中編撰《歷代君臣事跡》相關㊳，因爲他們的學養和編纂史書，所能掌握的史料既多㊴，所以才能體會到義山詩的「深趣」所在。因爲在那時代，義山詩是尚未有注本的「獨恨無人作鄭箋」的時代㊵，要懂得義山詩，只有憑個人的學養了。而要進一步體會其奧妙，學習其長處以作詩甚至和詩，而且又要能夠像義山「以古觀今、喻今、諫今的整體意義上的用典」之妙㊶，避免東施效顰、邯鄲學步之譏，則更要有特殊的慧眼、卓見等等。所謂創造力固然重要，但體會其詩奧妙的第一步，了解詩所憑藉的典故，對其出處的了解及措意難及處的體會，則更有待客觀環境的配合。

1.典籍資料的掌握與理解

㊱同注㉘所引文。

㊲田況《儒林公議》（四庫全書本）即稱道：「五代以來蕪鄙之氣，由茲盡矣。」

㊳根據王應麟《玉海》卷五十四載之景德二年九月丁卯，「命資政殿學士王欽若、知制誥楊億修《歷代君主事跡》。《宋史・楊億傳》云：「會修《册府元龜》，億與王欽若同總其事，其序次體制皆億所定。」另陳振孫《直齋書錄解題》，晁公武《郡齋讀書志》等皆有記載，參看鄭再時《年譜》景德二年乙巳下。

㊴所謂館閣指三館一閣：昭文館、史館、集賢院和秘閣。爲唐宋時國家藏書和修纂的機構。《宋史・藝文志序》且云：「命三館寫四部書二本置禁中之龍圖閣及後苑之太清樓。」時爲眞宗咸平年二年（九九九年）閏三月，足見當時重要圖書資料皆可在此掌握。

㊵對於李商隱詩的箋注始於明末的釋道源與錢龍惕，王士禎〈論詩絕句〉云：「千年毛鄭功臣在，猶有彌天釋道安」即指此，而明以前義山詩僅有零星的箋釋討論〈錦瑟〉與〈九日〉二首而已。參見《李商隱詩箋釋方法論》第二章第一節。

㊶梁佛根（前揭文頁六四九）梁氏以此爲詠史詩的用典，他認爲：「詠史詩實際上是詩歌用典的延伸和放大。」

景德年間，正也是他們在史館中編纂《歷代君臣事跡》之時。諸人有幸編撰此一劃時代巨著的史册，所接觸的史料自然可觀。編撰這種史書自有其時代目的。據王應麟《玉海》所言眞宗皇帝重視此次編纂，曾指示道：「朕編此書，蓋取著歷代君臣美德之事，爲將來取法，正於開卷覽古，亦頗資於學者㊷。」

帝王自有其政治上的考量，如同太宗之於《太平御覽》。欲取歷代君臣的美德，全編進此書之內。而有意思的是，他認爲此書對於學者的「開卷覽古」也是有幫助的。由這話可見帝王除了爲自己治天下著想，也認爲學者讀此書在「覽古」方面是有用的。而這也顯示出當時在長期動蕩，斯文散亂之後，對於資料的需求與期待是大家的共識。

就在皇帝重視此書的情況下，這本《歷代君臣事蹟》亦即《册府元龜》的去取標準，自然是要有所考慮。所以在想到以歷代君臣美德爲後代取法之下，既要考慮「著書難事，非精敏詳實，後無取信。」而且「所錄以經籍爲先」自然是必要的。楊億編錄的標準可於此見及：

又以群書中如《西京雜記》、《明皇雜錄》之類，皆繁碎不可與經史並行，今並不取。止以國語、戰國策、管、孟、韓子、淮南子、晏子春秋、呂氏春秋、韓詩外傳與經史俱編㊸。

從這段話知道楊億編書以經史爲依據，外加所精選的諸子，那些揚棄掉的小說雜史，諸人在研判是否選取的時候，自然經過一番審視，並且對於這些資料的內容相當熟悉。因而詩人們在作詩時爲了作正典反用的翻用法，或爲了氣氛的象徵，形成詩作中「有意味的形式」所需要的典故，或反襯、或烘托、或深入，自需要在這些縱已被揚棄的史料中，左右鱗次，爬梳揀取，獺祭一番，以安排妥貼。諸人在這方面所具備的條件，比起義山在使府爲記室所能掌握的材料應該是毫不遜色的，所以對於義山詩的典故出處，自然是認識相當深的。只不過他們與一般箋釋者不一樣，只把義山詩的意義解譯出來就好。他們毋寧更可以說是一個優秀的讀者，不但廣泛

㊷《玉海》卷五十回〈景德册府元龜〉，另參考注㉟

㊸同注㊷引書，該書序次體制皆楊億所定，另外眞宗皇帝也曾謂輔臣曰：「所編《君臣事跡》蓋欲垂爲典法，異端小說咸所不取。」君臣意見於此略同。

收集其詩，更且再以義山寫詩的方式來加以唱和、創造，比起今日讀者理論的「再創作」，他們可眞的是再創作一篇篇的作品來。試看下列這段文字：

錢君舉〈賈誼〉兩句云：「可憐夜半虛前席，不愛蒼生愛鬼神。」錢云：「其措意如此，後人何以企及？」余聞其所云，遂愛其詩彌篤，乃專緝綴。（同注㉘引文）

正因有同好鄧帥錢若水舉出義山詩的用意深妙，寫賈誼這兩句為後人難以企及的漢文夜半虛前席，以待賈誼的典故，義山用之乃加以評斷，蒼生與鬼神的選擇間，可為文帝在歷史中重新定位。這種史事表現於詩中，自然給這位充滿歷史意識的詩人很大的衝擊㊹，對於義山的喜好於是更強烈：「愛其詩彌篤，乃專緝綴。」所以學義山手法為詩更是必然的。而且加以身處館閣編史書時，方便利用現成的許多史料，可以左右鱗次典故，寫入詩中，一人首唱，衆人應和，形成西崑酬唱的風潮，這也是很必然的。其中，史館內的史料可以為詩人徵引作典故之資的自然不少，據鄭再時的《西崑酬唱集箋注》，王仲犖的《西崑酬唱集》以及上海古籍出版社影印清初周禎、王圖煒合注的《西崑酬唱集》等等所徵引的書目，即洋洋灑灑，甚爲可觀，光是鄭再時注解楊億的〈受詔修書述懷感事三十韻〉一詩所引的書目就高達五十一種。㊺曾棗莊在「引古稱辯雄」一節上即道：

經史子集，道書佛藏，志怪小説，類書筆記，幾乎無不涉及。可惜各種西崑酬唱集的注本都無引用書目，如果列出引用書目，一定十分可觀。（曾棗莊書一九九三，頁一四七）

當然想要將這些書目全部列上，是需佔相當篇幅的，幾乎宋以前的典籍都有可能列入，除了群經和諸子外，史部所引在正史之外尚有：《續漢書》、《漢舊儀》、《晉陽秋》、《六朝事跡編類》、《吳錄》、《三輔舊事》、《三輔黃圖》、《海

㊹馮浩注此詩即引胡應麟《詩藪》語：「與東風不與周郎便二句，皆宋人議論之祖」（馮浩注本頁四一九）。方瑜〈李商隱的詠史詩〉即以之爲「史論型」的詠史詩。引文見氏著《沾衣花雨》台北：遠景出版社，頁一八二。

㊺此爲曾棗莊所統計的結果。見《論西崑體》頁一四七。這裡我們當然也要注意，所謂典出可能只是「毫不相干地引些雜亂和並不典型的例子，來炫耀博學或搪塞學者。」等問題，詳見葛兆光《漢字的魔方》頁一七四（香港：中華書局，一九八九出版）。

山記》、《南唐世家》、《吳越春秋》、《翰林志》、《國史補》，更有《水經》、《三秦紀》、《秦川記》、《南嶽記》、《洛陽故宮記》等等，而集部除了屈騷以來的詞賦詩集外，小說類的也是相當可觀：諸如《漢武帝內傳》、《漢武故事》、《博物志》、《述異記》、《列仙傳》、《神仙傳》、《洞冥記》，以及《世說新語》等等或志怪或志人的筆記小說也都在徵引之列。

2.西崑用典引用書目與後代注釋者的出入

只不過要說明的是這些是從後人的注本中所引出的書目，與西崑酬唱集詩人實際寫詩時的用典情況是有相當出入的。理由是：

一、典故乃後人跟據典籍資料的查考而加以引出注明，但詩人在用典時，若明用典故，或正典反用時，當然容易稽考得出，但是有不少典故是暗用，或活用（化典）的，如此說來就較難辨明。這又與文化傳統的積澱相關，所謂無一字無來歷，尤其在「用成辭」上更常有這種現象，因此每有同一語詞，而諸家注本，所引出處卻不同的情況，應可說明。我們仔細披揀鄭注、王注和清人的注本，應不難發現這種情況。

二、是要考慮到太宗、眞宗朝時大型類書及文集的編纂情況。比如太宗太平興國年間除了編纂《太平御覽》外，更有《太平廣記》一書的進行，當時所見許多筆記小說幾乎都是在《太平廣記》的收錄範圍內㊻，而詩人們身處館閣對于這些小說故事的徵引，自不必另外他求，所以今日視爲僻典的，對於當時的館臣在左右鱗次時卻可信手拈來，不成問題。

另外還可注意的是：當時，《昭明文選·李善注》和《文苑英華》二部詩文集的摹印頒行㊼。根據《宋會要》五十五册，〈崇儒〉四所言：

㊻《玉海》載：太平興國二年（九七七）三月，命李昉等分類編集「野史小說」，三年（九七八）八月書成，號《太平廣記》。《四庫全書總目》卷一四二稱此書爲「小說家之淵海」（子部小說類三）可見其重要性。據鄧嗣禹〈太平廣紀篇目及引書引得〉統計實際引書總數爲四七五種。《四庫提要》亦云：「其書雖多談神怪，而采摭繁富，名物典故錯出其間，詞章家恆所采用，考證家亦多所取資。又唐以前書，世所不傳者，斷簡殘編，尙間存其什一，尤足貴也。」可見此書之珍貴及對當時詞章家的影響。

㊼《文苑英華》與《册府元龜》並在宋朝四大書之中，《文苑英華》於雍熙三年（九八六）年完成，計一千卷，上起蕭梁，下至五代，「實爲著作之淵海。」（《四庫提要》卷一八六），此書景德四年（一〇〇七）作第一次校訂。參見姚瀛艇《宋代文化史》頁五一—五三（河南大學出版社一九九二）

景德四年八月，詔三館秘閣置館校理，分校《文苑英華》、《李善文選》，摹印頒行。《李善文選》校勘畢，先令刻版，又命官覆勘。

《昭明文選》是唐宋以來詩家所所必備、舉子所必讀的，所謂「熟精文選理」、「文選爛、秀才半」之語，皆可知《文選》對於士子的重要。而李善注所徵引的書目，更爲可觀，清人汪師韓的《注引群書目錄》頗稱翔實，根據今人劉奉文的統計：其所列經部共二一五，史部共三五二，子部共二一七，集部共七九八，四部計一五八二目，又舊注二九目，合計共一六一一目㊽，僅僅是後人所整理的李善注所引的書目即如此可觀，我們當然也可以想見在那時侯摹印頒行的文選李善注的版本，是如何在楊億等人的詩作中扮演相關的角色。有了這本當作用典的基礎，加上其他類書，所以詩人們作詩要「簡閱書册、左右鱗次」，自然可以左右逢源，得心應手，憑個人的創造力，作最妥貼、最恰當的安排。只是這不免牽涉到個人作詩的才情，因而還是有高下之分。

四、西崑用典功夫的高下與用典的區分

(一)用典功夫的高下

至於西崑用典的得失所在，我們可由前所引紀昀批評刁衎的〈漢武〉詩所云：「不及楊劉諸公醞釀之深」一語，知道在西崑酬唱集中詩人用事的功力高下有別，所以紀昀因而論及西崑體作家即分爲開創者及追隨者二等：

> 大抵西崑唱酬集中，以大年、子儀、思公爲冠，其餘雖附名其間，皆逐浪隨波，非開壇建幟者也㊾。

這句話固然不很周延，比如李宗諤和詩雖不是很多，但也時有精彩的警句，其〈南朝詩〉的結語：「惆悵雷塘都幾日，吟魂醉魄已相尋。」就爲人所艷稱，即便紀昀亦云：「此咏古數章，卻有意思，議論頗得義山之一體㊿。」且以之可與楊劉等人

㊽劉奉文〈兩部重要的李注引用書目研究〉《文選學論集》（時代文藝出版社，一九九二，頁八九）

㊾紀昀《律髓刊誤評》，引自《瀛奎律髓》（黃山書社點校本頁六八）

㊿紀昀《律髓刊誤評》同上注所引書，又見鄭注本，頁三二九）

齊名。但整體來說，其他各家不但在量上無法跟三人相比，即便是質方面，西崑的精彩處，包蘊密緻的功夫，正在此典故使用得妥貼，比喻恰當，令人拍案，且又興象豐華，使人味之無窮，自然深得「醞釀之深」之妙，若是功夫未到家，勉強湊韻，捉襟見肘，不免暴其黔驢之技，及腹笥之窘，所以與劉錢楊三人不能相提並論的詩家，自然就不少。

但是唱和詩的目的，本在相互較勁的意義外，更有聯絡情誼的功用，詩簡往來，因可比爲詩戰，在學白體的王禹偁的時代已經如此㉛，到了館閣詩人所爲的唱和詩中，競爭當更爲激烈，但這無妨詩人對寫作的興趣，因爲典故既是詩人們容易取得，可以左右鱗次，任由撏撦，所以不難體會得到其用意，因而在閱讀他人詩作時一樣可獲得樂趣，甚或知音相契的感覺。只是限於才力識見的高下，甚或是題材的難易及敏感，因而詩人也有失敗的或未完成，甚或不願或不敢參與的作品，使得詩作數量多寡不齊。正爲此用典技巧及典故所包蘊的內涵，使得作品形成曲高和寡，因而進一步探討詩人們用典的現象，毋寧是必要的。

㈡用典的區分

讀到用典的區分，張夢機曾言其可分爲「用事」、「用辭」二者52，此即劉勰所言：「觀夫屈宋屬篇，號依詩人，雖引古事；而莫取舊辭。唯賈誼鵩賦，始用鶡冠之說。…」而將事與辭劃分爲二，分別有其「舉人事以徵義」及「引成辭以明理53。」的意義與作用。

51楊文公〈談苑〉即有「唱和聯句」條，談唱和及次韻之淵源。王禹偁等宋初詩人更學元白之詩筒唱和，王禹偁有「公暇不妨閑唱和，免教來往遞詩筒」道及唱和之事。（《小畜集》卷七：官舍書懷呈羅思純》）另又於同卷道：「詩戰雖非敵，吟多偶自編。」（〈仲咸以予編成商於唱和集以二十韻詩相贈依韻和之〉）當時詩人如魏野等人亦都如此。張鳴即以爲：「宋初唱和詩流行的動機，從唱和者方面看，除了友人交遊，官場應酬的目的外，主要是通過唱和較量詩藝，表現個人才華，擴大名聲，並作爲正式進入官場前的準備。……」（〈從白體到西崑體〉《國學研究》第三卷，北京大學）

52《近體詩發凡》頁七六（台北：中華書局一九七五）。魏慶之《詩人玉屑》卷七，即說：「有意用事，有語用事。」，葛兆光以爲意用事不同，它的功能是詩歌語言學的，並且說：「典故在詩中傳遞的不是某種要告訴讀者的具體意義，而是一種內心的感受。」（葛兆光前揭書頁一六八）

53《文心雕龍·事類篇》：「然則明理引乎成辭，徵義舉乎人事，迺聖賢之鴻謨，經籍之通矩也。大畜之象，君子以多識前言往行，亦有包於文矣。」可見用典之分別，及關係到「聖賢鴻謨」政事應用的能力。

典故如何運用，說者以爲有明用、暗用、活用、反用之法54。這些手法固然是詩家對於典故的處理方式，而背後當有其心理動因，梁佛根即有〈義山詩的用典心理動因與中國詩歌用典的文化內因淺說〉55一文，探討義山詩用典的心理動因，約略可說成以下四點：

(1)仿同心理下古今同慨的直用其事。

(2)對典故反其意而用之，「正典反用」的存異心理。

(3)志在刺譏，文多隱避，安全需求下的自我衛護心理。

(4)直接借用或移置美感境界的故實—審美體驗上的異代美感共鳴心理。—是一種創造美感和意境的用典。

茲以此分類方式，將反用與暗用合併討論與其他兩種分別爲三，略述如次：

1. 直用其事

這四種用典的心理動因，以之來說西崑等人的作品，第一項的古今相比，以古喻今，這種「明用」典故的「直用其事」，翻閱酬唱集中自然到處可見，若第一首〈受詔修書述懷感事三十韻〉中所用之典故即如此，如發端兩句：「太極垂裳日，中原偃革初」，太極殿中，拱手垂衣裳，即明用此四海昇平的典故。中原偃兵甲，更是很明顯地可看出天下已不再有戰爭。因而接下來，乃以眞宗之好文而開館著書而說：

樓船秋發詠，衡石夜程書。好問虛前席，徵賢走傳車。蓬萊侔漢制，熛書訪秦餘。

所用典故包括武帝〈秋風辭〉（樓船發詠）；《史記·秦始皇本記》（衡石程書）56；《史記·賈誼列傳》（虛前席）；《左傳·成公四年》及李義山〈籌筆驛〉（走傳車）；以及《後漢書·竇章傳》（蓬萊漢制：「是時學者稱東觀爲老氏藏室，道家蓬萊山。」）更及於《史記·秦始皇本紀》及《隋書·經籍志》（熛燼秦餘：「秦人蕩六藉以爲熛燼」）皆可見到，楊億明用這些典故，以喻開館編書，而用了秦漢時的典故，略以五代之時爲秦之熛燼，而以宋代爲漢，所以才有「蓬萊

54同注52引書頁七九—八三。
55同注30引書。
56所引典故參見鄭再時箋注（大陸·齊魯書社）本（簡稱鄭注本）（一九八六、頁三〇一），另王仲犖注本（台灣·漢京出版社）一九八四，頁一。（簡稱王注本）

用以比喻自己的典故：

侔漢制」之語，更且以史館為蓬萊山也是明用《後漢書・竇章傳》的典故㊼。至於

撫己慚鳴玉、歸田憶荷鋤。池籠養魚鳥，章服裹猿狙。……一麾終遂志，阮籍去騎驢。

其中「慚鳴玉」語出《後漢書・蔡邕傳》：「當其無事也，則舒紳緩佩，鳴玉以步，綽有餘裕」。而且反用其鳴玉以步的典故，以言現在的有事纏身，歸田句亦然。只不過歸田一語出處若從引用陶淵明〈歸去來辭〉上來說，只用一「憶」字而已，知其不能有所行動，有違陶令「帶月荷鋤歸」之〈歸園田居〉，應該是反用，但若是以張衡〈歸田賦〉李善注所云：「歸田賦者，張衡仕不得志，欲歸於田，因作此賦。」則應該算是明用。至於池魚，章狙等，分別出自潘岳〈秋興賦〉及《莊子・天運》，也是用以自比，都是明用。乃至於最後一句，引《晉書・阮籍傳》：「籍拜東平相，乘驢到郡。」也都是典故的明用，都用以來比喻此刻的自己。

2.反用與暗用

在典故的明用中，引用上了像阮籍騎驢的故事，讓我們想到在看似明用以自比

中，詩人是否有如李善注阮籍〈詠懷〉懷所引顏延之的話：「每有憂生之嗟。雖志在刺譏，而文多隱避。」（文選卷二十三李善注）。王仲犖注即據楊億引阮籍騎驢的典故而云：「按億景德初，乞典郡江左，不許。味此詩仍有乞外之意」⑱。

是可知詩人用典於看似明用中，仍有可能反用，甚或暗用，以表達「其身危則顯言不可而曲語之」的情況。只是楊億等應不像是阮籍及李義山所處「身仕亂朝」的情況，但是「罹謗遇禍」、憂心悄悄，慍于群小的無奈也不可避免，因而有些地方用典雖算是明用，但卻也不無言外之意的可能，若以「好問虛前席」者，典出義山〈賈誼詩〉來看，則這種用法，隱含著「不問蒼生問鬼神」的幾諫，且對照眞宗

⑰鄭注本引《後漢書·竇融玄孫章傳》李賢注：「言東觀經籍多也，蓬萊海中神仙，爲仙府幽經秘錄，並皆在焉。」所以任館職，當時被比作神仙，司馬光即有詩：「延閣屹中天，積書雲漢連，神〈太〉宗重其選，國士比爲仙。」（洪邁《容齋四筆》卷一〈三館秘閣〉）。

⑱王仲犖注本頁八，按鄭注本於景德四年下引歐陽修《歸田錄》，云楊大年爲學士時以草答契丹書事，亟求解職。當指此事，見鄭注本上册頁一八二。

⑲《宋史·眞宗本紀》贊曰：「眞宗……及澶淵既盟，封禪事作、祥瑞沓臻，天書屢降，導迎奠安，一國君臣如病狂然。」曾棗莊也以爲：「東封泰山的具體時間雖在大中祥符元年十月，但僞造天書，大造東封泰山的輿論早就開始了，而眞宗的求仙邀福傾向肯定表露得更早。」（曾棗莊，前揭書，頁三一）眞宗迷信與澶淵之盟的關係另詳見劉靜貞《北宋前期皇帝和他們的權力》第三章第三節頁一二六以下，台北：稻香出版社，一九九六。

澶淵之盟以來的迷於天書祥瑞心事是可說得通的㊾。因而縱使是明用也可能具有很曲折的言外之意。這種用典而採「複義」的手法，討論義山者已多㊿，若以之言西崑體的用典也是很值得注意的。

3.有意味的形式

至於審美體驗上的異代美感共鳴心理，在西崑體中也不乏這類的用典方式，這種「有意味的形式」在詩家用典的作用來說即是「為了作象徵」，徐復觀以為此即弗爾克爾特們所說的「由氣氛象徵地感情移入」而成為「氣氛象徵」(61)。更是西崑體詩人們學習義山用力最深，也頗具成效之處，其詳細情形當於下章加以論述。

五、西崑用典的作用與解讀

按照徐復觀的觀點，典故的作用有四：一是為了選詞，二是為了搪塞，三是為了比喻，四是為了作象徵。(62)這種分類法，從作用的觀點來看，目的有異，手法自也有了高下，搪塞自然是較消極的，選詞則較有積極性，比喻的用意較為明確，作象徵的用意則較為廣泛深遠。以作用來分別，應可比單純講用法的明用、反用、暗用，活用等更適合來分析西崑體的用典現象。因為西崑詩人有的並非詩人出身、創造力較不足，但在當時唱和風氣下不免也附驥尾一番⑥³，所以才有像刁衎這種詩人，而且唱和活動又頻繁，在力有未逮的情況下，撏塞的典故，當不免會出現。因而說之爲西崑用典的一現象，也應無不可，另外詩人爲了選詞而用典，因而形成其辭藻之色澤濃麗等現象，亦每每可見，因而列爲用典之第一項，其次接以撏塞之消

⑥⁰余恕誠〈李商隱詩歌的多義性及其對心靈世界的表現〉《李商隱研究論集》頁七四七（廣西師大一九九八）即有專文介紹，所謂多義即複義，趙謙《唐七律藝術史》也說「李商隱喜用複義手段改變和增強七律內在結構效應。」（頁二五〇）並且引用燕卜蓀《複義七型》（又譯作《模稜的七種類型》）分析義山用複義手段爲詩的情形。

⑥¹徐復觀，前揭書頁一九一。「有意味的形式」出自梁佛根前揭文頁六五〇。於此葛兆光也以「意用事」爲言：「因爲一些感受，往往是古往今來的人們在人生中都會體驗到的，古人體驗到了，留下了故事，凝聚爲典故，今人體驗到了，想到了故事，這是古今人心靈的共鳴，於是典故便被用在了詩中。」（葛兆光，前揭書頁一六八）

⑥²徐復觀，前揭書頁一八八以下。

⑥³宋代唱和詩流行的現象，亦可由此見及，比如集中有〈暑詠寄梅集賢〉即梅詢其人，張鳴即說：「本來梅詢等居外任，可以不參與宮廷的唱和，大約是怕失去表現才華的機會，故專門上表請求次韻，可見在這些文臣看來，參與這樣的詩歌唱和活動是多麼重要。」（張鳴〈從白體到西崑體〉《國學研究》第三卷，頁二三〇，註⑥²）

極用法者。再而比喻之作用，或明用或反用，詩人或喻己或喻人以之爲第三種。而後以「作象徵」爲壓軸，以見這四種作用的分類，也可爲西崑體詩中用典的四種作用。

㈠選詞

1.從〈南朝〉詩看典故的選詞

選詞是「在典籍中選用合於詩的表現的詞句以加強表現的效能。」（前揭書頁一八八）比如在〈南朝〉詩中，詩人爲了表現這「千古風流佳麗地」的丰采，作詩選詞，因而要各逞才華，爭奇鬥艷，如劉筠的詩作，方回即評爲：

崑體詩所以用事務爲雕簇者，此也。㊹

我們試看劉詩中所用的「華林酒滿」、「青漆樓高」、「麝壁燈迴」、「雀航波漲」、「鐘聲嚴妝」等詞句，分別從《晉書·武帝記》：「未年長星見，帝……於華林園舉酒祝之。」《南史·齊東昏侯記》：「武帝興光樓上施青漆，世人謂之青樓。」與「塗壁皆以麝香、錦幔珠簾，窮極綺麗。」、「王珍國又戰敗于朱雀航」等三典，另有《南史·齊武穆裴皇后傳》：「置鐘於景陽樓上，應五鼓及三鼓，宮人聞鐘聲，早起莊飾。」以上所列多為南朝唯美思潮下華麗的詞藻，寫南朝而用當時詞藻的風格，也可說是選詞的表現。

2.用典選詞的積極意義

只不過，劉筠詩中的選詞，亦非只是注重詞藻的外表，包蘊密緻的要求，更讓詩人的選詞，頗具深意。比如此詩第六句「衣帶那知敵國輕」一語，蓋出自《南史·陳後主紀》：「隋文帝謂……豈可限一衣帶水，不拯之乎！」即頗具警戒之意，因而才有尾聯「千古風流佳麗地，盡供哀思與蘭成」的警世名句，作詠史詩「但攻其一點，不及其餘」㊿的議論，這兩句，選自謝朓〈齊隋王鼓吹曲〉及庾信

㊿同注㊾引書頁六六，於此葛兆光亦言「所用的典故必須是─字面有一定的視覺美感。」（葛兆光，前揭書頁一七二）

㊿王注本〈漢武〉序，前揭書頁四一，王氏頗有貶議，但借此句可以言義山在詠懷之外，「發展了更精粹的史論型的詠史詩」（黃盛雄〈李商隱的詠史詩〉《古典文學第九集頁二六六》另參拙作〈從詠史詩看西崑體與義山體的異同〉《宋代文學研究叢刊》第三期頁二二九以下。

〈哀江南賦〉於繼承李商隱的「沈博絕麗」⑯上，劉筠的選詞在此無疑的展現積極的用心。

西崑體詩人的成功處，選詞不只爲了「雕簇」等，當也有其積極意義。但基本上說來因選詞所致，形成的風格，不免予人「組織華麗」的印象，《瀛奎律髓》卷三方回即說：「蓋一變晚唐詩體、香山詩體而效李義山自楊文公，劉子儀始。」可見這西崑體之學義山自楊劉而來，劉筠又以楊文公爲其座師，爲學習的對象。比如前所引「鐘聲嚴妝」一語，即與楊億〈南朝〉詩首句「五鼓端門漏滴稀」典出相同。

楊億首唱之詩，方回以爲：「夜半至雞鳴埭及射雉，乃齊事，金蓮潘妃事，玉樹陳後主事，此雜賦南朝耳。」⑱其實次句「夜籤聲斷翠華飛」實際上是用南朝陳帝的事蹟。《陳書・世祖紀》：「每雞人伺漏，傳更籤於殿中，乃敕送者，必投籤於階石之上。」三句繁星曉埭，語出《南史・齊武穆裴皇后傳》所載雞鳴埭之事：「細雨春場射雉歸」則語出《南史・齊東昏侯紀》：「置射雉場二百十六處。」

五句之「步試金蓮波濺襪」亦出自《南史・齊東昏侯紀》：「又鑿金爲蓮花以帖地，令潘妃行其上，曰：此步步生蓮花也。」而「波濺襪」則用曹植〈洛神賦〉事，二典合一，雖爲化用，然皆爲了選詞。「歌翻玉樹涕沾衣」句，也是出自《南史‧陳張貴妃傳》，寫後主賦新曲美張貴妃容貌之事，但是用「涕沾衣」，來對「波濺襪」可見作者選詞中也有警戒的用意。所以到了尾聯「龍盤王氣終三百，猶得澄瀾對敞扉。」即引用庾信〈哀江南賦〉：「江表王氣，終於三百年」之典來說明此種奢靡之南朝不免只剩一場空，將「題旨放置文末，作爲結論，並總結全篇」的寫法⑲，可證前面的選詞，與最後的立論的對比，乃是作者有意安排的選詞，在這種強烈對照下，形成西崑的包蘊密緻的工夫。

以楊劉所作皆如此「華麗」，因而他人在這風氣之下，亦莫不競以此相誇。如錢惟演之詩首聯爲「結綺臨春映夕霏，景陽鐘動曙星稀。」前句用《南史‧張貴妃傳》：「乃於光昭殿前起臨春結綺望仙三閣，……其玩服之屬皆今古未有」，然而「映夕霏」三字，亦可想到「夕陽無限好，只是近黃昏」之意。「景陽句」與楊億詩典故同。次聯「潘妃寶釧」出自《南史‧東昏侯紀》言潘妃之奢侈：「虎魄釧一

⑯朱鶴齡〈箋注李義山詩集序〉：「（錢牧齋）先生謂予曰：『玉谿生詩，沈博絕麗。』」
⑰「組織華麗」等語，同注㊾引書頁六六。
⑱同注㊾引書頁六五。
⑲張夢機〈兩種流宕的律詩章法〉稱爲「合筆見意法」，又說「即是詩中的歸納法。」《思齋說詩》頁九〇（台北：華正書局，一九七七）

隻直百七十萬。」「江令花牋」則《南史・江總傳》所言：「總既當權任事，不持政務，但日與後主遊宴後庭。」義山也有詩云：「江令當年只費才。」第五句「舴艋凌波朱火度」，舴艋舟用南齊武帝事，唯出自《南齊書・張敬兒傳》：「敬兒乘舴艋過江」，朱火度則爲《南史・齊武帝紀》所言：「魏地謠言，赤火南流喪南國。」兩句典故出處不同但都暗示南朝之命運。而「觚稜拂漢紫煙微」更引《文選・班固・西都賦》之「上觚稜而棲金爵」，以言宮殿轉角處之瓦脊高可接銀河，再用《陳書・高祖紀》之「重雲殿……有紫煙屬天」皆高言及天漢，然而一「微」字，則暗指一切終究成空。方有末聯「飲馬秦淮」及「蜀柳無因」之語以作結。出自《南史・張緒傳》：「此楊柳風流可愛，似張緒當年時。」，就是這樣的議論手法，引出了李宗諤詩的後半：「珠簾映寢方成夢，麝壁飄香未稱心。惆悵雷塘都幾日，吟魂醉魄已相尋。」用辭皆極其美，然而皆暗藏諷諫之意。

3.選詞與詩人的情志

又如楊億〈梨〉詩之五六兩句：「九秋青女霜添味，五夜方諸月溜津」用《文選・張衡・南都賦》九秋之典，此爲人所熟知者：「結九秋之增傷。」，而青女降霜及方諸月津則用《淮南子・天文訓》「秋三月，地氣下藏，百蟲蟄伏，青女乃出，以降霜雪」。及「方諸見月則津而為水。」之典故而化成，極言此梨之味難得。紀昀評曰：「雖崑體而卻警切」⑳應是如陸機《文賦》所謂：「立片言而居要，乃一篇之警策」㉑的意思，崑體詩的成功處，選詞是不能忽略的。

當然，選詞亦可看出作者之懷抱，諸人以此知音相契，相濡以沫之唱和者，亦在此相互砥礪中相互扶持，如楊、劉等莫不然，是以其唱和之篇數比率最高，然亦有不相搭調者，雖始而參與其中，終而不再和詩，如丁謂之〈梨〉詩用詞選典，實亦有可觀者，如「玄圃雲腴滋紺質」、「上林風馭獵清香」等句皆可見其用辭之不失西崑風貌，然而尾聯：「多少好枝誰最見，冒霜丹頰倚鄰牆」用宋玉《登徒子好色賦》，而「倚鄰牆」之結亦可見丁謂雖有詩才而人品終不類，所以自此之後，即不再與他人有和詩往來㉒。這也是「選詞」之關係到詩人唱和中情志之相應者。更

⑳紀昀《律髓刊誤評》語，另詳鄭注本頁四八四。

㉑陳柱注此句云：「凡文章必有一段或數語為一篇之精神所團聚處，或為一篇之精神所發源處。」（引見《中國歷代文論選》頁一五〇注，台北：木鐸）紀昀所言，應是發現這一段話的重要，這也可說是選詞功夫的重要處。

㉒丁謂和詩止於「梨」，鄭注已言。日人池澤滋子《丁謂研究》則有說明：「可以猜想，丁謂擔心得讖時之名，不敢參與以〈宣曲〉為代表的借古諷今，鋒芒畢露的詩歌酬唱。丁謂到景德三年秋天的〈梨〉為止，以後再未參加西崑酬唱。」（巴蜀書社，一九九八，頁一八〇）

可知選詞於解讀崑體詩中的用典是首先要注意的。

(二)搪塞

徐氏又言用典亦有爲了「搪塞」，他的定義是：「並無眞正創作的動機，並無眞正非吐不可的情感；只是爲了酬酢、應景，所以只好塡上一些典故，裝一個假門面，這是徒有詩的形式而毫無內容的騙人的詩；用典的流弊，都出在這一方面。」（徐復觀，前揭書頁一八八—一八九）自然西崑體中也有些詩人的作品是如此的。我們舉其數則，分類如次：

1.楊劉的白璧之瑕

比如連劉筠最能與楊億相唱和，然而也不免有此弊。如他的〈館中新蟬〉詩的第二句即寫出：「可要螳螂共此時」用了螳螂捕蟬的典故，不無搪塞之嫌，所以姚鼐的《今詩選評》即云：「第二句滯笨。」之所以如此，應該是搪塞所致。所幸其五六兩句「風來玉宇烏先轉，露下金莖鶴未知。」因警切，所以受到歐陽修的肯定：「雖用故事，何言爲佳句也。」（六一詩話）而聲名維持不墜，否則眞不知何以列名西崑之領袖中。

同樣出現在〈館中新蟬〉的唱和詩中，劉騭的詩則除了第二句「齊庭遺恨莫沾衣」的典故與蟬有關外，其餘多與蟬無相關聯。如三句的「池中菡萏」，四句的「井上梧桐」，五句的「風促箏聲」，六句的「日移甎影」，乃至於尾聯「宜秋門外饒芳樹，結駟那堪送客歸」雖亦饒有興味，但都無關與蟬，所以鄭注，於此詩上有眉批的手稿，即言：「此首注多與蟬無關」⑦③，似可見出其所用典故，應該只是爲了撦塞。

撦塞之病，雖楊億亦不免，其〈公子〉一詩，三四句之「錦鱗河伯供烹鯉，金距鄰翁逐鬥雞」用了《史記・封禪書・張守節正義》的河伯典故，以及《左傳・昭公二十五年》：「季郈之雞鬥，……郈氏爲之金距。」事，也是無關宏旨的詞句，

⑦③ 鄭注本頁三七五，按鄭再時之意，恐怕是說自己所注多與蟬無關，今試看其所注1.《史記・屈原傳》2.宋玉《九辯》3.杜甫〈詠懷古跡詩〉4.《爾雅・釋草》5.歐陽詢《藝文類聚・木部・魏明帝》6.李商隱〈令狐舍人說昨夜西掖翫月因戲贈詩〉7.楊慎《升菴外集・宮室類》8.李肇〈翰林志〉9.徐堅《初學記・居處》10.《戰國策・楚策》，共十處，另有齊庭遺恨，已於上首楊億詩註過，在此所列十處典故出處都與蟬無關，並非鄭氏不夠博學，應是劉騭寫詩時撦塞的典故多與蟬無關。

難怪紀昀要說：「河伯鄰翁，俱涉裝點⑭。」除非我們能再談出其深意，否則足見楊億亦有白璧微瑕的情況，然所幸此詩與前劉筠〈館中新蟬〉同，亦能於後半振起，於尾聯有「珊瑚擊碎牛心熟，香棗蘭芳客自迷。」之警語，所以紀昀因稱道：「楊錢劉三詩皆有義山風味，勝西崑他詩之堆砌⑮。」即可見他們並非僅能作典故之搪塞而已。

2.應酬詩中的搪塞

然而詩人詩作得多了，尤其西崑既以「酬唱集」爲名，不免也有所酬唱，所以在應酬之作時，偶然也要用此搪塞技巧，諸如：「孝先便腹寧無誚，痾僂承蜩敢銜功」一聯分別用《後漢書・邊韶傳》，與《莊子・達生篇》之典，劉筠這種句子實看不出與題目：〈暑詠寄梅集賢〉之宏旨有何關係，亦皆有搪塞之嫌；這應是爲了應酬所致。

這種搪塞的典故，在應酬的詩篇中，出現的情況很多，比如「紫皇」一詞，出自道教經典《秘要經》（引自《太平御覽・道部一》）說：「太清九宮，……其最高者稱太皇、紫皇、玉皇」錢惟演氏用此典於〈寄靈仙觀舒職方學士〉云：「絳闕齋心奉紫皇」猶可說得通，然而底下二句既言其徵士高懷，卻又說其「騷人秋思」，既有騷人秋思則如何齋心奉紫皇，理似難通。難怪紀昀要說此詩「不及大年作」這應也是搪塞典故用詞牽強所致。⑯

又如〈樞密王左丞宅新菊〉一詩中，既言新菊，而言及「有佞還應指，無憂可要忘」，亦用同菊無關的典故。也許是應酬的詩所不免，所以在〈休沐端居有懷希聖少卿學士〉陳越詩的三四句即云：「衣裁練布如王導，扇執蒲葵學謝公」，用《晉書・王導傳》和〈謝安傳〉中二人的典故，以之來比錢惟演應也是門面話，皆可見到搪塞為詩家所不免者。

⑭引見鄭注本〈公子〉詩末頁三九一。

⑮同注⑭引書頁三九一，堆砌即搪塞，西崑之他詩尚亦如此，觀其上下文義應該是指三人之外的其他作家，亦即他人堆砌辭藻，不如三人之作。要之，三人雖然不免有此種用典的詞語，但多能於尾聯振起，合筆見意，如義山之〈淚〉的筆法，所以說「皆有義山風味。」

⑯引自鄭注本頁五四。唯紀昀又云：「首句粉為郎三字不佳。」鄭再時按語：「律髓譌闈作為，故紀氏云云。」若然錢氏之首句應作「方瞳玄鬢粉闈郎」。但饒是如此，在「紫皇」之後，以「徵士高懷」對「騷人秋思」，應知只是應酬的門面話，且縱使是應酬，鄭注引紀昀評楊億的原唱時道：「似義山不經意應酬語」（前揭書頁五三八）「不經意」一語，似乎可對照錢氏和詩較刻意而形成的堆砌的弊端，所以說「不及大年作」。

㈢比喻

至於徐氏所言「爲了比喻」的用典，自然是用典的正途，「以比喻達到精約、婉曲、暗示、含蓄，雅麗的目的。（前揭書頁一九〇）」這是詩家的看家本領，西崑集中亦所在皆有。且正用、反用都有人用。

1.正用

前已提及的詩，如第一首之〈受詔修書述懷感事三十韻〉末聯，楊億云：「一麾終遂志，阮籍去騎驢」用阮籍以自比。而於〈禁中庭樹〉中更自比此樹，而言：「歲寒徒自許，蜀柳笑孤貞」，歲寒、蜀柳皆用典，而形成一對比，以見其以松柏後凋的懷抱。所以劉筠之「寧知千載後，祇美召公棠」亦借《詩經・召南・甘棠序》的典故：「甘棠美召伯也。」暗指後人見此樹，當亦想到楊億，也是以禁中庭樹作比喻。

到了〈鶴〉詩中，楊億則以「瑞世鸞皇徒自許」用禰衡《鸚鵡賦》之典來比鶴，亦兼自比，有自許許鶴的意味⑰。然而又不免感慨它的無枝可依，所以又說道：「繞枝烏鵲未成棲」以烏鵲比喻鶴，亦嘆自己亦如烏鵲之繞樹三匝，變成了用

〈短歌行〉的典故。

既然以鶴自比，所以張詠的和詩即道：「曾陪鴛鷺浴華池」則以鶴為喻，而以鴛鷺指他人。所以鄭注本有言：「乖崖（張詠）詩亦自抒懷抱，鴛鷺指楊劉諸人。」即有見於此，而任隨亦然，他的和詩：

正是溶溪煙水碧，好陪青鳳飲澄流。

巧用王子年〈拾遺紀〉：「修塗國獻青鳳，丹鶴各一雄一雌」之典故，則以鶴自比，以鳳比楊劉諸人。

這種正用法的比喻方式，集中到處可見，因不多列舉，茲但再舉一例以作結。在〈初秋屬疾〉詩中劉筠首唱，則以建安詩人劉楨自比云：「可堪漳浦臥劉楨」；按：劉楨有詩：「予嬰沈痼疾，竄身清漳濱」（〈贈五官中郎將詩〉）此處即用自家人的典故，可說巧妙之至。

⑺ 禰衡《鸚鵡賦》亦托寓文士之困窮，以鸚鵡為比，以之觀詩意，楊億等詩作〈禁中鶴〉為是，（參見曾棗莊前揭書，頁一一八），應也借此表達自己的心境。

2.反用

〈即目〉一詩，楊億於尾聯：「一壚今已廢，猶戀漢庭恩」，以漢庭恩比君恩。因而可以看出次聯之「峰奇雲待族」，暗用《莊子・在宥》：「自而治天下，雲氣不待族而雨」喻君不明至道；⑱及「蹊闇李無言」，用《漢書・李廣傳》之典，是正典反用，意在比喻「君恩已衰，己亦惟守緘默」（〈鄭注本〉頁六〇六），所以劉筠之和詩言：

覆觴知已久，寧有次公狂。

亦爲楊億而發，覆觴句，用《晉書・元帝紀》之典，意爲斷酒，鄭注引申爲有戒心。次公，即寬饒，出《漢書・寬饒傳》，以酒狂著稱，寧有意即難道有，正典反用亦即不以爲狂也，以次公爲反喻。所以鄭注云：「末謂大年久存戒心，豈復有所觸忌邪，蓋爲之不平也。」⑲詩人之相濡以沫者實可於此見及。此種正典反用的比喻方式亦可謂「負的典故」⑳，亦可於〈偶懷〉楊億的詩中見及，楊億欲言自己的平生，因而有道：

平生林壑志，誤佩呂虔刀。

呂虔刀之典出自《晉書・王祥弟覽等傳》意爲佩此刀，必登三公，楊億末句翻案反用此典81，頗有比自己誤入宦途之意。

78《莊子・在宥》：廣成子曰：「而所欲官者，物之殘也。自而治天下，雲氣不待族而雨，草木不待黃而落，：又奚足以語至道哉。」由這段文字可見眞宗好道，詩人們因而借道家的至道之言來諷諭。所以就「即目」所見的景物來抒。

79鄭注本頁六〇七，鄭注所言有推斷劉筠已知楊億的情志。這種知人論世的方式一推即兩個人，算是相當大膽，但以詩人在所處的時空，尤其所寫的唱和詩篇來看，這種「箋釋效能性作者」的掌握，最起碼這一點：「作者是精神人格地存在，而不是歷史事實地存在。」（顏崑陽一九九一，頁二一六）則應該是可以成立的。

80正典反用，梅、高二氏（一九七六、頁一六八）以爲是負的典故—「我們可以把這種利用事件的對立性達成用典意旨的稱爲負的典故。」

81反用典故，亦稱翻案，即嚴有翼《藝苑雌黃》所謂：「有反其意而用之者，……李義山……雖說賈誼然反其意而用之矣。自非學力高遠，超越尋常拘攣之見，不規規然蹈襲前人陳跡者，何以臻此焉。」此外所用於末聯的筆法爲義山七律末聯深一層法中的「翻故典」法，參見陳文華〈比較與翻案—論義山七律末聯的深一層法〉《中華文化復興月刊》十一卷二期。

此種以典故自喻或喻人之例，於崑體中屢屢可見，如〈苦熱〉一詩，錢惟濟以《世說新語·容止》中的衛玠「有羸病、體不堪勞」來比喻自己：「衛玠清羸欲不任」又如〈屬疾〉首唱詩中楊億，即反用《漢書·嚴助傳》所云：「相如常稱疾避事，而言「馬卿非避事」，翻案以言並非避事，而是眞有彌天之疾，又引孔融〈論盛孝章書〉：「若使憂能傷人，此子不得復永年矣。」以盛孝章自比其憂心所在，則又正用。㉜所以到了篇末才有「平生江海志，夕夢繞滄州」之結語。

至於晁迥的和詩即以張衡的多愁目之：「平子尙多愁」，崔遵度亦以司馬相如喻之言「相如渴漸瘳」，更引李肇《翰林志》所言「八甎學士」李程而反用之，以言楊億之性非懶，是眞有疾。至於「好奏兒寬議，何須莊舄謳」亦然，言其當如兒寬之奏議封禪，不必作莊舄之越吟。見《漢書·兒寬傳》先正用倪寬之典，再反用莊舄之事，雖也引古人事蹟作比喻，崔氏實有其深意。㉝

㈣象徵的作用

1.有關象徵與用典的論述

這也是梁佛根所言「喚起讀者對特定的美感境界的體驗」，「這類典故作爲審美上的『有意味的形式』，積澱了歷史人物的強烈情感體驗。[84]」徐氏則擬出「氣氛象徵」一詞，且解說道：

> 通過感情的移入而使某一事物、情景，成爲自己感情的象徵；某一事物、情景，即離開其具體明確的性質，上昇爲意味地、氣氛地、情調地存在，以與詩人所要表達的感情，於微茫蕩漾中，成爲主客一體，此即弗爾克爾特們所說的由氣氛象徵地感情移入，而成爲氣氛象徵。（徐復觀前揭書，頁一九一）

---

(82)此書被《三國志・吳志・孫韶傳》裴松之注所引用，以明盛孝章（憲）不能永年（長命），書中有言：「妻孥湮沒，單孑獨立，孤危愁苦。」應是其自憂所作。裴注另引〈會稽典錄〉則云：「初憲與少府孔融善，融憂其不免禍。」則是他人憂心盛憲，意思有別，用自字，表明作者的自知之明。

(83)也是翻故典的手法，「好奏兒寬議」，鄭註以爲「勉大年以附封祀之議也。」則以好讀爲上聲，意爲應如其人心「議欲放古巡狩封禪之事」《漢書・兒寬傳》是想勸楊億自寬，不要學作莊舄之謳歌，所以鄭注又云：「史稱遵度性情樂易，亦可於詩中見之。」（鄭注頁六七○）。

(84)同注㉚引文，頁六五一。

這種作爲象徵的典故。梁佛根也有類似的說法：

一種意境和美感再現上的用典。（梁佛根前揭文，頁六五一）

他並引用范溫《潛溪詩眼》所說的「有語用事」，來說這意境用典像「語用事」並舉「巫山神女」和「莊生夢蝶」爲例，說明這種用典方式，並且說道：

後世詩人在相似的時空環境，人生際遇中，體驗到同樣的情感震動時，由于類比聯想的作用，自然使用這類典故，以表現這種異代共鳴美感。（梁佛根前揭文，頁六五一）

這種基於類比聯想而來的象徵，與比喩是不同的，比喩的喩依和喩體間，關係相當凝固，而其意旨也較明確，所謂意有所指。但作爲象徵的典故，卻「常是化實爲虛，所以是比較空靈，因之多具有普涵性，其形象也比較漂蕩，象徵者與被象徵者之間的距離也比較小，乃至沒有距離。」㊺這樣的象徵方式的用典，確實不易徵實，這也是用典的化境。

這種方式的用典，義山詩中除了巫山神女，莊生夢蝶外，尙有許多令人愛其好，而不知其所以好的名句，讓研究者引起種種爭議：「總是要站在比喻的觀點，一件一件的去徵實；注解中的各種穿鑿附會，皆由此而來。」（徐復觀前揭書，頁一九二）或而只能束手道：「義山用古，每有旁射者」、「每有旁出者」（馮浩《玉谿生詩詳注》），都是遇到這種用典所致，當然箋釋者多半是想自圓其說的。比如〈錦瑟詩〉的「滄海月明珠有淚」，所用的典故有《呂氏春秋》：「月望則蚌蛤實，月晦則蚌蛤虛。」蚌之生珠出於此，《文選・吳都賦》李善注又言：「月滿則珠全。」而張華《博物志》：「南海外有鮫人，水居如魚，不廢績織，其眼泣則能出珠。」這種將月滿珠全與鮫人眼泣成珠結合一起的用典方式，是「暗用典」也是「化用」，是用典的高度技巧，也是這種氣氛象徵的用典方式，顏崑陽說得是：

作者將諸多典實加以融合，經過主觀想像的再創造，而具現一個全新的意

---

⑧⑤徐復觀，前揭書頁一九一—一九二，徐復觀並觀引詩經的「興」來說明：「不是出自意匠的經營，而是出自偶然的解發，用典而不知其為用典」，於是典故的具體性，已被作深厚的感情所融解了，這是最成功的用典。」這種「不是出自意匠的經營，與紀昀說大年詩：「似義山不經意應酬語。」（參見注⑦⑥）頗有同工之妙。

象。它已脫離原典的歷史時空或概念的存在，而獨立爲一種當下感發的意象了。（顏崑陽前揭書，頁一九〇）

正是這種氣氛的象徵，所以這種典故的作用是漂蕩的、隨機的，詩人可隨時用以表現當下的感發，如〈回中牡丹爲雨所敗二首其二〉義山也道：「玉盤迸淚傷心數」，於此劉若愚的《中國詩學》也引出這鮫人泣能出珠的典故分析說：

這個典故因此給這個意象導入一種新的複雜意義：除了被比擬爲眼淚之外，雨滴現在也被含蓄地比擬爲珍珠。而且，整個意象當然可能不只是描寫雨滴落在牡丹上，而是具有更大意義的某種象徵—也許是受摧殘的美人或不得意的天才。（劉若愚前揭書，頁二二三）

就是這種「更大意義的某種象徵」，讓詩「可以興」，產生一種感發的力量，這也是崑體詩恨無鄭箋之故，其微言大義，實有待如鄭玄者加以詮釋出來，以讓讀者可以透澈了解這典故散發出來的意義—「一個意象或象徵假如與典故關連在一起，它的力量可以增強。」（劉若愚前揭書，頁二二三）就是這樣，當然形成「有意味的形式」令人咀嚼再三，不能自已。

2.象徵用典與一般的西崑詩作

以此，我們試著來解讀西崑的詩作，若張秉〈戊申年七夕五絕〉五首的尾聯五處⑯，皆甚有可觀：

(1)戊申七夕五絕

世間從有支機石，誰識成都賣卜人？（其一）

阿母暫來成底事，茂陵宮桂已蒼蒼。（其二）

若把離情今夕說，世間生死最傷神。（其三）

漫教青鳥傳消息，金簡長生得也麼？（其四）

堪傷乞巧年年事，未識君王已白頭。（其五）

⑯王仲犖注本，此處題爲「劉秉」作，乃依清人刊刻之〈西崑酬唱集〉而來，然自徐規《王禹偁事跡著作年表》等已言：「今考劉秉其人不見宋代史書。」所以王氏亦說：「劉秉疑是張秉」而立一節加以說明，王氏乃依據大中祥符元年，張秉官給事中而得證，（王注本頁三三七－頁三三九）另詳見陳植鍔〈西崑酬唱詩人生卒年考〉，《文史》第二十一輯。

這些典故，並非僻典而是早已積澱在歷史文化中，爲人所熟知，津津樂道卻又不能忘懷的，其中有織女、王母、嚴君平，有漢武帝、唐明皇等。托興深遠，可置於盛唐詩中而不愧，此詩王仲犖注有云：「蓋針砭時事，其托興深矣，可與上卷《漢武》詩參觀，非泛泛詠七夕牛女之作矣㊇。」就是這種不知如何箋釋的典故的用法，在以男女喻君臣的比興傳統中，雖亦甚美，但又只覺其興來無端、惘惘不甘，是一種知其妙而不知其所以妙的美感經驗，眞亦可謂爲：「作詩用故事，以不露痕跡爲高，昔人所謂使事如不使也。」（顧嗣立，《寒廳詩話》）。

⑵〈小園秋夕〉的象徵用典

西崑此類詩當多，其中如錢惟演的〈小園秋夕〉：

潘鬢秋來已自傷，庾園時物更荒涼，紫梨半熟連紅樹，碧蘚初圓亂縹牆。月露暗從孤桂滴。水風猶獵敗荷香。滑稽還喜鴟夷在，欲取臨邛美酒嘗。

先引潘岳的〈秋興賦〉再引庾信的〈小園賦〉，作爲此詩發端，用典寫情，雖寫自己如潘岳之悲秋，但卻興來無端，小園景物，紫梨半熟，碧蘇初圓，顏色雖鮮艷，卻又顯得空無人跡的寂寥，已鋪敘成一「有意味的形式」。又有半生不熟的紫梨，以及「白石巖扉碧蘚滋」（出自義山〈重過聖女祠〉詩）的感覺。且腹聯的「月露暗滴孤桂」、「水風猶獵敗荷」，雖是淒美之至，又覺縹渺空蕩，難以徵實，末聯言雖似一無所有，然尚有酒囊在，可以沽酒解饞，而滑稽還喜，則將前面的悲涼化解掉，雖似意有所指，也是不知所指爲何了。鄭再時說：「惟演此時當有譴謫貶降之事。」（鄭注本頁五二一）然而那是因鄭譜將之繫於大中祥符六年，若是他人如曾棗莊等則以爲景德三年（曾棗莊一九九三、頁一九），則身在館閣，不得說貶降，且若縱是鄭氏將之繫於大中祥符六年，且以楊億的和詩所用的典故來會意，也只能猜說：「身退心憂」、「謂進倖者之得意，但本傳及諸書皆不載其事，

---

⑧⑦王注乃針對第四首而說：「可與上卷〈漢武〉詩參觀」，若第五首王氏則說：「此首第四句「未識君王已白頭，亦有諷眞宗東巡求仙，而未能轉綠回黃，使白髮還青也，」將之作比體詩，以諷眞宗，而鄭注於此則言；「傷才不遇與第一首同，然多美人遲暮之感矣。」則是以君王白頭自傷，解法歧異，正是此種「象徵用典」的方式，看似簡單卻意義豐富。在絕句中形成抒情委婉且用意精妙的特點，（參見張夢機〈義山七絕的用意抒情與詠史〉）唯此種作法每易泛濫，而成雜湊、搪塞之弊，正如紀昀所說「此體正不必擬，轉擬轉落塵劫」，以故，若無眞情性的學力創造有創造的衝動而發之筆端，而成無病呻吟，強自說愁的用典老套，必將浮濫陳腐不堪，或者這也是西崑末流招人攻擊的弊端。

無可考耳。」(鄭注本頁五二一)

所謂無可考，即不能在知人論世上徵實，因而不能以之爲比喻。但若以象徵來解讀則可知其爲借用典成一淒美的美感境界，紫梨連樹，碧蘚亂牆，月露滴桂，水風獵荷等意象都是爲「表現一有意味的形式」而存在的，因而旣指小園秋日蕭條之景，亦可指個人心境之寂寥，未必是眞的謫貶的遭遇，或而也是象徵整個時代的大環境，但就無法徵實，要之所敘事物情景已「離開其具體明確的性質，上昇爲意味的、氣氛的、情調的存在；以與詩人所要表達的感情，於微茫蕩漾中，成爲主客一體。」(徐復觀前揭書，頁一九一)這種是「有意味的形式」。錢惟演另有〈秋日小園詩〉被選入《律髓》亦可參看：

碧簟涼生白袷衣，庾園秋晚得幽期。千房嫩菊金螢亂，百本衰荷鈿扇歌。日薄蘚花沿素壁，雨淫蛙鼓占清池。儵然自合蒙莊趣，誰識無心似標枝。⑧⑧

此時亦以「庾園」爲言，也說到衰荷，也有圓蘚素壁，意象略似，只不過一日一夕之異，所以鄭再時以爲「與此(小園秋夕)之意略同」但是秋日小園旣於首聯言幽期，尾聯先自言已「合蒙莊趣」，更說「誰識無心」，有自得蒙叟之趣，待知音共賞的意味，所以用「無心」、「誰識」之意趣作結，則所象徵者較有隱士的趣味與前詩略有不同，我們只要看楊億所和〈小園秋夕〉或可分曉：

鴻都歸晚直城賖，牆外連營咽暮笳。玉井梧傾猶待鳳，金塘柳密更藏鴉。心搖雲闕傳疏漏，目斷星津過迥槎。已是秋來移帶眼，可堪玄鬢有霜華。

楊億則就小園推至京城圍牆之外的暮笳聲，由家園而國事的開展，境界雖不一，所要表達者無二，所以三四句：梧桐已傾猶待鳳之來，柳葉雖密卻只能藏鴉，亦頗有用意，只是，這一種茫茫渺渺，惘惘不甘的情緒不知從何說起，所以在雲闕中聞疏漏聲而中心搖搖，望星津中遠遠的漢槎，而目空斷，所要透露的，應是一夢想成空的感觸，此皆用一種秋夜方有的意象來作象徵。鄭注據此而析道：

梧傾待鳳，喻美才必復見用，柳密藏鴉，喻小人得志不可與爭，心搖雲闕，

---

⑧《瀛奎律髓·秋日類》（黃山書社點校本頁三五七），唯方回言其「三、四（千房、百本二句）怪麗」。紀批則認為「三、四崑體之俗惡者」，或而可知這種意象表現的方式到後來已成俗套，令人生厭。

謂身退而心憂，目斷星津，謂進幸者之得意。（鄭注本頁五二一）

頗欲徵實其事，卻又說「本傳及諸書皆不載其事，無可考耳。」（鄭注本頁五二一）其實這種考證本就容易流於穿鑿附會，難有確解，此正如三百篇之興體，鄭玄言「興」：「凡興者，所見在此，所得在彼，不可以事類推，不可以義理求也。」（鄭玄〈六經奧義〉）若再看楊億此詩之首句：「鴻都歸晚直城賒」用京城之典，但鴻都爲洛陽城門名，而直城在長安，化用二者以喻京城—可指當時的東京汴梁。但又不在同一地點，所以難以確指，鄭再時言：「鴻都在洛城，直城在長安，詩人用古地名，往往不檢如此。」恐有未愜。這也是朱熹所謂：「比意雖切而卻淺，興意雖闊而味長」者，正是這看似用事不檢甚至迂闊的情況，卻反而能得到「義山不經意之妙」而讓整句詩意味更爲深長。

3.無題系列的象徵用典—兼說以男女喻君臣的香草美人傳統

西崑體詩人寫愛情的詩篇中更可看出這種表達方式。比如楊億的〈無題〉二首，〈代意〉、〈前檻〉、〈洞戶〉等，今先看其〈無題〉二首之一：

銅盤蕙草起青煙，斗帳香囊四角懸。沈約愁多徒自瘦，相如意密有誰傳。金塘雨過猶疑夢，翠釉風迴祇恐仙。日上秦樓休寄詠，東方千騎擁輜軿。

首句「銅盤」出自古詩：「四坐且莫諠」一首之「上枝似松柏，下根據銅盤，朱火然其中，青煙颺其間。……香風難久居，空令蕙草殘」而來，蕙草既薰，青煙飄颺，濃麗色彩下的典故運用，象徵的意象亦很耐人追尋，也是「雖闊而味長」的表達方式。次句亦出自古詩〈爲焦仲卿妻作〉：「紅羅複斗帳，四角垂香囊」，兩句都給人一種香氣迷濛的氣氛。次聯接以沈約困愁多而瘦，相如之心意難傳，用此二典來表現不得志者的感受。三聯「金塘雨過」、「翠袖風迴」透過用典的選詞也鋪敘一極美的意象，先說往日的美好，接以「猶疑夢」告道其已成幻，「只恐仙」反用飛燕故事之典，隱喻恐怕所愛終爲仙術所迷，不能自拔。⑧⑨尾聯則用古樂府

⑧⑨「只恐仙」，用《飛燕外傳》的典故：「成帝於太液池作千人舟，中流歌酣，風大起，后揚袖曰：『仙乎！仙乎！去故而就新，寧忘懷乎！』」觀其原意在欲成仙，然猶不能忘懷君王之恩寵，唯此詩上下文之言沈的愁多，相如意密等從男求女的角度來寫情愛作爲隱喻，以及尾聯用〈陌上桑〉「夫婿居上頭」的典故，似乎無奈於所追求的對象已爲如飛燕者所感，「

〈陌上桑〉：「日出東南隅，照我秦氏樓」、「東方千餘騎，夫婿居上頭」的典故，借羅敷已有夫婿，終究與使君無緣，烘托出不再受眷顧者的寂寥心事。

次首亦然，先借用「露冷星翻月上弦，九枝銀燭照金鈿。」來表現一縱然金碧輝煌，卻又是星冷露涼的氣氛，因而有次聯「應知韓掾偷香夜，猶記潘郎擲果年。」用《世說新語》事，義山〈無題〉詩：「賈氏窺簾韓掾少」，借以言當年得意時，「潘郎擲果」，亦引《晉書・潘岳傳》，言當年之風光，此兩句可呼應上首「金塘」句，皆爲往日美好時光之象徵。然而此時卻只嘆已成「天上明河雖可望，苑中高柳未經眠。」銀河天上可望不可及，漢苑之柳本可三眠三起，奈何此刻欲眠而不得。似有托意，亦可呼應上首「翠袖」句，唯末聯即筆鋒一轉爲「烏啼人散青樓曉，堂下輕風轉莢錢。」烏啼中人已散去，青樓堂下剩有輕風吹著榆莢錢，以景作結，而青樓人散，榆萊錢飛，頗有男女之情只是逢場做戲，只剩迷惘的感覺，一切終將成空。而榆莢飛等意象更於「微茫漂蕩」中與詩人所要表達的情感若即若離的在一起了。⑳

至於劉筠的和作也就楊詩來相應：

曾許千金答浣紗，越溪浪淺不通槎。曉樓簾卷還凝霧，外院牆低卻映花。滿目離愁頻駐馬，一春幽夢祇驚鴉。柔桑蔽日南城路，懊惱羅敷自有家。

首聯先借當年浣紗的故事，喻貌美如西施者，欲傳達其情，然而越溪水淺，不能相通，次聯則言欲致其情如賈氏窺簾，然而窗外又霧凝而不能看清楚。外院牆低但見人映花而立，用王維詩：「愛山看妝坐，羞人映花立。」腹聯言離愁滿目，不得不離開，卻頻頻地駐馬停車，不忍離去，㉛一春幽夢卻因深樹藏鴉之聲而驚醒；

仙」字，代表飛燕能以仙術惑人，所以說「祇恐仙」，喻所求的君王已爲此等用仙術的人所迷，或者也可隱喻對於君王迷於天書祥瑞的憂心。

⑳義山〈和人題眞娘墓〉詩：「柳眉空吐效顰葉，楡莢還飛買笑錢。一自香魂招不得，祇應江上獨嬋娟。」原注有「眞娘，吳中樂妓」等，知其爲用典之學義山措義深妙者，雖以景作結，卻暗用此楡莢錢的典故，眞的是托意深遠，以男女喻君臣，若始亂終棄，則與青樓買笑何異，然而若不如此類比聯想，但作景緻來看，也不礙對此詩的欣賞。這是氣氛象徵的用典上，若有若無的妙處所在。

㉛駐馬，出義山〈馬嵬〉詩：「此日六軍同駐馬」可說是范溫《潛溪詩眼》的「語用事」但用其語，而不用其意，以表達一種不忍離去的感覺，下句一春幽夢，應也做如此解讀。

尾聯呼應楊詩之「日上秦樓」句，用〈陌上桑〉詩言南城路只因有柔桑蔽日，使得羅敷迷於他人，而不能與我相好，「柔桑蔽日」，似浮雲蔽日之用意，然更具氣氛，也可回應楊詩之尾聯（第一首）。尤其在下一首的尾聯：「南園蝴蝶飛無限，一一雌隨一一雄。」中，更有這人蝶相互烘托下的感覺。此《無題》二首唯劉筠有和，共四首，所言皆纏綿悱惻之至，然欲索其事即不得，所以鄭再時注認爲：

四詩取樂府悱惻纏綿之致，效玉谿杯酒狎邪之篇，不必有其人，亦不必有其事，若牽合附會，曲爲解說，則失之泥矣。（鄭注本頁六二二）

正是這種「興感無端」的象徵所致—「作者在其興感的事物中，原已與其主題的感情相融注。但讀者的情感，卻與作者的情感不能相應，遂不能加以領悟，所以不能因此作輕率的判斷。」（徐復觀前揭書，頁一〇九）這種難以下判斷的詞句即不能曲爲解說者，也難怪曲高和寡，作品和的人都最少⑫。

西崑體中以〈無題〉爲題者，尚有兩組，一組爲〈無題〉三首。首唱楊億，和者錢惟演和劉筠，另一組無題僅一首，和者但爲錢惟演。實皆以男女喻君臣者，然而亦難徵實，是以往往也像李義山：「大抵祖述美人香草之遺，曲傳不遇之感，故情眞調苦，是以感人，這當然也是氣氛地用典所帶來的感覺。㊾」

我們試看〈無題〉三首之一楊億的發端「曲池波煖蕙風輕，頭白鴛鴦占綠萍。」鄭注解讀爲：「起聯言君臣相得，若男女婚媾，須託以終身。」即可知此類詩往往予人如此感受，以其與屈騷情懷相似，所以詩中不免或言「湘蘭自古傳幽怨」（其一）或言「湘水東流何日竭」（其二）或而「嫦娥桂獨成幽恨」，「鄂君繡被朝猶掩」（錢惟演和詩其一）或而「腸斷溫郎玉照臺」用上這些淒美的故事，醞釀成一

⑫讀者不能有再創作的領略，當時的和者作爲讀者來說想要如「互爲主體」般以呼應作者確實很難，因而和詩除了考驗作詩的能力外，相同默契等莫逆於心的感覺更爲重要，丁謂等人不再有和應也爲此，參見注⑫這類題材如〈前檻十二韻〉、〈洞戶〉、〈無題〉都只有一唱一和。而有些即事抒懷的篇章如即目，偶懷李舍人獨直、値夜二首、秋夕池上、偶作甚或詠物的詩篇：櫻桃、螢也都僅一人有和，不能不說這類詩篇除了寓意深而難測及政治的忌諱外，技巧的難度也較高。

⑬紀昀於此也道：「〈無題〉六詩皆摹義山無題，時復似之，然此體正不必擬，轉擬轉落塵劫。」（律髓刊誤評），正可見這種以男女喻君臣的寫法其後已成俗套，但在西崑學義山的時候有其時代背景，因詩人有其詩人意識，又可振興文風，發揮詩作興觀群怨的效用，因而能領袖風騷，其後時空環境不再，當然就「轉落塵劫」了，參看拙作〈再論西崑體衰落之因緣〉三、（《一九九七東亞漢學論文集》頁一七五以下，台北：學生書局）

種難以明言的美感境界，更烘托其時其人的心境。

這類〈無題〉詩，以其在可解不可解間，因而欲強作解人者不少，然每有歧出甚或相異者。如〈代意〉一詩即然，王仲犖以爲「此是楊億追憶姬人之作（王注本頁三二）」，則不免以比喻作用的角度來看詩中的典故，若「錦瑟驚弦愁別鶴，星機促杼怨新縑」錦瑟驚弦句，錦瑟出自義山詩，而別鶴出自樂府〈別鶴操〉乃敘夫妻之情深者。（崔豹《古今注·音樂引》）星機促杼句，機杼出自古詩，言牛女之分離，新縑亦出自古詩：「上山採蘼蕪」：「新人工織縑、故人工織素」暗指爲此新人而遭棄。似寫男女之情者，所以王注即以此出發來看楊億的愛情，但是恐怕不然，因爲以男女之情喻君臣關係的傳統，自屈原楚辭的作品以下，已深植於文人墨客的心中。楊成孚氏曾如此說：

周易藉象喻意，爲詩人提供男女象喻君臣的哲理依據，此其一，男女象喻君臣已成爲士人的文化心理淀積，此其二，詩人追求在象徵意味上婉轉托意的審美效應，此其三。⑭

以「男女比君臣」，應該只是比喻，但在「詩人追求在象徵意味上婉轉托意的審美效應」下即梁氏所謂「意境和美感再現上的用典」⑮，亦即徐復觀所說的「氣氛象徵」，詩人所用的典故又是如此的綺麗動人，若以之說男女亦無不可，若以之說君臣亦可，但是又很難說得準確。因爲他的婉轉托意，實在很難徵實，所以「比較空靈……形象也比較漂蕩。」爲此在楊億的〈代意詩〉前，鄭再時於篇首作題解時說：「代意者，情鬱於中，積不得發，託男女之離合，以寄幽怨之思，亦書情，去婦之類」且其所謂幽怨，乃扣緊君臣之關係，所以在分析完前詩尾聯「幾夕離魂自無寐，楚天雲斷見涼蟾」時，他又道：

少蒙君恩，寵遇優渥，中途詎遭新進之讒，恩遇日衰，雖有文章詞采，亦嬾於再試矣。（鄭注本頁三四五）

鄭注確能把握諸人的情懷所寄，可見知人論世的功夫作得很勤，功不可掩，然

⑭楊成孚〈中國古代詩詞的「男女比群臣」，載《南開學報》一九九二，第六期，又如葉嘉瑩曾以「愛的共相」解讀男女之情以寄托君國忠愛之感。見其〈常州詞派比興寄托之說的新檢討〉《迦陵論詞叢稿》（台北：明文書局，一九八一，頁三四八）

⑮梁佛根前揭書頁六五一。

而以其所言對照此詩結語之「自無寐」，則難以說得貼切，既嬾於自試，何以又無寐，而末句之「雲斷見涼蟾」，難道不是以此寄托「孤月此心明」之意？同樣君臣關係的托喻或而自怨自艾或而九死無悔，或而自許而有期待，其心境之變化有非知人論世功夫所能及者，因而雖然楊詩的腹聯「舞腰罷試」、「博齒慵開」是有嬾於再試之意，但是末句用意卻又顯得若即若離，難以徵實。

至於次首以「短夢殘妝慘別魂」、「白頭詞苦怨文園」起筆，以卓文君的「白頭吟」爲喻，亦言男女，然而次聯「誰容五馬傳心曲，衹許雙鸞見淚痕」以〈陌上桑〉使君五馬情挑羅敷遭婉拒事，又是暗喻彼此緣盡，因而只好如同鸞鳥的對鏡悲鳴。亦暗喻其悲鳴之相類，腹聯：「易變肯隨南地橘，忘憂虛對北堂萱」則用橘逾淮爲枳事，而「肯隨」用問句意即不肯改變其本性，「忘憂」用萱草之典，且「虛對」意即言無以忘憂也，如此而結以「回文信斷衣香歇，猶記章臺走畫輪」，因「回文」之典乃出自夫妻之情深而來，「章臺畫輪」，則爲漢時張敞於朝會後走馬長安城中之事，出《漢書·張敞傳》[96]。所以鄭再時注以爲：「此言恩遇雖衰，臣節不渝，雖回天乏術，而實無頃刻忘君也。」（鄭注本頁三四六）雖有些言過其實，然與屈子所謂「雖九死其猶不悔」之意亦可通，只是太過於徵實，不免予人君王為楚懷的聯想，因而托意不得不婉轉。這種以男女之情為言的典故在西崑體中即以此「離騷遺韻的比興規範」一一的表現在詩篇中了。⑰

另外如李宗諤的和詩所用之典：「霧鸞曉影忽參差，雲雨陽臺役夢思」也都是那一份情意芬芳，纏綿悱惻的感覺，所以才有「自是膠弦無續日，不同珪月有圓時」膠弦難續，珪月不圓這正典反用，更象徵此離愁的無邊無際，所以才以「綺樹

⑯回文詩出《晉書・列女傳》：「竇滔妻蘇氏，……滔……被徙流沙，蘇氏思之，織錦為回文璇璣圖詩以贈滔。」，章臺句則出：《漢書・張敞傳》：「敞為京兆，無威儀。時罷朝會，過走馬章臺街，使御史驅，自以便面拊馬。」

⑰韓經太〈心靈現實的藝術透視〉（北京：現代出版社頁六四）韓氏以為：「詩人屈原所提供給後人的，是一種寄托主體心曲的比興規範。比興，當它作為一種修辭手段而被運用時，作者自身是自由的，他可以任意地將彼比此，或者以此興比，然而美人香草的比興規範，都是對創作主體的一種制約，由此而漸漸形成一種程式，使人們的審美心理趨向於一種特定的格局。」（頁六二）探討詩人的〈無題〉之作中的「香草美人」，實不能不由屈原這種寄托主體的比興規範。

凝塵斷消息，抒情空擬四愁詩」引張衡之嘆四愁作結。⑱鄭再時則以爲「思以道術相報貽於時君，而懼讒邪，不得以通」（鄭注本頁三四七）實則此類詩，就全詩而言，也可說是「比體詩」，但所用之典，充滿了象徵意味，若有若無，用典甚美甚雅，用意甚深甚苦；以之比男女則未有其可考事，以之比君臣，又難以言其實，也只能說欲忠其君卻又懼讒佞等泛泛之辭，撲朔迷離，事蹟難明，卻又令人著迷，就是這種象徵氣氛之下的典故所形成的美感境界。其他的〈無題〉、〈代意〉、〈洞戶〉、〈前檻〉等等和作，也多是這類的表現方式。這也是探討西崑用典時最要注意的。

六、結語

由以上對於西崑用典方式及作用的探討雖可知其大概，但我們可能還有必要朝以下方式來進一步了解西崑的用典：

第一、西崑詩人的用典確是琳瑯滿目，令人目不暇給，不管是用事、用辭的分際；或者明用、暗用、反用、化用等用典的技巧，可說已追步杜甫與李商隱，更可溯源屈宋、張衡等，在用典作用的表現上，雖也有爲應酬而雜湊的搪塞現象，但多半能配合選詞，形成在濃麗的風格，甚至美感境界上的加成效果。用在比喻上成功的典故，以物喻人，以古喻今，自喻喻人的作用，皆可看到詩人的匠心獨運，但是集中最能代表他用典的高妙，形成可以追步離騷香草美人傳統的，應是這〈代意〉、〈無題〉等作品。這也是西崑融合義山所謂的「推李杜則怨刺居多，效沈宋則綺靡爲甚」去短取長，其用典濃麗中有怨刺，托怨中又不掩其秀色。所以後來愛其詩者，雖愛好彌篤，卻常苦於不知如何解讀，與義山詩同爲詩家所愛之西崑，遂不易區分何者爲義山，何者爲西崑⑲了。其實這種托意深遠的詩篇本就難以讀出其旨意，遑論作知解的判斷。就比如洪興祖的《楚辭補注》，朱熹也都要有所不滿而

---

⑱張衡〈四愁詩四首序〉：「屈原以美人爲君子，以珍寶爲仁義，以水深雪氛爲小人。思以道術相報，貽於時君，而懼饞邪不得以通。」（《文選》李善注本卷二九，五南書局頁七五一）這也是繼承離騷遺韻的比興規範而求，其〈怨詩〉更寄情幽蘭，自傷不遇，在屈騷傳統中可說居於承先啓後的地位。另參見廖棟樑《古代楚辭學史論》第七章第四節「香草美人及其由生的『男女喻君臣』，程式之運用」（台北：輔大博士論文，一九九七）

⑲元好問〈論詩絕句〉有云：「詩家總愛西崑好」，即以西崑爲義山，其實自南宋以來每以西崑與義山相混。詳見拙作：〈詩家總愛西崑好〉（《文學與美學論集》第五頁二五五以下）

言：

至其大義，則又皆未嘗沈潛反復，嗟嘆詠歌，以尋其文間指意之所出，而遽欲取喻立說，旁引曲證，以強附於其事之已然，是以或以迂滯而遠於性情，或以迫切而害於義理，使原之所爲抑鬱而不得伸於當年者，又晦昧而不見白於後世。（《楚辭集注》序）

以屈子如此之偉大，而其作品，卻因所運用的語言充滿了香草美人意味，竟遭致「旁引曲證」、「迂滯」、「迫切」等誤讀曲解，若再看西崑體的作品，也是因這種屈騷傳統的象徵語言，雖亦「興寄深微」然而卻也每遭曲解毀詆，鄭再時爲此也引朱子《楚辭集注》之言道：

其寓情草木，托意男女以極遊觀之適者，變風之流也，其敘事陳情，感今懷古，以不忘乎君臣之義者，變雅之類也。至於語冥婚而越禮，攄怨憤而失中則又風雅之再變矣。」可以借注此集內〈無題〉、〈代意〉等諸詩。⑽

就因西崑此類的詩篇有得於屈子離騷的情懷。而屈子雖也是「忠君愛國之誠心」

但是只因其用辭卻「或流於跌宕怪神，怨懟激發而不可以爲訓」，且更因「獨馳騁於變風變雅之末流，以故醇儒莊士或羞稱之。」（以上所引見朱熹《楚辭集注》序）或而屈子的抑鬱不得伸的無奈，在義山詩中，在西崑體楊劉等人的詩中應該也是具有同樣的喟嘆的，對此，我們固然不能僅止於用索隱注解的方式做解碼式的意義探討。也不能如某些文學史家，以辨證的態度，將之定位爲「反」的角色，於是輕易地摘其豔麗的詞藻，鄙夷一番，或者割裂一、二僻典，而以「資書以爲詩」爲言，自暴其淺薄，這些都是對西崑體的歧見，也是對於屈騷、義山以來這種香草美人比興傳統的誤解。也許我們可以透過顏崑陽所說的「循環疊合印證」的方式，揀選出一個「箋釋效能性作者」，再而「用以意逆志，直接去面對詩歌的語言文本而主觀解悟其意義」的方式，⑩去了解西崑體詩，尤其在對於崑體的「典故的訓解，必須先理解其本義，然後依循作品本身的意義結構做引伸或轉化的解釋。」（顏崑陽前揭書，頁二九六）這對西崑體的典故及其詩的解悟都是值得我們積極去努力的。

⑩見朱熹《楚辭集注》卷一，鄭注本引見頁四六三，此段文字，亦足見西崑詩之繼承屈騷傳統。

⑩詳見顏崑陽《李商隱詩箋釋方法論》結論頁二一六及頁二一八。

第二、要了解的是這箋釋性的作者，他既是「精神人格的存在」（顏崑陽前揭書，頁二一六）因而對於作者的生存心態(Habitus)的了解是必要的。

依照布爾迪厄(Pierre Bourdieu, 1930-)看來：

> 生存心態並非像一般的哲學範疇那樣高度抽象，而是形象化和象徵化的(symbolique)表現出來的。生存心態乃是人的實踐行爲的象徵化表現，但它又是寄含著人生意義的濃縮的最一般的社會、行爲的概念。[102]

簡單來說，所謂「生存心態」爲人類「知覺和鑑賞的基模，一切行動均由此衍生」。（邱天助，前揭書頁一一〇）

我們可借用此來說崑體詩人，由於長期的文化素養，有朝一日，乘時龍躍，得以廁身館閣，揖讓下飲，領袖風騷，不免以此種唱和詩，一方面爭取認同敬重，一方面也表現其治世之才[103]，所以在唱和詩中，運用典故這充滿象徵意味的語言，乃是一種實踐行爲的象徵化表現。所以詩人們在其傳統文化的熏陶下，身負史籍編寫的重任，心憂君國天下的安危，想要振興其所認同的文化傳統。因而有其詩人特有的生存心態。而且要表現他們關心天下的實際行爲，乃透過所受的文化教育，所擁有的知能—文化資本，「寫詩」尤其是在這「唱和詩」的文學場域（champs）中[104]，完成其實際行爲。試以布爾迪厄的理論來看西崑體詩人，他們具有詩騷傳統下生存心態的詩人意識，他們有高深的文化學養，及編書時豐富的圖書可以檢閱，因而有其優越的文化資本，加上在這館閣的特殊的地位和職務所建構出來的空間—場

---

⑩2 高宣揚〈論布爾迪厄的「生存心態」概念〉（《思與言》二十九卷三期一七七一、頁二三），在此我們試著運用新維也納學派「建構實在論」的外推理念，將上述理念外推至中國詩論的範疇中，也許我們可以作這樣的解讀或誤讀。參沈清松 Contucianism, Taoism and Constructive Realism (Vienna: Vienna University Press, 1994)，「生存心態」一語另參考拙作〈祥符詔書與崑體和意不和韻的關係〉一文注⑨3。

⑩3 張鳴即以爲「宋初幾位皇帝與臣下的詩歌唱和活動，不僅是附庸風雅或點綴升平而已，還是貫徹文治國策的一個表現。」（《從白體到西崑體》註⑥2，並參見本文注㉟及⑥3引文）

⑩4 場域（champs），布爾迪厄的場域理論詳見：邱天助一九九八、頁一一九以下，所謂場域，布爾迪厄以爲「人類活動的目在於各種不同資本的累積和獨占，以維護或提昇在場域中的地位。因此社會生活本身即是一種持續的地位鬥爭，而每一場域乃成爲衝突的地方，由於場域中每一行動主體，都具有特定的份量或權威，因此場域也是一種權力的分配場。」或而可以解釋西崑詩人所形成的文學場域，在內部以和詩相互競爭，而其以獨占的文化資本——典故來作詩及典故的運用，也可說是「特定的份量和權威」的表現。

域，乃有此實際行爲—唱和詩的行動。[105]

更進一步來說，詩人們寫詩何以需要用此典故呢？布爾迪厄在「象徵權力」的擁有，所提到的「象徵暴力」(Violence symbolique) 或而有助於我們的了解，布爾迪厄的象徵鬥爭分別從客觀主觀二層面來說此 (1980,6:20)：

*1.*以客觀層面而言，人們可以透過表徵（個別和集體）而行動，以證明並穩定特定的事實觀。

*2.*以主觀層面而言，人們可以透過自我表現的策略運用，或試圖改變社會世界的知覺和鑑賞範疇。[106]

或者由此，我們也看到西崑詩人在「試圖改變社會世界的知覺和鑑賞範疇」上，毋寧是當時重文輕武的形勢下，一方面要以此文化理想來振興文教，運用典故於詩中，展現治世之才的創造力，並寄託諷諫於唱和中，抒寫他們對君國天下的期待，繼承主文而譎諫的比興傳統，並且一改從前館閣詩人給人歌舞昇平，只是文學侍臣的表象[107]。達到所謂「文章者經國之大業」曹丕〈典論論文〉所揭示的標的，所以乃「透過表徵（個別和集體）而行動」運用這種充滿象徵的典故於詩中來唱和（既個別又集體），而這也是「透過自我表現的策略運用」，就在這主觀客觀雙層

(105) 詳見邱天助《布爾迪厄文化再製理論》第五章〈再製理論的建構，該書引用布爾迪厄(Bourdieu, 1979: 112) 的一公式：（生存心態 (Habitus) 資本 (Capital)）＋場域＝實際行爲 (pratique) 可以幫我們了解西崑詩人何以在館閣中，有此唱和詩，並且用典功夫下得如此之深的行爲。（邱天助前揭書，頁一五二）

(106) 邱天助前揭書頁一六一邱天助並舉出：「就如羽毛動物比皮毛動物更可能長翅膀一樣，在博物館裡，精通語言的教授比其他人更容易引人注目；」這是客觀層面，在主觀層面上，「它是認知的關係結構，因爲知覺和鑑賞基模，特別是以語言描述者，係表現象徵權力關係的狀態。」（邱天助前揭書，頁一六二）也可有助於了解詩人在寫詩時，用典所展現的象徵意義。「象徵暴力」一語，另參考本書頁二一八，注(108)。

(107) 館閣詩人在與皇帝唱和時的應制詩，固然「大都鋪揚景物，宣翊燕遊，以富麗競工。」（胡震亨，《唐音癸籤》卷十），而以歌頌爲主。但是詩人間的活動則形成「貴遊文學」，簡宗梧以爲在宋玉景差等的「暇豫侍君的貴遊之作」之後因「政治權貴常附庸風雅，使文學創作在貴遊活動中佔一席之地。」他並以西漢貴遊文學到其特質爲：「一心致力於語文加工」：「肆聲貌與內容的誇飾」、「寓諷諫於頌美的講求」等；在東漢部分則談到「逐漸呈現用典的傾向」以及「出現更駢儷化的傾向；」至於魏晉六朝時則爲：「增加同題共作的現象」、「漸以事典繁密爲興趣」；而到唐代時則是：「富生命力的多元發展」、「反映社會深刻而廣泛」等等都可讓我們藉著了解這貴遊文學的特質，而知道也算是貴遊文學團體之一的崑體作家，他們所重視的多種層面，比如用典、唱和、比興等意義，而不只停留於以前浮艷、歌頌、唯美等誤解。參見簡氏〈漢唐貴遊活動的轉型與貴族文學的變調（《世變與創化：漢唐、唐宋轉型期之文藝現象研討會》中央研究院文哲所，一九九九）

面的運用下，他們一則取代了以前領導詩壇的白體詩人的地位，另一方面也改變了館閣詩人多是歌功頌德的印象，重振詩人賦詩言志的比興傳統，不負這「登高能賦始爲大夫，因事陳辭爰稱作者」（楊億，前揭文）的期許。一改五代以來蕪鄙之氣，並引導宋初的詩壇及文化走向⑱，爲文壇宗主達四十年之久，或而這生存心態的現象對於讓我們進一步了解崑體詩人在寫詩的用典上何以充滿象徵化的意義，應該也是有幫助的。

⑱這與宋文化的「會通化成」也有關，張高評以爲：「會通化成既是宋文化中追求別裁創獲，自成一家之集體意識，故經學家、史學家、理學家、文學家亦皆有此自覺。」（〈從會通化成論宋詩之新變與價值〉《漢學研究》十六卷一期，民八十七・六）又見其〈史家筆法與宋代詩學〉（《宋代文學研究叢刊》第四期，一九九八・十二）等相關論文。後文即指出：「就史學與文學之會通化成而言，尤其顯著有功。在詠史、敘事、諷諭詩方面，宋代史家以其游刃有餘之筆從事創作，以寄其興亡得失之感慨，發其微婉顯晦之議論。加以史學昌盛，尚古資鑑意識強烈，借學古以創發，以復古爲通變，形成宋代詩學與詩歌之共同默契，與創作指標。」（頁一三二～一三三）他雖舉司馬光、歐陽修等爲例，但其實已可在西崑酬唱集作於詩家編纂《歷代君臣事迹》中看出其淵源所自。

附錄：宋人詩中的屈騷情懷

一、前言

與唐代相較，兩宋在武功或國勢上，的確相形見絀。然而今日海內外學者對於宋代的研究，卻毫不遜色，且方興未艾。實因天水一朝於當日列強的環伺之下，雖然不免要稱臣納貢，但是在文化、學術，經貿的發展上卻有著前所未有的成績，且足以啓發今人。

清末嚴幾道即說：「人心政俗之變，有宋最宜究心，且與今日相關，而當時天下之情勢，將亦有啓於今日。」以今日之形勢而言，若再迷戀漢疆唐土、唯我獨尊的天朝一統時代，實無異痴人說夢，勢有不能。因爲藝文、學術、經濟之發展、民生的富庶、都市的繁榮等等俱爲今人所嚮往者，而兩宋剛好是此一典範。雖然靖康之後，甚至盡喪淮北秦嶺之地，僅留吳頭楚尾的半壁江山，然而依然能進步，繁榮、笙歌不輟，以今日來看，倍覺有其類似之處，而且當日人心所思，情懷所寄、更有足爲今人借鏡的地方。

誠如英人安諾德所云：「一時代最完美確切之解釋，須向其時之詩中求之，因詩之爲物，乃人類心力之精華所構成也。」①，詩人之心實爲天地之心，欲知宋人之心，宋代文士情懷之所寄，實當就宋詩中探得，以前曾爲此而撰《宋代論詩詩研究》以進窺有宋詩人的情志，並撰有《知音相契與宋代論詩詩》一文，論及「詩騷傳統之關懷」②，指出宋人論詩詩中，恆就個人的感受，抒發他對於風騷傳統的關切和嚮往。唯當時只見其詩騷並論之同，未有見其異者，也就是尙不能釐清風雅和屈騷的分野，當然對於南北宋間關於屈騷情懷的演變，也須要再爲文來加以補充。

二、屈騷情懷的由來

「風騷夐古少知音，本色詩人百種心」③，對於詩壇來說，兼取風雅與屈騷而省稱風騷，並不少見。如王禹偁之〈示子詩〉：「而今且莫閒官職，主管風騷勝要津」，則更有以此逕指詩壇之意，因而風之直指三百篇、騷之爲屈原所隱含的意義就往往失去了。也因而直接拈出屈騷，來看宋人對於屈原、離騷所指涉的意義，應該較爲清楚些。但是詩人對於屈原的了解，對於楚辭的詮釋，在不同的環境背景下，自然有很大的差距，表現在詩上當然也就各有不同了，這也可說是本色詩人百種心吧！

對於屈騷的了解，若由屈原本人進入或許是必要的，但是並不容易，當時的人，且不說上官，子蘭等人，就連漁父都恐怕不能對屈原的「安能以皓皓之白而蒙世俗之塵埃」所形成的悲憤，有同其情的感受④。因而後來者對於屈原的認知，不免要以當代的環境及個人的身世來看，其間的差異自然很大，尤其在秦漢一統之後，既爲治天下的需要，經學獨尊，因而對於屈騷就有以之爲經者，有以之爲離經的不同，尤其是漢人，有其楚文化的共同背景，對於屈原竟也不免如此。例如賈誼的鵩鳥賦、淮南王劉安的楚辭，司馬遷的屈原列傳等，以賈誼的賦來說，後人每以之與屈原相比，然而他對於屈氏的「發憤以抒情」卻不以爲然，且還說道：「般紛

①引自〈論宋詩〉。繆鉞，《詩詞散論》台灣開明書局。

②《知音相契與宋代論詩詩》一九八九年文學與美學研討會論文，淡江大學中研所。

③田錫〈覽韓偓鄭谷詩因呈太素〉，《咸平集》卷十五，四庫珍本四集。

④詳見楚辭〈漁父〉一篇。漁父對屈原的勸告，雖可說代表著不同生命情調間的對話，但也可見漁父對屈原的執著處，不能相應，只得詠滄浪之歌而去。

紛其離此憂兮，亦夫子之辜也，歷九州而相其君兮，何必懷此都也。」⑤頗有以屈原之執著於郢都爲不然之意，賈生都如此，更不用說班固、揚雄等人對屈原的認知了。⑥

因此，後世對屈原的認識是多方面的，探討這些問題的演變應是楚辭研究或者楚辭學的範疇，在此不擬涉入。今但就詩人的角度來看，詩人的知音相契，尙友古人或身世飄零，遭逢不偶；或身爲南人，久宦他鄉；或因事貶謫、南極瀟湘、覽物生情、當有楚思，屈騷情懷自然或濃或淡地在詩人的詩中表現出。尤其到了南宋之時，女眞族雄踞中原，而南風不競、無以北定，退居吳楚湖湘之餘，初則尙欲爭正統，而力有未逮，繼則外安南國，山川秀麗、暖風薰人，是又非北方所可比擬者，而財篳豐饒、自然使得君臣輕忽社稷，不思舊土，有志之士，自不見用，牢騷之餘，對於屈原的憔悴枯槁，行吟澤畔，當別有一番感慨，借屈騷酒杯，以澆一己的塊壘。「淵源雅頌吾豈敢，屈宋藩籬或能測」（枕上感懷）陸游的這句詩，道出了多少無奈。本來對於作詩，他是以雅頌自許的，但在南宋的局勢不能有所作爲之後，自然就要以屈宋爲寄託了。

且宋代詩人，本有一強烈的詩人意識。⑦他們以三百篇的作者爲期許的目標。

如梅聖俞的作品：

> 聖人于詩言，曾不專其中。因事有所激，因物興以通。自下而磨上，是之謂國風。雅章及頌篇，刺美亦道同。不獨識鳥獸，而爲文字工。

有宋之初開國氣象，自然使得詩人揚棄悲哀抒情⑧，而在冷靜、從容中，頗以詩作爲對天下責任之自許。所謂「不書兒女情，不作風月詩，唯存先王法，好醜無使疑。」（梅聖俞〈寄滁州歐陽永叔詩〉），重視〈詩大序〉所言的正得失、動天地進而強調詩之用，如徐鉉之言「詩之旨遠矣，詩之用大矣。先王所以通政教、察

---

⑤前引詞見賈誼〈弔屈原賦〉。見《史記・屈原賈生列傳》引。

⑥揚雄有〈反離騷〉，言其讀屈原文，「未嘗不流涕」，見《漢書・揚雄傳》。班固對離騷的觀點可由王逸《楚辭章句・離騷敘》所引中見得。

⑦詳見簡錦松《論宋詩特色》一九八八成大第一屆宋詩研討會論文。

⑧前引詩爲梅聖俞〈答韓三子華韓五持國韓六玉汝見贈述詩〉（四部叢刊宛陵先生集卷二十七）日人吉川幸次郎《宋詩概說》謂宋詩的人生觀爲悲哀的揚棄，詳該書序章〈宋詩的性質〉第七節。鄭清茂，中譯本，台北：聯經出版公司，一九七七。

風俗，故有采詩之官，陳詩之職，物情上達，王澤下流。」（成氏詩集序），又如黃裳所云：「故其用大、明足以動天地、幽足以感鬼神，上足以事君，內足以事父。雖至衰世，其澤猶在。」（樂府詩集序）經世致用的強調有如此者。因此對於屈騷的感情，恐怕就要淡一些了。這與南宋詩人在詩中的表現有相當大的差異。因而分就北宋與南宋來探討。

三、北宋詩人的屈騷情懷

北宋初期詩壇在白體、晚唐體的籠罩下⑨，一般詩人並未對屈原有特別的感情，舉騷爲言時，多半連國風爲言而成「風騷」，如前所引田錫之「風騷敻古少知音」，又如王禹偁之「主管風騷勝要津」云云，皆以風騷逕指詩壇而已，未敢及於其他。且王禹偁受到白氏的影響，雖然謫居也不發牢騷。如他的〈謫居感事〉詩言：「惟當諭山水，詎敢詠江蘺」，江蘺都不敢歌詠，遑論離騷，他把這種心境歸諸樂天的影響——「謫居不敢詠江蘺，日永門閑何所爲？多謝昭文李學士，勸教枕藉樂天詩。」⑩而白氏於中唐時倡行新樂府運動，以三百篇爲鵠的，自然不免以「國風變爲騷辭」爲「六義始缺矣」視屈騷在國風之下⑪，宋詩在學白的影響之下，一直有白詩的底子⑫，因而自然較重視詩經。到了梅聖俞出，以文窮而後工之故，對屈原自然也頗看重，但也都是先風再騷。如上所引「聖人於詩言，曾不專其中」一詩，即先風雅頌再提到「屈原作離騷，自哀其志窮，憤世疾邪意，寄在草木蟲」，當然梅氏較爲不同的是，他不像白居易一樣，以爲屈騷乃六藝之缺，而視「離騷爲直接繼承三百篇精神之作」⑬。認爲文窮而工的他，看出屈原的志窮所展現的無比力量，「憤世疾邪意，寄在草木蟲」，也不跟前人一樣「以爲只是一般的個人怨思而已」，他具有普遍性，「顯示出怨思的社會政治意義」⑭，比如在〈糟

⑨北宋初期詩派可參考梁昆的《宋詩派別論》東昇文化公司。有關西崑體部分，另於他篇討論。

⑩王禹偁詩見四部叢刊小畜集。前引詩主管風騷云云見小畜集卷九，示子詩（略），謫居感事詩見該集卷八，謫居不敢詠江蘺一詩名爲〈得昭文李學士書報以二絕〉，見該集卷八。

⑪見白居易〈與元九書〉，《白氏長慶集》。

⑫徐復觀，〈宋詩特徵試論〉「宋詩特徵基線的畫出者」上說：「我懷疑北宋詩人，都有白詩的底子。這是言宋詩特徵的前人所忽略的。」見《中國文學論集續編》，台灣學生書局。

⑬語見易重廉，《中國楚辭學史》，第二章第一節，頁二四一，湖南出版社。

⑭同註⑬。

淮鮊〉一詩由糟魚的肥美而寫道：

昔聞漁父賢，嘗勉楚人餔，楚人懷沙死，葬腹千歲餘，今茲有遺意，敢共盃盤疏。（《梅堯臣集編年校注》卷十八，頁五〇一）

詩中由眼前的美味，念及漁父勸楚人屈原的與世推移，餔糟歠醨，而聯想到屈原不願同流合污，因而葬身江魚之腹中——懷沙而投江，「今茲有遺意」二句則將一己的心情寄於言外，梅詩代表著宋詩的精神，梅氏這種懷念屈原的表達方式，也可說是北宋較早期詩人對屈原的態度。懷念，但不帶著悲憤、激情，只是淡淡的，或許這可與宋詩的基本色彩「冷靜而從容不迫」相應。⑮

這種表現方式，在與梅氏相知頗深，唱和甚多的歐陽修身上也可看出，歐陽修的〈江上彈琴〉一詩云：

無射變凜冽，黃鍾催發生，詠歌文王雅，怨刺離騷經，二典意澹薄，三盤語叮嚀，琴聲雖可狀，琴意誰可聽？（居士外集卷一，《歐陽修全集》頁一八五）

以聽到離騷曲，而將之與文王之大雅並論，末句雖有「琴聲雖可狀，琴意誰可聽」之言，但是將之等同於大雅文王篇，又強調「怨刺」一詞，正可見縱使有憂也是在「社會政治意義」上，以此來肯定屈騷的價值而已。

當時與慶曆詩人在政治立場相異的司馬光，則將其反對文士的政治立場，一表無遺，他藉著《資治通鑑》，不肯予屈原立傳，否定他在楚國的地位，想來進一步否定南方文士，於此費衮的《梁谿漫志》，還有邵博的《河南邵氏聞見後錄》等皆有論及，邵氏為此不平而道：

屈原以忠廢，至沈汨羅以死，所著離騷，淮南王、太史公，皆謂可與日月爭光，豈空言哉！

司馬光以對南士不喜，而不為屈原立傳，但他對司馬遷所云：「與日月爭光」這點還是肯定的，只是他不能了解屈原的怨刺以冀君心一悟的情懷。司馬光詩作有〈五哀詩〉，也曾哀「屈平」：

⑮吉川幸次郎，《宋詩概說》，序章第八節頁二四三，聯經出版公司譯本。

白玉徒爲潔，幽蘭未爲芳。窮羞事令尹，疏不怨懷王。寃骨消寒渚，忠魂失舊鄉。空餘楚辭在，猶與日爭光。

這首詩易重廉曾加以批評：「暴露了他評論屈原的一些問題，一、說什麼窮羞事令尹，在屈原與黨人的嚴峻的政治鬥爭，庸俗化爲個人得失的爭奪。二、不敢正視屈原作品中，怨懷王的內容，主觀上企圖爲屈原的大節開脫，實際上卻恰恰取消了屈原別于一般忠貞之士的政治大節。」⑯認爲司馬光不了解屈原。

司馬光雖亦爲詩，終究不以詩人自居，因而對於屈原的了解恐怕較有問題，我們再看看蘇黃等人對屈騷的了解，或者比較可以看出北宋詩人的觀點。

才堪相兩朝，卻只能以「日啖荔枝三百顆」自豪兼自嘲的蘇軾，一生多半過的「詩人例窮苦，天意遣奔逃」（次韻張安道讀杜詩）的日子，無疑的應該最能了解屈原的心，雖然，道佛的信仰讓他的不平之心，沖淡不少。但是他對楚辭仍下過工夫，甚至他的學生晁補之，更是北宋研究楚辭的大家，所著雖亡佚，唯《雞肋集》中卷二十六仍收錄有關楚辭的序言達六篇之多。⑰而東坡個人對屈原有那感同身受的體驗，也因而對屈子的辭章敬佩有加。如他即曾說過這樣的話：

楚辭前無古，後無今。

吾文終其身企慕而不能及萬一者，惟屈子一人耳。⑱

對於屈騷的推崇可以由此見得。唯東坡仍不免在宋人重視「平淡而山高水深」的洗禮之下，強調「發纖穠于簡古，寄至味于淡泊」的詩非餘子所及。⑲因而他也以此標準平淡深邃來看屈騷。只不過他又肯定屈原爲人上悲壯的一面，在〈屈原塔〉一詩中就說「屈原古壯士，就死意甚烈，世俗安得知，眷眷不忍決」。又說「聲名實無窮，富貴亦暫熱，丈夫知此理，所以持死節。」既肯定其壯士就死之烈，爲俗人所不知，末而更拈出「丈夫知此理」，以理性的態度來分析，而非激情的發露。亦可見其在理性的原則之下的堅持——爲人不妨慷慨悲壯，爲文仍宜平淡

⑯同註⑬引書，頁二五四。
⑰晁補之《雞肋集》收有〈離騷新序〉、〈續楚辭序〉、〈變離騷序〉等。見四部叢刊本。
⑱蘇軾評楚辭，原見明蔣之翹《七十二家評楚辭》，另詳《楚辭評論資料選・一、屈原楚辭和屈賦總論》，台北長安出版社。
⑲東坡：〈書黃子思詩集後語〉。

深邃。

蘇軾對屈騷的態度，可說是北宋詩人的典型，以屈騷爲風雅之變，〈次韻張安道讀杜詩〉中即道：「大雅初微缺，流風困暴豪，張爲詞客賦，變作楚臣騷。」認爲屈騷同後世詞客之賦一樣，都是風雅的衍變而成。足見肯定屈騷之餘，他仍然認爲騷賦是由風雅而來，這也可說是北宋詩人間的共同看法。

蘇軾歌詠屈原爲文和爲人的不同，突顯俗人對屈原的誤解，在其弟子由的詩篇亦可看見。蘇轍〈屈原塔〉云：

屈原遺宅秭歸山，南賓古者巴子國。山中遺塔知幾年，過者遲疑不能識。浮圖高絶誰所爲，原死豈復待汝力？臨江慷慨心自明，南訪重華訟孤直。世人不知徒悲傷，強爲築土高岌岌。

以世人不知屈原臨江慷慨之心，想要挽回他的性命，畢竟徒勞無功而築土之危，更可見世俗的無知所帶來的另一種危險，蘇轍憂此，與屈原當年之憂或亦有相同者，只不過與其兄的詩篇一樣，反省他人的「不能識」、「不知」之下，他還是能以理性而不激情的態度來面對此一問題。

北宋的另一大家黃山谷亦深受屈騷的影響。出身自江西的雙井老人黃庭堅，對《楚辭》自有一種濃厚的地域情感，然而在那一統的時代中，自然不免在經學的觀念下，要將《楚辭》等同於《詩經》，同其他的詩人一樣，將《楚辭》的地位提高到三百篇一樣，有了政教上的功用就等於間接肯定詩人的地位。

在山谷的心中，《楚辭》的地位是相當高的，我們可由下面這段話見及：

章子厚嘗爲余言《楚辭》蓋有所祖述，余初不謂然，子原遂言曰：九歌蓋取諸國風，九章蓋取諸二雅，離騷經蓋取諸頌。考之信然。（周密《浩然齋雅談》卷上）⑳

就因《楚辭》足與《詩經》相比，因而他的詩作成就雖爲一時之冠且衣被後世，而他卻「尤以《楚辭》自喜」㉑，《與秦少章書》中他說道：

⑳文見《山谷別集》卷十〈書聖庚家藏楚辭〉。陳師道《后山詩話》亦云：「子厚謂屈氏楚辭，知離騷乃效頌，其次效雅，最後效風。」與此稍異。

㉑朱熹語，見《楚辭後語・毀璧》（卷六）。

庭堅醉心於詩與楚辭（詞），似若有得，然終在古人後。

自以爲終究不及古人尤其《楚辭》的作者，他當然也了解《詩經》與《楚辭》的分野，因而說道：「其興託高遠則附于國風，其憤世疾邪則附于《楚辭》」（與歐陽元老書），甚至在對於杜詩的體會上他也說到：「廣之以國風、雅頌，深之以離騷、九歌」（《詩人玉屑》卷十四引山谷語），以此爲杜詩的偉大處。由此也可見他對《楚辭》的推崇，所以當他以此來評論他人時，就更不容懷疑了，但在下面這首詩中卻頗引起爭議：

我詩如曹鄶，淺陋不成邦，公如大國楚，吞五湖三江。赤壁風月笛，玉堂雲霧窗。句法提一律，堅城受我降，枯松倒澗壑，波濤所舂撞，萬牛挽不前，公乃獨力扛。諸人方嗤點，渠非晁張雙。㉒

自以其詩爲淺陋不及東坡的詩境廣大無邊，而竟有好事者欲尊黃而貶蘇，竟然以三百篇有曹鄶而無楚詩爲譏東坡。㉓不知自鄶無譏乃山谷用來感嘆自己的淺陋，以實顯東坡詩的偉大，且山谷自己推崇《楚辭》到與《詩經》相等的地位，何嘗會有三百篇無楚詩的想法來貶蘇，或許他正欲以此來感慨自己左準繩右規矩的束縛終不能成其大，因而羨慕東坡的自成機杼，如楚騷之獨立於《詩經》之外，而蔚為大國。如此，可說正以楚來推崇蘇，非有意貶之，因而才有「句法提一律，堅城受我降」等字眼推崇東坡的詩筆，力道萬鈞，為他人所不及。

或許，艇齋詩話的話可以印證：「山谷論詩，多取楚辭」，山谷可謂能近取譬者，以江西為荊楚舊地，不免對屈騷情有獨鐘，當不可能有何譏貶之心，可想所知。至於江西餘子以此而加以推崇，亦不乏此例，如洪朋的〈懷黃太史〉即言黃「屈宋堪奴僕」足證他們是以《楚辭》來肯定他人的成就，也可見屈騷情懷在北宋詩人中，尤其在江西詩社宗派中是這樣地呈現著。

又如饒節〈倚松詩集〉答惇上人七首之一的詩篇：

㉒《山谷詩內集》卷五，詩題甚長——〈子瞻詩句妙一世，乃云效庭堅體，蓋退之戲效孟郊樊宗師之比，以文滑稽耳。恐後生不解，故次韻道之。子瞻送楊孟容詩云：「我家峨眉陰，與子同一邦」即此韻〉。

㉓如宋代史繩祖《學齋佔畢》卷二即說：「其深意及自負而諷坡詩之不入律也。曹鄶雖小，尚有四篇之詩入國風，楚雖大國，而三百篇絕無取焉。」（百川學海本）

平生跌蕩坐窮詩，今日論詩似舊時，第一義中無適莫，為君重賦楚人辭。

以一生的遭逢不偶，就在於詩，然而猶不攻此志來自許。所以引「無適也、無莫也義之與比」之語來言其基於道義乃無上的標準，且不畏有他而重賦楚人的辭意，也足以說明詩人的重視楚辭。

詩人重現楚辭，自然也影響到楚辭研究的發展，北宋時先有晁補之從事於此，再有黃伯思者曾校定楚辭十卷，雖其書已佚。㉔但見於《宋文鑑》卷九十二的自序，此文頗能指出楚辭的地域特點，及宋代詞人沈迷於此的缺失所在：

自漢以還，文師詞宗，慕其軌躅，摛華競秀，而識其體要者亦寡。蓋屈宋諸騷，皆著楚語，作楚聲，紀楚地，名楚物，故可謂之楚辭。若些、只、羌、誶、蹇、紛，侘傺者，楚語也。頓挫悲壯，或韻或否者，楚聲也。湘、沅、江、澧、脩門、夏首者，楚地也。蘭、茝、荃、藥、蕙、若、蘋、蘅者，楚物也。他皆率若此，故以楚名之。自漢以還，去古未遠，猶有先賢風概，而近世文士，但賦其體韻，其語言雜燕、粵，事兼夷夏，而亦謂之楚辭，失其指矣。

四、南宋詩人的屈騷情懷

南宋之初，先則有洪興祖的《楚辭補注》，繼則又有朱熹的《楚辭集注》，這兩部巨著不像北宋諸家所作已佚一樣，反而一直擁有很高的地位，在《楚辭》的研究領域上堪稱與王逸的《楚辭章句》鼎足爲三。而洪興祖和朱熹都在南渡之後，有這樣的成績，不能不說是深受時代和地域的影響。當時不但文人在詩人屢屢言及屈騷，且以之稱讚他人。諸如周紫芝的《太倉稊米集》卷十一，即以屈騷稱美杜甫〈次韻庭藻讀少陵集〉云：「李杜文章萬丈高，就中詩律少陵豪。風流自是渠家事，奴僕從來可命騷。」杜牧稱長吉「稍加以理，奴僕命騷可也」，而此處則爲肯定杜甫成就不必再加以補充，早就在屈騷之上。同樣的情況也在陳與義的《簡齋

㉔黃伯思校定楚辭十卷至明猶存，後則亡佚。其書曾爲朱子所稱道。詳見姜亮夫《楚辭書目五種》台灣明倫出版社。

集》中見及，他在〈偶成古調十六韻上呈判府兼呈劉興州〉即稱道：

遊戲及小道，造化入大筆。優爲吳詩父，雅命楚僕騷。

皆以其人之作勝過屈騷爲美辭。對於時人如此稱美，不免阿諛，但也可見屈騷一詞之常見。而後王十朋的《梅溪王先生文集》，則逕以離騷之才讚許他人，較爲可取，且可以表現時人的情懷之美。如卷八的〈同舍再約賞梅用前韻〉說道：

卻將梅花比和靖，花與人物俱奇魁。同行五佳客，一一盡是離騷才。

梅花，離騷用以喻人，而其人之才與品俱可想見。可見以騷稱美人運用之普遍。因而在這種情況下連大儒朱熹也都投入研究《楚辭》，甚至欣賞屈騷的行列了。

朱熹以南宋的理學家，遍注群經，在專注於儒學之餘，竟然也投入《楚辭》的研究，頗爲令人側目。他在《楚辭》後語中所言黃庭堅「尤以《楚辭》自喜」實也可說是夫子自道，意即不只我如此，詩人山谷亦然。庭堅爲江西人，朱子亦然，婺源今亦屬江西，自有其地緣關係，使得朱子雅好《楚辭》。不過以道學家的宗師而如此，與北宋諸儒不免有異，於此，不免他人要有些意見了。楊萬里即曾加以調侃〈戲跋朱元晦《楚辭解》〉云：

注易箋詩解魯論，一帆經度浴沂天。无端又被湘纍喚，去看西川競渡船。

詩中先點出朱子是經學的宗師，應該是孔子的追隨者，卻被屈騷感動而加入《楚辭》的研究。於戲說中或而也有稱許的意味在內。㉖因爲楊萬里本身亦有《天問天對解》，對屈騷自有一些情懷在。而朱子的研究《楚辭》，自也有他內在不容自己的動機在。在〈夜闌擇之誦師曾題畫絕句，遐想高致，偶成小詩〉中，即將此種情懷說出：

一幅瀟湘不易求，新詩誰遣送閑愁。遙知水遠山長外，更有離騷寄目秋。

㉕同註㉔引書第三八頁。

㉖於此、朱子有〈戲答楊廷秀問訊離騷之句〉詩道：「昔誦離騷夜扣舷，江湖滿地水浮天。只今擁筆寒窗底，爛卻沙頭月一般。」詩，二人以戲爲詩題，頗有惺惺相惜之意。應非易重廉楚辭學史所言爲指責的態度。參見該書頁二九四。

離騷爲他情懷所寄者，在此詩中乃不經意地流露出來。且他在與張栻的〈登岳麓赫曦台聯句〉中更道：

泛舟長沙渚，振采湘山嶺。煙雲眇變化，宇宙窮高深。懷古壯士志，憂時君子心。寄言塵中客，莽蒼誰能尋。

懷古之壯士屈原，不免憂慮當時小人當道，而南風不競的形勢，正是這種情感，使得他和張栻聯手寫出此詩，也可見南宋時士人在退守江淮半壁之餘，不免對這昔日的楚地，今日的寄居之所，產生一特殊的情懷，因而屈騷，這江潭澤畔行吟的悲歌，就這樣地打動南宋士人的心。是以朱熹自已偶一爲詩即流露出這種情懷，如「解寫離騷極目天」（奉題李彥中所藏俞侯墨戲）「個中何似汨羅淵」（題劉志夬嚴居厚瀟湘詩卷後）朱子之所以如此稱道屈騷，自有他個人的因素在。但是整個大環境更逼使他們對於南國的屈原有某種特殊的感情。如先前所提到稱許他人爲離騷才的王十朋即有〈題屈原廟〉一詩：

自古皆有死，先生死忠清。故宅秭歸江，前人熊繹城。眷言懷此都，不比異姓卿，六經變離騷，日月爭光明。

六經不得不變於離騷，是時勢所趨，而拈出司馬遷所言與日月爭光的字眼作結，正足以突顯離騷的地位；屈原忠清的人格，更是其中的關鍵所在。這種人格的投射，對於整個大環境－身處楚地、飽聞楚聲，遍見楚物的士人來說，若再加上個人的因素，仕途多蹇，遠謫瀟湘等等，自然對屈原，起了一種異代知音的情懷，而要屢屢道及了。偏偏南宋朝又出了個奸相秦檜，使得這種感受更為強烈。如《楚辭補注》的作者洪興祖即觸犯了奸相秦檜而編管昭州，所以才立志從事《楚辭》的研究，又如朱熹，本持一心一意匡復之志，而有復讎之議，屢屢上書。可說紹述先人之志。因他的父親朱松也得罪了秦檜，反對議和之策，被貶知饒州，結果未能到任，就死於路途中，可說是政治迫害，這時朱熹不過十四歲，國仇家恨不免於年少的心靈中萌芽。由於秦檜的專權，更使他對屈原有特殊的寄託。再加上他曾行宦於湖湘之地－監潭州南岳廟，觸目所及，屈騷的情懷自然而生，而使得他或研究或詩作都頗為可觀。

自然，在南宋詩人中最值得一提的，當推陸游，他更是秦檜專權的受害者，只因赴進士試時，成績優異，名列秦檜之孫之前，以此遭檜之忌恨，其後又因屢有抗敵之論，聲援張浚的北伐而迭遭黜落，所以屈原身世，自與他個人的生命相接。而他曾由湖湘之地入蜀，經歷屈原之故城，荆楚的故都，這種時空交錯的感觸，使他寫下的詩篇多半帶有濃厚的屈騷情懷。如〈哀郢〉：

遠接商周祚最長，北盟齊晉勢爭強。章華歌舞終蕭瑟，雲夢風煙舊莽蒼。草合故宮惟雁起，盜穿荒冢有狐藏。離騷未盡靈均恨，志士千秋激滿裳。

首二句先言楚國立國之久遠，國勢之強大，卻不免衰亡，五六句寫亡國之後，郢都的殘破。末兩句更將屈原之恨說出，言離騷猶未能道盡此恨，可見此恨之無盡期，而有今日重見之的言外之意，志士千秋之淚，亦可見陸游之淚上接千載，投注在屈原身上，此種恨與淚，較之以北宋的「冷靜而從容不迫」的詩風，截然不同，所以陸游的情懷之所寄，一發不可遏止，因而遙契千古，直指屈騷。

又如〈楚城〉一詩也寫出了這樣的情懷：

江上荒城猿鳥悲，隔江便是屈原祠。一千五百年間事，只有灘聲似舊時。

灘聲依舊，餘則未聞，可見他急於從中尋找屈原舊日蹤跡的心情。而猿鳥之悲，亦可見他心頭的感受。

當然，志在恢復的陸游，本來也是視《詩經》爲典範的，他在〈讀杜詩〉中所云：「常憎晚輩言詩史，清廟生民伯仲間。」卷七十三〈讀豳風・七月篇〉：「聖賢事事在陳編。」卷五十〈雜興詩〉則說：「君爲八百年基業，盡在東山七月篇。」所以在〈六藝示子聿〉詩上他說：「六藝江河萬古流，吾徒鑽仰死方休。」俱可見他對詩三百的推崇，並以此爲詩人的自我期許。但是在飽經打擊之後，他也不得不承認自己只能書生空議論的事實，因而不得不正視楚騷的意義，當然首先他也說到詩與騷的傳承關係，在〈宋都曹屢寄詩且督和答〉中即說：

> 古詩三千篇，刪取才十一，每讀先再拜，若聽清廟瑟。詩降爲楚騷，猶足中六律。（卷七十九）

此詩繼則又言「及觀晚唐作，令人欲焚筆」，可見他對於後世之學晚唐者的不滿，但以詩和騷爲本。然而既不能爲三百篇的詩人及如古聖王之師輔，不免有憾焉。同卷〈初冬雜詠〉所謂「書生本欲輩莘渭，蹭蹬乃去爲詩人。」所以只好接受只是詩人的事實。也因而領略屈原在詩藝上的成就，乃成為他的目標。這當然也是他的心境的一大轉折。卷十一〈枕上感懷〉說：

老夫哦詩聲嘖嘖。……淵源雅頌吾豈敢？屈宋藩籬或能測。一代文章誰汝數，老不能閑眞自苦。

一生只能戮力於詩，雅頌的境界，已不能至，在這種大環境下，只能追步屈宋。現實考量、生活體驗，都使得他悟得此理。在〈九月一日夜讀詩稿有感，走筆作歌〉中他即把這種心境的轉折與生活的感受道出，並點出討家三昧所在：

我昔學詩未有得，殘餘未免從人乞，力孱氣餒心自知，妄取虛名有慚色。四十從戎駐南鄭，酣宴軍中夜連日。……琵琶弦急冰雹亂，羯鼓手勻風雨疾。詩家三昧忽見前，屈賈在眼元歷歷。

自說四十歲以前，妄取虛名之作，乃拾人牙慧而已，未能有眞感情。而後飽經各種生活體驗，終於開竅。─詩，不能外於生活。體會到作家三昧，屈原等人，終於以其眞面目呈現在眼前。陸游所見應該是作為詩人的自己，因為他的經驗與屈原何其相近。所以屈原自然成了他的典範。這當然是一種心境的轉折。他也曾在其它詩中提及：

束髮初學詩，妄意薄風雅。中年困憂患，聊欲希屈賈。㉗

屈原追隨者有宋玉，後又有賈誼的遭遇相近，因而舉屈原則或附以宋玉，或配上賈誼，而稱屈宋、屈賈。在〈答鄭虞任檢法見贈〉一詩中就以屈宋爲文章的標竿：

文章要須到屈宋，萬仞青霄下鸞鳳。區區圓美絶倫，彈丸之評方誤人。

江西詩派的追隨者，每以彈丸，圓美爲喻，初則活法，頗爲新穎，後則未免熟爛爲老套，因而才拈出「屈宋」爲詩文的標竿。在此我們看到他已逐漸的由雅頌的夢土轉爲比較切合實際的屈騷以及宋詩了。

㉗見《陸放翁集》〈劍南詩稿〉卷五十四，〈入秋遊山賦詩略無闕日，戲作五字七首識之，以野店山橋送馬蹄爲韻之一〉前所引諸詩，亦見此集中。

至於屈宋的騷賦，絕非一般人所以為的牢騷，怨誹而已，屈宋的風格是「雄渾」的，且為後代李杜詩的淵源所自。對於屈騷的體認可說推進了一大步：

袖手哦新詩，清寒媿雄渾。屈宋死千載，誰能起九原？中間李與杜，獨招湘水魂，自此競摹寫，幾人望其藩？蘭苕看翡翠，煙雨啼清猿。豈知雲海中，九萬擊鵬鯤，更闌燈欲死，此意與誰論？

以屈宋的騷賦為雄渾，若不能起之於九原，則無以望其藩籬，李杜能成為大家，在於能得到屈宋的精神。陸游因慚愧自己的吟哦只是「清寒」而已。猶未能得到屈宋的精神，所以未能有「雄渾」的風格。

他又認為屈原的精神遍佈在這南國的瀟湘中，所以他才有「揮毫當得江山助，不到瀟湘豈有詩。」（偶讀舊稿有感）的感觸，以瀟湘有屈原之魂在焉。陸游一心要體會屈原的精神，所以除了在瀟湘之地尋尋覓覓外，更將離騷—屈原精神的寄託處，把讀再三，以期能得到屈原的青睞。在〈寄題吳斗南玩芳亭詩〉中他說：

平生離騷讀千遍，屈泥秭歸要親見。歸來落筆愈驚人，宋玉景差俱北面。

讀罷千遍的離騷後，連屈原都要感動得出來見他。此實屈騷精神的眞正體會。使得陸游認爲是他落筆驚人，可以睥睨宋玉景差的關鍵。屈騷的境界也是他稱許人所常用的方式。如卷三十八〈感舊〉詩：

君不見蜀師渾甫字伯渾，……死已骨朽名猶存，文章落筆數千言，上友離騷下招魂，望之眉宇何軒軒。

師伯渾的文章眉宇軒昂，在能上友離騷和招魂，能學屈原則可「雄渾」，此詩是最好的例子。

南宋詩壇，亦如政壇一般要與北的金人爭正統。㉘北人有中州集之自以爲正統，元好問更且有論詩三十省，貶江西餘子，以明靖康後詩文的正統在北方。這可以代表金源文人的野心，其來有自。而且在元好問的詩中更說得淋漓盡致。這也是先前陸游他一邊推崇屈騷，一面要言雄渾的原因，要跟北方爭正統的大目標實不能

㉘正統之觀念本與三國時蜀漢爭正統相關，詳錢鍾書《管錐篇》頁一二四〇，又參見龔鵬程《江西詩社宗派研究》。

忘記。在他稱許楊萬里的詩篇中最能表現這樣的情懷：

文章實公器，當與天下共。……嗚呼大廈傾，孰可任樑棟。願公力起之，千載傳正統，時時醉黃封，高詠追屈宋。

文章當與天下共可見不能自外於天下大勢中，此乃重文輕武下，文士的自許，而大廈既傾，孰爲棟樑？北方爲金源以武力所竊取，文士當更得努力，接續千載文章的正統，期在此能使北方的金源俯首，而有「修文德以來之」的落實，因而以此勉楊萬里，認爲他可以承擔此重任，而以「屈宋」許之最妙，屈宋的文章固可以傲視天下，屈宋的人品更可以喚醒國人，近悅遠來，如此文章的正統就能有積極的意義了。也難怪在獲此知音之下，楊萬里也投桃報李稱許陸游道：

今代詩人後陸雲，……重尋子美行程舊，盡拾靈均怨句新。

以靈均、子美二人稱許陸游，正可說明陸游得此二家的精髓。而屈原則一直在放翁心中有著重要的地位，因而他要用以自說說人，例如：

是間儻有句，可與屈宋鄰，詩如奮蟄龍，夭矯不受馴。（開元寺小閣十四韻，卷二十三）

足見他以爲到了屈宋的地步，則可如夭矯之龍，不受人間的枷鎖。此可爲屈宋爲雄渾的又一證明。凡此皆可見陸游對屈騷的體認。

南宋詩人對於屈騷當然有其時代地域所形成的家國之感，屈原以對父母之國的眷戀而爲愛國詩人，其後陸游亦以此屈騷情懷及對家國的愛深責切而贏得愛國詩人的稱號，而這種對屈騷的地域家國之感在南宋詩人的詩中也時常可見，如有《攻媿集》傳于世的樓鑰曾有如此的詩句「顧我好看秦小篆，煩君爲作楚離騷」。（謝顏樂閑篆離騷）他人雕篆離騷之字句，因而謝之，可見彼此對離騷皆頗喜好。不只如此，他甚至還以敘事長篇寫出一篇可說較似楚辭學史的作品——〈林德久秘書寄《楚辭故訓傳》及《協音》《草木疏》求序于余，病中未暇，因以詩寄謝〉論及楚辭研究的歷史，間雜數句頗能道出時人好騷之故。如起首云：

言及讀騷者之有感於屈原的身世，而每每泫然欲淚。詩人鍾情於騷之故可知。

沉復身到荊楚地，詳究蘭芷聞芳馨。

又言：

身到荊楚之地，自能親炙蘭芷的芳馨，感受自然異於他人。屈騷之情於斯爲烈，亦可以想見。

當然屈原對於楚國的忠悃之情，應該也是南宋一般詩人景仰的主因。如袁說友《東塘集》有汨羅詩載：「千載孤忠動神物。」林景熙《白石樵唱》的端午次韻懷古則說：「湘江動忠臣」。宋末又有高斯得有《恥堂存稿》說：「豪氣今安在，忠魂死不泯。」（端午小飲，分韻得身字），俱對屈氏的忠直追懷，林景熙高斯得更處在宋亡之後，而成爲遺民詩人，對於屈原的感受那可說又更刻骨銘心了。

當然，那時對屈原的懷念並非只是這種以家國之感所形成的激情，北宋人的知性反省的精神，依然在這些詩人當中隱隱乍現。如張孝祥的《于湖居士集》即有〈金沙堆廟有曰忠潔侯者，屈大夫也，感而賦詩〉一篇，除了敘其對屈原的懷念外，更寫出他對世人無知的慨嘆：

伍君爲濤頭，妒婦名河津。那知屈大夫，亦作主水神，我識大夫公，自託腑肝親。……天門開九重，帝曰哀汝勤，狹世非汝留，賜汝班列眞。……至今幾千年，玉顏凜如新。楚人殊不知，謂公果沈淪，年年作端午，兒戲公應嗔。

認爲屈子的忠悃，感動了上帝，而名列仙班，世人不應以爲他已淪爲波臣，欲以端午龍舟之戲救之。也可見他對屈原的了解在於屈原的死而不死，精神長在，而非俗人之見。與北宋蘇轍觀點較近。

正如北宋常以詩騷並舉而論，南宋也常如此。如張鎡的《南湖集》，早享盛名，楊萬里曾言：「新拜南湖爲上將，更差白石作先鋒」以之與姜白石並稱。張鎡曾有詩以李杜繼詩騷而起，詩騷並舉而談。〈俞玉汝以詩編來因次卷首韻〉一詩有云：

大雅既不作，少陵得深致。楚騷久寂寞，太白重舉似。

晚宋詩人，有所謂四靈者，深受葉水心的影響。葉適曾有詩云：「一從屈原賦離騷，便至杜甫短長吟。」（《水心集・對讀文選杜詩成四絕句》）言詩壇自屈騷始，其後四靈之言詩者，論屈騷，不過貪圖佳句，這也與四靈的風格相近。如徐璣〈悔〉詩有云：「幽深眞似離騷句，枯健猶如賈島詩。」賈島居然可與離騷並稱，可見於此但就詩句之工而論。

四靈之後，有江湖詩人繼之而起，戴復古更有論詩之篇章而小有聲名。他也以此字句的角度來看離騷。〈謝東倅包宏父三首之一〉云：「風騷凡幾變，晚唐諸子出。」以晚唐繼風騷之變，偏重在字句之傳承。〈論詩十絕〉的首篇又提到這樣的字眼：

> 文章隨世作低昂，變盡風騷到晚唐。

風騷並舉而論可說承繼著前人的觀念而來。〈論詩十絕〉爲戴復古闡說詩理的名作，唯所論僅被時人視爲無甚高論的「詩家小學須知」㉙更可以知其但泛指風騷，揉雜前人的觀念，而未見有較爲突出的主見，恐不能爲人激賞，而與他同時的嚴羽有《滄浪詩話》，則一掃此弊。

嚴羽對於屈騷的體會繼承陸游的「雄渾」觀念，進而言「雄渾悲壯」，他有

「讀騷之久，方識眞味，須歌之抑揚，涕洟滿襟，然後爲識離騷，否則如戛釜撞甕耳」的話，於此易重廉曾說：「歌之抑揚，雄渾也。涕洟滿襟悲壯也，一爲形象描繪，一爲抽象概括，如此而已。」㉚嚴羽非但如此說離騷、體會屈騷而已，更且將《詩經》置於一旁，鮮有論及。如〈詩辨〉中甚且有：「夫學詩者以識爲主：入門須正，立志須高。……工夫須從上到下，不可從下做上。先須熟讀《楚辭》，朝夕諷詠以爲之本，以及讀古詩十九首……。」

以讀《楚辭》爲學詩之根源所在，不及風雅，可說與傳統言詩者必自風雅的觀念大相逕庭，但也可說是一大突破，雖然有反對者㉛，但不礙嚴氏此論之挺立於詩壇，因爲嚴羽此種話語可說是南宋詩家的眞傳，尤其自陸游揭櫫：「淵源雅頌吾豈敢？屈宋藩籬或能測」的觀念後，南宋詩壇應該以此爲主流。所以嚴羽的《滄浪詩話》才會有如此的觀念。㉜

㉙見《四部叢刊》本《石屏詩集》卷七。

㉚同註⑬引書頁三四〇。

㉛如潘德輿《養一齋詩話》即質疑滄浪之「溯入門工夫，不自三百篇始，而始于離騷，恐尚非頂顱上做來也。」又《滄浪詩話校釋·詩辨》有詳論。河洛出版社。

對於屈騷來說，南宋詩人可說別具深情，而南宋也似乎正如楚國之不敵北方強秦一般，君昏臣庸，無以抵禦新興狂飆的蒙元，因而風雨飄搖，乃至於亡國，對於屈原的感慨自然又起。以文天祥為例，他在〈偶感詩〉中即高歌道：

起來高歌離騷賦，睡去細和梁父吟，已矣已矣尚何道？猶有天地知吾心。

吾心者即屈騷之心也，以離騷賦之高歌直抒胸臆，足見他的情懷。在〈端午感興〉中更說道：

當年忠血墮讒波，千古荊人祭汨羅，風雨天涯芳草夢，江山如此故都何？

以楚人端午之祭而念及屈原的忠而致死，及楚國的不免於亡，想到如今江山又將如何？是以不勝感慨唏噓。悲傷之情，盡在紙上，可說重回屈騷的感興中，而與北宋的知性的認知有相當大的差距！這應該也是南宋和北宋在屈騷情懷上最顯著的不同。

五、結論

宋人爲詩特重讀書，尤其讀經，山谷所謂「本朝詩出於經」，南宋戴復古亦言：「本朝師古學，六經爲世用。」㉝當然群經中又以《詩經》最受重視，尤其三百篇的正得失，動天地，使得《詩經》的地位無以復加，至於楚騷，以宋代爲詩者，本以南人居多，以其出身背景，因而對於南國的楚騷自多一份感情，如山谷即醉心於《詩經》與《楚辭》㉞，東坡也以屈子爲「終其身企慕而不能及萬一者」，但是，他們雖嚮往之至，基本上起初還是以辭亦出於《詩經》爲言，將《楚辭》納到經學的大傳統中，言其經世致用的重要。

㉜嚴羽之詩中未見逕書屈騷者，不過常有引用瀟湘入詩處。如〈酬故人見贈〉之「湘江南北少人行，瘴雨蠻煙白草生，誰念梁園舊詞客，檳榔樹下獨聞鶯」。即饒有楚思。又如〈聞笛〉詩：「江上誰家吹笛聲，月明霜白不止堪聽，孤舟萬里瀟湘客，一夜歸心滿洞庭。」俱可見他的善用屈騷情懷。

㉝《石屏集》卷一，〈謝東倅包宏父〉三首之一。

㉞山谷語、見《四部叢刊》本《豫章黃先生文集》卷十九。

就因《詩經》地位崇高，而楚騷亦有獨特的重要性下，宋人學古的主張，必詩騷並舉。蘇軾所謂「熟讀毛詩國風離騷，曲折盡在是矣。」㉟黃山谷也說要「廣之以國風雅頌，深之以離騷九歌」㊱，乃至於呂居仁都說：「學詩須以三百篇楚辭及漢魏間人詩為主，方見古人好處。」（童蒙詩訓）這可說北宋詩壇的主流風尚。在〈論詩〉詩中，梅聖俞即首先言道：「自下而磨上，是之謂國風，雅章及頌篇，刺美亦道同，不獨識鳥獸，而為文字工。屈原作離騷，自哀其志窮，憤世疾邪意，寄在草木蟲。」也是詩騷並舉，見先詩後騷。

的確，天下一統之後，須要建立新秩序。㊲因而對於詩學的典範乃如此追尋，《楚辭》即以此種面目出現，所以對於楚騷縱如蘇子的以其文為不可及，在面對屈原的為人時，總以較知性的態度來看待，東坡所謂「聲名實無窮，富貴亦漸熱，丈夫知此理，所以持死節」，子由所謂「世人不知徒悲傷，強為築土高岌岌」，二人俱在〈屈原塔〉一詩中很理性地說出他對屈原的認知，這也是悲哀的揚棄下的一種自覺吧！所以所看到北宋人的屈騷情懷，總是在冷靜、從容中表現。雖然也偶有激情的字眼。如李覯的〈論文〉所謂「今人往往號能文，意熟詞陳未足云，若見江魚須痛哭，腹中曾有屈原墳。」㊳則也是在反省世人所作未能創新，但為老套的沿襲，實有愧屈原，也是出自於反省時人的態度而已。時人如張耒〈讀杜集〉：「風雅不復興，後來誰可數」㊴，孔平仲的「七月鵾鶚乃至此，語言閎大復瑰奇」，㊵都是在這以詩為主符風尙下所形成的議論。基本上屈騷情懷還是附於三百篇之內的。

到了南宋，以偏安湖湘荊楚之地，所見莫非楚物，所聞莫非楚聲，自然也就在詩作上饒富楚思，喜好楚騷了！以先有高宗及秦檜之故，洪興祖、朱熹、陸游等人皆先後嘗到屈原患而被貶的經歷，所以或研究《楚辭》，或獨尊屈騷，乃形成了對於楚辭情有獨鍾的風尙。朱熹以理學家好《楚辭》，且在詩中流露屈騷情懷。陸游則由於《詩經》的嚮往，一變而成對於屈原的孺慕──「淵源雅頌吾豈敢，屈宋藩籬

㉟見《彥周詩話》引，《歷代詩話》頁三八六，台北：木鐸出版社。
㊱同註㉞引書卷九。
㊲詳〈知性的反省──宋詩的基本風貌〉，龔鵬程著，文載《中國文化新論》──《意象的流變》，頁二七二。
㊳見《四部叢刊》本《直講李先生文集》卷二十八。
㊴張耒〈讀杜集〉見《叢書集成》據聚珍板排印《柯山集拾遺》卷二。
㊵孔平仲〈題老杜集〉見四庫珍本五《清江三孔集》卷二十五。

或能測」，而「詩家三昧忽見前，屈賈在眼元歷歷」，更以屈子自道：「不爲千載離騷計，屈子何由澤畔來。」皆可見陸游的轉折，與整個南宋大環境和個人身世之感的相應，屈騷情懷就如此形成了。

所以當嚴羽談及學誰的工夫言先須熟讀《楚辭》，而不及三百篇時，若不能從南宋這裡詩壇形成的主流風氣來了解，但還以其論詩未舉詩三百爲憾，恐將如戴復古的〈論詩十絕〉一樣㊶，猶以老套的風騷爲言，那只能成爲「詩家小學須知」，不能得到識者的青睞了。

南宋既形成以屈騷情懷爲主的風尚，進而更以屈騷爲雄渾，甚至尊爲正統，在中興兩大詩人陸游對楊萬里的推許——「願公力起之，千載傳正統，時時醉黃封，高詠追屈宋。」這一首詩中似乎看到南宋人的自信，屈騷不是自怨自艾的澤畔悲歌而已，它更是雄渾的，可以扛起正統的責任，不再以失去中原，就失去了三百篇的正統而遺憾。在屈騷的故土中他們一樣找到了詩的正統，「揮毫當得江山助，不到瀟湘豈有詩」，這種詩悲壯中是帶有雄渾的——「上友離騷下招魂，望之眉宇何軒軒」，「是間儻有句，可與屈宋鄰，詩如奮蟄龍，夭矯不受馴」㊷，可見在屈騷情懷中，南宋詩人尋找到了自我，正所謂當下即是，不假他求。

㊶同註㉙引書，詩題云：「昭武太守王子文日與李賈，嚴羽共觀前輩一兩家詩及晚唐詩，因而論詩十絕。子文見之，謂無甚高論，亦可作詩家小學須知。」可見王子文以此為大家耳熟能詳的觀念，用來作入門教材則差可。這也可說載復古在立論上未能有服人之處，其關鍵恐怕與嚴羽的獨尊《楚辭》的識見，石屏猶未能及有關，當再為文加以探討。

㊷前一詩為〈感舊詩〉懷蜀隱士師伯渾。〈劍南詩稿〉卷三十八。後一首則為卷二十三之〈開元寺小閣十四韻〉。

參考書目舉要

一、

孔穎達：十三經注疏本《毛詩正義》，台北：藝文印書館。
賈公彥：十三經注疏本《周禮正義》，台北：藝文印書館。
司馬遷：《史記》，台北：鼎文書局。
班固：《漢書》，台北：鼎文書局。
范曄：《後漢書》，台北：鼎文書局。
陳壽：《三國志》，台北：鼎文書局。
李延壽：《南史》，台北：鼎文書局。
李燾：《續資治通鑑長編》，大陸：中華書局。
脫脫：《宋史》，台北：鼎文書局。
王夫之：《宋論》，台北：樂天書局。

二・

王逸：《楚辭章句》，台北：藝文印書館。
朱熹：《楚辭集注》，台北：藝文印書館。
洪興祖：《楚辭補注》，台北：長安出版社。
湯炳正：《楚辭今注》，上海：上海古籍出版社。
姜亮夫：《楚辭書目五種》，台北：明倫出版社。
《楚辭評論資料選》，台北：長安出版社。
蕭統：《昭明文選》（李善注），台北：五南圖書。
《昭明文選》（六臣注），台北：廣文書局。
劉勰：《文心雕龍》（范文瀾校注），台北：學海書局。
鍾嶸：《詩品》（汪中注），台北：正中書局。
郭茂倩：《樂府詩集》，台北：里仁書局。
逯欽立輯校：《先秦漢魏晉南北朝詩》，台北：木鐸出版社。
孫奮揚等：《詳註分類歷代詠物詩選》，台北：廣文書局。

清康熙御編：《全唐詩》，台北：粹文堂。
曾棗莊等主編：《全宋文》，四川：巴蜀書社。
傅璇琮等主編：《全宋詩》，北京大學出版社。
吳之振、呂留良輯：《宋詩鈔》、《宋詩鈔補》，上海：三聯書店，一九八八。
陳石遺：《宋詩精華錄》，台北：廣文書局，一九七一。
錢鍾書：《宋詩選注》，台北：木鐸出版社，一九八二。
杜甫：《杜詩鏡銓》楊倫注，台北：華正書局。
白居易：《白氏長慶集》，四部叢刊本。
朱鶴齡箋注、沈厚塽輯評：《李義山詩集輯評》，台北：學生書局。
張爾田：《玉谿生年譜會箋》，台北：中華書局。
馮浩箋注：《玉谿生詩集箋注》，台北：里仁書局。
馮浩詳注：《樊南文集》，上海：上海古籍出版社。
黃侃：《李義山詩偶評》，台北：學海出版社。
劉學鍇等：《李商隱詩歌集解》，台北：洪葉。
陳永正：《李商隱詩選》，台北：遠流出版社。

王禹偁：《小畜集》，四部叢刊初編本。
田錫：《咸平集》，四庫珍本四集。
楊億：《西崑酬唱集》，四部叢刊初編本。
楊億：《武夷新集》，四庫全書珍本八集。
周禎、王圖煒注：《西崑酬唱集》，上海：上海古籍出版社，一九八五。
王仲犖注：《西崑酬唱集》，台北：漢京出版社，一九八四。
鄭再時箋注：《西崑酬唱集》，山東：齊魯書社，一九八六。
石介：《徂徠石先生文集》，四庫全書珍本四集。
歐陽修：《歐陽修全集》，台北：河洛出版社。
梅聖俞：《梅堯臣集編年校注》，台北：源流出版社。
蘇軾：《蘇東坡全集》，台北：河洛出版社。
晁補之：《雞肋集》，四部叢刊本。
黃山谷：《豫章黃先生文集》，四部叢刊本。
陸游：《陸放翁集》，四部備要本。
元好問：《遺山詩集》，四部備要本。

王士禎：《漁洋精華錄訓纂》，四部備要本。
鄭騫：《清晝堂詩集》，台北：大安出版社。一九八八。

三・

歐陽修：《歸田錄》，中華書局，一九八一。
司馬光：《涑水紀聞》，台北：世界書局，一九六二。
田況：《儒林公議》，台北：藝文印書館、百部叢書集成。
陸游：《老學庵筆記》，中華書局，一九七九。
惠洪：《冷齋夜話》，台北：藝文印書館（叢書集成新編一〇册）。
洪邁：《容齋隨筆》，上海古籍出版社，一九九五。
江少虞：《宋朝事實類苑》，上海古籍出版社校點本，一九八一。
嚴羽：《滄浪詩話》，台北：河洛出版社。
胡仔：《苕溪漁隱叢話》，台北：長安出版社。
魏慶之：《詩人玉屑》，台北：九思出版社。
何文煥：《歷代詩話》，台北：木鐸出版社。

方東樹：《昭昧詹言》，台北：廣文書局，一九六二。
阮閱：《詩話總龜》，台北：廣文書局（古今詩話續編），一九七三。
丁仲祐：《清詩話》，台北：西南書局，一九七九。
吳喬：《西昆發微》，台北：廣文書局，一九七三。
郭紹虞：《宋詩話輯佚》，台北：華正書局，一九八一。
程毅中主編：《宋人詩話外編》，北京：國際文化，一九九六。
丁仲祐編訂：《清詩話》，台北：藝文印書館，一九七七。
臺靜農主編：《百種詩話類編》，台北：藝文印書館，一九七四。
張伯偉：《全唐五代詩格校考》，陝西：人民教育出版社，一九九六。

四·

吳調公：《李商隱研究》，上海：上海古籍出版社。
黃盛雄：《李商隱詩研究》，台北：文史哲出版社。
曾棗莊：《論西崑體》，高雄：麗文文化，一九九三。
劉大杰：《中國文學發展史》，台北：華正書局，一九八三。

邱燮友等：《增訂中國文學史稿》，台北：福記文化圖書，一九八三。

葉慶炳：《中國文學史》，台北：學生書局，一九八七。

游國恩等：《中國文學史》，台北：五南圖書，一九九〇。

吳組緗等：《宋元文學史稿》，北京大學出版社，一九八九。

程千帆等：《兩宋文學史》，上海古籍出版社，一九九一。

胡雲翼：《宋詩研究》，四川：巴蜀書社，一九九三。

梁崑：《宋詩派別論》，台北：東昇出版社，一九八〇。

吉川幸次郎：《宋詩概說》，鄭清茂譯，台北：聯經出版公司，一九七七。

許總：《宋詩史》，重慶：重慶出版社，一九九二。

五．

葉嘉瑩：《迦陵談詩》，台北：三民書局，一九七一。

繆鉞：《詩詞散論》，台北：開明書局，一九七四。

瞿兌之：《中國文學八論·駢文論》，台北：清流出版社，一九七五。

張夢機：《近體詩發凡》，台北：中華書局，一九七五。

張夢機：《思齋說詩》，台北：華正，一九七七。
劉若愚：《中國詩學》，杜國清中譯，台北：幼獅文化，一九七七。
黃永武：《中國詩學》，台北：巨流，一九七九。
葉嘉瑩：《迦陵論詞叢稿》，台北：明文書局，一九八一。
葉嘉瑩：《王國維及其文學批評》，台北：遠流，一九八二。
朱自清：《朱自清古典文學論文集》，台北：源流，一九八二。
葛兆光：《漢字的魔方》，香港：中華書局，一九八二。
方瑜：《沾衣花雨》，台北：遠景，一九八二。
錢鍾書：《談藝論》，台北：學海出版社，一九八三。
徐復觀：《中國文學論集》、《續編》，台北：學生書局，一九八四。
葉嘉瑩：《迦陵談詩二集》，台北：東大圖書公司，一九八五。
黃啓方：《兩宋文史論叢》，台北：學海書局，一九八五。
龔鵬程：《江西詩社宗派研究》，台北：文史哲出版社，一九八五。
龔鵬程：《詩史本色與妙悟》，台北：學生書局，一九八六。
蔡英俊：《比興物色與情景交融》，台北：大安書局，一九八六。

龔鵬程：《文化文學與美學》，台北：時報文化，一九八八。
古田敬一：《中國文學的對句藝術》，李淼譯，吉林：吉林文史出版社，一九八九。
陳植鍔：《詩歌意象論》，大陸：中國社科社，一九九〇。
龔鵬程：《文學批評的視野》，台北：大安書局，一九九〇。
韓經太：《心靈現實的藝術透視》，北京：現代出版社，一九九〇。
張高評：《宋詩之傳承與開拓》，台北：文史哲出版社，一九九〇。
顏崑陽：《李商隱詩歌箋釋方法論》，台北：學生書局，一九九一。
于景祥：《唐宋駢文史》，遼寧：人民出版社，一九九一。
姚瀛艇：《宋代文化史》，河南：河南大學，一九九二。
陳植鍔：《北宋文化史述論》，北京：中國社科社，一九九二。
趙謙：《唐七律藝術史》，台北：文津出版社，一九九二。
帕瑪：《詮釋學》（嚴平譯），台北：桂冠，一九九二。
沈秋雄：《詩學十論》，台北：文史哲出版社，一九九三。
張双英：《中國文學批評的理論與實踐》台北：萬卷樓圖書公司，一九九三。

王立：《中國古典文學十大主題》，台北：文史哲出版社，一九九四。
R・C・赫魯伯：《接受美學理論》，董之林譯，台北：駱駝出版社，一九九四。
祝尚書：《北宋古文運動發展史》，成都：巴蜀書社，一九九五。
張其凡：《宋初政治探研》，廣州：暨南大學出版社，一九九五。
劉靜貞：《北宋前期皇帝和他們的權力》，台北：稻香出版社，一九九六。
蕭華榮：《中國詩學思想史》，上海：華東師大，一九九六。
王力堅：《六朝唯美詩學》，台北：文津出版社，一九九七。
程杰：《北宋詩文革新研究》，台北：文津出版社，一九九六。
廖棟樑：《古代楚辭學史論》，台北：輔大博士論文，一九九七。
邱天助：《布爾迪厄文化再製理論》，台北：桂冠出版社，一九九八。
謝佩芬：《北宋詩學中「寫意」課題研究》，台大：文史叢刊，一九九八。
蔡瑜：《唐詩學探索》，台北：里仁書局，一九九八。
黃美鈴：《歐梅蘇與宋詩的形成》，台北：文津出版社，一九九八。
黃奕珍：《宋代詩學中的晚唐觀》，台北：文津出版社，一九九八。
池澤滋子：《丁謂研究》，成都：巴蜀書社，一九九八。

六·

《中華藝林叢論》，台北：文馨出版社，一九七六。

《古典文學》第一集，台灣學生書局，一九七八。

鄭騫等：《中國古典文學論叢》詩歌之部，台北：中外文學出版，一九七六。

《中國歷代文論選》，台北：木鐸出版社，一九八〇。

高雄中山大學主編：《李商隱究論文集》，台灣：天工書局，一九八四。

《古典文學》第九集，台灣學生書局，一九八七。

顏崑陽等：《中國美學論集》，台北：南天書局，一九八七。

張高評主編：《宋詩論文選輯》，高雄：復文書局，一九八八。

《第一屆宋詩研討會論文集》，台南：成功大學，一九八八。

吳調公等：《文心雕龍研究論文選》，山東：齊魯書社，一九八八。

淡江大學中文系主編：《文學與美學》第一集。台北：文史哲出版社，一九八九。

台灣大學中文所主編：《宋代文學與思想》，台北：台灣學生書局，一九八九。

《第一屆宋代文學研討會論文集》，台南：成功大學，一九九四。
張高評主編：《宋詩綜論叢編》，高雄：麗文文化，一九九三。
《文選學論集》，大陸：時代文藝出版，一九九二。
《中國典籍與文化論叢》，北京：中華書局，一九九五。
淡江大學中文系主編：《文學與美學論集》第五集，台北：文史哲出版社，一九九五。
《宋代文化研究》第六輯，四川：四川大學出版社，一九九六。
《一九九七東亞漢學論文集》，台北：學生書局，一九九七。
張高評主編：《宋代文學研究叢刊》第三期，高雄：麗文文化，一九九七。
《李商隱研究論集》，廣西：廣西師大，一九九八。
東海大學主編：《傳統文學的現代詮釋》，台北：文史哲出版社，一九九八。
張高評主編：《宋代文學研究叢刊》第四期，高雄：麗文文化，一九九八。

七・

〈談李義山的詠史詩與詠物詩〉陳貽焮，《文學評論》一九六二。

〈唐詩的語意研究：隱喻與典故〉高友工、梅祖麟，《中外文學》四卷九期，一九七六。

〈比較與翻案——論義山七律末聯的深一層法〉，陳文華《中華文化復興月刊》十一卷二期，一九七八。

〈西崑酬唱詩人生卒年考〉陳植鍔，中華書局：《文史》第二十一輯，一九八三。

〈西崑體與江西派〉王鎮遠，《西南師範學院學報》三期，一九八四。

〈論李義山之詠物詩——兼論先唐詠物詩的發展〉黃世中，《溫州師專學報》，一九八五、三。

〈李商隱與宋玉——兼論中國文學史上的感傷主義傳統〉劉學鍇，《文學遺產》，一九八七，第一期。

〈西崑體的盛衰與宋初詩風的演進〉秦寰明，《南京師大學報》一九八九，第一期。

〈略論黃山谷所謂「無一字無來處」—兼論「點鐵成金」與「奪胎換骨」〉黃景進，《中華學苑》三十八期，一九八九。

〈論中晚唐詠史詩的憂患意識與落寞心態〉王定璋，《江海學刊》一九九〇，第六期。
〈詠史詩發展初探〉張自新，《唐山教育學院學報》，一九九〇，第二期。
〈西崑體評議〉吳小如，《文學評論》一九九〇，第六期。
〈論布爾迪厄的生存心態概念〉高宣揚，《思與言》二十九卷，第三期，一九九一。
〈李商隱的托物寓懷及其對古代詠物詩的發展〉劉學鍇，《安徽大學學報》一九九一。
〈中國古代詩詞的「男女比君臣」〉楊成孚，《南開學報》一九九二，第六期。
〈宋詩特色之自覺與形成〉張高評，《漢學研究》十卷一期，一九九二。
〈李商隱詠史詩的主要特徵及其對古代詠史詩的發展〉劉學鍇，《文學遺產》一九九三，第三期。
〈宋詩的複雅崇格傾向〉秦寰明，《中國社會科學》一九九三，第四期。
〈北宋吳越錢家婚宦論述〉柳立言，《中研院・史語所集刊》第六十五本，第四分，一九九四。

〈唐代和詩的演變論略〉趙以武，蘭州：《社科縱橫》一九九四。
〈試論李商隱的詠物詩〉韋愛萍，《渭南師專學報》一九九五。
〈從白體到西崑體〉張鳴，北大：《國學研究》第三期，一九九五。
〈詠物詩的悲劇美〉張學松，《中國人民大學學報》一九九六。
〈從會通化成論宋詩之新變與價值〉張高評，《漢學研究》十六卷一期，一九九八。
〈漢唐貴遊活動的轉型與貴遊文學的變調〉簡宗梧，中研院文哲所：《世變與創化：漢唐、唐宋轉換期之文藝現象》一九九九。
〈遊戲與嚴肅——六朝詩的兩種面向〉李豐楙，中研院文哲所：《世變與創化：漢唐、唐宋轉換期之文藝現象》一九九九。

國家圖書館出版品預行編目資料

西崑研究論集

周益忠著. — 初版. — 臺北市：臺灣學生，1999 [民 88]
面：公分

ISBN 957-15-0938-8 (精裝)
ISBN 957-15-0939-6 (平裝)

1.中國詩 – 宋(960-1279)

821.85 88003181

西崑研究論集（全一冊）

著作者：周益忠
出版者：臺灣學生書局
發行人：孫善治
發行所：臺灣學生書局
臺北市和平東路一段一九八號
郵政劃撥戶：〇〇〇二四六六八號
電話：(〇二)二三六三四一五六
傳真：(〇二)二三六三六三三四
本書局登記證字號：行政院新聞局局版北市業字第捌玖壹號
印刷所：宏輝彩色印刷公司
中和市永和路三六三巷四二號
電話：二二二六八八五三

定價：精裝新臺幣四七〇元
平裝新臺幣四〇〇元

西元一九九九年三月初版

82115

ISBN 957-15-0938-8 (精裝)
ISBN 957-15-0939-6 (平裝)

臺灣學生書局出版

中國文學研究叢刊

- ❶ 詩經比較研究與欣賞 裴普賢著
- ❷ 中國古典文學論叢 薛順雄著
- ❸ 詩經名著評介 趙制陽著
- ❹ 詩經評釋(全二冊) 朱守亮著
- ❺ 中國文學論著譯叢 王秋桂著
- ❻ 宋南渡詞人 黃文吉著
- ❼ 范成大研究 張劍霞著
- ❽ 文學批評論集 張　健著
- ❾ 詞曲選注 王熙元等編著
- ❿ 敦煌兒童文學 雷僑雲著
- ⓫ 清代詩學初探 吳宏一著
- ⓬ 陶謝詩之比較 沈振奇著
- ⓭ 文氣論研究 朱榮智著
- ⓮ 詩史本色與妙悟 龔鵬程著
- ⓯ 明代傳奇之劇場及其藝術 王安祈著
- ⓰ 漢魏六朝賦家論略 何沛雄著
- ⓱ 古典文學散論 王安祈著
- ⓲ 晚清古典戲劇的歷史意義 陳　芳著
- ⓳ 趙甌北研究(全二冊) 王建生著
- ⓴ 中國兒童文學研究 雷僑雲著
- ㉑ 中國文學的本源 王更生著
- ㉒ 中國文學的世界 前野直彬著，龔霓馨譯
- ㉓ 唐末五代散文研究 呂武志著

㉔	元代新樂府研究	廖美雲著
㉕	五四文學與文化變遷	中國古典文學研究會主編
㉖	南宋詩人論	胡　明著
㉗	唐詩的傳承—明代復古詩論研究	陳國球著
㉘	中外比較文學研究　第一冊(上、下)	李達三、劉介民主編
㉙	文學與社會	中國古典文學研究會主編
㉚	中國現代文學新貌	陳炳良編
㉛	中國古典文學研究在蘇聯	(俄)李福清著，田大長譯
㉜	李商隱詩箋釋方法論	顏崑陽著
㉝	中國古代文體學	褚斌杰著
㉞	韓柳文新探	胡楚生著
㉟	唐代社會與元白文學集團關係之研究	馬銘浩著
㊱	文轍(全二冊)	饒宗頤著
㊲	二十世紀中國文學	中國古典文學研究會主編
㊳	牡丹亭研究	楊振良著
㊴	中國戲劇史	魏子雲著
㊵	中外比較文學研究　第二冊	李達三、劉介民主編
㊶	中國近代詩歌史	馬亞中著
㊷	近代曲學二家研究—吳梅・毛季烈	蔡孟珍著
㊸	金元詞史	黃兆漢著
㊹	中國歷代詩經學	林葉連著
㊺	徐霞客及其遊記研究	方麗娜著
㊻	杜牧散文研究	呂武志著
㊼	民間文學與元雜劇	譚達先著
㊽	文學與佛教的關係	中國古典文學研究會主編
㊾	兩宋題畫詩論	李　栖著

㊿ 王十朋及其詩 鄭定國著
51 文學與傳播的關係 中國古典文學研究會主編
52 中國民間文學 高國藩著
53 清人雜劇論略 黃影靖著，黃兆漢校訂
54 唐伎研究 廖美雲著
55 孔子詩學研究 文幸福著
56 昭明文選學術論考 游志誠著
57 六朝情境美學綜論 鄭毓瑜著
58 詩經論文 林葉連著
59 傣族敘事詩研究 鹿憶鹿著
60 蔣心餘研究(全三冊) 王建生著
61 眞善美的世界—高中高職國文賞析 戴朝福著
62 何景明叢考 白潤德著
63 湯顯祖的戲曲藝術 陳美雪著
64 姜白石詞詳注 黃兆漢等編著
65 辭賦論集 鄭良樹著
66 走看臺灣九〇年代的散文 鹿憶鹿著
67 唐賢三體詩法詮評 王禮卿著
68 清初前期話本小說之研究 徐志平著
69 文心雕龍要義申說 華仲麟著
70 楚辭詮微集 彭　毅著
71 習賦椎輪記 朱曉海著
72 韓柳新論 方　介著
73 西崑研究論集 周益忠著
74 唐代文學研究叢稿 戴偉華著